편리한 진실

편리한 진실

제1판 1쇄 2021년 10월 28일

지은이   이시형
펴낸이   이경재

펴낸곳   도서출판 델피노
등록   2016년 8월 11일 제2020-000082호
주소   서울시 양천구 신정중앙로 86, 덕산빌딩 6층
전화   0505-937-5494
팩스   0505-947-5494
이메일   delpinobooks@naver.com
ISBN   979-11-91459-11-1 (03810)

편리한 진실

이시형 장편소설

 델피노

Contents

목차

편리한 진실

편리한 진실

낡고 오래된 가을의 차가운 밤
강물 위에 그 모습을 드러내서 비치고 있는
달빛의 습기 찬 찬가가
다가올 겨울의 고독과 고통을 미리 알고
그 불쌍한 존재들을 어루만져 주며 노래한다.

'모든 것이 영원할 수는 없는 법!'

끝나지 않을 것 같은 지금의 사치스러운 여유로움에 대해,
깊은 숲 속에서 부는 차가운 바람은,
싸늘한 입김이 되어 그들의 볼을 간지럽히며 부딪힌다.
모든 것을 잊으려 숨어드는 연약한 존재들의 귀에 대고 말
이다.

'빨리 축축한 이끼로 된 이불이라도 준비하라고!'

 늘 아름답고 부드럽던 목소리들은
오늘 밤 매서운 찬 공기에 달궈져
그들의 귀에 서슬 퍼런 두려움이 되어 들려온다.
그러자 모두 소스라치게 놀라며 울음을 터뜨린다.

하지만 멀리서 이를 바라보던 밤의 그림자는
그런 그들의 슬픔을 잘 알고 있다.
그들의 참았던 눈물을 알아차리고

안타까운 듯 천천히 바라본다.

그러면서 자신의 육중한 잿빛 날개를 활짝 펴서 날아올라,
이들을 천천히 어두운 나락처럼 감싸 안는다.
모든 것이 그 안타까운 결말을 가졌다는 것을 모르는 것
같아서 말이다.

나약하고 하찮은 존재에게는
어두운 자각이 오히려 도움될 수 있으리라.
그래서 끝이 보이는 유한한 안락함은 늘 슬픈 것이다.
그리고 그 유한함을 모른 채 살아가는 것은 더욱 큰 비극
이다.

그는 그렇게 크고 긴 우려의 한숨을 지으며,
텅 빈 공허와 같은 태고의 짙은 어둠을 뿌린다.

그 크고 힘찬 날갯짓은
모든 것을 하나씩 덮어 나가기 시작한다.

차가운 방

　제욱은 묶여있는 사내에게 물을 뿌렸다. 그 사내는 머리에 검은색 자루가 쓰인 채 고개를 떨구고 의자에 앉아있었다. 물을 맞은 사내가 정신을 차린 듯 신음을 내며 서서히 머리를 든다. 그의 몸에 늘여져 있는 전선은 벽에 있는 장치와 연결이 되어있었다.

　"어때요? 당신 맘대로 움직이지도 못하고, 이렇게 개처럼 묶여있으니 답답하죠?"

　하지만 사내는 아무 말도 하지 않는다. 콘크리트 벽으로 사면이 가로막힌 30평 남짓한 공간에는 제욱과 근형 그리고 그의 부하들이 그 사내를 둘러싸서 지켜보고 있다. 그리고 그 옆쪽 벽 앞 소파에는 한예은이 가만히 앉아 이 광경을 지켜보고 있고, 그 옆에는 한예은의 부하로 보이는 남자 두 명이 숨죽이며 서 있다.

　"사람은 때론 낯선 경험도 필요해요. 그런 것들이 사람을 더 강하게 단련시키니까요. 지금은 과거에 벌인 당신의 달콤한 교만이 이렇게 만들었다고 생각하면 훨씬 편할 거예요. 평생 이런 대접 받을 거라곤 생각 못 했을 테니까요. 그렇죠? 지금은 힘들더라도 이런 기회를 통해 당신이 왜 이런 일을 당해야 하는지 잘 한번 생각해 보세요. 이건 일종의 인과 관계예요. 당신이 벌인 어떤 일들이 쌓여서 이런 일들을 겪게 만든 거니까요. 그렇게 생각하면 덜 억울하게 느낄 거예요."

제욱은 낮은 목소리로 검은색 자루를 뒤집어쓴 사내의 귓가에 대고 차근차근 얘기한다. 그러다가 중간에 다시 목소리를 크게 내자 사내는 깜짝 놀란다. 아무것도 볼 수 없는 그 사내는 이 낯선 분위기와 습한 곰팡내, 주변에서 서성이는 사람들의 발소리, 그리고 간혹 들리는 예리한 기구의 부딪히는 소리로 인해 다시 공포에 휩싸인다. 그런 남자의 심리를 아는지 제욱은 다시 말을 이어간다.

"근데 사람이 별생각 없이 그런 일을 벌인 것에는 굳이 찾자면 이유가 있어요. 한 가지는 내가 아니어도 어떤 놈은 이런 일을 할거라는 것이고, 또 다른 한 가지는 평소 중요하게 생각하지 않는 일은 그냥 평소 하던 대로 아무 생각 없이 처리한다는 자신의 버릇이라고 해야 하나? 일종의 사악한 자동 의사결정 시스템인 거죠. 뭐 대충 그런 둘 중의 하나인 것 같아요. 그중에 당신은 뭐였죠?"

제욱의 질문에 그는 아무 대답이 없다. 그러자 다시 제욱이 묻는다.

"뭐냐고요? 안 들려요?"

곁에 있던 근형이 몽둥이로 그의 몸을 몇 차례 내리친다. 그러자 제욱이 근형을 나무란다.

"야, 시발 그러다가 몸 상하기라도 하면 어떡하려고 그래? 이 아저씨는 지금 해야 할 게 많단 말이야!"

근형은 그의 몸과 연결된 장치의 스위치를 올린다. 그는 온몸을 비틀며 큰 비명을 지른다. 엄청난 고통을 느낀 듯 그 사내는 살려달라며 애원하고 비명을 지르다가 기절한 듯 조용해진다. 그러자 스위치를 끄고는 다시 그 사내에게 물을 뿌린다.

"그래도 이건 인간적인 거예요. 당신은 제정신으로 끌려왔으니 뭐 각오라도 할 수 있죠. 근데 보세요. 당신이 끌고 간 사람들은 아무것도 모른 채 끌려가서 별의별 짓을 다 당했어요. 그런 것 보면 당신들이 더 한 수 위인 것 같네요."

제욱은 이렇게 말하며 사내의 머리에 씌어 있던 젖은 자루를 벗긴다. 그는 오랫동안 빛을 못 봐서인지 밝은 조명에 눈을 제대로 못 뜬다. 그런 그를 향해 제욱이 얘기한다.

"오늘 우리 체험활동 한번 해봐요. 체험활동 알죠? 초등학교에서 하는 것 말이에요. 놀이라고 생각해도 좋고요."

"근데 좀 아플 수도 있어요. 제가 처음 해보는 거라서요."

그렇게 말하며 제욱은 근형과 그의 일행들에게 지시해 톰슨을 수술대로 보이는 침대에 눕힌다. 그리고 TV 화면을 튼다. 그러자 화면에는 수술 영상이 보여진다.

"자, 오늘은 제가 저 화면에 보이는 것과 똑같이 한번 해볼 거예요. 잘 따라 해주면 금방 끝나지만 그렇지 않을 때는 더 힘들고 어려워질 거예요."

제욱이 일행들에게 눈빛으로 지시하자, 몇 명의 사내가 톰슨을 의자에서 일으켜 마치 수술이라도 할 것처럼 옷을 벗기고 그 옆에 마련된 수술 침대에 눕힌다. 수술 침대를 본 톰슨은 공포에 휩싸여 격렬하게 저항하며 말한다.

"제발 살려주세요. 전 아무 잘못 없어요. 그냥 한국법인 대표였을 뿐 아무런 권한이 없었어요. 잘못 아신 거예요. 제발 이러지 마세요."

톰슨은 강력하게 저항하지만 부하들은 그를 침대에 강제로 눕힌다. 그리고 결박 장치로 움직이지 못하게 고정한다. 그의 입에 인공호흡기를 강제로 꽂자, 공포감에 괴로워하며 몸을 이리저리 흔든다. 이제 준비가 된 듯 제욱은 겉옷에 수술복을 대충 걸치고, 손에 수술 장갑과 메스를 든다. 그 광경에 톰슨은 어떤 일이 일어날지 직감한 듯 다시 온몸을 비틀며 인공호흡기 너머로 소리를 지른다. 하지만 제욱은 아랑곳하지 않고 그의 머리맡으로 걸어가 근형에게 소리 지른다.

"이렇게 해서 수술할 수 있겠어? 처음 해보는 건데 너희들 뭐 하는 거야! 사람 다치면 책임질 거야?"

제욱이 소리 지르자 근형과 그 일행은 톰슨이 누워있는

머리 곁으로 수술용 기계톱을 설치한다. 다시 제욱이 공포에 휩싸인 그에게 다가가 귓속에 얘기한다.

"제가 처음이라 좀 서툴러도 이해하세요. 하지만 제가 공부는 못했어도 원래 실습은 잘했으니 너무 걱정하지는 마세요. 영상 보면서 그대로 할 거니까요. 보이죠? 어떤 아주 큰 회사가 이런 자료를 너무나 잘 만들어 놔서 시청각 교재로는 최고네요. 얌전히만 있으면 아프지 않게 잘 끝날 거예요."

그의 얘기를 듣자 톰슨은 다시 몸을 비틀며 저항한다.

"아이고, 이 분 참 겁도 많으시네. 그렇게 겁도 많으신 분이 남들한테는 아무렇지도 않게 그런 짓을 했어요? 너무 엄살을 피우셔서 제가 음악 틀어드릴 테니 긴장을 좀 푸세요. 내가 얼마 전에 이 음악을 소개받았거든."

제욱은 곁에 있는 오디오에 브람스의 118번 작품인 피아노 인테르메조 2번을 재생한다. 하지만 제욱의 설명과는 달리 그 서정적이고 회고적인 곡은 오히려 섬뜩하게 느껴졌다. 그 곡이 가진 따뜻한 감정들이 이곳에 있는 주사기, 메스, 각종 수술 집기들의 금속성 냉기를 받아 차갑게 식어버리면서 냉혹한 잔인함만을 안겨주고 있을 뿐이다.

그리고 무표정하게 사내의 머리에 수술할 위치를 지정하듯 연필로 표시한다. 그러자 사내는 더더욱 공포에 질려서 소리를 지른다. 제욱은 아무렇지도 않다는 듯이 화면에 보이는 대로 표시를 마치고는 메스를 대서 그 부위의 피부를 찌르자 검붉은 피가 넘쳐 흐른다. 사내는 다시 격렬하게 몸부림친다. 근형과 일행은 그런 그의 몸을 단단히 붙잡는다.

그 순간 밖에서 소리가 들리면서 제욱의 부하 한 명이 급히 뛰어온다.

"무장한 괴한들이 들이닥쳤습니다. 빨리 피하셔야 합니다."

하지만 제욱은 태연하게 흰 수건으로 빨갛게 물들여진 그의 얼굴과 손을 닦으며 말한다.

"그 새끼들 딱 맞춰 나타나네. 몇 명인데 호들갑이야?"

"트럭이 3대 나타난 것으로 보아 꽤 많은 인원인 것 같습니다. 어떻게 할까요?"

"트럭이 3대? 우리가 무섭긴 한가 보네. 알았으니 그만 호들갑 떨어!"

제욱은 부하에게 그렇게 말하고 나서 그곳에 있는 일행들에게 얘기한다.

"여기는 내가 다 정리할 테니 일단 모두 나가세요. 비상시 대비해서 퇴로는 이미 우리가 마련해 놓았어요."

제욱이 근형에게도 눈짓하며 말한다.

"근형이 네가 모두 안전하게 모셔서 나가!"

태연하게 말하는 제욱을 보고 근형이 걱정스러운 표정으로 물어본다.

"형님은 어떡하시게요? 빨리 피하셔야 합니다!"

"난 이걸 정리하고 나가야지."

근형이 만류하는데도 불구하고 제욱은 막무가내로 일행들이 대피할 것을 얘기한다. 모두 단호하게 말하는 그를 어떻게 하지 못한 채, 안타까운 얼굴을 하며 하나둘씩 자리를 떠난다. 그 사이 입구에서 무장하고 대기해 있던 제욱의 부하들과 벌이는 격렬한 총소리가 몇 분간 이어진다. 그런 총격전이 잦아든 후 귀에 익은 목소리가 스피커를 통해 문밖 복도에서 울린다.

"이제욱 이사님, 거기 있는 것 다 알고 있습니다. VIP만 무사히 보내주면 당신들의 안전도 보장하겠습니다. 그러니 후회할 상황 만들지 말고 우선 인질부터 풀어주세요."

제욱은 그 익숙한 목소리에 고개를 돌려 입구를 바라보다 다시 귀찮다는 듯 태연해진다. 그 짧은 순간이 지나자 귀청을 울리는 굉음이 들리며 문이 폭파된다. 거대한 폭발음과 함께 날아온 파편이 제욱의 갈비뼈에 박히면서 그는 그대로 쓰러지고 만다.

한편 계단 아래쪽에 있던 김영진은 부하들에게 연막탄을 여러 발 쏘도록 한다. 그들이 쏜 연막탄으로 연기가 가득해지자 김영진은 대기하고 있던 무장한 일행이 안으로 즉시 들어갈 것을 지시한다. 그의 부하들이 올라가자 몇 차례의 사격음이 들린다. 이후 상황이 조용해지자 그의 일행 하나가 김영진에게 손짓한다.

김영진이 내부로 들어가니 희뿌연 연막탄 연기가 아직 남아있었고, 제욱이 남긴 핏자국과 어지럽혀진 집기들만 보였다. 또한, 출입문 옆에는 빨간 피를 선명히 흘리며 죽어있는 제욱의 모습이 김영진의 눈가에 들어오고 있었다.

Man from nowhere

그 사건이 있기 몇 달 전이다.

제욱의 머릿속에서 무엇인가 휩쓸고 지나간 것처럼 텅 비워지는 느낌이 들었다. 피를 쏟고 나서인지 입속에선 피 맛이 났고, 라이트에 비쳐 드러나는 낯선 새벽길은 축축하게 가라앉았는데도 제욱의 눈엔 오히려 더 선명해지고 있었다. 오로지 벗어나 탈출해야 한다는 생각이 몇 시간 동안 그를 짓누르는 사이, 온몸이 피투성이가 된 것도 모른 채 정신없이 차를 몰고 달려왔다. 지금 이 순간 그의 머릿속에 떠오른 곳은 단 한 군데다. 하지만 어두운 새벽의 처음 찾는 길이었다. 휴대전화도 어제 일로 분실했기 때문에 정확한 길을 찾기조차 힘들다. 장시간 출혈로 현기증이 났고 몸은 곳곳이 칼에 찔려 성한 곳이 없었다.

그렇게 달리다 보니 뒷좌석에 그의 공격을 받아 쓰러져 있던 김영진 부하 한 명이 타고 있는 것도 전혀 모른 채 지금까지 운전하고 있었다. 제욱의 자동차가 고속도로를 벗어나서 시골길에 들어서자 차츰 진동이 커졌고, 뒷좌석에 쓰러져 있던 덩치 큰 사내도 조금씩 정신을 차리며 눈을 떠가고 있었다. 정신을 차린 그 사내는 깜짝 놀라 주변을 둘러본 후 자신이 제욱의 자동차에 타고 있다는 것을 알게 되었다. 벌떡 일어나 몸을 일으켜 세운 그는 운전하고 있는 제욱의 목을 뒤에서 조르기 시작했다. 놀란 제욱이 급하게 액셀을 밟자 자동차가 요란한 소리를 내며 질주하기 시작한다. 그 사내가 그 큰 덩치로 제욱의 목을 더욱 세차게 조여오자 순간적으로 정신이 아찔해져 기절할 것 같았다. 그 순간 제욱이 자동차의 브레이크를 힘껏 밟았다. 그러자 사내는 앞 좌석 유리를 그대로 뚫고 튕겨 나가고 말았다. 잠시 멈춰선 자동차는 도로에 쓰러진 그 큰 덩치를 그대로 밟고 질주한다.

그렇게 얼마나 달렸을까. 한참을 달리던 제욱은 뒤를 돌아보고 따라오는 대상이 없는 것을 확인하고서야 멈춰 선다. 조용한 시골길의 새벽에 검은색 고급 세단이 정지하자, 안개를 머금은 축축한 새벽 공기의 적막을 깬다. 보닛에서는 연기가 자욱하게 나고 있었다. 안에 타고 있던 제욱은 그대로 비틀거리며 연기가 가득한 차 문을 열고 밖으로 나와 쓰러지고 만다. 온몸이 피투성이가 되어버린 제욱은 몸을 가눌 힘도 부족한 채 그대로 쓰러져 차가운 새벽 온도에 식어가며 움직임이 둔해진다.

한참을 지나 그가 눈 떴을 때는 이미 정오의 한낮이었다.

그를 깨운 것은 다름 아닌 동물 한 마리였다. 신음하며 쓰러져 있는 그의 눈에 그 동물은 늑대인지 개인지 고양이인지 구분이 되지 않았다. 다만 피를 흘리며 쓰러진 그의 얼굴을 핥아주며 곁을 떠나지 않고 있다. 2030년이 1년 남짓 남은 현재 이런 동물이 야생에서 살고 있다는 것이 의아하게 여겨졌다. 그의 온몸은 여전히 뻐근하고 오른쪽 발목에서는 엄청난 출혈이 일어나고 있다. 아마도 이 동물이 아니었으면 출혈 과다로 더 심각한 상황이 되었을 수도 있다는 생각이 들었다.

그가 타고 온 차를 바라보자 연기는 잦아들어 있었다. 그는 차에 다시 올라타 황급히 옷을 찢어 상처 부위를 묶어 출혈이 멈추게 했다. 그리고 시동을 걸어 출발하려 했으나 자동차는 움직이지 않는다. 여전히 피가 조금씩 흐르고 주변엔 도움을 받을 데도 없는 난감한 상황이었다. 또한, 너무나 낯선 시골 풍경이라서 여기가 어디인지, 그가 정신을 차리고 몸을 피할 곳을 찾을 수 있을지 의아했다. 어제 난투극으로 차량 내부 모니터는 이미 박살이 나버려서, 어떤 형태의 디지털 통신 장비도 없었다. 주저하던 그는 차에서 내려 길옆에 있던 나뭇가지를 집어 들고 비틀거리며 적막이 가득한 시골길을 천천히 걸어 내려갔다.

그렇게 아픈 몸을 이끌고 한참을 걸어가던 그는 다시 얼마 못 가서 쓰러지고 말았다. 어릴 적 낯선 곳에 왔다가 저녁이 되어버려 길을 잃고 헤매던 생각이 났다. 지금은 바로 그 때와 같이 이 세상에 혼자만 남은 느낌이 들었다. 그 어린 시절 나약했던 자신처럼 불현듯 어머니 생각이 났다. 모든 것이 손에 있는 것 같았고, 걸어가면 언제나 만날 수 있을 것 같은 존재들이 지금은 사라져 버렸다. 자신이 바라보고 있는 이런 대상들이 실재하는 세상인지조차도 의심이 들었다.

하지만 이대로 편하게 쓰러져 죽을 수는 없었다. 가까스로 정신을 차린 그는 타는 듯한 갈증을 느끼며 다시 힘을 내서 걷기 시작했다. 멀지 않은 곳에 시냇물이 흐르는 소리가 들렸다. 가까이 가보니 시냇물 소리와 함께 무엇인가 움직이는 소리가 같이 들리고 있었다. 그는 간신히 걸어서 이상한 소리가 나는 곳을 향해 필사적으로 걸어갔다.

시냇가에 도착한 제욱은 이상한 광경에 깜짝 놀랐다. 상당한 크기의 기계가 시냇물 옆의 구덩이에 빠져 그물과 엉킨 채 꼼짝도 못 하고 있었다. 뜻밖의 상황에 어리둥절하며 처음 보는 낯선 기계를 자세히 살펴봤다. LAM-A04라는 모델명이 적혀 있는 이 기계는 어떤 용도인지 그 기괴한 외관으로는 전혀 짐작조차 할 수가 없었다. 마치 어떤 탐사 목적을 가진 로봇처럼 보이기도 했다. 하지만 낯선 산간지역에서 이런 곳에 빠져 허우적대고 있는 모습은 뭐라 설명하기 어려운 광경이었다.

그것과 별도로 극심한 갈증을 느낀 제욱은 시냇물을 정신

없이 마셔댔다. 그렇게 물을 마시자 그제야 정신이 돌아왔다. 목마른 짐승처럼 누워서 허겁지겁 물을 마시고는, 이내 몸을 뒤집어 하늘을 바라봤다. 그리고 어제와 같은 일이 왜 일어났는지 생각하게 되었다. 정확한 이유를 아는 것은 어쩌면 시간이 더 필요할 수도 있다. 하지만 중요한 것은 무엇인가를 깨닫는 순간 모든 것들이 그를 덮쳐왔다는 것이다.

오래전부터 그의 주변에서 그 날카로운 이빨을 숨긴 채 동그랗게 그의 주변을 돌며 지켜봤을 수도 있다. 그런 무리가 제욱의 각성을 눈치챈 순간 그에게 달려들어 모든 걸 찢으려 한 것처럼 말이다. 한편으로는 자신과 생각이 달라진 자들이 시간이 흐르면서 점차 본색을 드러내게 되었고, 그들이 결국은 그런 음모를 꾸며 한순간에 자신을 구렁텅이에 던져버린 것이라고 할 수도 있다.

하지만 진실이라는 것은 모두에게 똑같이 보이고 받아들여지지는 않는다. 단지 그런 습성을 모른 채 모든 것을 다 갖고, 모든 것을 다 아는 것 같이 굴었던 자신이 한심했음을 알아야 한다. 그러니 그 정도 대가는 그에게 필요한 것 아닌가.

하지만 제욱에겐 그런 평가가 가혹할 수 있다. 그토록 한순간에 그들에게 내밀리게 될 것이라고는 생각 못 했기 때문이다. 어처구니없게 이제는 그의 앞날도 보장하지 못한 채 이 세상에 혼자가 되어버렸다. 그의 수중에 있던 부하들의 생사도 물론이다. 인정하기 싫지만 이유야 어떻든 간에 자신의 교만과 무지가 불러일으킨 일들이다.

그가 그런 생각에 빠져 있을 때 그물에 걸려 있던 기계가 굉음을 내며 몸부림을 치기 시작한다. 깜짝 놀란 제욱은 정신을 차리고는 가까이 가서 그 기계를 다시 살펴봤다. 그가 다가가자 그 기계는 카메라를 연신 움직이며 제욱의 얼굴을 소리 내며 스캔한다. 기계가 스캔하는 것을 눈치챈 제욱은 이 기계를 이대로 놔둬서는 안 된다 생각했다.

눈을 돌려보니 옆에 굵은 나뭇가지가 부러져 있었다. 나뭇가지를 집어서 잔가지를 부러뜨리고는 두 손으로 야구방망이 잡듯이 단단히 쥐었다. 그리고 크게 휘둘러 카메라가 달린 몸통 부분을 내리친다. 상당히 단단해 보이는 이 기계는 그래도 꿈쩍하지 않는다. 안 되겠다 생각한 제욱은 자신을 스캔했던 카메라라도 없애야겠다는 생각에 다시 나무 몽둥이를 휘두르려고 했다.

그때 상황을 눈치라도 챈 듯 가만히 있던 그 기계가 갑자기 자리에서 튀어 오르자, 깜짝 놀란 제욱은 그대로 옆의 낭떠러지로 떨어지고 만다. 그리고 몇 바퀴를 구른 후 나무에 머리를 부딪쳐 기절하고 만다.

다시 정신을 차렸을 때 제욱은 자신이 깨끗한 의료시설을 갖춘 방 안에 누워 있다는 것을 알게 되었다. 그의 팔에는 수액이 꽂혀 있었고, 몸은 깨끗이 씻겨진 채 가운이 입혀져 있었다. 깨어난 그를 반긴 사람은 어느 젊은 여인이었다. 그의 상태를 계속 살피기라도 한 것처럼 밖에서 일하다 온 그녀는 컵에 물을 갖다 주면서 얘기한다.

"위험하셨어요. 상처가 너무나 깊었거든요."

그 말을 듣고 자신의 몸을 살펴보자 곳곳에 피멍이 들어 있었고, 그녀가 치료해준 것으로 보이는 상처와 수술 흔적들이 보였다.

"여기가 어디죠…?"

제욱이 특유의 낮고 건조한 음성으로 말하며 몸을 살짝 뒤척이자 다시 고통이 밀려왔다.

"조심하세요. 온몸이 성한 곳이 없으세요. 갈비뼈 골절도 있으시고요. 몸 상태를 보면 소문처럼 그리 싸움을 잘하는 분은 아닌가 봐요."

그녀가 그렇게 얘기하자 머쓱해진 제욱은 살짝 그녀의 얼굴을 바라보다가 얘기한다.

"혹시 저를 아세요?"

하지만 그녀는 그 말에 대답하지 않고 다른 얘기를 한다.

"요즘 많이 바쁘셨나 봐요? 온몸에 상처가 수도 없으니 말이에요. 이틀은 그대로 주무시고 계셨어요."

"근데 저를 어떻게 발견하셔서 치료까지 해주시는 거죠? 제가 나쁜 사람이면 어떡하시려고요?"

그 얘기를 듣자 그녀는 우습다는 듯이 얘기한다.

"네, 그럴 수도 있겠네요."

그러면서 말을 이어간다.

"여긴 워낙 외진 산골이라 보는 사람은 없어서 괜찮은데요, 주변에 산짐승들이 많으니 조심하셔야 돼요. 또 낯선 생명체를 탐지한다는 기계가 주변에 돌아다녀서 그것도 주의해야 하고요. 덕분에 그 기계도 우리가 잘 처리했어요."

이렇게 말하는 그녀를 자세히 보니 크고 늘씬한 몸매에 뚜렷한 이목구비를 가진 전형적인 미인이었다. 서울 말투를 쓰고 있었고, 분명하고 자신감 있는 어투와 절도 있는 행동이 보는 사람을 압도했다.

"네? 기계를 조심해야 한다니요? 기계가 인간을 공격이라도 한다는 말씀이세요?"

그의 상처를 살피던 그녀는 그 소리를 듣자, 그가 순진하다는 듯 빤히 쳐다보면서 말을 이어간다.

"동물이든 기계든 조심해서 나쁠 건 없으니까요. 아까 나쁜 사람이면 어떡하냐고 말씀하셨죠? 어쩌면 그런 말이 요즘에는 더 인간적으로 들리네요. 이제욱 이사 맞죠?"

자신의 이름을 말하자 그는 깜짝 놀라 몸을 일으키며 그녀를 노려본다.

"놀라실 것 없어요. 무슨 급한 일이 있으시길래 늦은 시골 밤길을 그렇게 다니셨어요? 여기 찾아오신 것 아니세요?"

하던 일을 멈춘 그녀는 마치 뭔가 아는 듯한 표정으로 미소를 지으며 말한다. 그러자 제욱은 당황하며 다시 말을 이어간다.

"여기라니요?"

"일 잘하시는 분이라는 소문은 들었는데, 헛소문인가 봐요? 이렇게 본인 몸도 제대로 못 지키는 걸 보면 말이에요."

그녀가 다시 웃으며 얘기하자, 그는 헛기침하며 다시 몸을 뒤척인다. 그런 그를 보며 그녀도 말을 이어간다.

"걱정하지 마시고 당분간 좀 쉬세요."

그녀는 짧고 간결하게 얘기했지만, 단번에 이런 산속에는 어울리지 않는 여인이라 생각이 들었다. 하지만 제욱은 이런 상황이 너무 답답했다. 제욱이 몸을 일으키고 말을 이어가려는 순간 갑작스러운 갈비뼈 통증이 왔다. 그리고 비명을 내며 다시 풀썩 쓰러지고 만다. 그녀가 달려와 갈비뼈 부위를 살펴보곤 진정제를 투여해줬다. 큰 통증에 괴로워하다 진정제가 투여되자 조금씩 안정이 되어갔다. 점차 통증이 멎자 이리저리 분주하게 움직이고 있는 그녀의 행동이 그의 눈 안에 아련하게 들어왔다. 그리고 이내 긴장이 풀어지면서 다시 잠이 들고 말았다.

다음 날은 몸을 조금씩 움직일 수 있었다. 물론 갈비뼈 골절로 자연스럽지는 않았지만 하루라도 빨리 일어나 회복해야 한다고 생각해서다. 그런 그를 보자 그녀도 소개해줄 사람이 있다면서 조용히 얘기했다. 소개해준다는 소리에 그는 반사적으로 몸을 움직였지만, 곧바로 40대 남자 한 명이 성큼성큼 방 안으로 들어왔다. 턱수염을 기른 잘생긴 얼굴에 눈빛이 매서운 범상치 않은 외모의 남자였다. 한 눈에도 그가 누군지 알 수 있었다. 바로 NEXT사의 박원봉 대표였다.

"많이 다치셨다고 들었습니다. 몸은 좀 괜찮으신가요?"

박원봉은 중저음의 낮은 목소리로 제욱에게 말했다. 그의 눈빛은 빛이 나는 것처럼 영롱했고, 그 큰 눈빛은 제욱을 압도하는 것 같았다. 또렷한 음성은 신비하면서도 강렬한 카리스마를 담고 있어 누워있던 제욱의 아픈 몸을 움직이게 했다.

"대…대표님 안녕하십니까. 잘 지내고 계시지요? 여기에 계신 줄 알았으면 진작에 일어나서 인사를 드렸어야 했는데… 저도 이제야 알게 되었습니다. 죄송합니다."

"괜찮습니다. 죄송하다니요. 그냥 그대로 계세요. 저희가 요즘 이렇게 자주 옮겨 다니고 있습니다. 아직도 많이 아프시죠?"

그러면서 노민서의 얼굴을 보자, 그녀는 괜찮다는 표정을 짓는다.

"아주 편안히 잘 있습니다. 이렇게 잘 돌봐 주신 덕에 생각지도 않은 호강을 누리고 있습니다."

"그런 인사라면 우리 노민서 씨에게 해주세요. 원래 본업이 의사이신 아주 훌륭한 분이십니다. 숭고한 열정을 가지신 분이기도 하고요."

박원봉 대표가 노민서를 소개하자, 그녀도 제욱에게 눈빛으로 인사를 보낸다. 그러면서 제욱은 현재 GW사에서 논의되고 있는 이슈와 레거시사와 관련해 벌어지고 있는 사건들을 얘기했다. 또한, 머지않아 레거시사가 대규모 무장조직을 꾸려 그동안 갈등을 빚었던 경쟁기업 추적 및 물리적 응징에 나설 것이라는 것도 얘기했다. 그런 제욱의 말에 알 수 없는 미소를 띠던 박원봉은 그를 조용히 내려다본다. 그러면서 한동안 생각에 잠긴 듯하다가 다시 주저한다. 그때 제욱이 얘기한다.

"상황이 예상치 못하게 돌아가고 있습니다. 저희가 뭔가 도와드려야 하는데 회사 내부적으로도 쉽지 않은 상황입니다. 아니, 사실 갑자기 모두 뱀처럼 교활해진 것 같아 저도 당혹스럽습니다…."

그 얘기를 듣자 박원봉은 모든 것을 이미 알고 있다는 듯이 천천히 그의 얼굴을 바라보며 조용한 목소리로 얘기한다.

"아녜요. 괜찮습니다. 굉장히 고생이 많으셨다는 것 저도 잘 알고 있습니다. 어떻게 보면 저희가 뭔가 더 긴밀하게 말씀을 드렸어야 했습니다. 이런 상황이 온 건 우리가 그만큼 약해졌다는 것이니 분명 우리 탓도 있지요. 하지만 이미 파악해서 상황을 충분히 대처해 나가고 있습니다. 너무 걱정하지 마십시오. 여기서 당분간 마음 편히 푹 쉬시기 바랍니다. 그나저나 동료분들은 무사하시고요?"

"걔네는 잘 있을 겁니다. 워낙 생명력이 긴 놈들이라서요. 오히려 제가 너무 방심했습니다. 그것보다는 대표님과 회사의 안전이 더 걱정…."

박원봉은 제욱의 그 말에 갑자기 그의 손을 잡는다. 박원봉의 뜻밖의 행동에 노민서도 놀라는 표정이다. 박원봉은 제욱과 눈을 마주치고 움켜쥔 손에 힘을 주며 다시 말을 이어간다.

"너무 걱정하지 마십시오. 이사님께서 신뢰를 지켜주신 것 때문에 우리가 이렇게 얘기 나눌 수 있는 거니까요. 또 그런 신호를 우리도 충분히 감지하고 있었고, 대응할 만한 능력이 아직은 있으니까 우려 안 하셔도 됩니다."

박 대표는 이곳이 외딴 시골에 위치한 일종의 요새와 같다고 얘기했다. 비록 레거시사나 정부에서 띄운 수많은 드론이나 레이더 감시장치, 탐사용 기계 등의 간헐적인 수색과 순찰이 있지만, 오래전부터 이들의 동태를 파악해서 자신들만의 경계 네트워크를 잘 갖추고 대응하고 있다고 했다. 이것 또한 인력이 아닌 보다 기계적이고 자동화된 안보 시스템을 선호하는 박 대표의 생각이었고, 만약을 위해 기동성을 확보해 은신처를 재빨리 이동하기 위한 시나리오도 갖고 있다고 했다. 또한 자체 방어가 가능한 화력도 충분히 갖추고 있다며 안심을 시켰다. 그러면서 다시 말을 이어간다.

"우리는 사실 이사님뿐만 아니라 동생분에게도 많은 빚을 지고 있으니까요. 동생분은 세계 어디에서 활약해도 충분한 뛰어난 천재입니다. 그런 분이 여러 회사의 막대한 제안을 다 거부하고 우리와 합류해서 일하시는 것만으로도 크나큰 영광입니다. 거기다 이사님까지 위험을 무릅쓰고 저희를 도와주고 계신 것 생각하면 제가 무릎이라도 꿇고 감사를 표해야죠. 저희가 그동안 빚진 거 갚는다고 생각하시고 여기 계신 동안은 조금이라도 편히 계십시오. 저희를 믿으셔도 됩니다."

박원봉 대표가 이렇게 말하자 제욱은 안도하는 듯한 표정을 짓고 그에게 묻는다.

"형철은 여기 있나요?"

Welcome to the real world!

변화의 서막은 이미 2000년대 초반부터였다. 레거시사와 NEXT사와 같은 IT 회사가 몰고 온 디지털 패러다임 변화는 그런 것과 무관할 것 같은 분야에도 영향을 미쳤다. 특히 레거시사의 오너이자 CEO인 스탄 이반스가 바이오 분야에 투자를 시작할 때만 하더라도 세계적 갑부의 개인적인 관심 정도라고 업계에서는 얘기했다.

'우리는 어릴 적 핵전쟁이 인류를 멸망시키는 가장 큰 재앙이라고 생각했습니다. 하지만 시간이 흐르면서 차츰 깨닫기 시작했습니다. 그런 눈에 보이는 것보다 더 큰 재앙은 에볼라 바이러스나 스페인 독감과 같이 우리에게 보이지 않지만 언제든 우리를 위협할 수 있는 아주 작은 존재라는 것을 말이죠.'

'앞으로 수십 년간 만약 인류를 위협할 수 있는 것이 있다면 그것은 전쟁이 아닌 전염성 강한 바이러스일 것입니다. 우리는 지난 많은 세월 동안 군사 무기의 위험성에 대해 인지하고 있었고, 이를 막기 위해서 상당한 노력을 기울였습니다. 하지만 바이러스나 세균에 대해서는 우리가 얼마나 알고 있고, 대체 얼마나 많은 노력을 기울인 것이죠?'

그의 이 말은 전 세계적인 전염병의 대유행에서 여러 가지 소문이 뒤따르게 했다. 그의 평소 신념을 뒷받침하듯, 세계를 뒤덮은 팬더믹의 실질적인 배후에 레거시사가 있다는 것이다. 스탄 이반스는 그의 신념대로 바이오산업에 대한 대규모 투자를 착실히 진행해왔고, 공교롭게도 지난 팬더믹의 상황에서 다른 제약회사보다 월등히 빠르게 훨씬 효과적인 백신을 만들어 냈다. 또한, 이로써 엄청난 부를 축적하게 되었다는 것은 이미 잘 알려진 사실이다.

흔하게 제기되는 음모론의 배경은 그들이 어떻게 짧은 시간 동안 그 정도의 생의학 기술을 확보하게 되었냐는 것이다. 바이오 분야에 대한 노하우가 전무했던 IT 기업이 기껏 바이오 회사 하나 인수했다고 이룰 수 있는 성과가 아니기 때문이다.

그런 음모론을 비웃듯 레거시사는 팬더믹을 통해 기존 경쟁 업체들을 따돌리고 바이오 분야 글로벌 시가총액 정상에 올라서게 되었다. 많은 사람이 그런 레거시사의 성과에 의심의 눈을 갖고 있을 때, 레거시사는 탐욕스러운 부지런함을 멈추지 않았다. IT를 기반으로 한 바이오산업 분야까지 성공적으로 진출함에 따라 글로벌 가치 사슬의 최정점으로 올라서게 된 것이다.

　물론 이 모든 것이 다 우연일 수도 있다. 진실은 저 멀리 감춰져 있어서 자세한 것은 알 수 없다. 하지만 레거시사의 본격적인 국내 시장 진출이 시작된 것은 그런 팬더믹의 혼란과 충격이 끝나갈 시기부터다.

　팬더믹의 영향이 그렇게 오래 지속될 것이라고 예상한 사람은 거의 없었다. 4년여간 이어진 글로벌 팬더믹은 비교적 견실하게 성장하고 있는 국내 경제 환경에도 상당한 영향을 미쳤다. 수출 위주 성장을 하던 국내 대기업의 경우 실적악화로 대규모 구조조정에 나서는 사례가 상당했고, 내수를 담당하던 기업들의 경우 소비부진으로 도산하는 사례가 늘어났다. 정부에서는 국내 경제에 미치는 파급력을 우려해 그런 기업들을 살리려 필사적으로 노력했다. 하지만 바닥이 보이지 않는 팬더믹은 국내 경제를 점차 벼랑 끝으로 몰아가고 있었다.

　한동안 누워있던 제욱은 점차 회복되어 정신을 차려갔다. 그리고 그의 동생 형철 소식도 들었다. 그가 의식을 잃고 쓰러져 있을 때, 곁에 와서 그를 지켜보고 걱정했다고 한다. 그러다 점차 회복하는 것을 보고선 레거시사에 대한 첩보 상황을 듣고 가족도 만나기 위해 서울로 올라갔다는 얘기를 들었다.

아마도 자신과의 만남을 불편해했을 거라고 제욱은 생각했다. 같은 형제지만 서로 너무나 달랐기 때문이다. 그의 동생 형철은 어릴 적부터 누구나 인정하는 천재였다. 학창 시절부터 전교 1등을 놓치지 않았고, 이후 과학고에 진학해 2학년을 마치고 바로 카이스트에 입학하면서 커리어를 쌓기 시작했다. 이때부터 뛰어난 재능으로 전국적인 명성을 쌓기 시작했다.

당시에는 사회 전반으로 글로벌 회사들의 국내 기술 잠식에 대한 우려가 있었다. 대학생이던 이형철도 오래전부터 이를 우려하고 있었으며, 이들의 의도가 국내 시장 장악이라는 것을 누구보다도 잘 알고 있었다. 수많은 거액의 스카우트 제의를 거절하고 그는 그렇게 박원봉과 함께 일하게 되었다.

하지만 그의 어머니는 이런 형철을 걱정했다. 더 편하고 좋은 직장에서 그의 재능을 펼쳤으면 하는 바람이 있었다. 집안 형편이 어려워서 육군사관학교를 중퇴하고 GW사로 들어간 제욱이 늘 맘에 걸리는 이유도 있었다. 큰아들인 제욱이 꿈을 펼치지 못했던 이유가 자신이 하필 갑작스레 뇌졸중으로 쓰려져 자식들에게 짐이 된 탓이라고 생각해서다. 제욱도 동생이 그런 어머니의 마음을 이해하지 못하고 쓸데없는 반항심에 겉멋이 든 것으로 착각하고 있었다.

어릴 적에는 사실상 가장 노릇을 하던 자신의 말을 잘 따르던 동생이었다. 하지만 커가면서 생각이 달라지는 동생이 그는 영 못마땅했었다. 서로의 환경이 그렇게 만든 것도 있지만, 초창기 GW사가 했던 일에 대해 가치관이 분명했던 동생이 이해할 리가 없었다.

"넌 아직도 그렇게 철이 없냐? 네가 무슨 독립군이라도 되는 줄 알아? 똑똑하다는 놈이 그런 회사 들어가면 멋있게 보이는 줄 알아?"

"그런 깡패 짓이나 하고 다니는 형이 도대체 뭘 안다고 그런 거야? 부끄럽지도 않아?"

동생의 NEXT 입사 문제로 크게 싸운 이후, 그들의 관계는 점점 멀어져 갔다. 제욱은 천천히 NEXT사의 사옥 근처를 둘러봤다. 건물 밖을 나가 도로변으로 한참 걸어나가 보니 생각보다 깊은 산 속에 건물이 있었다. 약 10여 분을 걸어서야 포장되어있는 작은 도로를 만날 수 있었다.

그 도로에서 그가 걸어 나온 곳을 뒤돌아봤다. 건물로 향하는 입구에는 키가 10여 미터 이상은 되는 미루나무가 방풍림처럼 여러 그루 늘어서서 선선한 바람을 맞아 그 잎새들이 조금씩 흔들리고 있었다. 모든 것을 잊게 해주는 오전의 한가로운 시골 풍경이었다. 그 사이로 펼쳐진 조그만 길을 통해서 그가 나왔던 건물 근처로 들어갈 수 있었다.

하지만 그 안으로 향하는 도로는 워낙 좁았고, 크고 작은 나무들이 어지럽게 자라고 있어 멀리에서 보기엔 그냥 평범한 숲의 입구처럼 보였다. 오랫동안 인구가 상당 부분 빠져

나간 시골은 실제로도 원시림같이 우거진 숲이 흔해서 이곳도 마찬가지로 평범하게 보였다. 그냥 지나가다 보면 그 안에 건물이 있는지조차 알아차리기가 어려워 보였다.

그 안으로 약 300여 미터 산모퉁이를 돌아 걸어 들어가자 작은 산 입구가 나타났다. 단풍나무와 키가 큰 참나무가 NEXT사의 건물 입구에 자라고 있었고, 건물 주변에도 작은 나무들이 아늑히 감싸고 있다. 어떤 용도로 지어진 것인지 모르는 낡아 보이는 건물이었고, 어찌 보면 오래전에 쓰이다가 방치된, 시골에 흔히 보이는 건물처럼 보이기도 했다.

건물 앞으로는 아주 작은 시냇물이 흐르고 있었다. 땅에 습기가 많은 것으로 보아 아마도 인공적으로 물길을 터준 것이 시냇물처럼 보였다. 이런 모든 것이 건물을 외부로부터 보호해주는 동시에 주변 경관과 어우러져 소박한 아름다움을 보여주고 있었다.

그렇게 시간이 지나가고 제욱도 조금씩 회복되어 가면서 차츰 그곳의 분위기에 익숙해져 갔다. 또한, 사람들이 상냥하고 따뜻했으며, 모두 가족 같은 분위기에서 일하고 있었다. 그렇게 그도 점점 그들과 동화되고 있었다.

며칠 후 저녁 식사가 끝나고 사옥 앞 야외에서 간단한 와인 파티가 있었다. 사실 누군가를 추모하는 자리였다. 하지만 격식을 중요하지 않게 생각하는 박 대표의 성향에 따라 모두 편하게 모여 얘기하고 식사하는 자리라고 전해 들었다.

제욱도 이들과 함께하면서 그런 분위기에 같이 어울리게 되었다.

얘기를 나눠보니 다들 하나같이 뛰어난 엘리트 출신이었다. 굳이 이런 시골에 숨어 살지 않아도 어디서든 좋은 조건으로 높은 연봉을 받으며 일할 수 있는 사람들이었다. 하지만 그걸 일부러 밖으로 드러내지 않았고, 돈이나 명예 이상의 형용할 수 없는 무엇인가로 모여있는 사람들처럼 보였다. 그들은 여유 있으며 유쾌했고, 또 자신감이 넘쳤다. 그리고 위트와 재치, 유머가 넘쳤으며, 같은 동료들에 대한 따뜻한 애정과 존경도 마음속에 갖고 있었다.

그러나 어떤 직원은 자신이 한없이 상대보다 부족하다고 말하기도 했다. 또 한결같이 우리나라 현재 상황에 대해 많은 의견과 그 깊이를 알 수 없는 책임감을 갖고 있었다. 이런 상황을 어떤 식으로든 타계해 나가야 한다고 입을 모았다. 그런 부분에 대해 그들의 눈은 하나같이 빛났으며 거침없었다. 더 큰 방향을 위해 자신의 삶과 안락함 따위는 송두리째 던져버리고 하나의 신념으로 모두가 뭉쳐져 있다는 느낌이었다.

이들은 제욱이 그들과 다른 길을 걸어온 것을 잘 알고 있지만, 전혀 개의치 않았다. 그들과 비교할 수 없이 학력이 낮고 거친 삶을 살아온 제욱을 전혀 무시하지 않았고 그의 말을 조용히 경청하며 존중해줬다. 오히려 그가 신념을 위해 몸담은 조직과 등을 돌려 목숨 걸고 싸웠다는 것에 놀라워하고 진심으로 존경해줬다. 자신들이 가지지 못한 진정한 용기를 가졌다고 자신들도 제욱의 그런 점을 본받아야 한다며 칭찬을 아끼지 않았다.

제욱은 점점 그들의 순수한 의지와 열정에 빠져들었고, 그들에게 숭고한 가치 이상의 감정을 느꼈다. 그러던 중 박원봉의 옆에 앉아있던 이영민 이사라는 사람이 일어나서 얘기한다.

"오늘은 새로운 손님이 함께하기도 했지만 정말 특별한 날이기도 합니다. 우리의 맘 속에 늘 살아 숨 쉬고 있는 희대의 기인이자 방랑자, 난공불락의 음치, 패션 테러리스트이자 우리나라 최고의 천재였던, 누구인지 다 아시죠?"

이영민 이사가 이렇게 말하자 모두 환호하며 박수를 치면서 그의 이름을 부른다. 그런 환호성과 박수가 곳곳에서 계속 이어진다.

"네, 누구보다도 창의적인 아이디어를 우리에게 주었고, 누구보다도 자신감이 충만해서 우리가 지쳐갈 때면 어김없이 용기를 주고 격려했던, 우리의 뜨거운 친구이자 동료였던 윤현민 부대표의 기일입니다."

이 말에 시끌벅적 밝았던 분위기가 갑자기 가라앉는다. 마치 그때를 회상하고 상념에 잠긴 듯 고요하다. 윤현민 부대표에 대한 기억으로 그들의 눈시울은 젖어들며 뜨거운 눈물을 쏟아냈다. 그건 곁에 있던 박원봉 대표도 마찬가지였다. 이영민 이사는 그런 박원봉을 위로하듯 그의 어깨를 두드리며 다시 말을 이어간다.

"아니, 지금 다들 뭐 하시는 겁니까? 윤현민 부대표가 당신들 이렇게 질질 짜고 있는 것 보면 가만 안 놔뒀을 거예요. 아마 끝까지 놀리고 약 올렸을 걸요?"

이영민이 이렇게 말하자 슬픔으로 가라앉았던 분위기에서 다시 웃음소리가 조금씩 들리기 시작한다.

"네. 맞습니다. 오늘 같은 날, 아니 요즘같이 힘든 시기에 그분이 우리 곁에 있었더라면 얼마나 더 용기를 낼 수 있었을까요? 하지만 전 그렇게 생각 안 합니다. 엉뚱한 회의 장소 알려줘서 괴롭히고, 일부러 제 잔에만 독한 술을 타서 기절하게 만든 일이 생각나거든요. 아마 오늘 제 옆에 있었으면 저도 정말 폭발했을 거예요."

그러자 그때 일이 생각난 듯이 사람들의 웃음소리가 들리기 시작한다. 촉촉이 젖어든 사람들의 표정 속에서 미소를 조금씩 발견하자 이영민은 다시 말을 이어간다.

"네. 윤 부대표의 그런 뜬금없는 장난과 특유의 밝은 표정이 생각 나는 밤입니다. 저도 사실 많이 보고 싶습니다. 끝을 알 수 없는 칠흑 같은 절망의 순간에도 그분은 우리를 격려하고 다시 일어설 수 있게 손을 잡아 주었으니까요. 그래서 우리가 먼지를 털어내고 일어나 희망을 품을 수 있었다고 생각합니다. 저도 사실 그분이 떠났을 때 이 세상을 과연 온전히 버텨낼 수 있을까 생각하기도 했습니다. 하지만 다시 생각해보면 죽음이 우리 사이를 갈라놓았지만, 오히려 그 죽음이 그분을 더 자유롭게 했다고 생각됩니다. 그로 인해 영원히 우리 곁에 함께하게 되었고, 지쳐있을 지도 모를 모두를 다독였다고 생각합니다. 그는 영원히 우리 마음속에 살아 있으니까요."

이영민이 이렇게 말하자 주변에서 환호가 이어진다. 그러자 다시 말을 이어간다.

"네, 좋은 밤입니다. 우리 윤현민 부대표를 위해 건배하며 즐겁게 마셔봅시다!"

그러자 모두 한목소리로 그의 이름을 부르며 잔을 부딪쳐 건배한다. 다시 분위기가 무르익으며 Eddie Higgins Trio의 'As time goes by'가 울려 퍼진다. 생전에 윤현민 부대표가 좋아하던 곡이었다. 그 부드러운 피아노 선율은 누군가를 저녁 바람과 함께 데리고 나타나서 낮게 깔린 조명들 사이를 이리저리 돌아다니는 것처럼 느껴졌다. 그리고 테이블에 앉아 술잔을 기울이는 사람들의 숨결이 오래전부터 익숙한 듯 지나가고 있는 것 같았다. 조용한 숲 속에 그들과 살아 숨 쉬면서 이 모든 것을 긴 시간 함께하고 있었던 것처럼 말이다.

그 음악이 흐르자 모두 그 시절을 회상하며 그때 얘기로 추억에 빠진다. 시간이 좀 지나자 누군가가 건물 앞마당에 모닥불을 지폈고, 하나둘씩 앉았던 의자를 들고 모여들기 시작한다. 깊어진 밤에 사람들 얼굴을 비치며 불타오르는 모닥불의 풍경은 그것 자체가 낭만적이고 멋진 분위기가 되었다.

"제욱 씨, 노래 한번 해봐요!"

가만히 있던 제욱에게 노민서가 활짝 웃으며 얘기한다. 그러자 모두 박수를 치며 환호성을 지른다. 그런 분위기에 제욱도 꼼짝없이 우물쭈물 일어난다. 이런 상황에 뜬금없는 노래를 시킨 노민서가 미워 눈길을 보내지만, 그녀는 환하게 웃고만 있다. 제욱은 당황하며 이런 똑똑한 사람들 앞에서 무슨 노래를 불러야 하는지 한참을 망설이다가, 무식하지 않으려면 팝송을 불러야 한다는 누군가의 조언이 생각났다. 그리고 준비가 된 듯 노래를 부르기 시작했다.

그가 선곡한 노래는 다름이 아니라 평소에 즐겨 부르던 Frank Sinatra의 'New York, New York'이었다. 시원한 저녁 공기와 바비큐 그리고 와인과 더불어 울려 퍼지는 제욱의 중저음 목소리는 몇 잔의 술로 취해 가는 사람들을 매혹했다. 뜻밖의 선곡과 노래 실력에 환호가 이어졌다. 머쓱한 듯 인사하고 앉는 그의 곁으로 노민서가 와서 앉는다.

"정말 멋있었어요! 목소리가 이렇게 좋을 줄 몰랐어요!"

"병 주고 약 주시는 거예요? 저 망신 주려고 시키신 거죠?"

제욱이 당했다는 표정을 하며 얘기했다. 하지만 그녀는

활짝 웃더니 무엇이 생각난 듯 제욱에게 질문한다.

"그런데 GW사는 어떻게 NEXT사와 협력하게 된 거예요?"

그녀에게 뭔가 듣고 싶었으나 오히려 질문하는 그녀의 얼굴을 잠시 쳐다본 제욱은 이내 말을 이어간다.

"아마 5~6년 됐을 거예요. 레거시사의 비열한 위장 테러가 본격적으로 시작된 시기가 말이죠. 그리고 윤현민 부대표의 죽음이 직접적인 계기가 되었다고 해요."

박원봉의 대학친구로 초창기 시스템 개발에 공동 참여했으며, 회사가 커지자 기술 부문 최고 임원이 된 윤현민의 갑작스러운 사고는 박원봉에게 큰 충격을 안겨 줬다. 한적한 도심 외곽에서 벌어진 한밤중의 트럭 교통사고는 레거시사의 소행이라고 의심하기에 충분했다.

이 사건 이후로 빅원봉은 경비 보안 업무의 중요성을 절감하게 되었다. 이제는 기술력이 모든 것을 지켜주는 것이 아닌, 그 자체로 무기가 되어 상대를 위협하게 하고 다시 자신에게 무기가 돼서 돌아오고 있는 것이다. 따라서 약화된 국가 권력만으로는 이에 대한 대응이 어렵다고 판단된 NEXT사는 GW사에 보안 및 경비업무를 전격 의뢰했다.

본사 보안경비 업무뿐만이 아니라 사업의 근간을 이루는 설비 및 서버에 대한 물리적인 경비, 임직원에 대한 보호업무까지 포함한 광범위한 계약이었다. 이는 중요한 프로그래머나 임직원에 대한 납치 및 테러가 벌어지고 있는 상황에서 더욱 적극적으로 회사를 지켜야 한다는 판단에서였다.

"NEXT사의 이런 요청은 시장 변화로 선택의 갈림길을 맞이하고 있던 GW사의 입장과 잘 맞아 떨어졌어요. 그 전까지 GW는 유흥업소를 운영하면서 성장한 그저 그런 회사였으니까요. 한마디로 성장에는 한계가 있었던 거죠."

NEXT사의 제안으로 GW는 그들의 전문 분야를 활용해 더욱 합법적인 사업을 할 기회를 갖게 되었다. 한동안은 NEXT사의 성장세와 더불어 그들의 협력관계는 몇 년간 이어져갔다. 하지만 시간이 흐르면서 상황은 점차 나빠졌다. 글로벌 기술력과 자금을 보유한 레거시사의 파상 공세에 경쟁우위를 급속히 잃어버린 NEXT사는 레거시사의 추적으로 본사를 계속해서 옮겨 다니는 신세로 전락하고 말았다.

NEXT사는 GW사와 이미 1년 전부터 계약이 종료된 상황으로 계약을 연장할 여력조차도 남아있지 않다. 하지만 아직도 레거시사는 NEXT사의 기술력을 두려워하고 있다. 레거시사와 결탁된 집권 세력도 이들에게 여러 가지 혐의를 뒤집어씌워 뒤쫓고 있다. 물론 전부 다 날조되거나 과잉 유권 해석이지만 지금은 그런 억울한 상황을 어디에도 얘기할 수 없다. 정부도 이들을 공권력을 동원해 추적하고 있지만 더 무서운 것은 전방위적인 레거시사의 추적과 불법행위들이다. 그런 그들에게 저항은 사실상 모든 것을 걸어야 하기 때문이다. 그 선봉에 서 있던 NEXT사는 이제 이런 시골로 도 망 다니며 훗날을 도모하는 신세로 전락하고 말았다.

"레거시 그 새끼들 지금은 저렇게 잘난 척하고 있지만, 사실 처음에는 아주 야비하게 우리나라 시장에 진출했어요. 팬더믹이 장기화되면서 우량 기업들이 대량으로 매물로 나올 때 헐값으로 집어삼킨 놈들이니까요."

제욱의 얘기를 듣던 그녀는 레거시 얘기가 나오자 말이 거칠어졌다. 거친 그녀의 말에 제욱도 놀라며 얘기를 들었다.

"그 새끼들은 마치 팬더믹이 바닥을 치고 올라오는 것을 미리 안 것처럼, 국내 기업들을 하나둘씩 사들이기 시작했고, 그런 사냥이 끝나갈 무렵 공교롭게 전염병이 점차 누그러졌어요. 참 웃기고 공교롭죠?"

이렇게 글로벌 기업의 국내 상악력이 높아짐에 따라 국내 산업 환경은 빠르게 약화되거나 외국계 회사에 종속되고 말았다. 이런 상황을 우려한 지난 정권은 변화를 막고 국내 시장의 자생력을 키우기 위해 노력했지만 이런 조치들로 수많은 외국 기업의 법적 공세에 패소하면서 정권의 몰락을 자초했다.

"결국 국가라는 것이 이렇게 약화되고 몰락한 계기가 바로 레거시 같은 회사 때문이에요. 바뀐 정권이 친 기업 논리를 내세우며 각종 장벽과 규제를 없애도록 뒤에서 조정한 게 바로 저들이고, 그건 권력의 무게중심이 이미 이동했다는 것이니까요."

그녀는 이렇게 말하며 한동안 모닥불을 가만히 응시했다. 그러다가 고개를 돌려 제욱을 향해 미소를 지으며 말한다.

"제욱 씨는 생각보다 매력이 많은 것 같아요. 보이시죠? 오늘 인기 많으신 것!"

그녀는 뜬금없이 이런 얘기로 화제를 바꿨다. 그러면서 둘은 술잔을 부딪치며 대화를 이어갔다. 노민서가 의사 생활을 버리고 이곳에 오게 된 이유, 그녀가 평소에 가졌던 꿈과 희망을 얘기했다. 그런 그녀의 모습은 너무나 지적이고 사랑스러워 보였다. 그리고 현재 우리나라를 바라보는 정치의식까지 제욱에게 자기 생각을 조리 있게 말했다. 그녀 또한 여기에 있는 다른 직원들과 마찬가지로 확고한 신념과 가치관을 가진 여자였다. 그 신념은 워낙 강하고 분명해 제욱도 그 분위기에 압도되고 말았다.

주변이 술과 분위기에 취해 가면서 사람들의 대화도 무르익어 갔다. 노민서도 자신을 곁에서 치료해주던 냉철하고 신념에 찬 모습은 사라지고, 어느새 사랑스러운 여인의 모습을 한 채 제욱의 곁에 앉아 있었다. 의자 위에 앉아 세운 무릎을 끌어 잡고 몸을 앞뒤로 움직이는 모습은, 모든 세월의 흔적을 다 내려놓고 언제일지 모를 과거의 청순한 소녀로 돌아간 것 같았다. 그런 모습이 너무나 사랑스러워 제욱도 점점 그녀의 말과 모습에 빠져들고 있었다.

그런 그녀의 눈동자 안으로 모닥불이 비치고 있었다. 제욱도 자신이 살아온 얘기를 했다. 비록 자신이 이들과 다른 삶을 살았지만 진정성 있는 그들의 환대에 점점 마음을 열어 갔다. 하지만 노민서와 이곳 사람들이 자신을 칭찬하는 것에 대해서는 한사코 손을 저었다.

"전 그냥 그때그때 상황에 맞게 살아온 것뿐이에요. 여기 계신 투사 같은 분들과는 전혀 다릅니다. 그러니 절 너무 그렇게 보지 말아 주셨으면 해요."

제욱은 그렇게 얘기했지만 노민서 또한 그에게 끌리고 있었다. 무엇보다도 그의 말에서 강렬한 기운이 넘쳐 흐르고 있었고, 잘 드러내지는 않지만 어떤 이슈를 얘기할 때 나타난 그의 직선적이며 솔직한 성격이 매력적으로 다가왔기 때문이다.

그렇게 저녁이 깊어지자 숲 속에 둘러싸인 넓은 마당엔 검게 무르익은 밤의 정기가 가득 채워지고 있었다. 사람들은 술을 더 마시겠다면서 사옥의 휴게공간으로 다시 모여들었다. 하지만 그렇게 왁자지껄 모였던 사람들도 시간이 흐르면서 하나둘씩 쓰러져 휴게실 바닥에 잠들거나 각자 방으로 들어갔다. 그러자 탁자에는 이제 노민서와 이제욱만 덩그러니 남게 되었다.

이제욱의 옆에 앉아있던 민서는 술 취한 눈으로 갑자기

그를 빤히 쳐다보며 웃음을 짓는다. 그런 그녀의 눈빛은 더할 나위 없이 사랑스러웠고 아름다웠다. 제욱도 그녀를 그윽이 쳐다보며 미소를 짓자 그녀가 장난기 많은 얼굴로 그의 유리잔에 위스키를 가득 따른다. 술 하나는 자신 있던 제욱은 그런 그녀에게 건배를 제안하며 단번에 마셔 버린다. 하지만 그녀는 술을 잘 못 하는지 조금만 마시다가 헛구역질을 한다. 제욱은 그런 그녀가 걱정돼서 그녀의 등을 두드리면서 묻는다.

"괜찮으세요? 오늘 평소보다 많이 드신 거죠?"

그러자 과음으로 눈이 풀린 그녀는 고개를 천천히 들더니 제욱을 다시 바라본다. 그리고 갑자기 제욱에게 다가가 키스를 한다. 그는 갑작스러운 그녀의 키스에 흠칫 놀라긴 했지만 거부할 수는 없었다. 마음속에서 그녀에 대한 연민의 감정이 커지고 있었지만, 키스는 뜻밖이었다. 그녀의 갑작스러운 키스에 가슴이 뛰었다. 그녀를 며칠 동안 봐오면서 자신도 모르게 그녀의 아름다운 모습에 마음을 빼앗겼기 때문이다.

하지만 한편으로는 두려웠다. 자신은 그녀에 비하면 너무나 보잘것없었기 때문이다. 그녀에게 자신은 한없이 부족한 인간이었고, 아무 의미도 없는 빈껍데기였다. 그런 자신을 그녀가 알아차릴까 두려웠다. 자신과 다른 곳에서 살아왔고, 형용할 수 없는 높은 이상적 가치와 신념으로 이뤄진 그녀다. 그런 그녀 곁에 이렇게 같이 있다는 것조차 말이 안 된다는 생각이 들었다.

그렇지만 지금 자신을 향해 오는 그녀의 입술은 거부할 수 없을 만큼 치명적이었다. 그녀의 손길이 그의 옷 속으로 들어와 그의 가슴을 만지자, 그의 머릿속에 남아있던 모든 경계가 허물어지며 그녀를 안고 키스를 하기 시작했다. 그녀를 안고 입을 맞추자 향긋한 여인의 향기가 느껴졌다. 그 향기를 맡자 그녀가 오늘 어디서 어떤 일을 했으며, 어떤 향기로 목욕하고, 어떤 스킨을 바르고 어떤 로션을 사용했는지 알 것 같았다. 그런 향기를 품은 그녀를 안자 제욱은 마치 그녀를 가진 것처럼 심장이 뛰었다. 아까와는 달리 마치 그녀를 사랑하게 된 것처럼 느껴졌다. 그는 더욱 힘차게 그녀를 끌어안았다.

그렇게 한참 동안 제욱과 키스를 나누던 그녀는 갑자기 그에게서 입술을 뗀 후 한동안 그를 바라본다. 그리고서 자리에서 일어난 그녀는 이후에도 자리에 앉아있던 그를 바라본다. 다시 그의 입술에 입을 맞추고는 화장실에 다녀온다며 가버린다.

갑작스럽지만 짧지 않았던 그녀와의 키스가 끝나자 제욱은 아쉬운 생각이 들었다. 다른 한편으로는 이런 상황이 지금껏 겪어보지 못한 비현실적인 것이라 느껴졌다. 그런 생각에 주변을 둘러보자 모든 것이 낯설고 색달랐으며, 모든 사물과 환경들이 독특한 모습으로 자신을 반기면서 다른 세상으로 인도한 것처럼 느끼게 했다. 게다가 다시 온다는 그녀의 말이 그를 또 설레고 기다리게 했다. 하지만 그런 숨 가쁜 기대는 오래가지 못했다. 제욱은 그녀가 사라진 복도를 하염없이 바라봤지만, 그런 기대와는 달리 그녀는 다시 돌아오지 않았다.

폭풍 속으로

프로그램 개발에 여념이 없는 박원봉을 비롯한 NEXT 측은 지난번 베타테스트를 진행한 시제품이 오류가 지속되어 이에 대한 점검에 여념이 없다. 그들이 개발하고 있는 이 프로그램은 사실상 레거시사 침투용 위장 해킹 프로그램으로 지난번의 오류를 보완한 제품이다. 겉으로는 무엇보다 많은 다운로드를 목적으로 한 상업용 프로그램처럼 보이지만 실제 목적은 시이비 테러와 해킹을 통해 레거시사 서버에 잠재적 타격을 주기 위한 것이다.

또한 레거시라는 거대공룡 앞에 비록 모습을 드러내거나 숨조차 쉬기 어려운 상황이지만, 그들의 압력이 아무리 강력하더라도 이런 활동을 통해 여전히 저항세력이 건재하다는 것을 보여주기 위한 메시지기도 하다. 그리고 이를 통해 그들에게 대항하는 수많은 동지에게 위축되지 말고 영원히 투쟁하라는 메시지를 담고 있기도 하다.

하지만 역설적이게도 이런 상황은 일반인들에게는 너무

나 생소한 이야기들이다. 일반인들에게 레거시사가 제공하는 혜택은 늘 혁신적인 것이었고, 사용자에게 너무나 편리한 인터페이스와 프로그램을 다수 갖고 있기 때문이다. 우리 눈에 보이는 익숙하고 친절하며 상냥한 사람이 그 이면에서는 차츰차츰 우리를 노예로 집어삼키려 하는 눈속임에 지나지 않는다는 것을 과연 일반인들이 어떻게 받아들일까.

NEXT사는 이 프로그램이 안착되면 다른 추가 버전을 통해 레거시사가 전방위적으로 확대하고 있는 사물 인터넷 등의 분야까지 진출해 나갈 예정이다. 따라서 레거시사의 제한 날짜가 임박해짐에 따라 그들은 더욱 초조해질 수밖에 없었다. 프로그램 다운로드 횟수가 낮으면 순위가 밀리게 되고 자연스럽게 레거시사 정책상 프로그램 포털에서 없어지기 때문이다.

그렇게 오랜 기간 프로그램 개선에 매달리던 NEXT 측은 D-day가 다가와 프로그램 업로드를 위해 레거시 콘텐츠 파트너십(Contents Partnership) 서울사무소로 가야 할 날이 다가왔다. 인터넷과 광통신이 발달한 시대에 관련된 프로그램을 굳이 본사에 가서, 개발자에 대해 디지털 인증이 아닌 아날로그 인증으로 정해진 서버에만 업로드가 가능하도록 한 것은 명백한 레거시사의 횡포다.

이미 종합 포털 서비스의 권력을 독점해 사실상 국가의 기간망이 된 레거시사는 어느 순간 사회 공공재라는 타이틀까지 거머쥐게 되었다. 레거시사의 이런 조치는 익명의 사이버 테러와 해킹에 대한 대비가 명분이지만 어떤 식의 공격이나 위협도 철저히 대응하겠다는 의지이기도 하다. 하지만 이미 독점 권력이 된 상태에서 누구든 이것에 감히 불만을 제기할 수는 없다.

다시 NEXT의 입장으로 돌아가면 이들에게 문제는 누가 레거시사에 가서 문제없이 이 미션을 수행할 수 있느냐는 것이다. 박원봉의 NEXT사 임직원은 이미 저들에게 노출된 주요 타깃이기 때문이다. 그동안은 임직원 지인 등을 동원해 서버에 접근했으나 최근 레거시사에서 검증절차를 강화하고 사후관리까지 병행하게 됨으로써 점점 이를 대리할 인원 확보가 어렵게 되었다.

이번에는 새롭게 합류해서 주로 프로그램 디자인 활동을 했던 의사 출신의 민서가 가는 것으로 결정되었다. 하지만 서울까지 가는 과정은 그리 순탄치 않은 상황이다. 알려진 바에 의하면 레거시사는 주요 경계 대상에 대한 감시 네트워크를 5단계 이상 활성화 작동하고 있다. 그래서 이번에 NEXT사를 방문한 제욱을 설득해 도움을 받는 것이 어떠냐는 의견이 나왔다. 비록 지금은 GW사와 갈등관계를 갖고는 있지만 그건 내부적인 문제일 뿐이고 외부적으로는 여전히 그쪽 소속이기 때문에 의심할 여지가 전혀 없기 때문이다.

이제욱도 이젠 이곳을 나서기로 결정한 상태였다. 그가

더 이상 여기에 머물러 있을 수도 없었다. 이미 어떤 방향으로 재편되고 있는 조직에 대항해 제욱 자신도 판단을 내려야 한다고 생각했다. 그리고 그와 오랫동안 손발을 맞췄던 인원들을 추슬러 모아야 했다. 그가 목숨 바쳐서 일했던 조직에 대항했기 때문에 제욱의 부하들도 그대로 두어서는 위험하기 때문이다. 그렇게 떠날 준비를 하는 그를 찾아와 노민서가 얘기한다.

"괜찮으시겠어요? 들어보니 GW사는 내전 상태라고 하던데요? 이사님을 보면 가만두겠어요?"

"누구한테 들었어요? 그런 소리에 겁먹으면 이 바닥 생활 어떻게 합니까? 전 신경 안 써요. 꼭 뭣도 아닌 놈들이 누가 겁이라도 집어먹을 줄 알고 떠드는 개소리예요. 이 바닥에서 굴러먹으면서 이런 일은 흔한 일이니까 다시 시작해야죠."

그는 어젯밤 일이 후회되기도 했다. 이런 곳에 와서 쓸데없는 관계를 만들고 있다는 생각 때문이다. 그래서 민서를 보자 불편한 생각이 들기도 했을 때 민서는 제욱의 그런 마음을 아는 것처럼 물어본다.

"지난밤이 마음에 걸리세요?"

민서다운 당돌한 질문이다. 어제 일을 술 탓으로 돌려 기억이 나지 않는 척 피해 갈 수도 있으니까 말이다. 제욱은 미소를 지으며 얘기하는 민서의 말이 쑥스럽기도 했는데, 그녀는 아랑곳하지 않고 다시 말을 이어간다.

"우리 서로 솔직한 사람이잖아요. 그럼 그걸로 됐어요. 살다 보면 어떤 상황에 취해서 그런 일이 일어날 수도 있으니까요. 뭐든 이성적으로만 판단하고 살았다면 저는 여기에 오지도 않았을 거예요. 전 상대의 자유로운 생각을 존중해요. 우리 그런 감정에서는 모두 새털처럼 자유로운 존재들이잖아요. 또 그렇다고 우리가 뭐 대단한 역사라도 쓴 것도 아니잖아요."

주저하고 있는 그를 의식하듯 그녀는 웃으며 아무렇지도 않게 얘기하지만, 이는 그녀의 생각을 은근 강요하는 것처럼 느껴지기도 한다. 그녀가 매력적이지만 사랑하기에 너무 벅찬 여자라는 생각이 다시 들었다. 제욱이 마음속으로 주저하고 있을 때 그녀가 그렇게 얘기해 버리자 뭔가 창피하기도 했다. 아니 한편으로는 어제 일을 그렇게 정리해버리는 그녀에게 아쉬운 마음도 들었다. 다른 한편으로 그녀가 먼저 그런 말을 하도록 내버려 둔 자신이 남자로서 부끄럽고 민망하다고 생각이 들었다. 물론 그런 생각이 고리타분한 생각일 수도 있다. 그녀의 눈치를 살피던 그는 용기를 내어 얘기한다.

"서울 올라가시는 데까지는 제가 잘 모시고 갈게요."

결국 둘은 서울에 동행하기로 했다.

그녀와 그렇게 동행하는 것이 업무적인 파트너처럼 보이

기도 했다. 한편으로는 그의 마음속에 꿈틀대며 자라나고 있던 사랑스러운 이성으로서 함께할 수 있다는 안도감과 기쁨도 갖게 했다. 하지만 이번 임무를 중요하게 생각하는 그녀의 표정은 사뭇 진지했다. 그녀가 다시 이번 임무와 관련된 상황을 비장하게 설명했다. 그가 더 잘 아는 부분도 있지만, 어느 부분은 그가 믿기 어려운 부분도 있었다. 그래서 직접 노민서와 얘기를 나누다 보니 지금까지 오랫동안 파트너 관계를 맺고 있으면서도 이들이 뭔가 다른 세상에 살고 있다는 것을 다시 실감하게 되었다. 그녀의 설명은 박원봉의 생각만큼 간절했기에 제욱도 이번 임무를 받아들이는 노민서의 의지를 느낄 수 있었다.

우선은 오토바이로 50여 킬로미터 이상의 위치에 있는 평인시까지 이동하고 거기서 대중교통을 타고 가기로 했다. 이렇게까지 하는 이유는 오토바이가 추적을 피하기 쉽고 유사시 레거시사의 위치 파악에 최대한 혼란을 주기 위해서다.

거의 어둠의 은폐지기도 한 NEXT 본사를 오토바이 타고 나오자 오랜만에 상쾌한 느낌이 밀려왔다. 그동안 너무 숨가쁘게 지낸 날들이었고, 여기에 온 이후에는 차츰 무엇이 올바른 것인지 분명해지는 것 같았다.

하지만 그런 제욱의 기분과는 달리 뒷좌석에 앉은 민서는 계속해서 주변을 경계하고 있었다. 그렇게 약 30여 분을 달릴 때였다. 갑자기 북동쪽 하늘에서 드론 한 대가 나타났다.

제욱은 이런 시골길에 갑자기 나타난 드론이 이상했지만, 단순 탐지용일 거로 생각하며 무시하고 있었다.

그때 갑자기 몇 발의 총소리가 들렸다. 조용한 시골에 울려 퍼진 갑작스러운 총소리 이후 제욱 일행을 따라오던 그 드론은 총에 명중해 그대로 도로에 떨어지고 만다. 그리고 그 소리가 다름이 아닌 뒷좌석에서 난 것이란 걸 알게 되었다. 놀란 제욱은 오토바이를 멈추려 속도를 줄이다가 기우뚱 거리고는 그대로 쓰러진다.

"미안해요. 미처 설명할 시간이 없었어요."

오토바이에서 떨어져 몸을 털고 일어나는 민서가 도로 옆 풀숲에 넘어져 있는 제욱을 부축하며 얘기한다. 갑작스러운 드론의 출현과 민서의 총격 등 이 모든 상황이 황당했던 제욱은 어이없다는 듯이 부축하려는 그녀의 손을 잡으며 얘기한다.

"무슨 상황인지 정확히 알려줘야 나도 대비하죠. 이게 다 무슨 일이에요? 나도 모르게 무장 독립운동이라도 하시는 건가요?"

"지금은 다 설명드릴 수 없고 일단 일어나서 다시 달리셔야 해요. 지금은 위험할 수 있으니까요."

뭐라 대답을 들을 시간도 없이 재촉하는 민서 때문에 제욱도 일어나 다시 오토바이를 타고 달리기 시작했다. 민서의 말에 의하면 지금 파괴된 드론으로 인해 위치가 노출되

었을 가능성이 커서 머잖아 후속 드론들의 출현이 예상된다
고 했다.

하지만 그대로 이동하는 것은 무리가 있어, 약 5분여를 달
리다 길옆에 버려진 건물을 발견한다. 그곳에 잠시 숨기로
한 그들은 우선 오토바이를 눈에 띄지 않게 세워놓고 건물
내부에 들어간다. 오래전 축사로 쓰이다가 방치된 건물처럼
내부에는 관련 기구들이 어지럽게 놓여 있었다. 외부를 살펴
볼 수 있는 작은 창문 가에 자리를 잡고 앉은 제욱은 이 모든
상황이 뭐냐는 얼굴을 하며 민서를 바라본다.

그런 제욱의 궁금증을 눈치챈 듯 민서가 NEXT사와 CEO
인 박원봉 그리고 현재의 이런 상황에 대해 차근차근 설명
하기 시작한다. NEXT사의 단순 경비 보안 회사였던 GW사
임직원 입장에서 제욱은 이런 깊숙한 상황까지는 자세히 알
기회가 없었기 때문이다.

"그는 젊은 시절 레거시사에서 근무하다가 독립해서 IT
스타트업을 시작한 프로그래머 출신 CEO예요. 처음에는 레
거시사의 혁신적인 기술력과 IT 인프라, 시장을 선도하는 다
양한 인적 역량까지 그가 생각하는 IT 업계의 미래를 그 회
사가 제시해준다 생각해서 많은 것을 배웠고, 나름 실력을
인정받아 30대 초반의 나이에 엔지니어링 부문 임원이 되는
등 거침없이 내달렸어요. 그렇게 숨 가쁘게 성장했지만 본사
와의 의견충돌로 어느 순간 퇴사를 결심하게 되었어요. 그가

레거시사와 의견충돌을 겪게 된 것은 다름 아닌 스트레스 경감 프로그램인 'LOST'를 개발하게 되면서부터였어요."

이 프로젝트는 인간사회를 스트레스에서 해방시켜 보다 건강하고 활기 넘치는 세상을 만들자는 취지에서 시작되었다. 하지만 개발이 심화될수록 상황에 따른 심박동수, 체온, 뇌파 등 사용자들의 생체정보가 필요하게 되었고 이를 사용자 동의 없이 수집하는 것에 대한 윤리적 문제로 박원봉은 레거시사와 지속적인 갈등을 빚었다.

결국 갈등이 심화되면서 그는 레거시사를 퇴사하고 그런 과정을 없앤 사용자 정보 보호 중심의 포털을 만들게 되었다. 스타트업 초기에는 그의 천재적인 아이디어와 시장을 리드하는 감각으로 빠르게 국내 토탈 포털서비스(TPS: Total Portal Service)에서 두각을 나타냈다. 순식간에 레거시사의 점유율을 밀어내며 국내 최고 서비스 회사로 올라서게 되었다. 이는 여러 원인이 있겠지만 레거시사에 대한 여러 안 좋은 여론이 형성되던 시기였고, 그런 상황에서 국내 IT 주권을 지켜야 한다는 분위기가 형성되었다. 그리고 무엇보다 국내 상황을 더욱 잘 알고 있는 국내 기업이라는 것도 장점으로 작용했다. 그러면서 박원봉의 회사는 점차 국내 시장을 수호하는 기업으로 인식되면서 좋은 평가를 얻고 성장하게 되었다.

하지만 그것도 잠깐이었다. 전 세계, 특히 상대적으로 개

인정보에 둔감한 제3국에서 수집된 생체, 감정, 감각 정보를
바탕으로 레거시사는 지금까지 그 누구도 가질 수 없는 막대
한 양의 상황별 생체 데이터베이스를 손에 쥐게 되었다. 이
전과는 비교도 안 될 새롭고 강력한 사용자 편의의 인터페이
스를 앞세우면서 전 세계적으로 압도적인 경쟁력을 갖기 시
작했다.

　정부에서도 이런 레거시사의 강력한 경쟁력에 대해 자국
산업 보호라는 이유로 국내시장 출시를 늦추면서 자국 소프
트웨어, 하드웨어 시장이 자생력을 갖출 시간을 주려 노력했
다. 특히 정부는 레거시사의 새로운 OS가 사용자의 동의 없
이 막대한 개인 생체정보를 수집하는 것에 법률로 규제해왔
었다. 미국 시장에서도 도입 초창기 사용자 동의 없는 정보
수집이 불법이라는 판결로 한때 천문학적인 손해배상금을
지불했고, 이후 이들의 행보가 주춤하는 것으로 보였다. 하
지만 그동안 개발하면서 축적해온 상당한 양의 개별 생체정
보는 사용자가 모든 정보가 아닌 아주 기초적인 정보만 제공
하는 것으로도 생체 기반의 건강관리 프로그램 사용을 가능
케 했다. 아마도 초기에 정부규제를 피하려고 제3국에서 막
대하게 수집한 정보가 그런 추정 데이터의 정확성과 효율성
을 높인 것으로 보인다.

　"그들은 이미 전 세계에서 비밀리에 여러 불법적인 실험
을 벌인 것으로 알려져 있어요. 그리고 무서운 게 뭔지 아세

요? 전 세계에서 수집한 그 엄청난 양의 실험 데이터예요. 한 가지 쉽게 얘기할게요. 간단한 예로 사람이 사과를 눈으로 직접 보는 것과 사과를 머릿속으로 떠올릴 때 뇌파는 같다고 해요. 따라서 그 사람의 뇌파를 단순히 측정하는 것만으로도 그가 무슨 생각을 하는지 알 수 있다는 거죠. 이게 무엇을 뜻하는지 아세요? 결국 사람의 아주 사소한 생체정보로도 그 사람의 중요한 것까지 손에 넣을 수 있다는 뜻이에요."

노민서는 그 놀라운 얘기들을 침착하게 얘기했다.

"레거시사는 사실상 생활의 전방위에 거쳐 우리 주변을 감싸고 있어요. 우리가 타고 다니는 차량의 자동항법 장치도 레거시사의 GPS와 차량 이동 정보를 활용한 그림자에 불과해요. 우리가 저녁 식사를 선택하는 것조차 마찬가지예요. 빅데이터가 우리의 신용카드 결제내역을 데이터베이스화해서 상황별 선호도를 분석해 자동으로 당일의 추천 메뉴를 제안해요. 높은 확률로 고객에게 최적의 선택을 가능하게 하는 거죠. 쉽게 말하면 우리가 결정하기도 전에 이미 레거시사의 알고리즘이 그에게 맞는 메뉴마저도 선택해 버리는 거예요. 이쯤 되면 인간이 무엇인가 고르고 선택한다는 것 자체가 이미 오래된 고대 유물같이 느껴져요. 더 넓게 보면 정부의 경제 관련 정책, 예를 들면 통화 정책이나 이자율 관련 정책들에 대해서도 인간들이 결정하고 있는 것처럼 보이지만, 인간이 그런 결정을 하도록 자료를 수집하고 분석하는 것은 인공지능인데 과연 그것이 진정 인간이 결정한 것이라고 말할 수 있겠어요? 이런 추세로 가면 인간의 자유의지마저도 위협받는 날이 오지 않을까요?"

"아마 그때부터였을 거예요."

제욱이 그녀의 얘기를 듣자 뭔가 생각난 듯이 얘기한다.

"GW가 오랜 파트너인 NEXT와 결별하고 레거시 파트너가 되려고 몸이 달았을 때가 말이에요. 결국 그 새끼들은 그 밑바닥 본성을 못 버린 거죠. 그런 새끼들한테 무슨 도덕이나 명분을 바라겠어요. 그 새끼들은 그냥 유흥업소나 기웃거려야 할 놈들이에요."

그 이후 레거시사는 차츰 국내 시장에서 우월한 지위를 더 견고히 다지기 위해서 박원봉의 NEXT사를 비롯한 토종 기업들을 견제하기 시작했다. 그녀의 말을 듣자 제욱도 놀라웠다. 그가 무심코 지나쳐 왔던 순간들이 전부 레거시사의 치밀한 시스템과 알고리즘의 연동 결과라는 사실이었다니 말이다. 제욱은 그런 얘기를 하는 그녀가 순간 어제 모닥불 앞에서처럼 빛나는 눈빛을 가진 여자가 되어 그의 앞에 서 있다는 것을 알게 되었다. 그러자 어젯밤 우연히 그녀를 안고 키스를 나누며 느낀 그녀의 체취가 떠오르기도 했다.

하지만 다시 정신을 차리고 보면 자신의 과거와 현재가 떠오르면서 그녀 앞에서 부끄러워지고 만다. 그녀 앞에서 자신은 아무것도 아니라는 것을 알기 때문이다. 또한 그녀에 대해 이성으로서뿐만 아니라 어떤 목적을 위해 자신을 희생하고 있는 인격체로서도 그녀를 점점 흠모하게 되고 있었다.

그녀의 얘기를 듣자 마치 말로만 듣던 어떤 유명한 영화나 소설에 대해 하나둘씩 알아가는 느낌이 들었다. 처음에 가졌던 그 막연했던 내용이 구체화되면서 이제 그의 머릿속에 차근차근 그려졌다. 다시 현실로 돌아오면, 예상치 못한 상황으로 방금까지 위험에 맞닥뜨리게 한 그녀에 대해 약간의 섭섭한 것이 느껴져서 얘기한다.

"저한테 이런 설교나 하시려고 같이 가자고 부탁하신 거예요?"

제욱은 잠시 그녀에게 가졌던 연민의 감정을 접어두고 퉁명스럽게 묻는다. 눈으로는 외부를 연신 살피며 상황을 경계하고 있었다. 일부러 그녀의 시선을 외면한 채로 말이다. 하지만 그녀가 다시 제욱에게 얘기한다.

"우린 제욱 씨 같은 동지가 필요했어요. 과거와 같은 사업적 파트너 관계가 아닌 우리와 뜻을 같이할 수 있는 진정 용기 있는 사람 말이에요. 우리 NEXT 직원들은 어쩌면 모두 순진한 사람들이었을지도 몰라요. 아니 어찌 보면 모두 공부만 할 줄 아는 범생이었는지도 모르죠."

그녀가 그렇게 말하자 제욱은 그들이 자신을 어떻게 필요로 하는지 알 것 같았다.

"저들과 대항하기 위해서는 과거와 같은 방식에 한계가

있다고 판단해요. 우리가 더 거칠어야 한다는 주장도 있어요. 그래서 여러 번 제욱 씨에게 그런 신호를 주었지만 못 알아들었다고 해요. 하지만 어떤 강력한 신념만 가진 채 앞만 보고 살아가는 사람을 설득한다는 것은 무척 어려운 일이라는 것을 알게 되었어요. 누군가는 서로가 살아왔던 간극이 너무나 크기 때문에 그 벽을 깨기가 어렵다고도 하더군요. 제욱 씨뿐만이 아니라 대부분의 사람이 그렇긴 하죠."

그녀는 계속해서 말을 이어간다.

"숲 속의 나무 같은 거죠. 숲 속에 분명 존재하고 있지만 직접 보지 않았다는 이유로 그 실체를 의심받으니까요. 그래서 대다수의 사람은 가보지도 않고 나무는 없다고 해버려요. 실제로 숲 속에 존재하던 나무는 어처구니없게도 사람들의 마음속에서 사라져버리고 마는 거죠."

민서가 숲 속의 나무라는 말을 하자 그는 그녀를 다시 쳐다봤다.

"겉보기에 저들만큼 인간에게 편리한 혜택과 가치를 주는 회사도 드물다고 모두 느껴요. 한편으로는 그래서 저들이 더 위험한 거예요."

그녀는 다시 대화를 이어간다.

"그리고 과거로 돌아가서 보면 저들이 최소한 물리적으로 우리에게 직접적인 위협을 주진 못했어요. 하지만 지금 보세요. 저들이 띄우는 드론이나 감시용 로봇이 이 정도로 우리에게 위협을 줄 것이라 누가 생각이나 했겠어요."

그녀의 뜻밖의 얘기들에 제욱도 다시 집중해서 듣다가 아까 얘기한 것이 떠올라 다시 물었다.

"저를 필요로 했다고 하셨죠? 그리고 그들이 무슨 권한으로 당신들을 추적한다는 거죠?"

제욱이 이렇게 질문하자 민서가 정색하며 얘기한다.

"합법이든 불법이든 그들을 제지할 만한 것이 있겠어요? 그렇게 괴물이 되어가고 있는 저들과 맞서기 위해서는 우리에게도 더욱 많은 용기와 힘이 절실했어요. 하지만 우리도 저들과 마찬가지로 똥밭에서 굴러야 하느냐는 내부적 우려도 있었어요. 우리는 저런 자들과는 다른 존재라는 의식이죠. 하지만 우리는 분명한 지향점이 있고, 그걸 무시하고 마지막까지 고귀하려고 하는 것이 무슨 의미냐고도 얘기하더군요. 그렇게 고귀한 척해서 우리가 결국 이렇게 된 것이 아니냐는 것이죠. 저는 그런 논쟁들이 답답했어요."

그녀는 잠시 생각하다가 말을 이어간다.

"제욱 씨가 몸담고 있던 세상을 보세요. 거기에서는 올바르다는 것을 어떻게 따질 수 있나요? 올바른 것과 그렇지 않은 것을 이성적으로 구분할 수 있으세요? 아니 그 말 하기 전에 한번 묻고 싶어요. 대체 정의로운 게 뭐죠? 제욱 씨는 요즘 세상에 정의가 무엇이라 생각하세요?"

그녀의 뜻밖의 질문에 대답을 못 하자 그녀는 다시 얘기를 이어간다.

"세상은 이익을 위해서 움직이고, 그런 이익이 사람들이 말하는 정의라는 것에 많은 혼란을 주고 있어요. 어떤 학자는 그러더군요. 다수의 이익에 부합하는 것이 정의일 수도 있다고요. 제욱 씨는 어떻게 생각해요? 제욱 씨는 다수의 이익을 위해 살아본 적이 있으세요? 전 제욱 씨의 삶도 이해하지만, 사람들한테 진정 중요한 것이 무엇인지 조금만이라도 깨달으셨으면 해요."

민서의 도발에 제욱은 약간 당황했다. 하지만 이내 제욱이 말했다.

"그래도 이렇게 하는 것이 해결방법은 아닌 거 같아요. 이렇게 숨어다닌다고 상황이 뭐가 달라진다고 생각하세요? 저한테 설명 못 한 게 있을지 모르겠지만, 그런 게 있다면 그걸 위해 더 직접적인 방법을 선택해야지 이런 행동들이 무슨 의미가 있나요? 현실은 결국 이렇게 숨어 지내는 것밖에 없잖아요. 당신 말대로 그들이 너무 강력한데 이렇게 드론 몇 대 총으로 쏘아 버리는 것이 무슨 소용이 있냐고요?"

"우리도 한때는 다른 방식을 생각했어요. 그런 그들에 대항해 더욱 직접적이고 강력하게 대응하자고 말하는 사람들도 많았으니까요. 하지만 그것마저 초창기에 우리가 상황을 너무 쉽게 보면서 많은 사람이 죽고 다쳐 나갔어요. 그들은 생각했던 것보다 훨씬 강력했고, 또 생각했던 것보다 훨씬 잔인했고, 생각했던 것보다 훨씬 법 따위는 신경도 안 쓰고 있었어요. 그런 사실이 언론이나 미디어를 통해 일반적으로 알려지지 않고 묻혀 버리는 사실도 놀라웠고요. 사악하고 간사한 존재들일수록 어디가 권력인지 직감적으로 알고 쉽게 거기에 줄을 서려 하니까요. 그런 현실들이 그들을 더더욱 거침없게 만들었어요. 어떻게 보면 그런 안일한 생각이 상황을 이렇게 만들어버린 것 같아요. 제욱 씨도 지금 자신의 상황이 그렇게 될 거로 생각해본 적 있으세요?"

그렇게 진지하게 오랫동안 얘기하던 민서는 제욱의 눈을 한동안 응시해서 쳐다본다. 마치 어제 다정한 연인 사이일 뻔했던 것을 알려주는 듯한 미소를 머금은 채 말이다. 제욱도 어제 바라보던 그녀의 얼굴이 떠오른다. 최소한 그 순간만큼은 그녀를 사랑할 수도 있다고 생각했기 때문이다. 그녀의 질문과 표정에 이런저런 생각을 하던 제욱은 다시 현실로 돌아와 그녀에게 묻는다.

"그래서 어떻게 하시려고요?"

"우선 시간이 걸리더라도 평인시로 우회해서 가야 할 것 같아요. 최대한 눈에 띄지 않게 이동한 후에 기차나 광역전철을 타고 서울까지 이동해야겠어요."

그렇게 단호하게 얘기하는 민서의 모습을 본 제욱은 외부를 경계하던 자리에서 일어나 몸에 묻은 먼지를 턴다. 그리고 조용히 그녀 앞으로 걸어가 손을 내밀며 묻는다.

"아까 오토바이에서 떨어지면서 어디 다친 데는 없어요?"

어제의 연인처럼 다정한 손짓이었다. 그녀가 그런 그를 보며 미소 짓자 제욱은 그녀의 바지 뒷주머니에 있는 총을 가리키며 자신에게 맡기라는 표현을 하며 일으킨다.

"다친 데 없냐고 물어보시니 레거시 그 새끼들이 한 만행이 또 생각나네요."

그녀는 그렇게 말하며 레거시에 대한 얘기를 이어간다. 레거시사는 막대한 개인신체정보를 확보해 이를 바탕으로 여러 방면에 실용적이며 편의성을 갖춘 서비스들을 시장에 런칭하기 시작했다. 뇌파, 심박수, 체온, 유전자 정보 등 수집된 개별적인 생체정보를 통해 스마트폰에서도 간단하게 개별 사용자들의 건강 상태, 신체 정보, 질병 감염 가능성 등에 대해 상당히 신뢰할 만한 수준으로 제공할 수 있게 되었고 이는 포털정보서비스 시장을 뒤흔드는 엄청난 파급력을 가져다줬다.

"또 이런 서비스에 대해 개별적인 동의 절차를 받아 법률적인 문제를 해결해 버렸죠. 사용자 입장에서도 이런 막대한 혜택 앞에 개인적인 생체정보 제공이라는 것은 더 이상 민감하지 않은 것이고요. 이때부터 레거시사는 시장에서 브레이크 없는 독주를 시작했어요. 국내 정보포털서비스는 물론 사물인터넷과 산업기기에 사용되는 OS 시장까지 진출했으니까요."

레거시사의 생체정보 기반한 알고리즘은 의료부문에서는 맞춤형 의료진단서비스를 가능케 했고, 이를 통해 의료산업의 대대적인 체질 개편이 불가피하게 만들었다. 특히 개인 의료진단 서비스는 중소형 의료기관의 주수입원이었으나 레거시사의 프로그램은 이를 극적으로 악화시키는 계기가 되었다. 즉, 지방 소재의 소규모 의료기관을 중심으로 도산과 폐업이 현실화됐고, 특히 소외된 지역일수록 이런 경향은 더더욱 두드러졌다.

　　"레거시사의 높은 진단율에 대해 획기적이라며 미디어에서 대서특필했던 것 기억나세요? 그로 인해 수많은 중소병원이 도산하게 되어 결국 의료공백으로 나타났는데도 말이죠. 언론들도 한 치 앞을 내다보지 못하는 거 같아요. 아니면 한 통속일 수도 있고요."

　　정부에서는 의료공백을 막기 위해 여러 가지 지원책과 지역 보건소를 통한 공공 의료를 확대하려고 노력했으나 산업 전방위로 이어지는 레거시사의 소프트웨어 종속과 독과점 현상은 산업의 붕괴를 위한 예고편에 지나지 않았다.

　　그녀는 그렇게 생각에 잠기며 설명을 한다. 그런 그녀가 다시 일어나려 하자 제욱이 그녀에게 손을 내밀어 준다. 그런 모습이 사랑스러웠는지 제욱의 손을 잡고 일어난 민서는 그의 얼굴을 잠시 그윽하게 바라본다. 그러다가 눈을 감으며 조심스럽게 제욱의 입술에 키스를 한다. 그런 짧은 키스 후에 다시 눈을 뜨고 제욱을 바라보며 말한다.

"네. 다친 데는 없어요. 그렇게 말하니 사랑하는 연인이 걱정해주는 말투네요. 달콤하게 들려요."

그녀의 갑작스런 키스에 제욱이 어색해하는 사이 그녀는 짧은 미소를 그에게 전해주고 외부로 걸어나간다. 제욱도 그런 그녀의 돌발 행동이 사랑스럽게 느껴졌다. 그도 곧 얼굴에 미소를 지은 채 밖으로 나간 그녀를 따라간다.

"그래도 총을 갖고 있다는 것 정도는 미리 얘기하셔야 하는 거 아녜요? 그리고 상대는 '레고'가 아니라 '레거시'라고요. 그거 가지고 레거시사 들어갈 수도 없을 텐데요?"

"우선 레거시사까지 가는 게 위험한 일이니까요. 총에 대해 미리 얘기 못 한 건 미안해요."

그녀는 짧게 말하고는 팔짱 낀 채 그를 잠시 쳐다본 후 이동을 재촉하는 눈치다. 총에 대한 논란을 더 이상 얘기하고 싶지 않은 이유기도 하다.

둘은 다시 오토바이를 타고 달리기 시작했다. 뒷좌석에 앉은 그녀는 제욱의 허리를 아까보다 더 세게 꼭 껴안았다. 그런 그녀의 행동이 제욱은 사랑스럽게 느껴졌다. 지금과 같은 무거운 임무가 아니라면 한적한 곳으로 그녀와 단둘이 떠나보면 어떨까 하는 생각도 들었다.

하지만 현실로 돌아오면 이동 과정 자체는 그 어느 때보다도 더 긴장됐다. 그들의 존재가 혹시라도 발각되지는 않았을까 하는 우려 때문이다. 물론 선탠이 진한 헬멧을 쓰고, 추적이 가능한 GPS 및 디지털 기기들은 소지하지 않아 상대적으로 신원이 노출되기는 어렵겠지만 아무래도 총격으로 공격당한 상황을 레거시사 입장에서 어떻게 대응할지가 걱정된다. 그들은 그런 걱정 속에 시골 도로를 최대한 우회하며 조심스럽게 평인시에 도착했다.

평인시는 인구가 50만 명 정도의 도시라 도서지역에 비해 의도적이며 아날로그적인 추적은 훨씬 어려울 수 있다. 평인시에 도착한 그들은 광역 전철망을 이용해서 서울로 향했다.

"서울에 도착했을 때 계획이 있으세요?"

이제야 전철에 타서 숨을 고르고 있는 민서에게 옆자리에 앉은 제욱이 걱정스러운 눈으로 바라보며 물어본다.

"저는 그들의 리스트에 있지 않아 노출될 위험은 크게 없을 거예요. 제가 NEXT사에 합류한 시점이 얼마 되지 않았으니까요. 또 우리가 의도한 방향성이 우선 프로그램 설치와 전파 후 실현되는 알고리즘이라 지금 당장 그들이 문제를 발견하지는 못할 거예요. 하지만 제욱 씨가 도와준다면 일을 더 쉽게 할 수는 있겠죠."

그녀는 그 커다란 눈망울을 반짝이며 제욱에게 얘기한다. 부탁하는 것처럼 보이지만 압력처럼 느껴지기도 했다. 그런 그녀의 뜻밖의 요청이 부담스러웠지만, 힘들었던 지난 며칠간 그를 간호해준 그녀의 행동들과 그녀에 대한 연민의 감정이 다시 살아나면서 거부하기가 어려운 부탁이라는 것을 느끼게 된다.

"그래서 제가 어떤 일을 도와드리면 되는데요?"

Legacy

    레거시 서울 지사에 도착했다. 마감일이 몰린 탓인지 레거시 본사엔 많은 개발자가 프로그램 검증 서버인 Contents Hub 앞 자동 업로드 기기 앞에 길게 줄을 서서 기다리고 있었다. 해킹 방지 목적이라고는 하나 자동화와 인공지능의 시대에 개발자들을 이렇게 줄 세운다는 것은 아무리 메모리카드를 통한 수기 업로드라 해도 원시적이기도 하고 어이없는 광경이다.

    가까스로 3시에 도착했지만 앞에 줄을 선 개발자들 규모를 추정하면 마감 시간인 4시까지 업로드를 마치기는 불가능할 것으로 보인다. 민서는 점점 초조해진다. 그런 민서가 신경 쓰였는지 제욱이 얘기한다.

    "여긴 뭐 맛집이라도 되나요? 사람들 줄 세워서 자랑이라도 하려는 것 같네요. 항상 이렇게 사람들이 마감 시간 임박해서 아등바등하나요?"

    그때 그의 얘기를 들은 건지, 못 들은 건지 민서가 갑자기 창구에 대기 중인 레거시사 직원에게 소리 지른다.

"사람들이 이렇게 몰려있고 마감 시간은 촉박한 데 무슨 대책이 있어야 하는 것 아니에요? 지금 어느 시대인데 아직도 사람들 줄 세우고 있는 거죠? 사람들 줄 세워서 당신네 회사 위용을 자랑하고 싶은 건지는 몰라도 다 바쁜 사람들이란 말이에요. Hub를 늘려주던가 해야 할 것 아냐?"

뜻하지 않은 그녀의 고함에 데스크에서 대기 중인 직원이 마이크를 통해 얘기한다.

"레거시사는 외부 해킹에서 서버를 안전하게 보호해 검증된 콘텐츠만 제공하는 것을 최우선 과제로 생각하고 있습니다. 이런 과정은 고객들을 안전하게 보호하는 최선의 방침입니다. 시간이 걸리더라도 당사의 기준을 준수해 주시기 바랍니다."

데스크 직원의 기계적인 대답에 민서는 다시 목소리를 높여 얘기한다.

"결국 당신들 정책 때문에 수많은 양질의 콘텐츠가 없어질 수도 있다고요. 많은 우수한 개발자들이 심혈을 기울여 만든 거라고! 그따위 정책 거들먹거릴 동안 다른 대안을 만들어 보라고요! 우리는 엄연히 당신네 파트너들이고, 당신들 돈 벌어 주게 하는 사람들이라고요! 어디서 무한 반복 훈계질이죠?"

그녀가 화나서 소리 지르자 줄을 기다리던 개발자들이 일제히 이 광경을 쳐다본다. 그러자 경비원 5명이 다가와 그녀를 에워싸기 시작한다. 갑작스러운 상황에 당황한 제욱도 그녀를 제지하면서 위압적으로 다가오는 경비원들을 막아선다.

"당신은 지금 위험한 행동을 하고 있습니다. 당장 행동을 멈추고 자리로 돌아가시기 바랍니다. 이런 행동이 지속되면 사법 당국에 신고될 수도 있습니다."

"뭔 개소리야? 항의도 못 해? 기껏 항의했다고 당신들이 이렇게 협박하는 거야? 이 여자 몸에 손이라도 대봐. 그 순간 바로 골로 갈 테니까. 내가 누군지 알고 이러는 거야?"

"존댓말을 사용하십시오. 당신은 공적인 기능을 수행하고 있는 레거시사 건물 내에서 위험한 행동을 하고 있습니다. 준 국가시설에 위협을 가할 수 있는 행동은 법률로 엄격히 규제하고 있고, 우리에게 부여된 사법경찰 기능을 동원해서 당신을 제압할 수도 있습니다. 위험 행동이 지속되고 반말을 계속 사용하실 경우 모욕죄로 처벌할 수도 있고 이런 행패가 지속되면 업무방해죄로 경찰서로 연행해갈 수도 있습니다."

"뭔 소리야. 몇 마디 했다고 경찰을 부른다고? 당신들 사람을 뭐로 알고 이러는 거야?"

이렇게 말한 제욱은 화가 나서 들고 있던 가방을 경비원한 명에게 던지듯 밀친다. 그러자 경비원의 양쪽 어깨에 경보등이 일제히 켜지면서 그를 제압하려 한다. 이를 눈치챈 민서가 에워싼 경비원들을 밀치며 달아나고 경비원 5명이 일제히 제욱을 에워싼다.

한편 그 소동이 일어나자 내부는 일제히 경보가 울리면서 자동 업로드 기기의 위와 아래에서 칸막이가 내려와 닫히려 한다. 이를 간파한 민서가 기기 앞으로 다가가서 포트에 메모리카드를 꽂으며 분주히 프로그램을 업로드한다. NEXT사에서 파악하기로는 바로 이런 짧은 순간이 OS의 경계 모드가 순간적으로 해제되면서 방화벽 작동이 멈추게 되어, 그들이 개발한 프로그램뿐만 아니라 침투용 해킹 위장프로그램도 업로드할 수 있는 순간이기 때문이다.

하지만 그 완벽을 자랑하는 레거시사에 왜 이런 보안 공백이 있는지는 아무도 모른다. 아마도 레거시사의 강력한 영향력을 우려한 내부 프로그래머가 수많은 양심적인 해커들의 참여를 독려하기 위해 만들어 놓은 일종의 개구멍이라는 소문도 있다.

그녀가 그렇게 차근차근 프로그램을 업로드하는 사이 경비원들에게 둘러싸인 제욱은 더욱더 저항한다. 불같은 성격의 자신을 건드린 자들을 그냥 둘 수는 없기 때문이다. 그런 숨 막히는 공방전이 오가는 도중 경비원 한 명이 그에게 테이저건을 발사한다. 테이저건을 맞은 제욱은 그대로 바닥에 쓰러지고 만다.

제욱은 눈을 떠보니 온몸이 결박당해 있었다. 눈은 앞을 가렸지만 흔들리는 진동으로 볼 때 달리는 차 안이라 생각했다. 결박을 풀려 발버둥 치자 경보음이 울리며 묶여있는 그에게 전기 충격이 가해진다. 그러면서 주변에서 키득거리는 소리가 들린다. 어디선가 대화를 나누는 음성이 들려오지만 뚜렷하지는 않다. 다만 레거시사 건물에서 그런 일이 있었다고 이런 일을 당한 것이 어이가 없었으나, 현재 그를 짓누르고 있는 이런 상황은 그를 더욱 절망하게 했다.

그렇게 한참을 달리던 차량은 잠시 정차했다. 그리고 문이 열리자 그의 곁에 앉아있던 사람들이 우르르 나가는 소리가 들렸다. 그럴 때 제욱도 몸을 일으켜 무슨 일인지 살피려고 하자, 손과 발에 묶여있던 잠금장치가 느슨하게 벌어져 제욱이 조금 움직일 수 있게 된다. 그 순간 장치를 떼어내려 힘을 주자 갑사기 강력한 전기가 흐른다. 순간적으로 너무 강한 전기라 제욱도 털썩 힘이 빠져 버렸다. 마치 제욱의 행동을 모니터링하듯 이상 행동에 전기 충격이 가해진 것처럼 보인다.

그렇게 온몸이 꽁꽁 묶여 꼼짝도 못 하게 하다가 일정 시간이 지나면 잠금장치가 다시 느슨해진다. 마치 누군가가 CCTV를 확인하고 버튼 누르기를 반복하는 것 같았다. 하지만 발목과 손목 장치는 여전히 붙어있어서 안에서 이상 행동을 하면 빨간색 경고등이 요란하게 울리다가 얼마 후 어김없이 전기가 흐르면서 충격을 준다. 그렇게 몇 번 당하고 나니 제욱도 주눅 들 수밖에 없었다. 아마도 제욱의 행동 정도에 따라 전기 충격 강도를 조절하고 있는 것처럼 보였다. 맞는 것은 견딜 수 있었지만 전기 충격은 제욱도 당할 수가 없어 꼼짝없이 이곳에 묶이게 되었다.

그러다가 다시 제욱의 몸을 묶고 있는 장비 전체가 어딘 가로 미끄러지듯 들어간다. 그리고 뚜껑이 닫히는 소리로 보아 캡슐에 들어가 잠긴 듯한 느낌을 받았다. 다시 몸을 움 직이기에는 전기 충격의 공포로 어떻게 하지도 못하는 상황 이다. 이때 장치가 다시 컨베이어벨트를 타듯 이동하는 것 이 느껴졌다. 트럭에서 나와 다른 어딘가로 옮겨지는 것 같 았다.

그가 이런저런 생각을 하는 사이 갑자기 밖에서 소동이 일어난 듯 요란한 소리가 들렸다. 그러다가 비명과 부서지는 소리, 격투 소리 등이 들린다. 제욱도 뭔가를 직감한 듯 온몸 에 묶인 결박을 풀려 다시 한 번 안간힘을 쓴다. 하지만 단단 하게 묶인 결박 장치는 꿈쩍도 하지 않는다.

그렇게 한참을 지나자 갑자기 캡슐 외부 버튼을 누군가가 이리저리 누르고 있는 것이 느껴졌다. 긴장한 제욱이 다시 온몸을 흔들며 장치에서 벗어나려 안간힘을 쓸 때 문이 열리 며 귀에 익은 목소리가 들린다.

"형님, 괜찮으세요?"

그를 구하러 온 사람은 다름이 아니라 그의 직속 부하인 GW사의 이근형이었다. 부하와 같이 온 그들의 목소리를 듣자 제욱도 그제야 안도하며 묻는다.

"구해주려면 빨리 오지 왜 이렇게 늦었어? 빨리 눈에서 안대나 좀 벗겨봐!"

그러면서 나머지 장치도 풀 것을 재촉한다.

"근데 여기는 어떻게 알고 온 거야?"

"노민서라는 여자분이 전화를 걸어왔어요. 저희도 계속 형님 소재를 찾고 있었어요. 빨리 와서 구해드리지 못해 죄송합니다. 어디 다치신 데는 없으세요?"

근형은 장치에 결박당한 제욱을 풀어주며 얘기한다.

"너희 여기 온 거 박 사장이 알면 가만히 안 있을 텐데 어떻게 온 거냐?"

결박이 풀려 장치에서 일어난 제욱이 얘기한다.

"뭐, 이미 콩가루가 됐는데 어쩌겠습니까? 그래서 우리도 형님을 계속 찾고 있었고요. 지금 김영진이 엄청 안테나 켜고 다니고 있습니다. 우리 애들도 데려다가 족치려 눈깔에 불을 켜고 있고요. 형님이 잡혔다는 소식 듣고 저 짭새 새끼들이 김영진에게 넘겨준다는 얘기도 들어서 부리나케 달려온 겁니다. 조금만 늦었어도 김영진이 들이닥칠 뻔했습니다."

"그 새끼들 경찰이었지? 이제는 경찰도 레거시사 들러붙어서 밑구멍이라도 닦아주고 뭐라도 주워 먹으려고 하나 보네?"

경찰이라는 말에 발끈한 제욱은 캡슐을 빠져나와 황급히 차량에 올라타면서 얘기한다. 차량이 출발하자 귀에 익은 목소리가 들린다.

"제욱 씨 괜찮으세요?"

뒷좌석에 탄 제욱은 승용차를 운전하는 여자가 다름이 아닌 민서라는 사실에 놀란다. 특유의 밝은 얼굴로 맞이해주는 그녀의 얼굴을 보자 그도 반가움을 감추지 못했다. 그녀의 생사가 궁금했기 때문이다.

"네, 민서 씨… 전 괜찮아요. 어디 다치신 데는 없고요?"

"이런 상황에서도 제 걱정을 해주시니 스윗하게 느껴지네요. 괜찮으시다니 다행이네요. 근데 제가 본 제욱 씨는 늘 싸움을 못 하시네요."

백미러를 고쳐 잡아 제욱을 내다보며 그녀가 얘기하자, 그도 약간 어색해하며 시선을 피한다.

"싸움할 기회가 마땅치 않았네요. 그나저나 어디로 가시는 건가요?"

옆자리의 근형을 바라보며 어색한 미소를 짓는 제욱이 묻는다.

"식사 안 하셨죠? 우선 식사부터 하셔야죠."

제욱은 누구의 방해도 없이 그녀를 곁에 붙잡아 두고 싶은 마음이 생기고 있었지만, 그건 제욱의 욕심이었다. 그렇다고 그녀를 그대로 보내기도 위험했다. 그래서 제욱은 계속 망설였다. 그녀에게 아무것도 해줄 수 있는 것이 없지만, 그녀가 떠나가는 것은 더 불안했기 때문이다.

그런 상황에서 지인을 통해 당분간 쉬어갈 수 있는 숙소를 구했다는 말이 들려왔다. 너무나 기쁘고 반가웠다. 하지만 그녀 앞에 아무것도 아닌 모습으로 서 있는 것이 부끄러웠다. 그녀와 제욱은 아무 관계도 아니기 때문이다. 제욱이 근형과 함께 그녀를 숙소에 데려다주고 나오려 하자 그녀가 말한다.

"나 혼자 있으라고요?"

그녀의 뜻밖의 얘기에 제욱은 잠시 당황한다. 그런 둘의 상황을 눈치챈 근형은 헛기침하며 집 밖으로 나간다.

"전 가까운 데 있을 테니 걱정하지 말아요."

"무슨 남자가 이렇게 무책임하게 여자를 아무도 없는 집에 내팽개치고 간다는 거예요?"

그녀가 반색하며 묻자 제욱은 우물쭈물 아무 말도 하지 못한다. 그러자 그런 제욱이 귀엽기라도 하다는 듯이 그녀가 웃으며 말한다.

"무서워서 그래요. 귀신 나올까 봐."

"아, 귀…귀신. 맞다. 여기 귀신 나오기 딱 좋게 생기긴 했네요."

제욱은 얼굴이 빨개지며 식은땀이 흐르고 말을 더듬거리기 시작했다. 그런 제욱의 모습이 귀엽다는 듯이 그녀는 제욱의 머리를 끌어당겨 키스한다. 그녀의 도발에 제욱은 당황했지만 이내 그도 더욱 거칠게 그녀를 안는다. 그녀를 그토록 갖고 싶었던 만큼, 오랫동안 바라보던 서로가 이제야 상대의 마음을 확인하게 된 것처럼 말이다.

제욱은 그녀에게 집중하면 할수록 아무것도 생각나지 않았다. 마치 지금 이 시간, 이 공간만큼은 모든 게 멈춰있는 것 같았고, 민서와 자신만을 위해 외부와는 단절된 알 수 없는 시공간에 남겨진 것 같았다. 그가 어렴풋하게 인지하던 시간조차도 점점 그녀와 함께하면서 멀어져가고 있었다.

그렇게 온전히 그녀의 모든 것에 집중하게 되자 둘은 서서히 하나가 되어가고 있었다. 그동안 그녀와 자신을 갈라놓았던 상황과 사건 같은 그 불편한 경계마저도 서로의 감정으로 허물어지며 둘은 그 깊고 진한 키스로 대화하고 서로의 마음에 잊을 수 없는 흔적을 남기고 있었다. 언어를 벗어난 말할 수 없는 교감으로 서로의 마음을 확인하게 된 둘은 서로의 옷을 벗기며 점점 하나가 되어간다.

아침이 밝아 눈을 떠보니 노민서는 침대에 걸터앉아 안경을 쓰고 노트북으로 무엇인가를 심각하게 바라보고 있었다.

안경 쓴 모습을 처음 본 제욱은 그런 그녀의 모습이 더 섹시하게 느껴졌다. 그녀는 제욱이 눈 뜬 것을 알자 안경을 벗고 다시 그의 곁에 눕는다.

"일어나셨어요?"

"일찍 일어났네요? 배고프지는 않아요?"

그녀는 다시 제욱에게 다가와 사랑스러운 미소를 지으며 가볍게 입을 맞춘다. 그리고 다시 그의 얼굴을 빤히 쳐다보다가 말을 이어간다.

"근데 지난번에 우리 회사로 왜 찾아오신 거예요? 그렇게 피투성이가 된 채로?"

민서가 침대 위에서 제욱의 어깨 근육을 손가락으로 만져보며 물어본다.

"그때 일은 잘 모르겠어요. 단지 뭐 이런 식으로 진행되는 건 아니라는 생각이 들었고, 그런 얘기를 해야 한다고 생각했는지도 모르죠."

그는 어색한 미소를 지으며 얘기한다.

"그러면 회사 일은 어쩌시려고요?"

민서는 다시 제욱의 팔베개를 한 채 그를 바라보며 말한다. 제욱의 눈에 그런 그녀의 모습이 너무나 사랑스럽게 보였다. 하지만 그런 질문은 다시 제욱을 현실로 내몰며 괴롭게 했다. 시대가 변했다는 이유로 NEXT사와의 협력관계를 무시하고 레거시사의 개가 되겠다는 GW사 박영수 대표가 생각났다.

박영수와 이제욱은 밑바닥부터 피를 흘리며 지금의 회사를 만들었다. 하지만 시대의 변화 앞에서 둘은 다른 생각을 하게 되고 말았다. 아니, 그 정도가 아니라 서로의 눈에 띄면 누구든 생사를 장담하지 못할 사이가 되고 말았다. 뜻을 같이 못 한다면 서로에게 너무나 위험한 존재가 될 뿐이기 때문이다. 어릴 적 고생하며 살아온 그들이지만 그런 생리를 서로 너무나 잘 알고 있다. 한낱 동정 따위가 서로의 안정과 목숨을 보장하지 못하기 때문에 이젠 서로 죽이는 일만 남았다.

"서울 올라올 때만 해도 어떻게든 해보려고 생각했는데 지금은 저도 모르겠어요. 서울에 와 보니 그대로 있을 수 있는 상황도 아니고요. 내가 저놈들 앞에 나타나면 살려두지 않을 거고, 저도 저놈들 가만두지 못할 거예요. 대신 제가 지금은 힘이 없는 게 문제죠. 뭔가 다시 해보기는커녕 도망자 신세가 되고 말았네요."

"세상이 너무도 숨 쉴 틈 없이 바뀌고 있어요."

그녀는 제욱의 말에 고개를 돌려 천장을 바라보며 말했다. 그러자 제욱이 말을 이어간다.

"오랫동안 일만 하며 그 안에 갇혀 살다 보니 무뎌진 것 같다는 생각도 들어요. 지금 생각해보니 저 자신이 한심하기도 했어요. 나름대로 열심히 살아왔다고 생각했는데 어느 순간 보니 다 한심한 것에 이용만 당해왔으니까요."

그를 가만히 쳐다보던 그녀가 다시 말을 이어간다.

"소리 없는 전쟁이 이 지구를 휩쓸고 있어요. 하지만 저들을 보세요. 저들은 그 누구의 동의도 없이 권력을 쟁취했어요. 누구도 관심 갖지 않는 상황에서 말이죠. 하지만 우리는 그동안 무관심했던 대가를 차츰 치르고 있어요. 그 대가가 이렇게 끔찍하다는 걸 미리 알았더라면 인간들은 어땠을까요? 그들은 이제 많은 사람의 무관심을 비웃으며 합법적으로 차근차근 인간 삶의 가장 은밀하고 치명적인 영역마저 침범해 오고 있어요. 아주 느린 속도였지만 어느덧 우리 앞에 모든 것을 다 바꿔놓은 채 말이죠. 세상을 다 가진 지금 팔짱을 끼고 우리를 비웃으며 내려다보고 있어요."

그녀는 다시 말을 이어간다.

"제욱 씨가 저희와는 다른 세상에 살고 있었다는 것 잘 알고 있어요. 같은 세상이지만 그걸 못 봤다면 다른 세상에서 살고 있는 것과 다름없는 거죠. 하지만 냉정하게 생각해 보세요. 이건 완전히 같은 세상이에요. 바라보는 차이가 있다는 이유로 우리는 같은 모습을 다르게 보며 판단하고 있고, 전혀 다른 결론을 내려버린 채 지금까지 살아가고 있었던 거죠. 제가 말한 것들이 우리가 사는 곳이 아닌 다른 곳에서 벌어진 것일 뿐이라는 착각만 한 채 말이죠."

그렇게 말하자 제욱이 진지한 그녀의 얼굴을 다시 한 번 바라본다.

"그런 아주 사소한 무관심과 차이로 우리가 살고 있는 세상이 극적으로 쪼개져 버린 거죠. 그냥 역할에 충실히 살다 보니 그렇게 살았다고 변명할 수도 있어요. 거기서 나름의 방식으로 살아남으려 발버둥 치며 살다 보니 그런 모습을 갖게 된 것이겠죠. 하지만 그런 것들이 면죄부는 될 수 없다는 것 이제는 아셔야 해요. 우리와 오랫동안 협력관계였지만 그것은 다분히 계약 관계 이상도 이하도 아니니까요. 이 세상은 어쩌면 그런 수많은 방관자가 속수무책으로 만들어온 부분도 분명 있어요. 한 번쯤은 세상을 달리 보실 때도 된 것 같아요. 이 세상은 제욱 씨가 생각하는 것 말고 정말 중요한 게 따로 있다는 것을요."

그녀가 누워있던 몸을 움직여 엎드린 채 턱을 괴고 제욱을 사랑스럽게 바라본다. 제욱은 그런 그녀의 모습이 사랑스러워 그녀의 얼굴을 만지며 말한다.

"그래서 민서 씨는 지금 자신이 원하는 성공적인 삶을 살고 있다고 생각하세요? 지금처럼 사는 것 말이에요."

그러자 그녀가 정색하며 말한다.

"성공적인 삶이요? 그게 뭐죠? 우리는 과거를 통해 미래를 배워야 해요. 또 거기서 용기를 얻어야 하고요. 세상은 수많은 사람이 흘린 피의 희생, 그 혜택으로 가까스로 야만에서 벗어났어요. 아주 가까스로 말이죠. 하지만 지금은 어때요? 이게 우리가 원했던 세상이에요? 한 가지의 가치만 옳다고 다들 믿고 환호하는 세상 말이에요. 만약에 그렇지 않다고 생각했는데 결과가 이렇다면 우리는 모두 직무 유기자예요."

제욱은 그녀가 이렇게 말할 때마다 여자가 아닌 투사 같다는 생각이 들었다. 그녀를 안은 순간에는 온전히 자신만의 여자가 된 것 같지만, 그런 얘기에 대해서는 한 치의 흐트러짐도 없는 신념을 지닌 사람처럼 보이기 때문이다.

"사람들은 세상일을 너무 쉽게 자기 눈으로만 보려고 해요. 사실 세상은 사람들이 생각하는 것보다 훨씬 빨리 바뀌고 있는데도 말이에요. 이런 방향성을 만든 세력들조차도 자신들이 벌인 것이 어디로 향하고 있는지 모르고 있어요. 핸들이 빠져버린 폭주 자동차가 브레이크마저도 없는 상태라고 할 수 있어요. 아시겠어요? 예전 같으면 반성부 운동이나 독재타도 운동, 민주화 운동이라도 했겠지만, 지금은 전혀 다른 세상이에요. 지금은 그런 존재조차도 완전히 알지 못하고 무엇이 좋은 것이고 무엇이 나쁜 것인지 판단하는 것조차 어려워졌어요. 인터넷과 스마트폰이 처음으로 생겼을 때 그 편리함에 열광했지만, 이것으로 수많은 직업이 사라진 것 아세요? 20세기에는 명백한 투쟁의 실체가 있었지만 지금은 아무것도 보이지 않아요. 지금도 마찬가지예요. 우리는 지금도 투쟁하고 있지만 앞으로 다가올 미지의 적은 아무도 몰라요. 어쩌면 우리가 지금 싸우고 있는 적도 그때는 다시 우리 편이 될지도 모르죠. 아까도 말씀드렸지만 무엇이 나쁘다는 가치판단조차도 시점에 따라 달라지고 어려울 수 있는 세상에 살고 있으니까요."

그녀는 계속 말을 이어간다.

"만약 그런 것들이 이런 상황을 만들 거라고 사람들이 예측하고 말해줬더라면 그 당시 사람들은 이것을 찬성했을까요? 물론 그 당시에는 그 기술이 주는 혜택과 편리함에 기뻐하겠지만 차츰 눈이 멀어지겠죠. 나중에는 자신들의 직장도 빼앗고 결국 자신들의 목숨마저 위협하고 마는 상황을 맞이하게 되고요. 달콤함에는 언제나 대가가 있기 마련인데, 사람들이 잘 모른다는 것이 문제예요. 믿기 힘들지만 우린 그런 사회에서 살고 있어요."

그는 그녀가 하는 말을 들으며 과거에 진실이라 믿으며 살아온 것에 대한 허상을 차츰 알게 되었다. 하지만 이제 알게 된 이런 자각으로 지금까지 믿었던 과거를 다 뒤집어엎는 일은 주저됐다.

"제욱 씨 동생 형철 씨는 대단한 분이에요. 뛰어난 역량을 가졌고 그 누구도 범접할 수 없는 확고한 신념을 지닌 분이기도 해요. 그분은 그 신념을 위해 자신의 모든 것을 내려놓고 희생하시는 분이에요."

그녀가 이형철의 얘기를 불쑥 꺼내자 제욱도 잠시 눈빛

이 흔들린다. 그녀가 동생 얘기를 꺼낸 이유를 잘 알기 때문이다. 제욱은 내부적으로 분명히 심적인 변화를 느끼고 있었지만 스스로 준비가 되지 않은 것 같았다. 무엇보다 과연 자신이 그럴 자격이 되는지 의심했다. NEXT사에서 만났던 사람들과 자신을 비교해 봤을 때 왠지 초라한 존재라고 느껴졌다. 또 과거 자신의 무지로 동생인 형철에게 자기 생각을 강요하던 생각도 떠올라 괴로웠다. 그런 그를 민서도 잘 아는 것처럼 말한 것이다. 제욱은 그녀에게 대답하는 대신 일어나 옷을 입는다.

"저 밖에 좀 다녀올게요."

06

수없이 늘어선
도플갱어들

"저희도 늘 이런 식으로 사업활동을 할 수만은 없습니다. 대한민국에 기업가치 이상의 사명감으로 진출한 것은 사실이지만 우리도 엄연히 이익을 내야 하는 기업입니다. 하지만 최근 대한민국 정부가 보여준 모습은 자유로운 시장질서를 교란시키는 만행을 거듭한 과거 정권과 다를 바가 없습니다. 대한민국 정부도 글로벌한 경제 환경이 어떻게 펼쳐지고 있는지 뚜렷이 직시하고 정책을 펼쳐 나가셔야 합니다."

레거시사 한국지사장인 톰슨 리가 경제부총리인 이민국에게 강력한 불만을 얘기한다. 글로벌 기업으로서 국내 총생산의 40% 가까이 차지하고 있는 레거시사는 오늘따라 한층 목소리를 높여 불만을 얘기한다. 특히 최근 법인세 인하와 글로벌 기업의 역내 세금부과 문제에 대해 정부 측의 성의 있는 답변을 지속적으로 요구해 오고 있었다. 하지만 대한민국 정부는 그들의 요구에 이러지도 저러지도 못하면서 여러 핑계로 구체적인 답변을 회피하고 있을 뿐이다.

이번 회의도 애초 장관급이 아닌 총리급 이상으로 회의 참석자를 격상시키도록 정부에 요청했다. 그러나 총리가 다른 일정을 이유로 참석하지 않자 이에 강력한 불만을 제기하고 있다. 하지만 일개 한국지사장이 일국의 총리를 자신의 사무실로 부른 것은 아무리 자신들의 입지가 강해졌다고는 해도 상당히 고압적이고 비상식적이라는 의견이다. 물론 레거시사 입장에서도 그런 비난을 모르는 것은 아니겠지만 굳이 그런 식으로 경제부총리를 불러서 압박하려는 것은 더 큰 이유가 있어서다.

"우리는 최대한 기업활동에 어려움을 느끼시지 않도록 관련 법률을 제도화하고 정비하고 있습니다. 특히 레거시사가 요청한 사항에 대해서는 무엇보다도 신속하게 관련 기관들과 협의를 거쳐 빠른 결과를 내도록 진행하고 있습니다. 하지만 말씀하신 역내 세금부과 문제는 일부 부처에서 진행할 수 있는 사항이 아닙니다. 관련 부서에서 법률 개정작업도 필요하고, 이를 통해 국회에 개정 법률안을 산정하고 통과시켜야 하는데 물리적인 시일이 소요될 수밖에 없습니다. 무엇보다 국내 여론도 안 좋고요. 시간이 걸리더라도 조금만 기다려 주시면 원하시는 결과가 나올 수 있도록 행정부에서 최대한 노력을 하도록 하겠습니다."

"그래서 그 일정이 얼마나 걸린다는 건데요? 우리가 대한민국에서 기업활동을 해서 창출하고 있는 경제적 효과가 얼마나 되는지 아십니까? 제가 한 가지만 말씀드리겠습니다. 본사에서는 저희 한국지사를 상당히 무능하다고 보고 있습니다. 그 정도의 막대한 생산활동을 하고 상당한 고용창출로 한국 경제에 이바지하고 있으면서도 한국 정부 측의 적극적인 협조를 얻어내지 못하고 있다는 판단이죠. 아니 그런 것보다 당신들의 반기업 정서에 어이없어하고 있습니다. 당신들이 그런 얘기 하셨죠? 기업규모에 맞는 국가 내 역할이 필요하다고요."

톰슨 리의 얘기를 이민국은 듣기만 할 뿐이다.

"우리는 우리가 가진 강력한 지식재산권을 모두 아일랜드로 당장 옮길 수도 있습니다. 그러면 대한민국 정부와 이런 실랑이를 할 필요도 없는 거죠. 또 기업을 작게 분할할 수도 있습니다. 당신들의 법률 개정 시간이 필요하다면 차라리 회사를 개별 사업부별로 작게 분할하는 거죠. 저희는 의사소통도 훨씬 빨라질 거고 그만큼 더 빨리 사업을 이어갈 수 있을 겁니다. 그렇게 되면 잘 아시는 것처럼 현재의 법인세를 최소 30% 수준으로 줄일 수 있습니다. 알고 계시죠? 이런 일이 발생하면 어떻게 되는지요?"

레거시사 한국지사장인 톰슨 리는 교활하고 정략적인 인물로서 이번에도 이민국 부총리를 교묘하게 밀어붙였다. 그들이 늘 하는 얘기이기도 하다. 기업분할을 통한 세금 인하 문제는 사실상 수백 조의 매출을 일으키고 있는 레거시사 입장에서 그렇게까지 사활을 걸면서 협상해야 할 큰 이슈는 아니다. 하지만 대한민국 정부는 압박당할 여러 문제도 많이 있기에 그들이 앞으로 어떤 특단의 카드를 꺼낼까 두려워하고 있다. 예를 들면 생산기지 해외 이전 같은 이슈들이다. 물론 그럴 때마다 레거시사는 이를 부인해왔다.

만약 그렇게 된다면 국내 생산기반 자체가 붕괴될 수도 있고, 한국 경제에 큰 위기가 올 수도 있다. 레거시사 입장에서도 섣부른 국내 철수 발표는 글로벌 신용도에 영향을 주고, 뚜렷한 매수 세력이 없는 상황에서 시장에 혼란을 주고 기업가치에 영향을 줄 수도 있다. 하지만 그것이 한국 정부를 압박하기 좋은 수단이라는 것은 너무나 잘 알고 있다. 그렇지만 돈과 비용에 민감한 기업 특성상 언제든 레거시 본사 차원에서 검토할 수 있는 문제다. 그래서 대한민국 정부 입장에서노 최내한 그들을 다독이고 비위를 거슬리지 않으려 애를 쓰고 있다.

어느 순간 경제기반이 레거시사와 다국적 기업으로 넘어간 상태에서 레거시사 내부적으로 이뤄지는 아주 사소한 의사결정조차도 대한민국 경제에 미치는 영향은 정부의 어떤 결정보다 훨씬 커지고 있다. 과거에는 국민 개개인의 삶과 일상에 영향을 미치는 주요 정책 방향이 선거나 국민투표를 통해 이뤄졌다. 하지만 지금과 같이 글로벌 기업이 각 국가에 막대한 영향력을 발휘하는 상황에서는, 이런 글로벌 기업 내부의 회의나 의사결정 등이 그대로 정책에 반영되거나 경제 환경에 영향을 미치고 있다.

"저희 정부가 늘 기업의 경영활동에 최선을 다하고 있다는 것은 레거시사도 잘 알고 계시리라 생각됩니다. 또한 우리 정부는 지난 기간 동안 수많은 사람의 노력으로 이뤄진 민주국가입니다. 이 점은 다소 시간이 걸리더라도 모든 일을 투명하게 처리해야 한다는 측면을 갖고 있습니다. 그러니 이런 상황을 잘 파악하셔서 저희에게도 시간을 좀 주시기 바랍니다."

"기업에서는 시간이 곧 비용으로 집결됩니다. 의사결정이 지연되면 경영부실로 직결되고 이는 곧 기업의 효율을 저해하는 것입니다. 그러니 한국 정부에서도 이 점 잘 이해하시길 바랍니다. 이건 단지 지금 저와 이런 얘기를 나누어 시간이 연장되어 안도하실 게 아니란 겁니다. 제가 아닌 다른 어떤 사람이 오더라도 본사 방침의 검토가 있다면 같은 요구를 할 것입니다. 과거와 달리 한국 시장이 구매력이 높은 것도, 그렇다고 고도의 생산시설을 갖춘 것도, 그렇다고 임금이 낮은 것도 아니기 때문이죠. 더 이상 매력적인 시장이 아니라는 얘기입니다. 그럼에도 우리는 보편적 기본소득제(UBI)를 지향하고 지탱하는 사회적 기업이라는 것을 잘 이해하시기 바랍니다. 우리가 없으면 대한민국에도 그 자리를 대신할 존재가 없는 것 잘 아실 거고요. 그러니 경제수장으로서 잘 판단하시고, 저희는 가시적인 답변 기대하고 있겠습니다."

"네, 알겠습니다. 저희가 다른 어떤 이슈보다 더 우선으로 레거시사가 요청하신 것에 대한 해결책을 드리도록 하겠습니다."

회의는 간단히 마쳤지만 내용은 사실상의 일방적인 통보 분위기다. 하지만 한국 정부 입장에서는 마땅히 대응할 방법이 없다. 최대한 레거시사의 비위를 거스르지 않게 해서 최악이 되는 상황을 조금씩 지연하는 것만이 방법이다.

이민국은 레거시사와의 미팅 내용에 대해 대통령에게 보고를 마치고 걸어 나오면서 수석 보좌관이 수집한 레거시사 정보 얘기를 한다.

"최근 저희가 수집한 정보에 의하면 마이홈그룹에 대한 매수에도 관심을 갖고 있다고 합니다."

"마이홈이라면 식품회사인데 그런 기업에도 관심이 있다고?"

이민국의 말에 대통령이 의아해하며 묻는다.

"최근 식물공장을 대량으로 지으면서 식품업계까지 외연을 확장하고 있는데 이걸 어떻게 봐야 할지 걱정입니다. 사실상 정부가 나서서 할 수 있는 일도 많지 않으니까요."

"그럼 우리 정부가 나서서 저들이 마이홈그룹 인수하는 걸 도와주는 척이라도 하면 어떨까? 우리 정부가 여러모로 신경 써준다는 인상도 줄 수도 있고….."

우려하는 말을 했는데 뜻밖에 더 적극적으로 도와주라는 대통령의 말에 이민국은 놀랐다. 그렇게까지 하는 건 아니라고 생각됐기 때문이다.

"그렇다고 저들이 부탁하지도 않았는데 우리가 나서서 해주는 것도 이상하지 않습니까? 저들의 사업영역 확장에 대한 여론이 따갑기도 하고요."

"그런 건 다 배부르고 뭘 몰라서 하는 소리지. 생각을 해봐. 저들이 아무런 대책 없이 우리나라를 떠나면 무슨 일이 벌어지겠어? 그것만큼 심각한 게 어디 있어? 그리고 우리는 늘 정권의 영속성을 고민해야 돼. 자네가 하는 업무도 다 그런 방향에서 봐야 한다고!"

대통령의 얘기에 이민국은 의아하다며 다시 묻는다.

"그게 이런 것과도 관련이 있습니까?"

"당연히 엄청나게 관련이 있지. 지난 10년 동안 우리 진영이 왜 정권을 뺏겼다고 생각해? 그게 다 그런 환경이 조성되고 사람들에게 학습되었기 때문이야. 정치도 더욱 신경생물학적 관점에서 봐야 하는 시대라고. 그런 면에서는 우리가 레거시사에게 배울 점이 많아. 시민연대 그 떨거지들을 상대로 하는 뇌 연구 실험도 적극적으로 지원해주고, 우리가 추가로 지원해줄 것이 있는지 잘 살펴봐! 아주 중요한 실험이니까."

대통령은 다시 말을 이어간다.

"자네는 오랫동안 집권하던 우리 진영이 지난 10년간 왜 정권을 못 잡았는지 생각해본 적 없어? 그런 것도 다 환경적인 영향과 관련이 있어. 인간들은 특정 성향을 이미 갖고 태어나지만 그걸 특정 패턴으로 발현해주는 것은 결국 환경이라는 거야. 우린 연구를 통해 특정 성향을 가진 사람들을 미리 구분하고, 그런 사람들이 우리에게 더욱 유리하게 반응할 수 있는 환경을 만들어줘야 하는 거야. 이런 분야를 적극적으로 연구할 필요가 있어. 우리 진영이 과거와 같은 실수를 안 하려면 사람들에게 우호적인 방향성을 심어 줘야 돼. 레거시사는 그런 방면에도 상당한 실력이 있고 실험도 활발히 진행이 잘 되고 있다 하니까 말이야."

이민국은 대통령의 말에 놀랐지만 대통령은 개의치 않고 다시 말을 이어간다.

"잘난 척하다가 우리나라를 이렇게 만든 그 인간들이 그 수많은 무용계층 먹여 살릴 수 있겠어? 명분만 생각하다가 우리 다 같이 굶어 죽는 거야!"

"물론 그런 의견도 있지만 저들이 이렇게 산업계 전방위로 진출하는 것이 어떤 의도인지는 더 파악해봐야 할 것 같습니다."

"넌 뭘 그리 걱정하고 그래? 우리나라는 자본주의 국가라고! 그냥 시장이 움직이는 대로만 하면 되는 거야. 네가 무슨 빨갱이 공산주의자야? 뭘 그리 시장에 간섭하려고 그래?"

"하지만 그렇다고 저들이 원하는 것을 모두 들어줄 수도 없는 것 아닙니까? 그렇게 하나둘씩 요청을 들어주면 우리나라는 머잖아 저들의 손아귀에 놀아나고 말 겁니다."

그러자 모니터를 보고 있던 전명우는 정색하며 그를 쳐다본다.

"넌 지난 정권이 집권하면서 우리나라 IT 생태계 살린다고 외국기업 진출 못 하게 잘라서 무슨 일이 벌어졌는지 몰라서 그래? 말로는 국내기업 경쟁력 갖출 시간 벌어준다는 거였지만, 결국 게네가 레거시사 국내 진출했을 때 무리하게 독과점 올가미를 씌워서 ISDS(Investor−State Dispute Settlement: 투자자−국가 간 소송제도)로 우리가 천문학적인 비용 물어줬잖아. 기업활동을 국가가 너무 규제하면 안 되는 거야. 국가는 기업이 원활하게 활동할 수 있도록 규제를 없애고 친기업적인 환경을 만들어줘야 선순환이 되고 부가가치가 창출되는 거야. 너 애국주의 낭만에 젖어 어설프게 접근하다가 큰일나. 그리고 그게 애국도 아냐!"

"하지만 국가마다 법률이 있는 거고 우리나라 법률이 국제법상 크게 문제가 되지 않는다면 굳이 법까지 뜯어고치면서까지 우리가 꼬리를 내려줄 필요는 없지 않겠습니까?"

"물론 그렇기도 하지. 하지만 이건 단순히 법적으로만 검토할 부분이 아니야. 레거시사가 그걸 몰라서 그러겠냐? 우리한테 뭔가 아쉬워서 그런 거라고. 어떻게 보면 정책적인 불만이라고도 할 수 있지. 우리가 원하는 것 들어줄 테니 레거시 애들도 우리한테 뭐라도 내놓으라고 해봐. 보아하니 식품산업에도 관심 있는 것 같던데 그런 규제도 우리가 선제적으로 좀 풀어주던가."

"식품산업까지요?"

"원래 제안은 통 크게 공격적으로 하는 거야. 그래야 레거시도 우리를 신뢰하지. 그 대신 투자하는 회사에 대해 우리한테도 개인적인 지분을 좀 달라고 해봐."

이민국이 전명우의 얘기에 당황해하자 그는 다시 얘기한다.

"지난 정부애들 그렇게 깝죽거리면서 돈을 퍼부어댔는데 그 회사들 하나라도 살아남은 거 있냐? 초등학생한테 인공지능 언어 가르친다고 초딩이 뭐 제대로 된 앱이라도 만들겠냐? 결국 시장은 경쟁우위로 움직이는 거야. 우리가 경쟁력 없는 분야는 과감히 인정하고 받아들일 것은 받아들여야 한다고!"

"하지만 이런 상황을 야당이나 국민이 알게 되면 가만히 있겠습니까?"

"넌 왜 그리 순진하냐? 그런 건 정치적으로 해결하면 될 일이야. 그러니까 너도 그런 건 조용히 처리하란 말이야. 내가 언론사에 다 손 써 놓을 테니까 넌 그냥 내가 하라는 대로만 해. 그런 거 아무도 관심 없어. 좌빨 놈들이 떠들어 대면 뭘 어떡할 건데? 시끄럽게 하면 그 빨갱이 새끼들 한 번에 또 날려버릴 수 있어!"

"어떻게 하시게요?"

"좌빨 놈들 북쪽에 빨갱이 집단과 내통한다고 그럴듯한 사건 하나 만들어서 터뜨리면 끝이야. 그거 터뜨리면 아마 한 3년은 그 얘기만 하게 될 거야."

"지금이 20세기 냉전시대도 아니고, 인공지능과 IT 시대에 그런 이념 논쟁이 과연 먹힐까요?"

그러자 전명우는 한심하다는 듯이 그를 쳐다본다.

"네가 경제 공부만 해서 세상 돌아가는 건 잘 모르나 본데, 너도 나중에 큰 뜻이 있다면 잘 배워둬. 우리나라 사람들 네 생각처럼 그렇게 똑똑하지 않아. 아무리 교육수준이 높아졌어도 빨갱이 소리만 해도 다들 화들짝 놀라는 거 몰라? 난 지금도 쟤네 내 맘대로 날려버릴 수 있어. 하지만 그냥 놔두는 거야. 병신 같은 애들이 담 너머에 있어야 우리가 더 나아 보이지 않겠어?"

"하지만 아무리 그래도 사실이 밝혀지면 정권에 부메랑이 돌아오지 않을까요?"

그러자 전명우는 크게 웃으며 말한다.

"일단 그렇게 올가미 씌우고 물어뜯고 나면 이미 끝이야. 나중에 진실이 밝혀지면 뭐 어떡할 건데? 그때는 아무도 관심이 없는데? 그리고 그걸 누가 비중 있게 보도해줄 건데?

너도 알다시피 내가 언론사에 논설위원으로 있었지만, 우리나라 사람들은 처음에만 그냥 냄비 끓듯이 날뛰다가 나중에는 다 잊어버리고 말아. 아마 북한이 아니라 외계인과 내통한다고 그럴듯하게 얘기해줘도 우리나라 사람들은 그대로 믿을걸? 그러니 너도 걱정하지 말고 내가 하라는 대로 해!"

이민우가 걱정스러운 눈으로 바라보자 전명우가 다시 말을 이어간다.

"넌 국민이 우리에게 뭘 바라는지 잘 생각해봐. 넌 너무 담이 작아서 큰일이야. 내가 다음 주에 조국디지털 대표 불러서 다 얘기할 테니 걱정하지 마. 참, 너도 시간 되면 같이 저녁이나 먹자고!

늑대들

이제욱은 근형을 만나기 위해 아침 일찍 골목길을 나섰다. 지금 무엇인가 하지 않으면 앞으로 아무것도 하지 못하리란 걸 알고 있었기 때문이다. 제욱의 머릿속엔 지난번 박영수 대표에게 끌려간 자리에서 김영진이 박영수 대표에게 한 얘기가 머릿속을 떠나지 않고 있었다.

'대표님, 지금은 회사의 가치와 방향을 어디에 둬야 하는지 기로에 서 있습니다. 그동안은 우리가 너무 명분에만 갇힌 채 살아왔고, 그러는 사이에 밖은 너무 변해 있었습니다. 저도 곁에서 이런 부분 대표님께 말씀드렸지만 사실 쉽지 않았습니다. 왜 그랬는지는 잘 아실 겁니다. 바로 세상이 어떻게 돌아가는지도 모르고 날뛰는 한 인간 때문이죠.'

박영수는 아직 때가 이르다고 생각했다. 하지만 이제욱이 그에게 한 얘기 이후로 둘 사이는 다시 돌이킬 수 없는 사이로 멀어지고 말았다.

'형님, 회사 참 웃기게 돌아가고 있네요. 레거시 저 양놈들 우리나라에서 벌이고 있는 짓 보십시오. 애들이 뭘 하든 이제는 아무도 막을 수 있는 사람이 없습니다. 형님도 진작부터 알고 NEXT사와 손잡고 일하셨고 그런 것에 자부심이 있지 않으셨습니까? 우린 힘들지만 그런 명분으로 목숨 걸고 지금까지 버텨왔습니다. 근데 세상이 바뀌었으니 그냥 놔두는 것도 모자라 손잡고 똥구멍이라도 핥아주자고요? 아예 머리 굽히고 들어가 굽신거리면서 쟤네 아가리에다가 우리나라에 있는 것 죄다 털어 잡수시게 하는 일을 우리가 나서서 돕자고요?'

'너 인마 어디서 말을 함부로 하는 거야? 네가 그렇게 얘기해서 우리 애들이 얼마나 다치고 죽었는지 몰라서 그래? 너 자세히 알아둬! 지금 무릎 꿇고 나한테 잘못했다고 빌면 모든 게 끝이야. 하지만 그러지 않고 저 문을 열고 나가는 순간 너와 난 끝나는 거야.'

박영수 대표의 그 말 이후로 이제욱은 그대로 뒤도 돌아보지 않고 걸어 나왔다. 그의 새카만 후배이자 그의 라이벌인 김영진 일당이 나가려는 제욱을 붙잡아 조용히 처리하려고 했다. 그러나 한밤중의 목숨을 건 탈출 이후로 자신들을 뒤쫓고 있다는 소식만 들릴 뿐이었다.

"형님, 어떻게 하시려고요?"

"뭐 이제 거대한 글로벌 기업의 파트너가 돼서 대기업이라도 된 것처럼 생각하는 양아치들과 뭘 어떻게 한다고?"

"그게 아니잖습니다. 김영진 새끼들이 우리를 발견하면 가만 안 놔둘 겁니다."

그렇게 말하는 사이에 공중 위로 무엇인가가 웅웅거리는 소리를 내면서 지나간다. 이제욱은 걸음을 멈추고 이상한 눈으로 하늘을 바라보다가 길옆에 있는 베이커리 카페에 들어간다. 제욱은 노민서의 아침을 준비하려는 것처럼 음료와 샌드위치 등을 주문한다. 그리고 커피를 뽑아 근형과 테이블에 앉아서 얘기를 이어간다.

"이제 고결한 존재가 되셨으니 가서 책상 위에서 컴퓨터나 쳐다보고 볼펜이나 굴리고 앉아있으라고 해. 늘씬한 이쁜 여자 비서도 뽑아서 결재도 올리라고 하고. 그 인간들 그런 회사놀이가 그렇게 하고 싶었다니까 너도 신경 쓰지 마! 우리는 그냥 우리 일을 열심히 하면 되니까. 너도 애들한테 그렇게 얘기해."

"그래도 걱정입니다. 남아있는 애들도 얼마 되지 않고…."

"걱정하지 마! 우리 이런 일 한두 번 겪은 거 아니잖아. 심각한 척 유난 그만 떨고, 너도 뭐라도 먹어!"

그러면서 제욱은 근형이 만류하는데도 불구하고 다시 매대로 가서 단팥빵, 곰보빵, 크림빵을 집어서 온다. 근형은 제욱이 가져온 빵 종류가 어이없다는 표정을 지으며 그를 쳐다본다. 그러자 제욱은 다시 생각이 났는지 계산대에 가서 우유 한 잔을 가져온다.

"마셔!"

"형님, 크로켓은 필수 아이템인데 빼먹으셨네요. 잘 먹겠습니다."

인사하며 열심히 빵을 먹는 근형을 보자 제욱도 앞으로 어떻게 해야 할지 막막한 생각이 들었다. 또한 그들이 김영진 일당들에게 여전히 쫓기고 있다는 근형의 말이 신경 쓰였다.

"그때 그 새끼를 죽였어야 했는데…."

이렇게 말하며 제욱은 김영진 일당에게 붙잡혀 탈출했던 일을 떠올렸다. 김영진과 부하 3명에 제압당해 차량으로 끌려가는 중이었지만, 결국 그들 모두를 쓰러뜨리고 차마저 빼앗은 채 탈출한 일이 얼마 되지 않았기 때문이다. 크림빵을 먹던 근형도 그의 얘기를 듣고 잠시 제욱의 얼굴을 바라본다. 그 사건에 대해 얘기를 들어 잘 알고 있고, 김영진도 이 일로 그의 보스에게 심한 질책을 당했다. 그래서 더더욱 제욱을 찾으려 안달이 난 상태다.

"난 먼저 일어날게!"

제욱이 일어나자 빵을 한가득 물고 있던 근형은 우유를 단숨에 마시고 제욱을 따라나서려다 망설인다. 그가 노민서에게 가려는 것을 짐작했기 때문이다. 한편 베이커리 카페에서 나와 골목길 모퉁이를 돌던 이제욱의 눈에 멀리서 건장한 체격의 사내들이 두리번거리며 걸어오는 것이 보였다. 한눈에도 김영진 일당이었다. 그들을 보자 김영진 일당도 당황했다.

"이게 누구야! 우리 대기업 상무님 아니신가?"

이제욱은 김영진 일당을 보자 보란 듯이 큰 소리로 얘기한다. 김영진은 이제욱을 뜻밖의 장소에서 발견했다는 표정을 감추지 못한다. 그런 사이에 두 무리는 서로 한 치도 물러설 수 없는 긴장감이 돌기 시작한다. 김영진의 무리 4명은 구부러진 골목길에서 서서히 이제욱을 감싸기 시작한다. 이제욱도 뜻밖의 상황에 놀라긴 했지만 표정은 그들보다 여유가 있다.

김영진의 부하들도 이제욱의 실력을 잘 아는 듯 선뜻 다가오지 못하는 사이 한 사내가 몽둥이를 크게 휘두르며 다가왔다. 그것을 살짝 피한 이제욱은 그의 얼굴에 그대로 주먹을 내다 꽂는다. 하지만 옆에 있던 사내가 소리를 지르며 쇠파이프를 제욱의 등에 내리치자 제욱은 충격에 그대로 쓰러지고 만다. 그러자 2명이 동시에 다가오면서 그중 한 명이 이제욱의 머리를 향해 몽둥이를 휘둘렀다. 제욱은 재빨리 몸을 돌려 이를 피해 일어나 몽둥이를 빼앗으려고 팽팽하게 맞선다. 곁에 있던 사내 한 명이 그의 등에 계속해서 쇠파이프를 날리자 제욱은 순간적으로 정신이 혼미해진다.

가까스로 정신을 차린 제욱은 몽둥이를 뺏기 위해 실랑이를 벌이던 사내를 건물 뒤편에 주차된 지게차 앞으로 밀쳐 쓰러뜨리려 한다. 제욱이 그를 밀치며 끌어안은 채로 지게차의 포크로 떨어지고 그 충격을 그대로 받은 사내는 비명을 지르며 꼼짝을 못한다. 제욱은 그의 몽둥이를 빼앗아 일어난다. 이제 2명이 쓰러져 있고 쇠파이프 든 녀석과 대치 중이다. 겁을 먹어 우물쭈물하던 그 사내에게 제욱이 몽둥이를 휘두르며 천천히 다가가는데 갑자기 그의 등에 칼이 꽂혔다. 첫 번째로 쓰러졌던 사내가 일어나 그에게 칼을 꽂은 것이다. 제욱은 그대로 몽둥이를 휘둘러 그 사내를 다시 쓰러뜨리고 등에 꽂힌 칼을 빼려 하지만 손이 닿지 않는다. 쇠파이프를 든 사내가 다가와 그에게 다시 쇠파이프를 휘두르자 어깨에 큰 충격을 받아 지게차 앞으로 떨어진다.

카페에서 나와 이상한 소리가 난 것을 알게 된 근형이 달려왔다. 근형은 제욱이 쓰러져 있는 것을 보고 지게차에서 제욱을 일으켜 부축한다. 근형을 건물 벽 쪽으로 앉히고는 그대로 지게차에 올라타 시동을 걸고 앞으로 돌진한다.

그러자 지게차 앞 포크에 걸려 있던 사내가 떨어지지 않으려 발버둥을 치며 안간힘 쓰지만 균형을 못 잡고 이내 바닥에 떨어지고 만다. 이때 근형이 지게차를 앞으로 진행하자 지게차의 철제 캐리지에 사내 머리가 꼼짝없이 깔린다. 근형이 지게차를 1~2미터 정도 그대로 끌고 가자 사내의 머리가 콘크리트 바닥과 맞닿아 갈리면서 머리가 잘린다. 근형은 아랑곳하지 않고 두 명을 향해 지게차를 돌진한다. 한 사내가 운전석으로 다가와 쇠파이프를 그에게 휘두른다. 하지만 쇠파이프는 지게차의 헤드가드 쪽에 막히면서 둔탁한 소리를 낸다. 이때 건물 벽에 기대어 앉아있던 제욱이 일어나 그 사내를 잡아끌어 바닥에 내동댕이친다. 그리고 그의 위에 올라타 얼굴이 피로 물이 들 때까지 주먹질을 멈추지 않는다. 그러자 지게차를 운전하던 근형이 제욱에게 비키라고 소리 지르고 바닥에 쓰러진 사내 2명도 그대로 지게차로 깔아뭉개 버린다.

이를 지켜보던 김영진은 자신의 부하들이 모두 희생되자 어쩌지 못하고 뒷걸음치기 시작한다. 이근형은 김영진과 눈이 마주치자 흉포한 맹수처럼 변해 지게차에서 내려 그를 향해 달려간다. 그러자 부하들을 모두 잃고 혼자가 된 김영진은 그대로 자리를 피해 도망가기 시작한다.

그렇게 멀어져 가는 김영진을 본 이제욱은 그제야 무슨 생각이 난 건지 그대로 뒤로 돌아 달려가기 시작했다. 정신없이 달려가 집의 현관문을 열자 메케한 냄새가 남아있었다. 그리고 침대에는 알몸의 노민서가 쓰러져 있었다. 가스 공격 이후에 더 끔찍한 일이 벌어졌음을 암시케 하는 상황이었다.

그녀의 온몸은 피멍이 들어 있었고 특히 하반신은 당시의 끔찍한 상황을 말해주듯 온통 피범벅이 되어있었다. 하얀색 침대가 피로 물들고 있었고, 침대 군데군데엔 신발 자국이 고스란히 남아있었다. 주변엔 노민서의 마지막 저항으로 보이는 손톱자국들이 보였고, 바닥엔 깨진 모니터의 노트북도 뒹굴고 있었다.

그녀의 몸을 흔들어 봤지만 모든 것이 늦어버린 이후였다. 제욱은 그렇게 참혹하게 죽어가는 노민서의 몸을 자신의 자켓을 벗어서 가려줬다. 제욱의 품에 안기자 죽음의 빛으로 물들던 그녀의 눈빛이 그제야 편안한 눈빛으로 누그러지며 잠시 제욱을 바라본다. 마치 길지 않았던 그녀의 숨 가빴던 삶을 잠시나마 관조하는 듯한 표정이었다. 그러다가 짧은 미소를 제욱에게 남긴 채 이내 숨을 거둔다.

제욱은 그렇게 허망하게 죽어간 노민서에게 입을 맞추고 다시 힘껏 안으며 눈물을 흘린다. 짧은 시간 동안 제욱에게 몰랐던 사실을 알게 해줬고, 이느새 사랑이라는 낯선 감정을 갖게 해준 그녀. 제욱의 마음에 머무를 사이도 없이 죽어간 것이 너무나 허망했다. 하지만 지금 이런 끔찍하고 갑작스러운 상황들이 왜 일어났는지 알 수 없었다. 그리고 그런 절망감이 서서히 죽어가는 그녀의 체온만큼 그를 식어가게 했다.

시민연대

 지난 레거시 Contents Hub 사건과 노민서의 죽음으로 경찰을 피해 숨을 곳을 찾던 제욱은 최근의 벌어진 일을 생각하며 도로를 달리고 있었다. 한 달 사이에 벌어진 일들. 상황이 의도치 않은 방향으로 흘러가고 있었고, 자신도 그런 흐름의 한복판에 내던져 있다는 것을 알게 되었다.

 제욱과 근형은 내키지 않았지만 중부지역에 있는 시민연대 캠퍼스에서 당분간 지내기로 했다. 노민서의 죽음에 대한 분노가 사그라지지 않지만 그렇다고 무턱대고 복수할 수도 없었다. NEXT사에서도 그들에게 당분간 숨어있을 것을 제안했다. 노민서의 죽음에 대해 NEXT사에서는 레거시가 벌인 또 다른 경고메시지라고 인식하고 있었다. 따라서 NEXT사는 이번 사건을 심각하게 보고 내부적으로도 누가 어떤 배경에서 이런 의사결정을 했는지 밝히려 노력하고 있다고 했다. GW사는 이번 사건으로 본격적인 그들의 하청업체가 되었을 가능성이 크다. 하지만 제욱 일행은 다른 어떤 일을 벌일 여력조차 없다는 것에 무기력해졌다.

인구구조 변화에 따른 젊은층 감소, 이에 따른 학생수 감소는 전국적인 문제가 된 지 오래다. 정부에서는 이런 과정에 폐교된 대학교를 하나둘씩 사들여 이른바 무용계층 집단 거주지로 만들었다. 최초에는 이런 대학캠퍼스를 단순히 이들에 대한 편의시설과 교육시설로 제공하자는 취지에서 시작되었다. 하지만 자립기반이 없는 사람들에게 금액지원보다는 이들을 수용할 숙소를 내부에 설치하는 것이 더 효율적이고 예산이 절감된다는 용역연구 결과가 나왔다. 이렇게 청산절차가 진행된 제조업 노동자 중 거주비용을 감당 못 하는 사람들을 대상으로 입주가 시작되었다.

하지만 대학캠퍼스 특성상 복지 인프라가 좋다는 소문이 퍼지게 되자 중산층으로 살다가 실직한 화이트칼라 노동자들도 이곳으로 속속들이 이주하기 시작했다. 대신 이들의 기존 주택 처리비용을 통해 기금을 조성하고 캠퍼스 내부에 좀 더 좋은 시설의 아파트를 만들어 이주할 기회를 제공해주게 되었다.

이런 문제는 최초 특정 산업군에 집중되었으며, 특히 글로벌 특정 기업에 의해 국내기업들의 경쟁력이 삽시간에 저하되면서 시작되었다. 또한 이를 방기한 정부의 탓이라 주장하는 이들은 사회적으로 강력한 연대를 형성해 연일 반정부 시위를 벌였다.

정부에서도 이들에 대해 기초생활소득 지급 등 기본적인 복지문제를 해결하는 것이 정치 세력화된 이들의 불만을 없애는 중요한 문제였고, 이를 해결하는 것이 정치적으로도 유리했다. 특히 과거 제조업이 다수 몰려있는 지역일수록 산업 경쟁력을 빠르게 잃어버리면서 심각한 실업률을 양산했고 연일 강경한 반정부시위를 벌이게 되었다.

따라서 이 소요사태를 진정시키기 위해 정부에서도 이런 지역을 중심으로 하나둘씩 이들에 대한 지원책을 발표하기 시작했다. 그중 제일 먼저 시작한 것이 보편적 기본소득제 (UBI: Universal Bacic Income)였고, 사회화를 위한 재교육제도와 공동 거주 커뮤니티를 조성하기 시작했는데 이를 수행하기 최적의 장소가 바로 폐교된 대학교였다.

하지만 최초의 방향성과 달리 산업의 고도화는 점점 더욱 많은 빈곤층을 양산했다. 특히 악화된 실업률은 약 20%가 육박했다. 이는 정부의 근간을 흔드는 막대한 수치였다. 이로써 국가 전체에 막대한 부담이 되었다. 경제활동의 중심이 특정 IT나 서비스업에 몰리게 되면서 자연스레 생산주체의 숫자는 비약적으로 줄어들 수밖에 없었다. 이는 곧 부의 집중을 가져왔다. 이외의 세력은 경제활동에서 밀려나 가치가 없어져 사회에서 아무 필요가 없어지고 말았다. 산업이 고도화될수록 이런 경향은 더욱 확대됐다. 이로써 사회적으로 수많은, 이른바 무용계층이 발생하게 되었다.

하지만 최초의 목적과 달리 나중에는 대량의 빈곤층도 입주하게 되었다. 물론 기존에 입주한 시민의 반발이 있었지만, 정부지원을 받으며 살고 있는 이들이 반대할 명분은 없었다. 그렇게 전국에 산재한 시민연대 캠퍼스는 그렇게 무용계층을 대단위로 수용하게 되었다.

제욱과 근형은 이곳에 들어왔을 때 사람들의 표정이 너무나 밝고 활기차 보인다고 느꼈다. 마치 시간을 초월해서 현재를 맘껏 즐기고 있는 것처럼 행복해 보였다. 그것은 자신들이 과거의 고통을 감내하면서 받은 상처에 대한 보상처럼 생각하고 있는 것처럼 보였다.

캠퍼스 내부에는 사람들이 무리를 이뤄 진지한 대화를 하기도 했으며, 여러 명이 동그랗게 모여 악기를 들고 연주하고 있기도 했다. 운동장에서는 여러 사람이 모여 즐거운 표정으로 축구나 농구 등 운동경기를 하는 모습도 보였다. 근형과 제욱이 살던 그동안의 치열한 삶의 모습과는 너무나도 달라 보이는 낯선 풍경이었다.

"팔자 좋은 사람들 여기 다 모여있는 것 같네요."

차를 타고 들어가다 창밖에 비친 모습을 바라보던 근형이 제욱의 눈치를 보며 얘기한다. 하지만 제욱의 머릿속에는 비극적으로 죽어간 노민서의 생각이 떠나지 않는다. 근형의 친구 박진호는 코스모스모터스에서 근무하다가 공장폐업으로 여기에 오게 되었고, 그 전에 그가 요청한 일이 있어서 제욱과도 여러 차례 만난 적이 있다.

5년 전 코스모스모터스 폐업조치는 국가 전체에도 막대한 영향을 줄 만큼 큰 사건이었다. 자동차 업계가 빠르게 내연기관에서 전기차 등으로 변화하고 있었으나 이에 대해 적절한 대처를 하지 못하게 되자 이내 회사는 급격한 퇴락을 맞이할 수밖에 없었다.

사실 이 회사는 그 전까지만 해도 국내에서 SUV 모델이면서 콘셉트 자동차인 'Travel X'를 출시하면서 국내 시장에 돌풍을 일으켰었다. 기존 SUV 차량에 캠핑카 개념을 결합했던 그 차량은 마침 주 4일 근무로 인한 폭발적인 레저 수요와 겹치면서 시장에서 적이 없는 강자로 군림해왔다. 하지만 다른 업종과 마찬가지로 그동안 국내 성장을 견인하던 반도체 산업이 점차 중국 등 신흥 경쟁국의 도전으로 경쟁력을 잃게 되면서 국내 경기는 한순간에 위기를 맞이하게 되었다. 거기에다 지난 팬데믹은 기름을 붓는 역할이 되었다. 하지만 이는 국내 경제에 심각한 먹구름의 예고편일 뿐이었다.

"사람 인생도 그렇지만 기업도 다 운빨인 것 같아요. 그렇게 잘 나가던 회사가 한순간에 미끄러졌으니 말이에요. 그 어마어마한 ST전자가 부도위기를 맞고 대단위 정리해고를 하면서 우리나라 경제가 이렇게 될 거라고 누가 상상이나 했겠습니까? 한동안은 ST그룹 전체 매출이 우리나라 GDP의

30%가 넘으니 총수를 선거로 뽑아야 한다는 농담도 있었으니까요."

근형의 말을 종합해 보면 2025년부터 전기차 회사들의 프로모션이 강화되면서 전기차 판매량이 내연기관 차량을 앞서 나갔다고 한다. 또 충전지 가격이 차량 가격의 20% 이하로 떨어지면서 이런 변화에 준비가 안 된 코스모스모터스와 같은 내연기관 회사들은 그 미래가 정해졌다고도 했다.

"저도 한동안 코스모스모터스 주식 사서 재미 좀 봤었거든요. 처음에 Travel X 출시됐을 때 너무 이쁘게 잘 빠졌다고 생각해서 바로 주식을 샀었어요. 제 친구 권유도 있었지만, 그때 수익률이 아마 50%가 넘었을 겁니다."

근형은 어울리지 않게 진지하게 주식 얘기를 한다.

"네 친구는 여기서 생활하는 게 맘에 든대?"

"형님도 아시잖아요. 걔 유명한 데모꾼이었어요. 노조 위원장으로 일하면서 정부와 회사 상대로 강경 투쟁을 벌이다 보니 정부 입장에서는 골치 아픈 존재였죠. TV에도 몇 번 나왔어요. 그래서 몇 개월 빵에 가서 징역도 살다 나오기도 했죠. 하지만 가끔 통화해보면 요즘은 정부 측과 우호적으로 얌전히 잘살고 있더라고요."

"세상은 참 불공평한 것 같아. 항상 목숨 걸고 빵이치는 인간 따로 있고, 나머지는 관심 없이 뒷짐 지고 있다가 주워 먹기만 하는 인간들로 넘치는 것 보면 말이야. 여기에서 실실 웃고 다니는 사람들, 네 친구 진호처럼 그렇게 목숨 걸고 싸워서 여기에 있겠냐? 그냥 뒷구녕에서 앞장서서 일하는 사람들 욕이나 하고 자기 밥그릇이나 챙기던 인간들이 대부분이겠지. 그러다가 네 친구 같은 사람들이 만들어 놓은 것 그냥 떠먹기만 하는 놈들이지. 그러면서 또 불만은 더럽게 많고. 네 친구가 열심히 데모하고 빵에 들락거릴 동안 저기 걸어 다니면서 떠드는 사람들 그때 집구석에서 TV나 봤을 텐데 말이야. 근데 지금 아무렇지도 않게 여기서 생활하는 것 보면 누구 덕이라는 건 알기나 할까? 누구는 쎄빠지게 일하고 누구는 신나게 놀고 있고….”

제욱이 마치 화가 난 듯 말이 길어지자, 그의 눈치를 살피던 근형이 운전하며 조심스럽게 말을 이어간다.

“형님도 너무 걱정하지 마시고 모두 잊고 당분간 쉬시죠. 여기는 아무도 쉽게 못 찾을 거예요. 제가 진호에게 잘 얘기해 놨으니까요. 그러니 지금은 모두 잊고 쉬시면서 다음 일을 생각해 보세요.”

근형이 그렇게 얘기했지만 지금 여기에 들어와서 아무 생각 없이 쉰다는 것은 말이 되지 않는다고 생각했다. 무엇보다도 갑작스러운 사건들, 특히 연민의 감정을 갖고 그의 가슴속에서 조금씩 싹을 트고 자라던 민서의 끔찍한 죽음에 대해, 그는 아직 마음의 정리가 되지 않았다.

그들은 박진호가 마련해준 숙소에 여장을 풀었다. 근형

의 오랜 친구인 박진호는 제욱 일행을 아주 반갑게 맞이해줬다. 그들은 얼마 전 경쟁 조직 간의 패권 싸움에 박진호가 정보를 준 것이 있어서 더 가깝게 되었다. 물론 그 일이 뜻하지 않은 방향으로 가는 바람에 박진호가 당황하기도 했지만 그 후로 몇 번 본 적은 있다.

그들은 저녁 식사 후 캠퍼스를 돌아보기로 했다. 저녁이 되자 너나 할 것 없이 여러 사람이 가족이나 지인과 손을 잡고 캠퍼스를 걷거나 대화도 나누면서 평화로운 모습을 이어가고 있었다. 그들이 과거 대학본부인 관리본부를 지나고 있을 때 마치 무슨 즐거운 일이라도 있는 것처럼 여러 사람이 모여 얘기를 나누고 있었다. 약 10여 명의 무리 앞에 어느 20대 후반의 여성이 어떤 감정에 대해 얘기하고 있었다. 그녀가 최근에 느낀 감정에 대해 자유롭게 토론하는 인문학 모임과도 같이 보였다. 그 곁을 지나가던 제욱의 귀에도 그녀의 말 중 어떤 부분이 선명히 들어왔다.

"… 차갑고 깊은 밤의 한가운데에서 달이 갑자기 밝은 정기를 끄집어내는 것처럼 그 투명한 빛을 더 내뿜고 있었고, 그런 아주 작은 변화를 눈치채고 있던 숲 속의 작은 새가 조용히 웅크리고 있다가 날개를 활짝 펴서 날아갑니다. 달라진 달을 알아본 그 날갯짓은 저 멀리 어둠 속으로 그대로 천천히 사라지고 맙니다…."

모임의 사회자로 보이는 남자 중 하나가 손가락으로 4번이라는 표시를 하면서 눈으로는 그녀의 말을 응시하고 있었다. 그녀는 아랑곳하지 않고 다시 말을 이어갔다.

"전혀 예상치 못한 느낌이었어요. 뭔가 영적이나 문학적으로 고양된 느낌이라고도 볼 수 있고요. 제가 그 순간에는 마치 시인이 된 것 같다는 생각도 들었고, 종교에 심취한 구도자가 되었다는 생각도 들었어요. 이런 느낌을 느껴본 적이 있을까 하는 생각도 들었으니까요. 너무 색다르고 특별한 느낌이었는데 이것은 무슨 약을 먹었을 때 느끼는 물리적인 느낌과는 다르다는 생각도 들었어요. 전 그런 거라면 질색하거든요. 그래서 궁금하긴 했어요. 제가 왜 이렇게 느끼게 되었는지요."

"네, 그렇게 느낄 수도 있습니다. 사람마다 세상을 바라보는 방식이 다 다르기 때문입니다. 우리는 다 다르게 태어났으니까요. 지금 회원님께서 하신 말씀, 약간 다른 느낌이지만 다른 분도 하신 적이 있습니다. 아주 소중하고 특별한 경험인 것 같습니다."

사회자가 그렇게 말하고 다른 느낌을 얘기할 수 있는 사람이 없는지 묻자, 모임 중 한 여자가 일어나서 다시 시를 낭독한다.

"자동차가 깊은 도시 속에 아무런 방해 없이 미끄러지듯 질주하고 있습니다. 그 밤은 이미 다른 누구의 소유도 아닙니다. 그가 완벽하게 모든 것을 장악한 칠흑 같은 어둠을 발 아래에 두게 되었으니까요.

하지만 그 깊은 어둠은 엄마 품처럼 편안하고 아늑합니다. 눈에 거슬리고 거추장스러웠던 모든 것들을 한꺼번에 집어삼켜 없애버리니까요. 그는 그렇게 자동차에서 내뿜는 불빛 하나만으로 이 어두운 밤을 지배하게 되었습니다.

이 얼마나 벅찬 권력입니까? 이 어둠이 있기 전 그 흉측한 몰골을 하고 자신을 괴롭히며 피 흘리게 했던 대상들은 어둠에 숨어버리고 이제는 그 존재조차 아득하게만 느껴지니 말입니다.

적막한 질주에 몸을 실은 그는 천천히 방향을 바꿔 아름답지만 날카로운 가시가 가득했던 길로 들어가 봅니다. 찬란한 태양 아래 기뻐 맨발로 걷다가 빨간색 피투성이가 되어버렸던 바로 그런 곳이지요.

짙은 어둠 속에 가까스로 숨어있던 가시들은 그 눈 부신 헤드라이트에 모습을 드러내고 맙니다. 그래 봤자 두 줄기 빛에 가까스로 몸을 드러내어 순식간에 없어지는 존재임에도 말이죠.

그런 자신들의 처지를 알 듯 그들은 불쌍하게 움츠러들고 맙니다. 대신 그가 탄 자동차의 말랑한 타이어가 그런 가시를 인정사정없이 짓밟아 버립니다.

그러면서 이 깊은 어둠은 태초의 궁금증도 갖게 합니다. 나를 괴롭혔던 그런 것들이 지금도 존재하는지에 대해서 말입니다. 보이지 않는데 과연 무슨 의미가 있는 걸까요? 같은 이유로 태초의 별들은 그가 아예 볼 수도, 대화를 나눠 본 적도 없는데 그에게 무슨 소용이 있을까요?

하지만 이런 깊은 밤엔 그런 질문이 어울리지 않을 수도 있습니다. 어두운 밤은 모든 것을 깔끔하게 집어삼켜 이 세상을 더없이 깨끗하게 만들어버리니까요.

아침이면 찬란한 태양이 다시 떠오르며 그 흉측한 몰골들을 환하게 비춰주고, 그것들은 다시 그 셀 수 없는 빛을 위용 삼아 기지개를 켜고 잔인한 만행을 거듭할 수도 있습니다. 아쉽지만 모든 것이 다 그렇게 반복하는 법이지요.

하지만 그가 탄 자동차는 그런 시간 따위는 모두 잊고 현재만 존재하는 것 같습니다. 그 날렵한 몸을 움직여 밤의 어둠을 뚫으며, 낮고 조용히 미끄러지듯 도시의 깊은 곳까지 질주하고 있습니다."

낭독자가 이렇게 낭독하자 이를 듣던 사회자가 다시 손가락으로 2번이라는 표시를 그의 주변에 있는 동료들에게 전달한다.

마치 인문학 토론에서 자기 생각을 얘기하는 것처럼 그녀의 말을 듣는 주변 사람들의 반응도 상당히 진지했지만, 그 앞에서 그녀를 바라보고 있는 사람들의 반응은 뭔가 더 독특했다. 그녀에게서 어떤 메시지를 얻기 위해서 노력하는 것처럼 보였기 때문이다. 제욱은 그 사람들과 체험을 얘기한 여자, 그녀를 앞에서 지켜보고 있는 사람들의 모습까지 유심히 지켜봤다. 그러다가 한 명과 눈이 마주치자 제욱은 멈칫하며 이내 다시 발걸음을 옮겨 자리를 벗어났다.

한참을 가서 멀리서 그들이 모여있던 곳을 다시 바라보자 그녀의 모습은 보이지 않고 다른 사람이 일어나서 다른 주제로 토론하고 있는 것처럼 보였다.

"근형이 너는 아까 저 소리 들어봤니?"

"무슨 소리 말입니까?

"달이 반짝인다든가, 자동차가 도시를 질주한다는 말 말이야."

"글쎄요. 전 처음 들어보는 소리인데요? 노래 가사인가요?"

노래 가사가 아니냐는 말에 터무니없다며 고개를 돌린 그는 곰곰이 그 말을 어디서 들어봤는지 기억을 더듬고 있는 사이 근형이 그에게 얘기한다.

"오랜만에 밖에서 맥주 한잔 어떠세요?"

야외에 마련된 테이블에 앉은 그들은 사 온 맥주를 들고 건배를 했다. 그들 앞에는 여유롭게 거닐고 있는 사람들이 보였다.

"이건 여기서만 쓸 수 있는 쿠폰이랍니다. 우리가 받은 이 정도 쿠폰이면 여기서 먹고 살기에 크게 어려움이 없다고 합니다. 요즘은 세상이 좋아져서 정부에서 이런 것도 다 해주네요."

"여기에 사는 사람들은 다 이런 쿠폰으로 먹고 노나 보네. 정부에서는 이 사람들을 대체 무슨 돈으로 다 이렇게 먹여 살리는 거냐?"

"너무 뭐라 하지 마십시오. 형님도 같은 처지가 되었는데요."

근형이 웃으며 얘기하자 그도 알았다는 듯이 웃으며 맥주를 바라본다.

"근데 레거시사에서 맥주도 만들어?"

처음 보는 맥주를 보자 제욱이 의아해하며 묻는다. 그러자 둘은 맥주를 자세히 바라본다.

"맥주뿐만 아니라 안주나 과자, 이곳에서 사용하는 여러 가지 생필품도 만든다고 하네요."

"어쩐지 맛 더럽게 없다 했다."

제욱은 마시던 맥주를 내려놓고 침을 한 번 뱉는다. 그리고 한편으로는 그런 레거시사가 두렵다는 생각도 들었다.

"제 친구 진호가 얘기하기로는 레거시사가 망한 이 대학교를 사들여 정부에 기증한 거라고 해요. 그래서인지 그 친구는 레거시사 상당히 좋게 보더라고요. 자기가 다니던 회사는 자신들이 그렇게 열심히 일했는데도 결국 해고시켰고, 정부에서도 자기들에게 뭐라도 해줄 것처럼 얘기했지만 약속 하나 지킨 것 없다고요. 정부에서 이런 시설을 만들어 제공한 것 같지만 실제로 레거시사 도움 없이는 정부가 아무것도 못 했을 거라고 하네요. 그래서인지 이곳 사람들 레거시사에 상당히 우호적이에요. 실제로 이들에게 지원되는 상당수의 생필품이나 음식, 소모품, 하다못해 맥주 안주까지도 레거시사의 지원으로 지급되는 것이라고 하네요."

"멍청한 사람들 따로 없고만. 자기네들 발등 찍고 있는 것도 모르고 좋아서 저 난리들이니⋯."

제욱은 시큰둥하게 얘기한다. 하지만 어떤 면에서 보면 레거시사와 싸우며 여기까지 달려왔는데, 이제는 이런 시설에서 이렇게 맥주를 마시고 있는 것이 아이러니 같다는 생각이 들었다. 레거시사를 상대로 싸우면서 현재까지 달려왔지만, 덕분에 또 철저히 망가졌고, 지금은 기댈 곳조차 없는 자신에게 이런 따뜻하고 안락한 안식처를 제공하고 있으니 말이다. 또 그런 레거시사를 고마워한다는 근형의 친구 진호와 레거시사를 상대로 힘든 싸움을 하고 있는 NEXT사의 박원봉 대표가 생각났다.

길가에 설치된 테이블에 앉아 맥주를 마시던 제욱 일행은 거리에 오가는 사람들이 점점 많아지고 있다는 것을 알게 되었다. 그러다가 건너편 건물에 사람 수십 명이 둥글게 모여서 토론을 나누고 있는 것이 보였다. 호기심에 그들은 거기에도 가봤다.

"자본주의는 이미 종말을 향해 다가가고 있습니다. 자본주의의 패악질을 보십시오. 필요하지 않은 물건을 만들어 내놓고 그때마다 사람들에게 구매를 강요하고 있습니다. 시장 논리라는 말로 말이죠. 그렇게 해서 지구는 도대체 어떻게 되었습니까? 자원을 고갈시키고 쓰레기를 양산하고 지구를 황폐화시키고 있습니다. 결국 그 대가는 우리의 후손들이 치러야 합니다. 겉으로는 인간을 행복하게 한다면서 뒤로는 인간을 목 끝까지 위협하고 인간의 미래까지 저당잡고 있는 겁니다."

한 여자가 얘기하자 이를 듣던 다른 논객으로 보이는 남자가 대답한다.

"아무런 대안 없는 그런 비판은 도움이 되지 않습니다. 물론 자본주의가 그런 결과도 낳게 했지만, 현대 과학 문명은 그런 자본주의적인 개척정신이 없었으면 결코 탄생하지 못했습니다. 한번 보십시오. 인류가 지구에 나온 지 20만 년이 넘었지만, 인간 삶이 이토록 비약적으로 발전한 것은 최근 몇 세기 동안입니다. 그 전에는 상상도 할 수 없었던 일들이었죠. 우리는 조상들이 생각지도 못할 수준의 삶을 누리고 있습니다. 앞에 분이 자본주의가 인간을 황폐화시켰다고 했지만, 자본주의가 형성한 그 풍요로움은 우리의 불쌍한 이웃에게 관심을 가질 기회를 주었고, 우리에게 인본주의, 인권이라는 과실을 가져다줬습니다. 보십시오. 몇백 년 전만 하더라도 인간의 삶이라는 것, 인간의 목숨이라는 것은 한낱 파리 목숨과 다를 바 없었습니다. 귀족에 종속된 노비들은 인간이 아니었고, 도시 하류층의 삶은 내일을 보장할 수 없는 수준이었습니다. 그들은 그런 특권층의 물건이나 재산에 지나지 않았고, 그들의 목숨은 길거리에 널려 발에 치이는 하찮은 거였습니다. 그런 패악에서 해방시킨 것이 바로 자본주의입니다. 자본주의만큼 인간의 존엄성을 발전시킨 제도는 지구 상에 어느 것도 없었습니다."

그러자 주변에서 다시 한 명이 마이크를 들고 얘기한다.

"님이 말씀하신 건 정말 웃기는 소리인 거 같네요. 그럼 당신이 그렇게 칭송하는 그 잘난 자본주의에서 이렇게 우리가 살게 된 건 대체 뭐죠? 우리가 엄밀히 따져서 선택받은 사람들인가요? 우린 자본주의의 그 탐욕에서 희생돼서 여기 모인 사람들입니다. 또 그런 불합리는 여전히 진행 중이기도 하고요. 부자인 인간은 계속 부자이고, 가난한 사람은 배고픔을 견디지 못해 죽어 나가고 있습니다. 통계에 의하면 전 세계 상위 1%가 가진 부가 전체 부의 60%보다 많다고 합니다. 이런 해괴망측한 제도가 인류 역사상 언제 있었나요? 그런 부자들만의 이익을 위해 돌아가는 세상이 우리가 꿈꿔왔던 세상인가요? 결국 하위 계층에 있는 사람들은 그런 사람들을 위한 들러리에 지나지 않는 건가요? 어떤 제도든 결국 많은 사람에게 혜택이 돌아가도록 하는 것이 맞습니다. 어느 일부 계층의 욕심으로 제도가 돌아간다면 늘 종말을 맞게 되는 겁니다."

그 이후에 또 다른 사람이 나서서 말한다. 마치 이런 자유토론에 모두 익숙해져 있는 분위기처럼 격렬하게 싸우면서도 질서를 지키고 있는 모습이다.

"어떻게 보면 우리가 이렇게 모인 것이 그 실험대에 있는 것 같습니다. 우리는 인간에게 체화되고 우리를 얽매여왔던 경제적인 압박에서 벗어난 최초의 인류니까요. 이건 자본주의도 다른 형태로 진화할 수 있다는 것을 보여줍니다. 아니, 사실 이건 자본주의도 아니죠. 어떻게 보면 여기 모인 우리는 모두 자본주의보다는 사회주의나 공산주의 제도 안에 있다고 판단하는 게 더 맞는 것 같습니다. 동일한 부와 동일한 복지시설을 누리고 있으니까요. 최소한 이곳에서는 가난한 자, 부자인 자가 존재하지 않습니다. 우리는 모두 완벽하게 동일한 인격체로 대우받고 존중받을 수 있는 존재입니다. 차별도 존재하지 않지요. 어떻게 보면 우리는 동일하게 하나가 된 유기체라고도 볼 수 있습니다. 이 얼마나 아름다운 모습입니까. 우리는 인류 역사상 최초의 실험을 하고 있는 겁니다."

마치 고대 그리스 폴리스에 있던 아고라 광장을 연상케 하는 자유로운 토론 광장이었다. 제욱은 이런 토론 주제가 낯설기는 했지만, 듣다 보니 점점 흥미를 느끼게 되었다. 그렇게 집중해서 듣고 있다 보니 사람들이 너무 많이 몰려서 길 반대편인 산 아래쪽 벤치에 앉기로 했다. 키가 수 미터나 되어 보이는 큰 나무 밑의 기다란 나무 의자에 앉자, 주변에 풀벌레 소리가 들려왔다. 그런 분위기로 한적한 여유로움을 잠시 느낄 수 있었다. 7시 정도 되는 시간에 많은 사람이 일상의 분주함 없이 자유롭게 가족들과 손잡고 캠퍼스를 돌아다니는 모습은 참으로 신기하다는 생각이 들었다.

그런 사이 제욱은 약 20여 미터 떨어진 건물 뒤편으로 무엇인가가 재빨리 움직이는 것을 봤다. 이상하다 생각한 제욱은 자리에서 일어나 조심히 그 근처로 접근했다. 자세히 보니 무엇인가 실랑이가 벌어지고 있는 것 같았다. 그러다가 2~3명이 한 사람을 재빨리 제압해 끌고 가는 것이 보였다. 제압당한 사람은 여자로 보였으며 이내 몸에 힘이 풀리면서 그대로 사람들에 둘러싸여 어디론가 옮겨지고 있었다.

그런 광경을 멀리서 조심스럽게 보던 제욱은 그 중 주변을 살피던 한 명과 눈이 마주쳤다. 자신도 모르게 그 앞에 있던 수풀 아래로 몸을 재빨리 낮춘다. 몸을 낮춘 후 수풀의 불빛 사이로 그쪽을 다시 바라보자 누군가가 이쪽으로 오고 있는 것이 느껴졌다. 제욱은 어둠 속에서 서서히 조심스럽게 뒷걸음을 치며 움직인다. 그러다 누군가가 자신의 어깨를 툭툭 건드리는 것이 느껴졌다. 깜짝 놀란 제욱은 고개를 돌려 바라본다.

"왜 그렇게 놀라세요? 무슨 일 있으세요?"

제욱의 이상한 행동에 의아해하는 근형이 그에게 다가와 조심스럽게 물어본다.

"깜짝이야. 놀랐잖아! 넌 인마 기척 좀 해라! 넌 못 봤어?"

"못 봤는데요? 무슨 일 있나요?"

제욱의 행동이 이상해서 근형도 주변을 돌아보지만, 아무것도 없었다. 제욱도 앞을 다시 살폈지만, 아무것도 보이지 않는다.

"형님, 의무 교육 시간이랍니다."

"의무 교육이라니 무슨 소리야?"

의무 교육은 레거시사에서 시민모임을 상대로 하는 일종의 재교육 프로그램이다. 사회의 생산주체에서 벗어난 이들에게 직업교육, 창업교육 등을 통해 정상사회로의 복귀를 도와 경제적인 자립을 유도한다는 취지다. 또 개별적인 재교육 프로그램을 운영하면서 개인별 특성에 맞는 직업교육도 연중 운영하고 있다고 한다.

약 300여 명 수용이 가능한 강당에 다수의 사람이 교육을 위해 모여들었다. 강단에는 두꺼운 안경을 쓴 무표정한 60대

초반의 남자가 사람들의 반응은 신경도 쓰지 않고 강의를 시작했다. 마치 익숙하게 반복했던 것과 같은 기계적인 설명이었다. 설명하는 내용은 현대 시민으로서 이해해야 할 기본적인 컴퓨터 사용법과 레거시사에서 만든 초보적 수준의 앱 생성 프로그램 교육이었다.

비교적 간단한 인터페이스의 프로그램을 통해 사용자가 원하는 방향의 프로그램을 만드는 교육이었는데, 제욱이 보기에 관심 있어 하는 사람은 보이지 않았다. 다들 하품하며 졸고 있거나 스마트폰을 보는 등 대부분은 딴짓이었고, 강사도 이런 광경에 익숙한 듯 노트북과 화면만 보며 본인 얘기만 하고 있었다. 이런 상황에 제욱은 본인 스스로가 여기서 무엇을 하고 있나 하는 생각에 자괴감이 들었다.

'과거 호모 사피엔스는 지구 영토를 쟁취하기 위해 끊임없이 전쟁하고 저항하는 세력들에 대해 가차없는 살육을 자행해왔어요. 하지만 지금은 인간이 인지하지 못한 상황에서 그 전쟁터가 사이버 공간으로 이동했어요. 사실상 지구 상의 물리적인 영토는 차츰 무의미해져 가고, 사이버상의 시스템과 네트워크 인프라들이 최고의 가치사슬이 되어 버린 거죠.'

'네, 어쩌면 이 세상은 거대한 홀로그램이고, 그냥 껍데기가 되어가고 있을지도 몰라요.'

'모든 본질은 사이버상에 있고, 오프라인에서 벌어지는

일들은 온라인에 대한 투영과 그림자일 뿐이죠. 어느덧 우리가 만지고 냄새 맡던 현실의 일들은 온라인의 껍데기라는 거죠. 아무것도 아닌 것 같은 2차원의 면에 빛을 씌우면 현실처럼 보이는 3차원이 나타나는 것처럼 이 세상은 어느 순간 사이버 세상의 유령이나 그림자가 되어버렸어요. 이제 모든 본질의 근원은 2차원의 면에서 비롯되었다는 거예요.'

'하지만 이는 대다수의 인간이 인지하지 못한 사이에 일어나서 그런 세력에게 권력을 넘겨주었고, 그런 자리를 차지하지 못한 허울뿐인 세력은 철저하게 도태될 수밖에 없어요.'

제욱은 이런 공간에서 형편없는 수업을 듣자 예전에 노민서가 했던 말이 떠올라 자괴감이 들었다. 과거에는 그런 자들을 혐오했었지만 지금은 자신 또한 과연 저들과 무엇이 다를까. 만약 자신과 마찬가지로 오늘 이곳에 입소한 사람이 있다면 여기서 아무 생각 없이 앉아서 아무도 관심 없는 강의를 바라보고 있는 자신을 보면 뭐라고 할 것인가. 그런 생각을 하니 순간 얼굴이 화끈거리며 부끄러워졌다. 그런 부끄러움에 식은땀이 흐르며 한없이 작아졌지만, 주변을 둘러보면 누구 하나 자신을 그렇게 보고 있는 것 같지는 않았다. 제욱은 스스로 이렇게 세상 속에서 아무런 가치도 없는 인간으로 쪼그라들어 사라지고 있다는 생각이 들었다.

이런저런 생각에 빠져 있을 때 제욱의 앞쪽 두 번째 오른쪽 줄에 앉아있는 사람이 그 앞에 앉은 사람의 손에 무엇인가를 쥐여주는 것이 보였다. 마치 학창시절 친구들 사이에 쪽지를 전달하는 것과 같은 은밀한 행동이었지만 누구든 신경을 쓰면 볼 수 있는 그런 광경이었다. 그렇게 앞사람 손에 무엇인가를 전달해준 사람은 그대로 주변을 한 번 보고는 뒤로 빠져나갔다. 하지만 여전히 그 누구도 이렇다 할 관심을 두지 않았다. 어느 때나 일어나는 흔한 광경처럼 말이다.

교육자의 반응은 상관하지 않는 수동적인 강의가 끝나자 문 입구에는 나가려는 사람들로 길게 줄이 생겼다. 9시가 가까이 된 시간이어서 각자의 숙소로 빨리 돌아가려 붐비는 거로 생각했다. 그런데 자세히 보니 무엇인가 나눠주고 있었다. 차례가 돼서 보니 무엇인가 스마트폰 앱을 열어 스캔하는 것이 보였다. 제욱의 차례가 와서 당황하고 있는 사이에 스캐너로 스캔히던 중년의 여직원은 그런 제욱이 한심하다는 듯 한 번 쳐다보고는 스마트폰을 빼앗아 앱을 실행한다. 그들이 이곳에 들어올 때 설치하라고 했던 그 앱이다.

앱을 실행해서 몇 개의 메뉴를 누르니 인증화면이 보였고 그것을 스캔하자 숫자가 증가했다. 나중에 알아보니 그것은 수업을 들었다는 일종의 확인 쿠폰이었다. 쿠폰을 모아 이곳에서 물건을 사고 여러 편의시설을 이용하면서 생활할 수 있다고 한다. 어떻게 보면 이것으로 인해 여기 사는 사람들은 굳이 밖으로 나갈 필요성을 못 느낀다. 만약 누군가 이곳을 격리하고자 하는 목적이었다면 이 충전액이 이들을 여기에 붙드는 올가미 같은 역할을 한다고도 볼 수 있다.

이런 의미 없는 나날들이 계속되고 있었다. 이곳에 시간 따위는 존재하지 않았기에 미래에 대한 걱정조차 없는 사람들만 있는 것 같았다. 이들에겐 오로지 현재만 있을 뿐이고 미래에 대한 어떤 대비나 준비도 없었다. 자신과 비슷한 사람들이 모여서 대화하고 떠들며, 관심 있는 분야에 대해 몇 시간씩 밤을 새워 얘기하기도 한다. 도서관에서 책을 읽으며 공부하기도 하고 무엇인가 배우려 노력도 하지만 그것은 미래가 아닌 현재를 위한 활동들이다. 그래서 이들이 살고 있는 공간은 시간과는 격리되어있는 것이다. 어떤 이들은 스스로가 진정 해방된 존재라고 우쭐대기도 한다. 역사 이래 인간의 발목을 잡고 행동을 제약했던 노동에서 자유로워진 거의 유일한 계층이기 때문이다.

그들 말대로 그들은 진정 인류 역사상 경제적인 속박에서 벗어난 최초의 인류일 수도 있다. 그것은 분명 엄청난 역사적 변화이기도 하다. 스스로 이 지구의 지배자라 잘난 척했지만 동물과의 차이를 자신 있게 말하지 못하고, 수많은 현학적인 말과 이론으로 궁색한 이유를 찾으려 발버둥 치던 인간에게 한 줄기 희망을 줄 수 있기 때문이다. 또 생물학적인 진화나 변화가 아닌 인간이 만들어 낸 자본주의라는 체계로 인한 것이기도 하다.

최소한 여기에 있는 그들에게 인류의 존재와 의미를 더욱 높은 수준에서 재조명할 수 있었다. 이렇게 그들에게 제공된 혜택은 약 20만 년 인류 역사를 지나서 비로소 맞이하게 되는 특별한 시간이기도 하다. 이런 환경은 그 과정보다는 결과로서의 의미와 해석이 더 중요하다고 얘기한다.

　　하지만 시민연대 계층이 갖게 된 역사상 최초의 비생물학적 진화는 주지하다시피 인간사회의 지극히 국부적인 영역이라는 것이 한계점이다. 또한 그들이 그런 속박에서 벗어났다고 해서 무엇인가 더 높고 숭고한 목적을 위해서 살아가고 있지도 않다. 목적 없이 일어나서 먹어대며 배설하고, 생식하며 출산하고, 웃고 떠들며 그들 앞에 주어진 많은 혜택을 그냥 당연한 권리로 받아들이고 점점 자신들만의 것이라 인식하고 있을 뿐이다. 비록 그들이 누리는 그런 혜택이 그 울타리 밖에서 노력하고 있는 많은 사람의 희생임에도 불구하고 이들은 그걸 제대로 인정하거나 바라보려 하지 않았다.

　　어쩌면 울타리 밖에 있는 사람들조차 그들의 삶을 울타리 안에 있는 사람과 비교했을 때 더 가치 있는 삶을 살고 있다고 자신 있게 말하기는 어렵다. 울타리 안과 밖의 사람들 차이는 결국 노동이라는 것 하나뿐이다. 그것 하나로 안과 밖에 있는 사람들의 삶이 그토록 차이가 난다고 볼 수 있는 것인가? 그렇다면 울타리 밖에서 지금도 자신만의 욕심을 채우기 위해 지구의 환경을 파괴하고 다수를 고통받게 하는 것들을 만들어 내는 사람들은 과연 울타리 안에 있는 사람의 삶보다 가치 있다고 볼 수 있겠는가?

하지만 그런 담론과 별도로 이곳 시민연대 사람들은 자신의 정당성과 권리의식으로 미래에 대한 생존욕구를 계속 꺾어놓고 말았다. 오히려 그들은 이를 발판으로 더 요구할 권리가 있으며 계속해서 보호받아 마땅한 존재라 주장했다. 그들은 서서히 그런 논리로 연대해 나아가고 있었다.

그들도 외부의 곱지 않은 시선을 모르는 것은 아니었다. 사회가 그들을 사회적 잉여인간이라 부르며 손가락질하고 있다는 것은 물론, 자신들을 혐오해서 멀리 떨어져 살고 싶어 하는 것을 잘 알고 있다. 하지만 그 암묵적인 연대감은 서로의 정체성을 점점 더 고착시키는 과정이 되고 있었다. 그렇게 그들은 생명이라면 당연히 가져야 할 어떠한 욕구가 사회의 의도치 않은 구조적인 문제로 말미암아 어느 순간 거세되고 말았다고 생각했다. 또 그런 극적인 변화로 자신들이 분화하게 된 것이라고 주장하는 것이다. 그런 생각은 그들을 구분시켜 놓은 울타리만큼이나 간극이 벌어지면서 시간이 지남에 따라 극복할 수 없는 평행선이 되고 있었다.

이제욱은 그날 오후에도 별다른 일없이 편의점에 가서 음료를 하나 사서 밖에 놓여 있는 의자에 걸터앉았다. 그렇게 앉아서 자신을 돌아보니 생존과 경쟁을 위해서 무장했던 발톱들을 하나둘씩 잃어버리고 있다고 생각했다. 그가 믿으며 이룩했던 모든 것은 다 허공 속에 사라져 버렸고, 칼과 상처로 얼룩진 그의 손안에는 그동안의 찬란했던 폭력도, 사람들을 위협하던 서슬 퍼런 공포도 남아있지 않았다. 그런 생각에 잠겨있는 동안 옆 테이블의 사람들이 하는 얘기가 들렸다.

"결국 이형철까지 레거시사로 들어간 것을 보면 이미 대세는 대세인가 봐?"

"넌 이 분야 잘 모르나 본데, 그게 중요한 게 아니야. 이형철 그 작자 예전엔 자기가 국내 시장을 수호하는 독립군이라도 된 것처럼 떠들었었어. 근데 지금 봐. 자기도 다른 사람들과 다를 바 하나도 없잖아? 그러면서 뭘 그리 의지에 가득 찬 투사인 것처럼 굴어? 결국 위선자잖아!"

자신의 동생 얘기라는 것을 직감한 이제욱은 그 얘기를 듣고 바로 스마트폰을 뒤적인다. 기사를 검색하자 과연 대표적인 토착 IT 엔지니어이자 이제욱의 동생인 이형철이 NEXT사와 결별하고 레거시사에 영입되었다는 뉴스가 나왔다.

'오래전부터 제 꿈을 보다 크고 넓게 펼칠 수 있는, 기회가 많은 그런 곳에서 일하고 싶었습니다. 이념이나 국경을 뛰어넘어서 어떻게 하면 보다 많은 사람이 지금보다 더 풍요로운 혜택을 누릴 수 있을까를 늘 고민해왔기 때문입니다. 물론 이런 결정이 쉽지는 않았지만, 제 꿈을 제대로 펼칠 수 있는 그런 곳이 종착역이어야 한다는 생각은 오래전부터 갖고 있었습니다. 레거시사가 바로 그런 무대입니다. 감사합니다.'

그는 이런 짧은 소감을 남긴 채 취재진의 추가 질문에도 아랑곳하지 않고 서둘러 자리를 피해 돌아갔다. 반면 그 기사에는 수많은 댓글이 붙어있었다. 그중에는 제욱의 옆 테이블에서 얘기하고 있는 사람과 비슷한 의미도 많아서 불편한 제욱의 심기를 건드렸다.

'결국 돈이었구나. 그러면서 뭘 그리 고상한 척했을까.'

'원래 변절자가 더 나쁜 놈이다. 이젠 레거시사 들어가서 국적도 바꿔라! 퉤퉤.'

'우리나라도 이제 레거시의 식민지가 되어가네. 이제 제대로 된 우리나라 기업이 얼마나 남았나….'

제욱은 그의 동생이 이런 결심을 하게 된 것에 대해 아무런 얘기를 듣지 못했으나, 무엇인가 그를 움직인 게 있을 거라고 이해하려 했다. 하지만 대부분의 여론은 그의 행보를 충격으로 받아들이고 있는 것 같았다. 특히 일부 언론 기사를 보면, 그를 추종하며 저항의 불씨를 이어가던 수많은 저항 세력에게 실망을 넘어 분노를 안겨주고 있다며 보도했다. 또한 일반인에게는 이제 레거시사의 국내 시장지배가 기정사실로 받아들여지고 있다고도 얘기했다.

그때 또 옆 테이블 사내들의 목소리가 다시 들려왔다.

"뭐 머리띠 두르고 투쟁이라도 하면 멋져 보인데? 요즘 시대가 어느 시대인데 아직도 국가와 국적 타령이야! 내가 예전에 이형철 이 작자 NEXT사 입사 인터뷰할 때 그런 꼴 같잖은 얘기하는 것 보고 한심하다 생각했었지. 글로벌시대에 그런 낡아빠진 생각에 사로잡혀 있으니 우리나라가 발전하지 못하는 거라고! 그동안 도대체 뭐하다가 이제야 저러는 거야? 이젠 다 필요 없고 돈이 제일 중요하다고 각성이라도 한 건가?"

그러자 이제욱이 일어나 그들이 앉은 테이블을 발로 세게 걷어차 버린다.

"아이 시발, 존나 시끄럽네!"

"뭐, 뭐야 당신?"

"뭐긴 뭐야 새끼야! 니네처럼 아무것도 안 하면서 뒷구녕에서 뒷말이나 까는 새끼들 찾아서 버릇 고쳐주는 사람이다, 왜!"

제욱은 이렇게 얘기하면서 자신이 앉아있던 의자까지 뒷걸음치는 그들에게 집어 던진다. 그러자 제욱이 어떤 사람인지 한눈에 알아본 그들은 아무소리 못 하고 그대로 자리를 피해 도망간다.

숙소에 들어가자 그의 눈치를 살피던 근형은 NEXT사가 큰 충격을 받았다고 전했다. 물론 레거시사의 끈질긴 협박과 회유로 전향한 엘리트들은 그 전에도 이미 많이 있었다. 이제 힘의 균형이 완벽히 무너진 상황에서 더 이상 희망이라는 낭만적인 개념을 기대하고 살아가기가 어려웠기 때문이다. 그렇게 끝이 보이지 않는 컴컴하고 축축한 저항이라는 긴 터널을 한두 명씩 떠나가기 시작했다. 하지만 그런 인물 중의 하나가 NEXT사의 상징적인 인물이자 저항의 상징인 이형철이라는 것은 충격을 주기에 충분했다.

그의 동생과 서먹해진 지 오래인 제욱은 동생이 더 성공하고 행복하기를 바랐으나, 오래전에 형성된 불편한 관계로 그에게 마음을 전달할 수 없었다. 하지만 최근에서야 비로소 비슷한 방향에서 세상을 보게 되었고, 조금이나마 동생을 이해하게 된 상황에서 또다시 다른 영역으로 갈라서게 된 것을 어떻게 받아들여야 할지 어려웠다. 제욱은 다시 머리가 어지러워졌다. 이런저런 생각 끝에 자신도 모르게 잠이 들어버렸다.

그는 늘 반복해서 꾸는 꿈이 있다. 몇 년 전에 그와 같이 일하던 김종윤이라는 후배와 관련된 꿈이었다. 제욱이 그와 가까이 일하면서 지켜본 바로는 생각과 달리 상당히 소심하고 여린 마음을 가진 친구였지만, 회사 내외부적으로 벌어지는 물리적인 충돌 상황에서는 그걸 숨기려 오버스러울 정도로 눈에 띄게 행동했다.

그 당시만 하더라도 레거시사로부터 테러가 극심한 시기였다. 그런 상황에서 박원봉 등 주요 임원의 경호가 다른 어느 때보다 강화되어 있었다. 그러던 중 박원봉 대표의 자동차를 점검하고 시승하는 상황에서 사고가 발생했다. 외부 테러조직의 침투로 차량에 폭탄이 설치되어 있었고, 이를 미처 발견하지 못한 채 김종윤이 시운전을 하는 상황에서 차량이 폭발해 버리면서 김종윤은 그 자리에서 그대로 숨지고 말았다.

그런 김종윤에게는 애지중지 키우는 스핑크스 고양이가 한 마리 있었다. 핑크라고 불리던 그 고양이는 마땅히 맡길 곳이 없어 어쩔 수 없이 제욱의 집으로 데려와 키우게 되었다. 털이 없어 처음에는 징그럽기도 했지만 차츰 스핑크스 고양이 특유의 매력에 빠져들게 되었고, 고양이도 자신을 알아보고 점점 따르게 되었다. 특히 고양이를 볼 때마다 김종윤이 떠오르면서 애착을 가지게 되었다. 하지만 제욱이 끔찍한 사건들로 집을 비우는 일이 많아졌고, 그럴 때마다 집에 들어가면 그를 기다리다 지쳐 쓰러진 고양이를 발견하는 일이 잦아졌다.

그런 일이 반복되다 보니 결국 일이 벌어지고 말았다. 오랜만에 들어간 집 입구에 싸늘히 죽은 생명체가 그를 기다리고 있었다. 제욱이 밖에서 숨 쉴 틈 없는 상황에 시달려 허우적거릴 동안, 자신만을 기다리는 생명체가 있다는 사실이 다시금 놀라웠다. 하지만 모든 게 이제는 끝나버린 후였다. 뒤늦게 후회하게 된 스스로가 원망스러워졌다.

제욱은 오늘도 고양이가 계속해서 울고 있는 꿈을 반복해서 꾸고 있다. 그래서 언제나처럼 늦지 않기 위해 일정을 조율하고 아무리 빨리 집에 가려 애를 써도 늘 똑같은 광경이 반복된다. 핑크는 언제나 똑같은 자세로 현관 앞에 쓰러져 죽어 있었다.

오늘도 똑같은 꿈을 다시 반복해서 꾼 제욱은 온몸에 식은땀을 흘린 채 놀라 다시 잠에서 깼다. 주변을 둘러보니 아직 시간은 칠흑 같은 밤이었고, 시계를 보니 새벽 3시 정도를 가리키고 있었다. 다시 잠을 청해보려 하지만 꿈 생각에 잠을 이룰 수가 없었다. 침대에서 잠을 못 이루고 뒤척이던 그는 잠드는 것을 포기하고 밖에 나가본다.

어제저녁의 떠들썩한 분위기와 달리 새벽의 바깥 공기는 무슨 일이 있었냐는 듯이 고요하게 모든 것이 잠들어 있었다. 주변의 산에서 내려오는 음습한 공기가 한낮의 무더웠던 열기를 밀어내면서 그 어둡고 컴컴한 기운으로 모든 것을 내려 앉히듯 잠재우고 있는 것 같았다. 희미하게 비치는 가로등 이외에 주변은 어둠과 밤안개의 습하고 어두운 분위기에 짓눌려 아무런 미동도 없이 땅 위의 모든 것을 정지시켜 놓고 있는 것처럼 보였다.

그는 바지 주머니에 손을 꽂아 넣고 그런 새벽이슬을 머금은 잔디밭을 터벅터벅 걷기 시작했다. 새벽의 밤하늘은 그가 익숙했던 혼탁하고 뿌연 도시의 밤하늘과 달리 훨씬 가깝게 그를 맞이해주고 있었다. 오랜만에 바라보는 밤하늘이기도 했다.

그렇게 어두운 새벽 캠퍼스를 한동안 걷다 보니 저 멀리에서 인기척이 들렸다. 그냥 무시하고 가려 했으나 남녀가 뭔가 실랑이하는 듯한 소리로 들렸다. 조금 더 가까이 가자 어디로 가자는 남자와 싫다는 여자 사이의 공방 같은 대화가 이어지고 있었다. 연인 사이에 흔히 있는 뻔한 대화라 생각해서 무시하고 가려는 사이에 사내가 여자를 갑자기 제압하고 입을 막자 여자가 발버둥 치는 것이 보인다. 제욱은 그런 상황을 수상하게 여겨 잠시 발걸음을 멈췄다. 이내 두 남녀가 있던 어둠 뒤편에서 남자 2명이 더 나와 여자를 잡고 입에 손수건을 대자 발버둥 치던 여자가 잠잠해진다. 마치 무엇인가로 마취를 당한 것처럼 온몸이 축 늘어진 채 사내 한 명에게 업혀 어둠 속으로 사라진다. 지난번과 마찬가지로 비슷한 상황을 목격한 제욱은 그 자리에서 어떡할지 망설인다. 하지만 여기까지 와서 다른 일에 휘말리고 싶지 않다는 생각에 그대로 숙소로 돌아갔다.

그런 일상을 반복하다 보니 몇 개월이 지나가고 있다. 처음엔 잠시 들렀다 간다는 생각이었으나 이곳이 제공해주는 환경이 너무나 안락하고 편안하다 보니 점점 이곳 생활에 젖어들게 되었다. 노민서에 대한 연민의 감정과 그녀의 죽음으로 인한 충격은 시간이 지남에 따라 차츰 무뎌져갔다. 하지만 그렇다고 잊을 수는 없었다. 대신에 GW사에 대한 복수심이 끓어올랐고 김영진도 그대로 둬선 안 된다고 생각하게 되었다.

하지만 근형은 지금 당장 어떻게 하는 것보다 시간이 지나서 기회를 보자고 얘기했다. 당분간 여기에 머물면서 상황을 더 예의주시하며 앞으로의 계획을 세워보자는 의견이었다. 제욱은 그렇게 마냥 기다리는 것이 답답하기는 했지만 그렇다고 지금 무모하게 무엇이든 새롭게 할 수도 없는 상황이었다. 자신의 의지와는 달리 어찌지 못하게 되자 스스로 계속 꺾이고 무기력해졌다. 이곳이 주는 안락한 삶은 자신을 그렇게 좀먹어 갔다. 아니 그런 표현보다는 시간이 그를 좀먹으며 목적 없는 삶에 젖어들게 하는 것 같았다.

제욱도 처음엔 이곳 생활에 거부감이 많았으나, 이곳에 위장해서 살고 있는 것에 대해 의심을 받지 않기 위해서 되도록 많은 사람과 어울리며 지내야 한다는 박진호의 조언으로 차츰 소모임에도 나가기 시작했다. 모든 활동에 정부지원이 이뤄지고 있어 그가 평소에 조금씩 관심을 가졌던 모임에 나가면서 사람들과도 점점 교류를 가져가기 시작했다.

이곳 생활은 몇 가지만을 제외하고는 자유로운 생활이 보장되었다. 소문에는 특정 단어가 수집되고 있으니 조심해야 한다는 얘기도 있었다. 그런 단어들은 바로 특정 정치적인 이슈에 대한 것 정도라는 이야기들이 떠돌고 있었다. 하지만 그런 단어와 대화들이 어떻게 수집되어 모니터링되는지는 정확하게 알려진 바가 없다. 물론 제욱은 평상시 그런 것에 대수롭지 않게 생각했다. 여기까지 와서 그런 문제를 갖고 머리 아프기는 싫었기 때문이다.

그곳에서 그는 근형의 권유로 동호회 모임에 가입하게 되었다. 처음에는 근형이 그런 모임에 들어갔다는 것 자체가 어울리지 않아 핀잔을 주기도 했다. 하지만 그렇게 어울려야 시간도 잘 가고 세상 돌아가는 것도 알 수 있다는 근형의 말에 마지못해 마음을 바꿔가기 시작했다.

친애하는 그대

한편 전명우 대통령의 소개로 조국디지털 박훈영 대표를 알게 된 이민국은 저녁에 서울 시내 은밀한 룸살롱에서 술 약속을 잡았다. 전명우 대통령 지시로 이른바 무용계층에 대한 예산을 대폭 삭감하라는 지시가 있었는데, 이에 대한 해결책을 같이 얘기해보라는 것이었다. 처음에는 추진하는 정책에 대한 설명과 이에 대한 우호적인 기사를 예상했으나, 정책 실행에 대한 제안을 받아보라는 대통령의 말에 의아하다고 생각했다. 도착하자 이미 박 대표는 도착해서 기다리고 있었다. 그를 보자 웃으며 손을 내밀어 반겨줬다.

"나랏일 하시느라 고생이 많으시다고 들었습니다. 바쁘신데 시간 내주셔서 감사드립니다."

"감사는요, 도움을 많이 주실 거라고 각하께서 직접 말씀하셔서 오게 됐습니다."

"저희와 같은 일개 언론사가 무슨 도움을 드릴 게 있겠습니까. 자리에 앉으시죠."

그는 그렇게 말하며 지배인을 불러 준비된 음식을 주문한다.

"글로벌 정부가 집권하신 지 이제 2년 정도 되시죠?"

"네, 각하께서 집권 하신 지는 2년 정도 되셨고, 저는 이제 2달 정도 됐으니까 아직 신참이죠."

박 대표의 말에 이민국은 웃으며 그렇게 말한다.

"요즘 뭐 힘드신 건 없으십니까? 저희도 이 정권이 성공하는 것을 무척 중요하게 생각하고 있습니다. 무엇보다 대통령 각하의 친기업적 가치관이 지금과 같은 무한경쟁시대에서 가장 중요하다고 보고 있고요. 기업의 발전이 제일 중요한 가치 아니겠습니까? 기업이 발전해야 그를 통해 국가가 성장하고 그래야 국민이 풍요로울 수 있는 거지요. 하지만 늘 이것을 반대로 생각해서 우리나라를 위태롭게 보는 세력들이 독버섯처럼 자라곤 했었지요. 그래서 저희도 현 정권의 그런 정책적인 면에 대해 긍정적인 기획 기사를 계속 연재하고 있습니다. 물론 저희가 그런 기사를 쓰기 전에 장관님께서는 워낙 경제 전문가시니 저희보다 잘 아실 거라고 생각이 듭니다. 경제적으로도 대통령님의 경제정책을 가장 잘 이해하고 계시기도 하고요."

"네, 각하께서는 지난 정권으로 흔들린 국내 경제를 살려야 한다고 늘 말씀하시거든요. 특히 현대는 경제 패권을 차지하기 위해 수많은 국가가 각종 규제를 철폐하고 수많은 경제 부양책을 내세우는 상황 아니겠습니까? 하지만 지난 정권이 평등이니 뭐니 하는 사회주의 정책을 펼치고 국가 예산을 복지 쪽에만 집중해서 투입하다 보니 우리나라의 경쟁력이 급격하게 하락하게 되었습니다. 우리나라를 떠받치는 것은 그런 경쟁에서 뒤처진 사람들이 아니라 실제 경제현장에서 글로벌 기업들과 끊임없이 무한경쟁하는 기업인데도 말이죠. 그동안 정부에서 그분들을 너무 소홀히 다뤘습니다. 경제의 근간인 기업하는 분들이 없으면 이 나라가 제대로 돌아가기나 합니까? 지원은커녕 사람들 발목이나 잡았으니 우리나라가 이 모양이 된 것이죠."

"네, 정확하게 말씀하셨습니다. 그런 사람들을 위해 곳간을 풀 게 아니죠. 정책자금은 뭔가 생산적인 곳에 쓰여야 합니다. 사실 말이 좋아 복지지, 그건 그냥 포퓰리즘 아니겠습니까? 인기에 영합해서 표나 구걸하려는 저열한 발상이죠. 어릴 적부터 데모나 하던 사람들이 경제에 대해서 뭘 알겠습니까."

"모처럼 이렇게 말이 통하는 분을 만나니 다행입니다. 그런데 각하께서 무용계층에 대한 복지예산을 대폭 삭감하라고 말씀하셨습니다. 아시다시피 500만 명 넘는 그들에 대한 예산을 현재의 50% 수준까지 낮추라고 하셨는데 이런 정책을 일시에 진행하는 것은 상당한 후유증이 있거든요. 정치권의 반대는 말할 것도 없고요. 하지만 각하 특유의 고집으로 무조건 관철시키라고 하시니 걱정이 많습니다."

"네, 저도 그 소식 들었습니다. 하지만 그건 잘하신 결정입니다. 너무 걱정하지 않으셔도 될 거 같습니다. 사실 그 무용계층에 대한 각종 복지정책과 시설들은 우리나라의 치부 아니겠습니까? 장관님께서 잘 모르시겠지만 오래전부터 거기는 별의별 해괴한 소문이 다 있었습니다. 사람들이 나태해지기 시작했을 때 어떤 일이 벌어지는지 저들이 똑똑히 보여주고 있습니다. 그래서 저희도 시민연대에 대한 기획기사를 오래전부터 준비하고 있었습니다. 기사를 준비하면서 느낀 거지만 우리가 낸 세금으로 저들이 그런 식으로 살아오고 있다는 것을 알게 된다면 대다수 국민이 가만히 있지 않을 겁니다."

"아, 그렇습니까? 만약 그런 여론이 형성된다면 저희 정책이 더 탄력을 받을 수는 있을 거라 생각됩니다."

"사실 저희가 알게 된 것은 그런 나태함뿐만이 아닙니다. 물론 일부 극우들의 주장이기는 하지만, 그런 정책을 만들어 저런 대규모 무용계층 수용시설까지 만들어 낸 배경에 북한의 관여가 있었다는 겁니다."

"네? 북한이 저런 시설을 만들게 한다니요? 그게 무슨 이익이 되는데요?"

"네, 저도 뭐 그런 주장이 터무니없는 얘기라고 생각하기는 합니다. 하지만 장관님, 생각해 보십시오. 저 무용계층 시설만큼 우리나라 경쟁력의 근간을 흔들고 있는 게 또 있습니까? 만약 어떤 세력이 우리나라를 혼란에 빠뜨릴 의도로 저런 대단위 무용계층을 양산케 한 것이라고 하면 어떨까요? 이건 전시에 벌어지는 어떤 물리적인 미사일 공격보다 훨씬 심각하고 그 파괴력과 후유증을 가늠하기조차 어렵습니다. 지금과 같은 경제 전쟁의 시기에서 저들의 존재는 경제의 근간을 흔드는 것은 물론 대한민국을 뿌리째 흔들고 있는 거죠. 저들은 대체 뭡니까? 저들을 가축과 비교하는 사람도 있습니다. 우리에 갇힌 채 먹기만 하는 존재라고요. 하지만 가축은 우리에게 고기를 제공해주지만 저들이 우리에게 주는 것이라고는 먹고 남기는 온갖 음식물 쓰레기와 먹고 배설하는 분뇨들 그리고 온갖 찌꺼기들입니다. 아니 그것뿐인가요? 더 심각한 것은 열심히 일하는 선량한 국민에게 분노와 나태라는 치명적인 암 덩어리를 심어 주고 있다는 것이 더 큰 문제입니다. 사람이란 다 자기 역할이 있습니다. 인간이라면 태어나서 어떤 일이라도 해야 하는 거죠. 하지만 사람이 그런 역할을 제대로 못 했을 때 그 자체로 커다란 흉기가 되어 사회를 위협하고 있다는 것, 얼마나 섬뜩한 현실입니까?"

"대표님이 우리나라에 그렇게 많이 걱정하고 계신 줄은 몰랐습니다."

"저희가 저들의 실체를 낱낱이 파헤치는 일은 하겠습니

다. 그런 것이 저희와 같은 언론인들의 소명이기도 하고요. 국민 모두 자신이 납부한 세금이 국가에 발전이 되는 방향으로 쓰여야지, 나태한 범죄집단이 모여있는 곳에 쓰이고 있다고 알려져 납세저항을 불러일으켜서는 곤란하니까요."

"네, 사실 어떤 정책이든 여론이 뒷받침된다면 그렇게 어려운 정책이라도 훨씬 탄력을 받을 수 있습니다. 도움을 주신다니 너무 감사합니다."

그리고 그녀

제욱은 근형의 권유로 시민연대 캠퍼스 소모임 몇 군데를 나가게 되었고, 실제로 가서 보니 회원들과 자유롭게 대화하고 소통하는 자리가 흥미롭게 느껴졌다. 그러면서 차츰 그곳에 있는 사람들과 대화를 나누고 관계를 형성해 나가기 시작했다. 특히 거기서 앨리스라는 닉네임을 가진 30대 후반의 여성을 만나게 되었는데 관심사가 비슷하고 말도 잘 통해 금방 친해지게 되었다. 그날은 시민연대의 발전 방향에 대한 자유토론이 있었다.

"저는 사실 여기 들어오기 전에는 시민연대에 대해 걱정을 많이 갖고 있었어요. 하지만 초기에 입주한 제 친구 말로는 처음부터 이렇지는 않았다 하더라고요. 오히려 처음에는 그런 수혜 대상자들에 대해 정부와 국민의 책임이 있었기 때문에 동정여론이 많았다고 해요. 하지만 정권이 바뀌고 분위기가 달라지자 모두 그런 사실을 잊은 것 같이 굴었다고 하네요. 물론 저도 다른 선택지가 있었던 것도 아니었어요. 이런 표현이 적절할지는 모르지만, 마치 사회 부적격자들이 모여 사는 곳에 들어간다는 생각에 망설여지더라고요. 여론도 초기의 그런 과정은 모두 무시한 채 최근에는 부정적인 보도만 쏟아내고 있고요. 그래서인지 주위에서 우리를 부도덕한 존재로 보는 것 같아서 불편하네요. 지난번 TV토론에서 어떤 시민은 우리를 향해 기생충이라는 표현까지 쓰면서 원색적인 공격을 하더라고요."

한 회원이 이렇게 얘기하자 모두 그의 말에 집중해서 듣는다. 제욱은 그냥 이들의 얘기를 듣고 있을 뿐이었다. 그러자 40대 초반의 남자가 얘기한다.

"그런 소리 하는 놈들은 다 입을 찢어버려야 합니다. 우리가 무슨 고통을 당했는지 모르니까 하는 소리예요. 여기에 오게 된 것이 우리 책임입니까? 저는 입사 당시만 하더라도 누구나 부러워하던 대한선박에 정규직으로 입사했습니다. 하지만 하루아침에 베트남과 같은 신흥국가에게 경쟁력이 밀리게 되면서 대단위 구조조정을 하게 되었고, 그런 과정에서 일자리를 잃게 된 경우입니다. 우리의 잘못으로 일자리를 잃은 것이 아니라 엄연히 경영자의 무능과 정부의 정책실패로 벌어진 일이지요."

그러자 다른 40대 후반의 여자도 그의 말을 듣고 얘기를 이어간다.

"저도 서울 인근에서 농사를 짓고 살았습니다. 하지만 정부에서 농산물 품질 경쟁력 확보라는 측면으로 식물공장에서 생산하는 작물에 대한 보조금을 지급하면서 저희와 같이 노지에서 영세적으로 농사짓던 사람들은 거의 망해갔습니다. 그러면서 어떤 지원금이나 혜택도 주지 않고 그냥 여기에 들어와서 살든지 아니면 알아서 하라는 식이더군요. 저희가 살면서 잘못한 거라면 그냥 성실하게 열심히 농사만 지은 것인데, 갑자기 주변에서 우리를 이렇게 대하는 것을 보면 어이가 없습니다."

그러자 그녀의 말을 듣던 아까 40대 초반의 남자가 물어본다.

"그럼 농지에 대해서는 보상이 이뤄졌나요?"

"보상이요? 이미 농촌에는 사람들이 다 떠나가서 땅값도 떨어진 상태였고요, 수도권 인근에 식물공장이 들어서니 거의 쓸모없는 땅이 되어버렸습니다. 팔려고 해도 팔리지도 않고 버려지고 만 거죠. 우리가 보기에 정부에서는 우리와 같은 토착 농민들보다는 공장 짓고 대규모로 재배하는 기업에만 관심이 있는 것 같았어요. 소문에는 정부에서 이렇게 땅값이 떨어지는 것을 오히려 반기고 있고, 나중에 대기업이나 다국적 기업들이 헐값에 사 가는 것을 바란다고 하더라고요."

"바로 그 당시 국내 업체는 위축되는 반면 레거시사는 사업영역을 문어발처럼 확장해 국내 오프라인 사업에도 본격적으로 진출했어요. 그중 하나가 IT 기술을 기반으로 하는 스마트팜 사업이었고요. 그때부터 국내에 식물공장을 대량으로 건설하기 시작했어요. 특히 레거시사는 정부에 압력을 넣어 농촌 지역에도 저소득층 거주지구 개발을 강행했죠."

얘기를 듣던 앨리스가 얘기한다.

"처음에는 그냥 식물공장 인수한다고 생각했지만 그들의 진짜 꿍꿍이는 따로 있었어요. 그들이 하필이면 그토록 식물공장과 식품공장 인수에 열을 올리는지 아무도 몰랐으니까요."

처음에 얘기를 꺼낸 30대 여성이 다시 얘기한다.

"맞아요. 정부에서는 식량 공장 단지를 개발해 경쟁력을 확보한다고 했지만 이게 다 레거시라는 거대기업이 무기력한 정부에 압력을 넣은 결과예요. 자연적으로 형성된 전국의 주요 도시 빈곤층 지역을 차츰 없애 나가기 시작했으니까요. 또 주민 저항이 거센 도시에는 경찰력과 용역을 동원해 폭력으로 진압하면서도, 뒤로는 정부 편에 들면 기초 소득을 보장해준다는 조건을 내세워 주민들을 분열시키는 야비한 짓도 서슴지 않았다고 해요."

이렇게 말하자 다시 다른 사람이 얘기를 이어간다.

"여러분이 말씀하신 것처럼 점점 정부가 제정신이 아닌 것 같다는 생각은 듭니다. 작년에 부명시에서 발생한 석유화학공장 폭파사고 다 아실 겁니다. 모두 그 사고 사망자와 피해규모가 얼마나 된다고 생각하십니까? 그 사고로 공장이 전소된 것은 물론 그 인근에 있던 아파트 다섯 동이 그 충격으로 무너졌습니다. 당시 정부 발표로는 사망자와 부상자가 합해서 300여 명이라고 했죠? 하지만 실제로는 사망자만 500명이 넘었다고 합니다. 정부와 언론에서 발표한 것과 엄청난 차이인 거죠. 하지만 문제는 이제 이런 사건에 대해 누구도 관심을 가지지 않는다는 겁니다. 다른 말로 하면 정부와 한통속인 일부 언론에 대한 견제장치가 없다는 것이기도 하고요. 그런 적폐의 연대가 다수의 무관심을 바탕으로 독버섯처럼 자라며 진실을 은폐하고 있는 것이고요."

"네. 저도 여기서 그 희생자 가족을 우연히 알게 되었는데요. 그들은 변변한 보상도 받지 못했다고 합니다. 그 회사는 이미 도산했고, 정부에서는 나 몰라라 하고요. 그들이 오랫동안 대정부 시위를 벌였지만, 일반 국민들 관심 밖이었어요. 누구도 보도를 안 해주니까요. 결국 그들이 한순간에 가족을 잃고 살던 거주지마저도 송두리째 잃어버렸지만, 정부에서 해준 것이라고는 여기에서 지낼 수 있는 혜택 이외는 아무것도 없었다고 합니다. 놀랄 일이지요."

한 여성회원이 얘기하자 다른 회원이 다시 얘기한다.

"사실 그 사건은 그것만 있는 게 아니더라고요. 정부에서 받은 쥐꼬리만 한 보조금과 개인적으로 가입했던 생명보험 받은 거로도 일부 언론에서는 집요하게 공격했다고 하더라고요. 피해자인 그들을 돈만 아는 것처럼 묘사해 오히려 파렴치한 집단으로 몰고 가는 것이 그들로서는 참을 수 없는 일이었다고 합니다.”

“네. 저도 들어봤습니다. 일부 동영상 서비스 채널에서는 그들이 시체팔이 한다고 하더군요.”

부명시 폭파사고를 얘기하자 여러 회원이 이 사건에 대해서 얘기하기 시작한다. 그러던 중 앨리스도 얘기한다.

“제가 볼 때 우리는 모두 위험한 시대에 살고 있는 것 같습니다. 특히 특정 집단이 어떤 피해를 당하거나 할 때는 말이죠. 지금도 부명시 폭파사고의 희생자들에 대해서 동정여론보다는 비난여론이 더 커지는 것이 현실을 말해주고 있습니다. 원인 규명과 책임자 처벌이라는 원론적인 요구에 대해서 지금까지 어느 하나도 밝혀진 것이 없으니 말이에요. 자신들의 피해와 아픔에 대한 목소리를 내면 낼수록 그들을 부정적으로 보는 특정 세력에 의해 색깔이 씌워지고, 그런 다음에는 어느 순간 혐오 집단이 되고 마는 현실이 섬뜩한 것 같아요. 정말 무서운 시대인 것 같습니다.”

그 모임에서 이런 얘기는 그날 밤늦도록 이어졌다.

그러던 어느 날, 모임이 끝난 후 앨리스는 제욱에게 자기 집에서 저녁을 같이 먹자는 제안을 했다. 그녀의 갑작스러운 제안에 그는 잠시 망설였다. 노민서의 죽음 이후 마음이 아직 정리가 안 된 상태에서 또 다른 여자를 만난다는 것이 마음에 걸렸기 때문이다. 하지만 많은 분야에 대해 호기심과 지식을 지닌 인텔리적인 분위기, 그리고 무엇보다 아름다운 모습에 제욱도 거절하지 못했다.

"그냥 저녁만 간단히 먹고 가요."

그녀의 간곡한 제안에 제욱은 간단히 저녁만 먹고 간다는 생각으로 받아들였다. 그녀의 집은 취향을 반영하듯 현관 입구에 그림이 몇 점 걸려 있었다. 하나같이 드가의 발레 그림들이었다. 낯선 여인의 집에 방문한 제욱은 이런 모든 분위기가 어리둥절했다. 현관에서 끈이 있는 구두를 힘겹게 벗은 그녀는 그런 느낌의 제욱을 아는 듯 그의 손을 확 잡아끌어 거실로 안내했다. 거실 불을 켜자 가장자리에 있는 간접등이 켜지고 거실 벽에는 에곤 쉴레의 자화상이 걸려 있었다. 그리고 그 그림 밑에는 턴테이블이 올라와 있었고, 스피커 위에는 불에 타다 꺼진 향초가 놓여 있었다.

"구식이죠? 제 취향이 좀 별나서요. 뭐 마실 것 좀 드릴까요?"

그녀는 그렇게 말하며 턴테이블 앞에서 어떤 음악을 틀까 LP들을 뒤적인다. 그러면서 오래되어 보이는 앨범을 꺼내 턴테이블에 올린다.

Mozart의 모테트 'Exsultate, Jubilate'가 흐른다. 제목과 같이 분위기가 일순간에 밝은 분위기로 바뀌는 듯하다. 음악이 흐르자 제욱의 마음도 다소 풀어진다.

"무슨 음식 좋아해요?"

"저요? 전 아무 음식이나 좋아하니까 염려 마세요. 그냥 간단히 먹어도 괜찮아요."

"간단하기는요. 이렇게 우리 집까지 와주셨으니까 제가 맛있는 거 해드려야죠. 그래도 제가 음식 솜씨는 알아주거든요."

"아 그러세요…?"

제욱은 헛기침하며 짧게 대답한다. 그런 제욱의 표정에서 뭔가를 발견한 것처럼 그의 표정을 살짝 살피던 그녀는 이내 냉장고에서 이런저런 재료를 꺼내면서 얘기한다.

"제욱 씨는 뭔가 모르는 것을 마음속에 감추고 계신 분 같아요."

그러면서 그녀는 말을 이어간다.

"저도 젊을 적에는 제가 좋아하는 공부만 했어요. 공부하다 보니 그쪽으로 가고 싶은 생각이 들어 대학 이후에도 쭉 공부했는데 그것도 결국 제 마음대로 안 되더라고요."

제욱은 소파에 앉아서 탁자 밑의 책을 살짝 살펴보다가, 잠시 그녀의 얼굴을 쳐다본다. 그녀는 다시 말을 이어간다.

"대학원 나와서 이곳 대학교에서 시간강사로 일을 시작할 때는 적은 보수로도 뭔가 앞을 내다보며 일한다는 보람이 있었는데, 학교가 폐교되면서 저도 점점 모두 내려놓게 되었어요."

그녀의 말에 탁자 밑의 책들을 보자 회계학 관련 책들이 쌓여 있었다. 그런 그를 보자 그녀가 얘기한다.

"저 회계학 전공했어요. 웃기죠?"

그녀는 그렇게 말하며 다시 요리를 계속한다.

"인공지능 프로그램이 급속도로 도입되면서 우리와 같이 실무적인 수준의 회계학은 더 이상 존립이 어렵게 되었어요. 대신 회계학의 방향성을 다시 세우고, IT 기술을 활용해서 발전시킬 수 있는 분야만 살아남게 되었어요."

그녀는 그 얘기를 하다가 뭔가 생각이 난 것처럼 말을 이어간다.

"레거시사의 인공지능 시스템인 LI에 대해 들어보신 적 있으세요? 사람들은 LI의 알고리즘이 다양하고 복잡한 경영 환경에서 최적의 의사결정 솔루션을 제공한다고 들떠있었죠. 그래서 상대적으로 관련 인프라가 부족한 중소기업들에게 획기적인 영향력을 발휘하게 될 거라 호들갑 떨었죠. 어찌 보면 정보와 의사결정이라는 것이 자산이 되는 기업 환경에서 이것은 일종의 평등 신호처럼 보이기도 하니까요. 모두 경제적 측면의 경제 전략 부문 민주화가 도래했다고 좋아했죠. 하지만 이건 과거 인간의 경험에 의존하던 경영 의사결정 구조가 레거시사의 경영정보시스템으로 편입되면서 의사결정이라는 인간 권력의 핵심이 인간에서 기술, 정확히는 기계로 넘어가는 치명적인 시기가 오게 된 것이에요. 우리 인간 모두 거스를 수 없는, 브레이크 없는 폭주 기관차에 올라타고 만 것이죠."

앨리스가 이렇게 얘기하자 과거 노민서가 했던 얘기가 제욱에게도 떠오른다. 상황이 이렇게 변하면서 박원봉 사장의 NEXT사도 쇠퇴기를 맞을 수밖에 없었고, 국내 시장을 지키던 몇 안 되는 회사들도 차츰 서비스를 중단하고 역사 속으로 사라져 버렸기 때문이다.

앨리스는 이렇게 말하며 다시 제욱을 보며 멋쩍은 웃음을 짓는다. 긴 머리에 하얀색 피부, 큰 키에 약간 통통한 몸매를 갖고 있었다. 그리고 미소를 지을 때 입 옆에 생기는 보조개가 매력이다. 냉장고를 열고 재료를 보던 그녀는 다시 이렇게 말한다.

"요즘은 기본 배부되는 식재료들의 질이 너무나 떨어졌어요. 최근 몇 개월 동안 기상 상황이 안 좋아져서 그렇다는 소리를 듣기는 했는데, 날씨가 안 좋아도 예전에는 그러지 않았는데 매년 조금씩 질이 떨어지는 것 같아요."

일정 금액의 마일리지를 각 세대에 부여해 그 예산에서 온라인으로 주문하면 원하는 상품을 받아볼 수 있는 게 기본 배부 식료품 제도다. 그녀의 얘기로는 같은 금액으로 몇 년 전과 같은 물건을 주문하려면 거의 2배 가까이 오른 느낌이라고 한다. 소파에 앉아서 그녀의 얘기를 듣던 제욱도 이상하다는 생각이 들었다. 그가 들은 얘기도 레거시사의 기조는 대단위 무용계층을 부양하기 위해서 지금보다 훨씬 싼 공급망을 확보해 원가를 낮추는 것이라고 들었기 때문이다. 따라서 이를 위해 그들이 그토록 지속적인 공장 인수 작업을 한다고 들었다.

"정부에서 예산을 삭감해서 그런 거 아닐까요? 제가 아는 한 레거시사는 식품공장 늘리려고 그렇게 발악한다고 들었거든요."

"뭔가 레거시사에 대해 잘 알고 계신 것처럼 말씀하시네요? 글쎄요. 정부에서는 나름 저희를 상당히 중요한 압력단체로 보고 있어요. 저희가 가진 표만 하더라도 전국적으로 봤을 때는 사실 정권을 교체할 만한 수준이기도 하고요. 우리가 상당한 캐스팅보트인 셈이죠. 그래서 지난 선거에서도 우리 캠퍼스에 여야 할 것 없이 여러 정당이 와서 우리한테 필요한 것 없냐, 복지를 더 늘려주겠다 하는 공약을 하고 갔거든요. 우리가 현 정권에 불만을 품으면 저들도 정권 재창출하기 힘드니까요. 반대로 야권도 우리에게 잘 보여야 집권할 수 있는 거고요."

그녀의 말을 듣고 이런저런 생각에 빠져 있는 사이에 앨리스가 얘기한다.

"이제 다 됐어요. 오세요"

식탁으로 다가가자 제법 근사한 메뉴가 차려져 있었다.

크림 차우더 파스타와 돼지고기가 들어 있는 노릇노릇한 녹두빈대떡, 채소와 버무린 안심샐러드, 그리고 똠얌꿍과 적포도주까지 준비되어 있었다.

"아니, 짧은 시간에 어떻게 이런 걸 다 준비하셨어요? 놀랍네요."

제욱은 놀라며 자리에 앉는다. 앨리스도 칭찬에 기분이 좋은 듯 자리에 앉으며 제욱에게 건배를 제안한다. 그리고 환하게 미소 지으며 제욱과 눈을 마주치며 건배를 한다. 그녀의 환대에 제욱은 고맙기도 했지만 이런 상황이 너무 어색하게 느껴졌다. 단지 가깝게 된 친구 정도로 생각했는데 그녀의 태도가 너무나 적극적이기 때문이다. 또 그가 마음을 열고 누군가를 받아들이기에는 아직 상처가 남아있었다. 그래서 그녀가 미소를 짓고 바라볼 때나, 이런 음식으로 자신을 환대해주는 것이 너무 부담스러웠다. 그녀도 그런 제욱의 마음을 알았는지 조용히 제욱에게 묻는다.

"음악 좋아하세요?"

"네… 음악 좋아하죠…."

그녀가 묻자 제욱도 얼떨결에 대답한다. 때마침 턴테이블의 음악이 끝나자 그녀는 자리에서 일어나 음악을 바꾼다. Bach의 '골드베르크 변주곡' 현악사중주 버전이었다.

"전 이 곡을 정말 좋아해서 다양한 버전을 갖고 있는데 현악 버전으로 들으면 슬프다는 생각이 들어요. 익숙한 곡이 이렇게 슬픈 곡이었나 하는 착각이 들 정도니까요. 원곡인 건반곡은 더할 나위 없이 순수하고 아름다운 곡이거든요. 아마도 그런 느낌은 익숙한 이 공간에 제욱 씨가 와서 달라 보이는 것과 비슷하다는 생각도 들어요."

제욱은 조금 나아졌다지만 지금 이 상황이 여전히 낯설게 느껴지고 있었다. 자신이 지금 낯선 집에 와서 무엇을 하고 있나 하는 생각이 들었다. 그래서 그런 생각이 혹시나 표정으로 나타나지는 않을까 걱정되기도 했다. 그래서인지 그녀가 차려준 음식도 맛있게 먹지 못하고 그녀의 시선을 피하며 식사를 하고 있었다. 그런 그를 보자 무엇인가 생각이 난 듯 그녀가 얘기한다.

"제욱 씨는 우리가 사는 삶이 가치가 있다고 생각하세요?"

제욱은 그녀의 말이 무슨 말인지 모르겠다는 표정을 짓자, 그녀는 다시 얘기한다.

"우리 인간은 살면서 항상 힘들다는 얘기를 하잖아요. 제가 아는 어떤 사람은 그런 얘기도 하더라고요. 우리의 삶은 단 10%만 달콤하고 나머지 90%는 고통이라고. 제욱 씨는 어떻게 생각하세요?"

"글쎄요. 그래도 10%만 달콤하다는 말은 어느 정도 맞는 것 같네요."

"그래요? 왜 그렇게 생각하세요?"

그녀는 흥미롭다는 듯이 말한다.

"뭐, 그런 걸 깊게 생각해본 적은 없는데, 제가 살아온 지금까지 과정을 보면 그런 것 같긴 하네요. 아뇨, 뭐 사실 10%의 달콤함도 너무 후한 것 아닌가 하는 생각도 드네요."

그가 말하자 그녀의 눈빛이 빛나며 그를 바라본다.

"제가 회계학 전공했다고 말씀드렸죠? 전 사실 대학 시절엔 사회운동을 했었어요. 정확히는 왜곡보도를 일삼는 언론사 광고주를 상대로 한 불매운동이었어요. 그 단체에서 운동하며 느낀 것이지만 기득권을 옹호하기 위해 거짓도 진실로 만들며 왜곡하는 언론들의 패악질에 너무나 어이없었죠. 하지만 결국 광고주협회의 협박과 고발로 엄청나게 힘든 시기를 보냈어요. 물론 나중엔 다 무혐의 처분이 내려지긴 했지만, 우리가 그토록 바른 신념을 갖고 투쟁하더라도 현실을 바꾸기는 쉽지 않다는 것을 알게 됐죠. 하여튼 그때 생각이 많이 달라졌어요. 무뎌지게 되었다고 볼 수도 있고요. 그래서 한동안은 허탈감에 책도 많이 읽게 되었어요. 불매운동할 때 제가 옳다고 믿는 신념을 동력으로 삼아 달려오다 보니, 오히려 일이 잘되지 않은 것 같았어요."

그녀가 그런 말을 하자 제욱은 더 이질감이 느껴지긴 했지만, 그녀는 환한 표정을 지으며 말을 이어간다.

"그때 여러 가지 책도 읽고 공부도 하게 되었어요. 당시 머리가 너무 복잡했거든요. 우연한 기회에 불교에 관한 책도 읽어 봤어요. 불교에서는 늘 열반을 얘기하잖아요. 우리가 사는 세상은 고통으로 가득 차 있다고요. 그리고 그 사슬을 끊기 위해서 다시 태어나는 윤회를 반복하지 않아야 한다는 것을요. 대신 아무것도 없는 영원한 무의 세계로 돌아가야 한다고 말하죠. 어떻게 생각하세요? 삶이 고통스럽기 때문에 아무것도 없는 무의 세계로 돌아간다는 것에 대해서요?"

그가 생각해본 적이 없다는 표정을 지으며 난처해 하자, 그녀는 다시 말을 이어간다.

"근데 신기한 건 그래도 많은 사람이 열반보다는 다시 태어나는 것을 선호하더라고요. 그런 것을 보면 사람들이 삶에 대해 부정적인 생각을 하지만, 본능적으로는 생존에 대한 무의식의 집착과 욕망이 있는 것이 아닌가 생각해요. 신기하지 않나요? 이 세상은 왜 아무것도 없지 않고, 무엇인가가 생겼는지. 그리고 그런 가운데 하필 의식을 가진 우리와 같은 인간이 생겨나서 이런 존재론적인 고민을 하는지도요."

둘은 그렇게 오랫동안 대화를 이어 나갔다.

그녀는 자신의 열정을 실현하기 위해 한동안 자신을 불태웠고, 그런 과정에서 사회의 굴곡진 모습을 알게 되면서 그것을 바꾸기 위해 투쟁했다. 하지만 그런 열정을 모두 소진하고 나서 그런 것이 모두 허망한 것이라는 것을 느끼고는 이런 절망에 내버려졌다 생각 들었다.

"저도 한동안은 인생에 패배자가 되었다는 생각에 괴로웠어요. 나를 필요로 하는 사람이 없다는 것에 심한 좌절감과 모멸감을 느꼈어요."

그런 좌절감으로 이곳에 모여들게 되었지만, 그런 감정은 이곳에서 묘한 연대감을 느끼게 해줬고, 이는 어느새 위안이 되었다고 한다. 그러면서 다시 얘기한다.

"제가 어느 순간 이런 것에 익숙해져 버린 거죠. 그렇게 보면 이런 익숙함이라는 것이 정말 공포스럽지 않나요?"

취기가 올라온 그녀의 말에 제욱은 연민과 애처로운 감정을 갖게 되었다.

"이 세상은 둘 중의 하나인 것 같아요. 내가 세상을 바꾸거나, 세상이 나를 바꾸게 하거나 말이죠. 그렇지 않다면 둘은 절대 같이 있을 수 없어요. 물론 대부분이 세상에 자신을 맞춰 살아가고 있죠. 그렇게 굴복해버린 사람들에게 세상은 그때부터 가차없는 희생을 요구해요. 그렇게 한번 허물어진 균형은 이젠 걷잡을 수도 없게 되죠. 그때부터는 노예가 되는 것만 남은 거니까요. 하지만 분명한 것은 인류의 98%는 대부분 자신의 의미 없는 일상만 반복하며 살아가고, 1~2%의 용기 있는 극소수가 목숨 걸고 투쟁해서 새로운 역사를 만들었다는 사실이에요."

그녀는 그러면서 거실 벽에 걸린 에곤 쉴레의 자화상을 바라본다. 그 그림은 에곤 쉴레의 수많은 자화상 중 1912년 작인 '꽈리열매가 있는 자화상(Self-Portrait with Chinese Lantern

Plant)'이었다.

"저 그림 속의 남자 너무 무심하려고 일부러 애쓰는 것 같지 않나요? 전 그런 모습도 보여요. 시대를 뛰어넘는 자신의 천재적인 능력에 냉담해 하는 세상을 향해 분노하다가도, 결국 좌절하게 된 한 남자의 자화상 말이에요. 그러면서 계속 뭔가 바라보려 노력하는 저 눈빛도 애처로워요. 자신의 얼굴을 숨기려 이상한 색깔로 덧칠한 채로 말이죠."

그렇게 그녀는 다시 그림 속의 남자를 그 큰 눈으로 바라본다.

"우리 사회도 결국 투쟁하고 우리의 목소리를 내지 않으면 아무도 관심 가져 주지 않는 것 같아요. 한동안은 내가 아닌 사회문제에 관심을 갖고 그들을 위해 무엇인가 해야 한다는 사명감이 있었지만, 시간이 지나고 보니 그런 모든 것이 나에게 현실로 닥치고 말았어요. 우리의 의지와 상관없이 벌어진 일들에 대해 선량한 사람들이 책임지고 고통을 받아야 한다는 사실은 특히 받아들이기 어려웠어요. 하지만 역설적이게도 저는 지금 그런 정책을 만든 사람들 덕에 이렇게 살고 있기도 하죠."

그렇게 말하며 그녀는 이곳에서 평범한 일상으로 돌아온 얘기를 해줬다. 평소 그녀가 좋아하던 음악을 듣고, 관련된 사람들과 만나 이야기를 하며 사람을 사귀는 소소한 일상이 소중하게 느껴졌다고 한다. 그리고 무엇인가 인생에서 중요한 가치를 찾는다 했을 때 어느 분야에서 치열하게 노력해서 명성을 쌓는 것과 지금처럼 자신의 인생을 즐기는 것 중에 선택하라 한다면 무엇이 더 중요한지 판단하기 어렵다는 말도 했다. 그래서 당분간은 아무 생각 없이 이런 생활을 즐기고 싶다고도 얘기했다.

그러다가 덥다는 얘기를 계속하던 그녀는 좋은 술이 있다면서 대화 중에 자리에서 일어섰다. 그리고 얼마 후에 옷을 갈아입고 나타났다. 나시 원피스로 갈아입은 그녀는 한 손에는 양주 한 병을 들고 나타났다. 속옷을 입지 않아 가슴선이 그대로 드러난 몸매는 한 눈에도 볼륨감 있으면서 아름다워 보였다. 그는 그녀의 갑작스러운 등장에 놀라면서 눈길을 그녀에게 마주하지 못한다. 그런 그를 눈치챈 듯 앨리스는 제욱의 곁에 술병과 술잔을 내려놓으며 앉는다. 그녀의 도발적인 행동에 그는 속으로는 놀랐지만, 그녀가 어색해할까 봐 놀란 기색은 하지 못했다.

"그냥 곁에 앉아서 마시고 싶었어요. 불편하지는 않죠?"

그녀는 그렇게 말하며 그에게 술을 한잔 따라주며 건배를 제안한다. 평소 술을 즐기는 제욱이지만 그녀가 따라준 술은 꽤 독한 술이란 것을 알았다. 그러면서 좋아했던 영화들과 그녀를 사로잡았던 소설들, 그녀가 사랑에 빠졌던 얘기까지 꺼낸다. 그러면서 예전의 그런 감정들이 어느 순간 없어지고 지금 자신은 전혀 다른 존재가 되어버렸다는 얘기를 한다.

"전 요즘도 그런 생각이 많이 들어요. 예전 고등학교에 다니던 '나'와 지금 여기에 앉아서 숨 쉬고 있는 '나'란 존재가 같은 사람인지 하는 의문 말이에요. 제가 책에서 읽어본 바로는 사람의 세포는 일정 시간이 지나면 그 수명이 다해서 완전히 바뀐다고 해요. 우리 몸을 구성하고 있는 대부분의 세포가 그런 과정을 겪고 있는 거죠. 그렇다면 엄밀히 고교 시절의 '나'라고 정의되었던 '나'와 지금의 '나'는 물리적으로는 다른 존재일 수도 있는 거죠. 물론 '나'라는 영속성과 이와 더불어 '나'를 이어주는 기억과 추억이라는 연결고리는 있지만, 이를 가만히 생각하면 '나'라는 존재도 시간을 가로질러 끊임없이 변화하는 존재가 아닐까 하는 생각이 들어요."

술기운이 돌아 열심히 얘기하는 그녀에게서는 오랜만에 맡아보는 향기로운 여인의 냄새가 났다. 자신의 그런 경험을 진지하게 묘사하는 그녀의 모습이 사랑스럽게 느껴졌다. 그런 그의 시선을 눈치챈 듯 얘기를 이어가던 그녀가 갑자기 그의 눈을 응시하며 미소를 짓는다.

"제욱 씨는 모임에서 별명을 안 쓰시네요?"

"아, 그런 것 좀 간지러워서요."

"제욱 씨는 사회에서 무슨 일을 하셨는지 모르지만, 무슨 비밀을 간직한 것 같으면서도 한편으로는 남자다운 모습이 매력인 것 같아요."

그리고 갑자기 그에게 가까이 다가와 끌어안으며 키스를

한다. 그녀의 행동에 그는 놀라 몸을 뒤로 뺀다. 하지만 그녀는 아랑곳하지 않고 미소를 지으며 그의 머리를 잡아당기며 입술을 핥고 그를 느끼기 시작한다. 그는 당황했지만 거부할 수 없는 매력을 느끼며 그녀의 키스를 받아들이기 시작한다. 그렇게 둘은 서서히 서로의 몸을 느끼며 허물어져 가기 시작한다.

어느덧 창문을 통해 밖의 햇살이 방 안을 비추기 시작할 때, 누군가가 문을 열고 들어오는 소리가 나서 제욱은 본능적으로 잠에서 깨어난다. 가만히 들어보니 누군가가 자연스럽게 집에 들어와서 이리저리 둘러보고 있는 것처럼 보인다. 놀란 그가 자신의 품에 잠들어 있는 그녀를 흔들어 깨우지만, 깊은 잠에 빠진 그녀는 좀처럼 일어나지 못한다. 그의 몸에 엉켜있는 알몸의 그녀를 재차 깨우자 그제야 눈을 비비며 일어난다.

"…무슨 일이세요…?"

"집 안에 누군가 들어온 거 같아요."

"하… 지금요? 누가 왔지? 남편이 벌써 왔나?"

남편이란 말에 제욱은 당황했지만, 그녀는 너무나 자연스럽게 가운을 입으며 밖으로 나간다. 당황한 그가 자리에서 일어나 옷을 주섬주섬 입고 의자에 걸터앉는다. 의자에 앉아 안절부절못하고 있을 때 그녀가 방문을 열고 나타나 다시 걸

쳤던 옷을 벗고 나체가 된 채 침대 위에 눕는다. 그리고 다시 하품하며 그에게 안아달라는 손짓을 한다.

"누구예요?"

"신경 쓰지 마세요. 남편이에요."

"남편이요? 남편인데 어떻게 신경을 안 써요?"

제욱이 그렇게 말하자, 그녀는 그가 순진하고 웃긴다는 듯이 침대 위에서 팔베개를 한 채 묻는다.

"왜요? 그럼 아침드라마처럼 깜짝 놀라 급하게 옷 입고 창문으로 도망이라도 가시려고요?"

초롱초롱한 눈빛으로 말하는 그녀가 그는 이해가 되지 않았다.

"그런 놀란 표정하며 이렇게 말하는 제욱 씨는 생각보다 순진하고, 그런 게 더 매력 있는 거 같아요."

"저는 정말 이런 상황이 뭔지 모르겠어요. 결혼하셨어요? 그럼 진작에 왜 얘기 안 하셨어요?"

"그런 거 신경 쓰지 않으셔도 돼요. 남편도 밤새 어디서 놀다 온 거예요. 그렇게 안 보였는데 제욱 씨 좀 구닥다리 같은 느낌이에요."

"전 이런 상황이 잘 이해가 되지 않네요."

"네? 뭐가요?"

"뭐긴요? 밖에 남편이 있다면서요?"

"뭐가 이해가 안 가신다는 거예요? 이해가 안 간다는 건 제욱 씨가 생각하는 것과 이런 상황이 다르다는 것인데 그게 어떤 거예요? 남편이 있는 거요? 제욱 씨는 저에게 집중했던 거 아니에요? 남편이 있는 것과 없는 것이 저보다 갑자기 더 중요해진 거예요? 중요한 게 상대 그 자체예요, 아니면 그 상대의 주변인가요?"

그녀가 이렇게 말했지만 제욱은 남편의 물리적인 존재로 이렇게 말하는 것이 아니었다. 그걸 그녀도 모를 리 없었다. 그녀가 더 본질적인 무엇인가를 얘기 안 하고 있다는 눈빛을 보내자, 그것을 이해한 듯 그녀가 말을 이어간다.

"프랑스의 실존주의 철학자 사르트르는 여성운동가인 보부아르와 결혼했는데, 그들은 결혼 후에도 배우자 서로의 자유연애를 존중했어요. 서로 사랑하지만 그걸로 상대를 얽매서는 안 된다고 생각했던 거죠. 전 결혼제도도 결국 그 사회의 반영일 뿐이라는 생각이 들어요. 그 사회를 살고 있는 구성원들이 합의한 제도나 규칙에 지나지 않는 거죠. 그 말은 다른 생각을 하는 사회에서는 다른 제도를 가질 수 있다는 거고, 바꿔 말하면 이는 곧 절대적인 게 아니고 상대적인 거란 거죠."

"그럼 앨리스님 가족은 그런 자유연애를 하고 계신 거예요? 그럼 뭣 하러 결혼하신 거예요?"

"살면서 동반자는 필요하다고 생각이 들었어요. 그리고 아이도 갖고 싶었고요. 물론 동반자가 반드시 있을 필요는 없죠. 그때마다 새로운 이성을 만나면 되니까요. 어떻게 보면 아기도 꼭 배우자한테서만 가질 필요는 없겠죠. 누구든 만나서 사랑하는 사람, 아이를 갖고 싶은 사람과 만나서 사랑하고 임신하면 되니까요. 한편으로 제욱 씨 생각이 틀린 건 아니에요. 사랑하다 보면 그 사람에 대한 소유욕이 생기고 상대가 다른 사람을 만나면 질투심이 생기니까요. 하지만 그 욕망을 가만히 들여다보면 그것도 우리가 어릴 적부터 가져왔던 일부일처제의 강박증 때문일 수도 있다는 생각이 들어요. 한 발 떨어져서 생각해보면 그건 아무것도 아닌 데도 말이죠."

침대에 나체로 이불을 덮고 누워있던 그녀는 말하면서 자리에서 몸을 조금 일으켜 침대 옆 작은 탁자에 놓인 물을 마시며 얘기한다.

"하지만 각자의 가치관이 있기에 제욱 씨한테 이런 저의 생각 강요하고 싶지는 않아요. 저와 다를 수 있다는 것 충분히 이해하니까요. 하지만 중요한 건 그런 거 같아요. 우리가 살고 있는 삶은 분명 아주 짧은 순간이고 돌이켜서 다시 돌아올 수 없는 시간들인데, 이런저런 선입견과 가치관에 사로잡혀 한 발짝도 내딛지 못하고 그 관념의 늪에 빠져서 평생을 산다는 것이야말로 제일 불행한 삶이 아닐까요?"

그녀는 그러면서 말을 이어간다.

"우리 할머니가 그러시더라고요. 할머니가 어릴 때 여자들의 순결은 다른 어떤 것보다 중요한 것이었다고요. 순결을 지키기 위해 부단히도 노력했고 때론 목숨마저 바쳐야 했다고요. 물론 그러지 못했을 때 엄청난 비난을 감수해야 하는 것은 말할 필요도 없고요. 하지만 지금 지나서 보면 그 순결이라는 것이 도대체 무슨 의미가 있죠? 지금 우리가 젊은 이들한테 순결은 중요한 것이라고, 순결은 꼭 지켜야 한다고 얘기하면 그들이 우리에게 뭐라고 말할 것 같아요? 반대로 얘기하면 할머니 시절 순결이라는 것으로 얼마나 많은 사람이 고통을 받았는지 생각해 보면 상당한 아이러니죠. 어떤 가치관을 강요하는 것은 엄밀히 따지면 파쇼이고 폭력이기도 한 거예요. 저는 결혼제도, 일부일처제란 제도도 이것과 비슷하다고 생각해요. 앞서 말씀드린 우리 사회가 선택한 제도에 지나지 않는 것이고 이는 곧 시간과 공간이 바뀌면 언제든 사멸해 버리는 허상 같은 거죠. 우리가 과거처럼 목숨과도 같이 지켜야 할 대상은 아닌 거 같아요."

"남편도 앨리스 님과 같은 생각이세요?"

"모르셨어요? 남편뿐만 아니라 이곳엔 이렇게 사는 사람들이 꽤 많아요. 과거 불륜과 같은 문제로 더 이상 서로 불신하지 않고 서로의 사생활을 이해해주는 거니까요. 물론 한 사람만을 사랑해서 그 사람과 평생 사랑을 나누며 사는 것이 이상적이겠죠. 그런 커플이 물론 있어요. 없다고는 말 못 하겠지만 사실 확률적으로 높지 않아요. 인간들은 쉽게 싫증과

권태감을 느끼는 존재잖아요. 또 본능적으로 그렇게 각인되어 있으니까요. 그런 면에서 일부일처제는 본능을 거스르는 부자연스런 제도라는 생각이 들어요. 그렇지 않아요?"

그녀의 말에 그도 뭐라 반박을 할 수는 없었지만 그렇다고 다 받아들이기도 어려웠다. 하지만 생각해보면 분명 기혼자인 그녀와 밤을 같이 보내고 말았지만, 지금 스스로 이렇게 망설이고 혼란스러워하는 것은 그의 가치관과 배치되는 무엇인가가 있다는 생각이 들었다. 그렇게 한참 그녀를 바라보다 그가 입을 열었다.

"앨리스 님 말 하나도 틀린 건 없다고 생각해요. 하지만 그렇다고 제가 다 이해할 수 있다는 것도 아니고요. 또 여기에 있는 많은 분이 그렇게 살고 있다는 것도 놀라운 것 같아요. 이런 놀란 감정도 제가 어느 단순한 생각만 하고 살아서겠죠. 그런 걸 보면 저에게도 어느 정도 시간이 필요한 것 같아요."

이렇게 말하자 침대에 기대어 누워있던 그녀의 눈빛도 흔들린다. 그러다가 나체 상태 그대로 침대에서 일어나 의자에 앉아있던 그의 무릎에 올라타 다시 키스한다. 그녀의 키스로 그는 당황했지만 이내 조용히 그녀를 받아들이기 시작한다. 하지만 얼마 지나지 않아 제욱이 그녀를 조심스럽게 밀어낸다. 그리고 그를 가만히 바라보고 있는 그녀의 얼굴을 두 손으로 잡고 그녀의 입술에 가만히 다시 키스를 한다. 그녀가

눈을 감으며 그의 입술을 느끼자, 그는 자리에서 일어나 집
을 서둘러 나가 버린다.

11

불확정성의 원리

"아니 이렇게 계속 복지 규모가 축소되면 어떡합니까? 제가 중간에서 막는 데도 한계가 있다고요. 우리는 엄연히 정부의 잘못된 경제정책으로 인한 피해자들이지 누군가에게 피해를 안기는 그런 단체가 아닙니다. 부당한 결정에 대해 여기 계신 시민연대 시민들의 오랜 기간 투쟁으로 오게 된 것인데, 이렇게 일방적으로 결정하시며 우리를 무시하는 겁니까?"

시민연대 대표인 박진호는 전화로 누군가와 심각하게 얘기하고 있다.

"그건 알겠는데 그렇다고 우리가 무슨 부당한 요구를 하는 겁니까? 우리는 정부가 약속을 지키라고 말씀드리고 있는 겁니다. 우리도 기본권이라는 게 있습니다. 분명히 지난 합의안을 바탕으로 요구할 권리가 있고요."

하지만 통화 상대방도 박진호에게 물러서지 않는 듯한 대화를 이어가고 있는 것으로 보인다.

"누가 그런 얘기를 합니까? 만약 그런 것이 있으면 근거를 주십시오. 절대 그런 일 없습니다."

그는 상대의 말에 갑자기 목소리가 낮아지며 얘기한다. 상대방의 말도 길어진다.

"네, 알겠습니다. 그건 아마 오해가 있으셨을 것 같습니다. 여기 거주민들 일부가 자유분방한 사고방식을 갖고는 있지만 말씀하신 정도는 아닙니다. 제가 봤을 때는 분명 저희를 음해하는 세력이 만들어 낸 가짜뉴스가 분명합니다. 저희가 이런 일 한두 번 당한 것 아니잖습니까? 그리고 잘 아시다시피 우리 자체 자율적인 방범 시스템은 시민들의 참여로 투명하고 엄정하게 진행되고 있습니다. 만약 그런 부분이 있었다면 시민들의 제보도 많았을 거고, 우리도 몰랐을 리가 없습니다. 혹시 모를 가능성에 대비해 저희도 말씀하신 부분에 대해서는 더 자세히 조사해 보겠는데 제발 중립을 지켜주십시오."

그가 말을 마치자 상대방도 뭔가 모를 긴 얘기를 다시 전달한다.

"네, 네, 알겠습니다. 말씀드린 것처럼 저희도 최대한 노력을 할 테니 우리 측 입장 충분히 전해주실 것을 부탁드립니다."

통화를 마친 박진호는 화가 난 듯 전화기를 책상에 집어던지고 책상을 발로 걷어찬다. 그리고 깜깜한 창밖을 오랫동안 바라보다 무슨 생각이라도 난 듯 누군가에게 다시 전화를 걸려고 핸드폰을 만진다. 그때 사무실 문을 두드리는 소리가 난다.

"오늘 늦었으니까 다음에 오세요."

하지만 다짜고짜 문을 열고 들어온 사내 하나가 성큼성큼 걸어서 소파에 풀썩 앉는다.

"내일 오라는 것도 아니고 다음에 오라고? 시민연대 대표가 뭐 감투라도 되는 줄 아는가 보네요?"

소파에 앉아 거만하게 말하는 사내는 다름 아닌 동남청년단 중부시민연대 대표 구영진이다. 그는 손가락을 까딱하며 박진호를 자신의 앞에 앉으라고 손짓한다. 통화로 얼굴이 벌겋게 상기된 박진호는 엉거주춤 자리에 앉는다.

"이 시간에 어쩐 일이세요?"

"어쩐 일이라뇨? 지난 분기 회계감사 자료에서 문제가 되었던 매입내역 소명자료 준다고 한 것 잊었어요? 대표님이 안 주셔서 우리가 정부에서 지급한 식재료 내역을 받아다가 더 꼼꼼히 비교해 봤어요. 이거 한번 보실래요? 농산물 중 배추는 시장 경락가 대비 250%, 라면은 제조사 공장 출하가와 비교해 보면 50% 이상이 비싸요. 이런 식으로 계산해 보면 차액이 얼마나 되는지 아세요? 한 달에 9.9억 원, 1년이면 100억 원이 넘어요!"

"말씀드렸잖아요. 가격 변동 폭이 큰 농산물은 기간별 계약하는 것이라서 특정 시점과 비교하는 건 의미가 없다고요. 그리고 공산품들도 우리가 장기 계약하는 상품들이 많아 일시적인 가격 행사를 하는 외부 시세와 단순 비교는 어렵습니다. 자꾸 오셔서 이런 식으로 따지시면 어쩌자는 겁니까? 그렇게 사사건건 따지고 들면 제대로 일할 수 있는 사람 아무도 없어요!"

"당신 그럴 줄 알았어. 그래서 오늘은 내가 그 얘기를 들으려는 게 아니고, 당신 태영상사 알지?"

태영상사라는 말에 박진호는 깜짝 놀랐다. 다른 사람도 아니고 구영진의 입에서 그런 말이 나왔다는 것은 더더욱 위험한 일이기 때문이다. 시민연대 소속으로 해당 복지혜택을 받고 있으면서도, 복지를 반대하는 세력들의 편에 서서 상대를 공산주의자라 비난하며 반공 구호를 외치는 인물이라 평상시 인간적으로는 무시하곤 했었다. 하지만 최근 정치권과 가깝게 지내면서 그의 말 한 마디 한 마디가 박진호는 늘 부담스럽다.

"왜 그렇게 놀라? 뭐 둘이 짝짜꿍이라도 하고 있었어?"

그렇게 얘기하며 구영진이 양복 재킷에 있는 자료를 꺼낸다.

"최근 1년 동안 태영상사 매입액이 계속 늘어나고 있더라고. 이건 뭐 경쟁력이 있으면 그럴 수도 있다고 생각해. 근데이 통화내역과 사진 보면 정말 둘이 꿍꿍이가 있는 거 같더

구만!"

그렇게 말하며 그는 재킷에서 다시 한 번 통화내역이 있는 종이와 사진을 꺼낸다. 사진에는 그가 태영상사 대표와 유흥주점에 여러 차례 들어가는 모습이 찍혀 있었다. 그가 이렇게 자신의 뒷조사를 하며 사진을 찍고, 통화내역까지 확보했다는 것은 분명 누군가 그에게 그런 정보를 흘려주고 있다는 강한 추측이 든다.

"당신 도대체 지금 뭐 하는 거야? 고작 몇 푼 안 되는 돈으로 근근이 살고 있는 사람들 돈까지 건드려서 여자 끼고 술이나 처먹으러 돌아다닌 거야? 당신 대체 양심이 있는 인간이야? 이러고 다니면 언젠가 밝혀진다는 생각한 적 없어?"

그러자 박진호는 놀란 표정을 감추며 테이블에 흐트러진 서류와 사진을 정리하려고 한다. 그러다가 갑자기 구영진을 쳐다보며 억지웃음을 지으며 얘기한다.

"너무 그렇게만 몰아붙이지 마세요. 우리가 그동안은 너무 사무적으로만 얘기했으니 이러지 말고 어디 가서 술이라도 한잔 합시다."

그렇게 말하며 박진호는 구영진을 억지로 끌고 나가려고 한다.

"당신 지금 뭐하는 거야? 나까지 엮으려고 그러는 거야? 내가 그렇게 만만해 보여?"

"아이고, 무슨 소리예요. 대표님같이 호연지기가 분명한 분한테 제가 어떻게 그런 시답잖은 수작이나 쓰려고 하겠습니까? 너무 딱딱하게 구시니까 그냥 술이나 한잔 마시며 대화나 하려는 거죠. 그래도 우리 다 이렇게 열심히 살아보려고 그러는 거 아니겠습니까? 너무 부담 느끼지 말고 우리 남자 대 남자로 시민연대 발전 방향에 대해서 얘기나 한번 해보십시다. 저도 평상시 대표님 의견도 듣고 싶었고요. 잘 아시다시피 너무 일만 하다 보면 현장의 소리나 다양한 분들의 소리를 못 들을 때가 많거든요. 대표님같이 시야가 넓으신 분과 더 많은 분야에 대해 얘기를 나눠봐야 뭔가 발전적인 방향성이 나오는 것 아니겠습니까? 또 대표님이 그런 분야의 전문가들도 많이 아시잖아요!"

박진호가 슬쩍 구영진을 띄워주자 그도 우쭐해졌는지 못 이긴 척하며 말한다.

"뭐, 내가 그런 방면의 전문가들을 많이 알고 있기는 하지. 말씀하신 것처럼 그런 식으로 도움을 주는 건 해야죠. 하지만 늘 투명해야 하는 겁니다. 여길 바라보는 사람이 많아요."

"아이고, 알겠습니다. 같이 가셔서 그런 얘기도 한번 나눠보시죠."

이렇게 말하며 박진호는 구영진과 함께 그가 태영상사 대표와 자주 가던 유흥주점으로 출발한다.

시민연대 캠퍼스에서 남동쪽으로 차량 시간 10여 분 거리에 위치한 그 유흥주점 외관은 별다를 게 없는 모습이었다. 온천 지역이 본격 개발되면서 한꺼번에 조성된 건물인 것을 말해주듯이 하나같이 비슷한 외관을 가진 건물들 사이에 위치해 있었다. 입구에 다가가자 싸구려 고대 그리스 스타일을 흉내 낸 외관을 하고 있어서 눈에 잘 띄지 않았다. 하지만 내부로 들어가자 입구에는 기도처럼 보이는 건장한 사내 2명이 지키고 있었다. 마치 신분증을 요구하는 것처럼 박진호와 구영진을 제지한다.

"나야 나! 한 사장께서는 계신가?"

"같이 오신 분 신분을 확인해야겠습니다."

"귀한 손님이야. 자네가 막아설 수 있는 분이 아니라고!"

"규정은 잘 아시잖습니까? 신분이 확인 안 되면 들어갈 수 없습니다."

"내 얼굴 알면서 왜 이러는 거야! 한 사장 나오라고 해!"

소란으로 구영진이 어리둥절하고 있는 사이에, 안에서 이런 상황을 다 들은 것처럼 누군가 문을 열고 걸어 나온다. 30대 중반의 그 여자는 날씬하고 육감적이며 컬이 들어간 쇼트커트 머리를 하고 있었다. 화려한 귀걸이와 목걸이 장식이 눈에 띄는 세련된 미인으로 카리스마가 있어 보였다. 박진호를 보자 반갑게 맞이해준다.

"어머, 대표님 연락도 없이 오셨네요?"

"네, 사장님. 오늘은 귀한 손님이 있어서 미처 연락 드리지 못하고 왔네요. 최고 좋은 방으로 안내 좀 해주세요."

이곳의 현관 입구는 외관과는 다르게 고급 양탄자가 깔려 있고 내부도 최신 마감재 등을 사용한 고가의 인테리어 장식들이 눈에 띄었다. 그리고 양쪽으로는 역시 건장하고 잘생긴 남자들 6명이 늘어서서 이들을 맞이해주고 있었다.

"어머, 그러세요? 그럼 당연히 최고 좋은 룸으로 모셔야죠. 딱 봐도 지적으로 보이시는 분이네요. 반갑습니다. 저는 한예은이라고 합니다."

팔등신의 몸매를 가진 그녀는 검정색의 실크 계열 원피스를 입고 있었고, 타이트한 옷으로 볼륨감 있는 몸매가 그대로 드러나고 있었다. 그녀는 박진호와 구영진을 살피더니 뭔가 눈치를 챈 듯 반갑게 웃으며 반긴다. 오른쪽 맨 끝방으로 안내받은 그들에게 그녀가 어떤 것을 준비해야 할지 묻는다.

"대표님! 오늘은 특별한 날이니 매니저가 아닌 아름다운 우리 한 사장님이 저희를 직접 맞이하신다고 하네요."

"한 사장, 우리 제일 예쁜 아가씨들로만 준비해줘. 오늘은 특A급만 들여보내야 돼!"

박진호가 그렇게 얘기하자 한예은이 나간 후 3~4명으로 구성된 여자들 몇 조가 들어와서 인사한다. 구영진이 몇 번의 까다로운 아가씨 선택이 지난 후 본격적으로 술을 마시기 시작한다. 취기가 올라오기 시작하자 아까 구영진이 연락한 남자 한 명이 이곳을 찾아왔다는 소식이 들렸다. 룸 안으로 들어온 그는 조국디지털의 전승안 기자라고 본인을 소개하며 자리에 앉는다.

"자, 모두 인사해요. 내가 제일 좋아하는 기자야. 애국자라고. 이런 양심적인 기자들 덕에 우리나라가 그나마 이렇게 살고 있는 거라고."

"박진호 대표님, 말씀 많이 들었습니다. 시민연대 살림 끌고 가시느라 힘드시다고 들었습니다."

전 기자는 구영진의 칭찬이 끝나자 박진호에게 인사한다.

"힘들긴요. 다 우리 대표님 같은 분들이 도와주셔서 그럭저럭 잘 운영되고 있습니다."

"잘 운영되고 있는지는 모르겠지만, 여러 가지 문제가 좀 있다는 소리는 들은 것 같네요."

"문제요? 무슨 문제 말입니까? 그런 거에 대해서 우리 구 대표님과 다 오해 풀고 여기 술 한잔 하러 온 겁니다. 그런 소리 하지 마시고 한잔 하십시오."

구영진은 뭔가 불만이라도 생긴 듯이 또 목소리를 높여 얘기하기 시작한다.

"요즘 나라 돌아가는 꼴이 이게 말이 돼? 공짜만 바라는 놈들 천지고, 정부를 우습게 아는 놈들뿐이야. 여기저기 자기 불만만 얘기할 뿐이지, 정작 노력하는 놈들 하나도 없어. 뭐 안되는 게 있으면 다 정부가 못해서 그렇다, 대통령이 못나서 그렇다는 거야. 밥만 축내는 버러지 같은 놈들이지. 그래서 자기들이 지지하던 지난 정권은 그렇게 잘해서 나라가 이 모양 이 꼴이 됐나? 그런 새끼들 대부분 열심히 할 생각도 없이 징징거리면서 받아 처먹고 대기업이나 정부 욕만 하는 놈들이야. 천성이 빨갱이 놈들이라고. 옛날 같으면 죄다 잡아다가 감옥에 처넣었다고!"

"아이고, 우리 대표님은 역시 애국자세요. 여기 와서도 여전히 나라 걱정만 하시니까요. 오늘은 그런 소리 그만하시고 그냥 즐겁게 술이나 드시죠. 여기 우리 아가씨 얼마나 예쁩니까? 가슴도 좀 만져보고 뽀뽀도 한번 하시면서 저랑 세상 돌아가는 얘기도 좀 하시고요."

박진호가 달래려고 하지만 구영진은 여전히 스트레이트 잔을 연신 비우며 이런저런 잔소리를 늘어놓는다. 마치 술만 마시면 늘 억지 논리로 불만만 쏟아내는 부류와 같아 보였다.

"내가 제일 싫어하는 놈들이 누군 줄 알아? 데모하는 놈들이야. 특히 일은 안 하고 공장에서 선량하게 일하는 사람들 꼬드겨서 회사한테 삥이나 뜯어먹는 놈들 말이야. 그런 놈들 다 잡아다가 총으로 쏴 죽여야 돼. 그런 새끼 중에 북괴에서 내려온 빨갱이도 한두 놈이 아니야. 아니지 그런 놈들은 총알도 아까우니, 우리 동남청년단이 잡아서 옛날처럼 다 죽창으로 꽂아서 죽여버려야 돼."

"우리 형님 요즘 시대가 어떤 시대인데 아직도 빨갱이 타령이십니까?"

"우리 형님? 이 새끼가 언제부터 우리가 친해졌다고 날 형님이라 부르고 지랄이야? 너 시발 이런 식으로 나한테 술이나 먹이고, 밤에 내 방에 아가씨라도 넣어주면 내가 병신 같이 네 비리 다 잊어버리고 너랑 어깨동무할 줄 알았냐, 시발새끼야?"

"또 왜 이러세요. 비리는 무슨 비리라고요? 그만하시고 술이나 한잔 더 드세요."

"뇨, 이 시발놈아. 너 내가 누군 줄 알아? 그러지 않아도 우리가 너 계속 지켜보고 있었어. 내가 시발 이런 술 한잔에 눈이나 깜짝할 줄 알아? 내가 개콧구녕으로 보이냐? 네가 지금까지 편안하게 먹고 살게 해준 것도 다 레거시 같은 회사 때문이야. 그런데 옛날 빨갱이들처럼 데모하던 시절 버릇 못 고쳐서 레거시사한테 받은 돈을 빼돌려서 술 처먹고 그러는 거냐? 너 같은 놈들은 본성이 안 바뀌어! 늘 그렇게 뒤통수만 치는 종자라고!"

구영진은 이렇게 얘기하며 박진호의 머리를 손가락으로 여러 번 누르며 얘기한다.

"아, 이 새끼 시발 정말 좆같이 구네…."

계속 목소리를 높이며 욕하던 구영진을 바라보던 박진호가 작은 목소리로 얘기한다.

"너 시발 뭐라고 했어?"

이런 상황을 보자 잠자코 술을 마시던 전승안 기자가 얘기한다.

"구 대표님이 무슨 말씀 하셨는지는 모르겠는데, 시민연대 내부에는 마약이며 난잡한 추문이 끊이지 않는 것 같더라고요. 이게 다 공권력 투입을 반대해온 집행부의 잘못된 의사결정으로 벌어진 일 아닙니까? 뭘 숨기시려고 그러는지는 모르지만 여기는 엄연히 국민의 혈세로 운영되는 공적인 시설입니다. 따라서 시민연대는 건전한 시민의식을 가진 사람들이 사는 환경을 만들어 나가야지, 소돔과 고모라 같은 도시를 만들어서야 되나요?"

"그게 무슨 말씀이세요. 그거 다 근거 없는 말이고, 다 말하기 좋아하는 사람들이 꾸며낸 이야기입니다. 우리 시민들 절대 그럴 일 없습니다."

"공적인 교육 시간에 공공연하게 마약이나 거래하고, 동호회 모임이라고 하면서 실제로는 환각 상태의 파티를 하는 일이 비일비재한데 아니라고요? 또 그것뿐만이 아니라 실종사건도 끊이지 않고 있고, 그런 사건의 배후에 집행부가 관련되었다는 증거를 제가 갖고 있습니다. 당신들 겉으로는 시민연대를 위하는 척하면서, 뒤로는 사악한 일을 벌이고 있는 범죄집단 아닙니까?"

"그건 또 무슨 소리야? 실종사건이라니?"

전 기자의 말을 듣던 구영진이 놀라며 말하자, 박진호는 자리에서 벌떡 일어나 이렇게 얘기한다.

"자, 너무 그러지 마시고요. 계속 그런 소리를 하시니 제가 두 분께 뭐 하나 보여드릴게요. 여기까지 오신 이상 같이 보시면 좋을 거 같으니 저랑 잠깐 어디 좀 가시죠."

"이 새끼가 갑자기 욕하더니만 나랑 대체 어디를 가자는 거야? 너 술 취했냐?"

"그런 거 아니니까 일단 따라오세요."

그렇게 얘기하며 박진호는 아가씨들에게 나가라는 눈짓을.하고, 다짜고짜 구영진을 일으켜 세운다. 자리에서 일어난 아가씨들이 먼저 나가고 박진호 일행도 따라 나가려는 사이에 한예은이 문을 열고 들어온다.

"사장님, 우리 대표님 좀 모셔야겠어요. 아가씨들도 준비 좀 시켜주세요."

"뭐야, 이 새끼야! 나 술 더 마실 거야!"

취할 대로 취한 구영진은 욕하며 몸을 비틀거리지만, 그를 부축한 박진호는 한예은에게 눈치를 준다. 상황을 알아본 한예은도 밖으로 나가 무엇인가 준비한다.

"대표님, 오늘 재미있게 취하셨으니 그냥 모두 잊고 좀 즐기고 그러세요. 오늘 기자님도 오셨으니 제가 궁금하신 것 다 말씀드리고 오해 풀어 드릴게요. 그냥 재미있게 술이나 드세요."

"뭐야, 이 새끼야. 나 술 안 취했어!"

술기운이 올라와 목소리를 높였던 구영진은 박진호가 즐기라고 말한 것을 듣자 다소 누그러진다. 그런 상황을 눈치챈 박진호도 그에게 어깨동무하며 룸을 나간다. 그러면서 구영진의 귀에 대고 얘기한다.

"구 대표님, 여기 아가씨들 보통 아니에요. 그러니 너무 그러지 마시고 오늘은 재미있게 노세요. 여기 아주 재밌는 데거든요."

"구 대표님 어쩌시려고요? 이러시려고 저 부르신 거예요?"

삐딱한 질문을 던졌던 전승안 기자가 박진호의 어깨에 부축해서 들어가는 구영진의 뒷모습을 보며 얘기한다. 그러자 그는 잠시 전승안에게 다가와 귓속말로 얘기한다.

"당신도 취재하려면 그렇게 까칠하게 하지 말고, 긴장이 풀어진 것처럼 해야 저 새끼도 뭐라도 털어놓을 거 아냐! 그러니 얌전히 따라와 봐!"

그러면서 그는 한예은이 안내하는 대로 엘리베이터를 타고 지하 3층으로 내려간다. 지하 3층에는 10평 남짓의 비밀스러운 방이 나타났다. 고풍스러운 벽지가 발라져 있고 책장에는 여러 권의 양장본 책이 마치 연출된 듯 꽂혀 있었고, 중앙에는 테이블과 가죽 소파가 놓여 있었다. 박진호 일행을 잠시 앉으라고 안내한 한예은은 마실 것을 가져다준다면서 기다리라고 한다.

"대표님과 기자님이 저를 선입견 갖고 보시는 것 같은데, 저희는 레거시사에 대해 상당히 우호적으로 생각합니다. 레거시사의 정책을 다른 어떤 것보다 중요하게 생각하고 있고요. 오늘 우리가 술도 한잔 하고 친하게 되었으니까, 대표님도 같이 보시면 좋을 것 같아서 여기로 일부러 모시고 왔습니다. 여기 아무나 보여드리는 데가 아녜요."

"뭔데 그래? 나도 그쪽 지인들 많이 있어서 돌아가는 건 잘 알고 있다고. 굳이 그러지 않아도 돼."

이렇게 말하고 기다리는 사이에 한예은이 고급스러운 은쟁반 위에 위스키와 스트레이트 잔을 갖고 온다.

"저희 아가씨도 준비할까요?"

"네, 준비해 주세요. 형님, 여기선 또 색다른 분위기입니다. 오늘 맘껏 한번 놀아보세요."

이렇게 말하고 한예은에게 눈빛을 보내자 다시 그녀가 나갔다가 여자들 3명을 불러온다. 아까 룸에서 접대하던 아가씨들과 비교했을 때 하나같이 아름다웠으며 뭔지 알 수 없는 매력을 갖고 있었다. 모두 하얗고 매끈한 피부를 가졌고, 무표정한 듯한 얼굴과 초점 없는 표정들이 이질적인 매력으로 보이게 했다.

"자, 티파니와 안젤리는 대표님과 기자님 곁으로 앉고, 한명은 박진호 대표님 곁에 앉으세요."

조금 전까지만 해도 난폭하게 굴던 구영진도 얌전해지면

서 상황을 지켜보기만 했다. 그러다가 그의 곁에 있는 아가씨가 맘에 들어 기분이 풀렸는지 어깨를 주무르며 얘기한다.

"아가씨 예쁜데? 몇 살이야?"

"하지만 그녀는 아무 말 없이 그의 잔에 얼음을 채우고 위스키를 따르기만 한다.

"이렇게 예쁜데 왜 말이 없어? 뽀뽀나 한번 해볼까?"

그렇게 말하며 긴 생머리의 그녀 머리를 끌어당겨 강제로 입을 맞추려고 하자, 그녀가 고개를 휙 돌린다. 그러자 그녀의 머리에 튀어나와 붙어있는 날카롭고 예리한 작은 철제 침 같은 것에 손가락이 찢어져 피가 흐른다.

"아, 시발 뭐야. 뭔데 이렇게 날카로운 것을 머리핀으로 꽂고 다니는 거야? 도대체 뭐야?"

구영진은 자신의 손가락에서 피가 흐르는 것이 이상하다 생각해서 그녀의 머리에 붙어있는 날카로운 철제를 만져보다 깜짝 놀란다.

"이거 머릿속에 연결되어있는 거야?"

그러면서 그녀의 머리카락을 넘겨 더 자세히 보려고 하자 박진호가 대답한다.

"너무 놀라실 거 없습니다. 여기 쓸모없는 잉여인간 널리고 널렸으니까요. 아까 말씀하신 것처럼 그런 인간들 뭐 이런 식으로 활용해야 하지 않겠습니까?"

"그게 무슨 소리야? 이 아가씨들 대체 뭔데?"

그러자 박진호는 갑자기 일어나서 티파니의 뺨을 사정없이 때린다. 마치 화가 난 사람처럼 양쪽 손으로 그녀의 양쪽 뺨을 번갈아가며 때리지만, 그녀의 뺨만 벌겋게 변할 뿐 눈하나 깜빡이지 않는다. 그러다가 발로 그녀의 가슴을 걷어차 소파에 내리꽂히게 만든다.

"당신, 이게 뭐하는 거야? 죽이려고 작정이라도 한 거야?"

"대표님, 괜찮습니다. 얘네들 이런 게 밥값 하는 거예요."

박진호는 아무렇지도 않다는 듯이 얼굴에 흐른 땀을 닦으며 얘기한다. 룸에 있는 한예은을 비롯한 다른 아가씨 두 명도 아무렇지도 않다는 듯이 이 상황을 그대로 받아들이고 있다.

"뭔 소리야? 이런 것과 레거시가 도대체 무슨 상관이라도 있다는 거야?"

"이년들 어때요? 착해 보이시나요? 이년들 돈 벌겠다고 온라인으로 남자들 꼬셔서 성매매하다가 그것도 모자라 자기보다 어린 여중생들 납치해서 두들겨 패고 독방에 가둬서 아예 성매매 방을 차린 악질적인 년들이에요. 그중에 납치된 여중생 한 명은 구타와 성매매에 견디다 못해 자살까지 했고요. 근데 더 웃긴 게 뭔지 아십니까? 이년들이 그토록 돈을 벌려고 한 것은 다름 아닌 마약 살 돈을 구하기 위한 것이었다고 합니다."

박진호가 마치 이성을 잃은 듯 폭력을 휘두르고 이런 얘기를 큰 소리로 쏟아내자, 구영진과 전승안 기자는 그 공포 분위기에 압도된 듯 아무 소리도 못 한 채 바라만 보고 있다.

"웃기지 않습니까? 겉은 이렇게 번지르르한데도 뒤로는 저런 짐승만도 못한 짓을 벌였으니까요. 그래서 겉만 보고 인간들을 믿을 수가 없는 것 같습니다. 물론 세상일이 다 마찬가지죠. 이년들 고등학생인데 사법처리 시키면 형량이 얼마나 될 거 같습니까? 고작 그 순간의 쾌락을 즐기기 위해서 여중생의 목숨까지 버리게 했는데 말입니다. 그런 천인공노할 짓거리를 했는데 법이 정한 형량이 말이나 될 것 같냐고요? 왜 이렇게들 말이 없으세요?"

박진호의 행동에 아무 말도 못 하고 눈치를 보던 전 기자가 조심스럽게 얘기한다.

"아니 그렇다고 사람을 이런 식으로 대해서는 곤란한 것 아닙니까? 이건 엄연한 범죄 행위에요."

"범죄 행위요? 조국디지털에서는 늘 이런 범죄에 대해 형량이 낮다는 것과 무용계층에서 벌어지는 사건에 대해서는 더욱 엄격한 법적 잣대가 필요하다면서요? 이런 인간들을 그대로 방치하는 것이야말로 사회적인 직무유기이고 범죄 행위 아닌가요?"

"그런 여론을 조성하는 것과 이런 식으로 불법을 저지르는 것은 분명 다른 거죠. 어디서 그런 말 같지도 않은 소리를 해서 건전한 여론조성에 대한 증오를 퍼붓는 겁니까?"

"그래, 당신 이런 짓 하고 있는 거 새나가면 문제 될까 봐, 일부러 여기에 우리 끌어들이려고 데리고 온 거지?"

전 기자가 얘기하자 구영진까지 목소리를 높이며 얘기한다. 그러자 다시 박진호가 얘기한다.

"이 사람들 한 놈은 기자라고 깝죽거리며 사람들 협박이나 하고, 다른 한 놈은 악명 높은 청년단원 대표이면서 정작 중요한 것은 아무것도 모르고 있고만."

"뭐야, 이 새끼야?"

박진호의 말을 듣고 구영진이 화가 나서 소리 지른다.

"당신들, 내가 이 사람들 어디서 구해왔을 거로 생각해? 그리고 저 개 같은 년들 머리에 박혀있는 뾰족한 안테나 누가 심었다고 생각해?"

"뭐야? 이건 대체 뭔 소리야?"

"그래서 당신들이 레거시사에 대해 아무것도 모른다고 하는 거야. 그냥 레거시가 던져주는 보도자료나 정성스럽게 포장해서 알리며 그게 진실이고 자신들의 숭고한 책임을 다한 거라고 믿는 머저리들인 거지. 레거시사가 시민연대 내에서 사람들을 납치해서 왜 이런 일을 벌이고 있는지는 알아? 그런 경악할 만한 일을 하고 있는데도 왜 정부에서는 아무런 조치도 못 하는지는 알고? 얘네들 잡아다가 해골을 깨서 안테나를 박거나, 칩을 심어 넣어 온갖 실험을 한다 해도 누가 신경이나 쓸 것 같아? 어이, 기자 양반! 당신 말 참 잘했네!
내가 그동안 기자에 대해서 잘못 생각한 건지는 모르겠는데
만약 그렇다면 이 사람들 불쌍하다고 기사라도 한 줄 써줄
거야?"

박진호의 얘기에 모두 아무 말도 못 한다. 그러자 박진호
는 다시 말을 이어간다.

"그러니 당신들 정신 좀 차리고 현실을 똑바로 보란 말이
야. 그리고 너희 윗대가리에 있는 새끼들도 오더를 내리려면
잘 좀 알아보고 말 잘 알아먹는 똑똑한 놈들이나 데리고 오
라고 해! 너희같이 좆도 몰라서 이마빼기에 붙여줘야 그때야
알아먹는 덜떨어진 놈들 말고!"

일행은 박진호의 갑작스러운 태도변화에 아무 말도 하지
못한다.

"내가 시발 겁주려고 한 말은 아니니까 오늘은 그냥 잊고
술이나 마셔. 그게 당신들한테는 더 나을 거야. 하지만 당신
윗대가리들한테 분명히 전해줘! 레거시사 정책에 반대하는
새끼들은 그 대가를 분명히 치러야 한다는 걸 말이야!"

그는 그렇게 말하며 테이블에 놓인 위스키를 글라스 잔에
가득 채운다. 그리고 잔을 그대로 입에 털어 넣는다. 그런 그
를 바라보는 두 명의 얼굴을 살피던 박진호는 테이블 위에
있는 하얀색 손수건으로 이마에 있는 땀을 연신 닦아낸다.
그리고 한예은과 아가씨들을 데리고 그 방을 나가며 말한다.

"아 참, 당신들 시민연대 아가씨들이 시중드는 거 안 좋아할 거 같아서 다른 거로 준비해뒀으니 부담 갖지 말고 오늘은 술이나 마시고 놀다가 가!"

어리둥절한 상황에 당황하던 둘은 서로의 얼굴을 쳐다본다. 그리고 박진호 일행이 나가자 전 기자가 구영진을 바라보며 말한다.

"이게 다 무슨 일이죠?"

구영진은 이런 상황에 놀라 질문하는 전 기자를 바라만 볼 뿐이다. 그러다 스트레이트 잔을 들어 술을 마시려는 사이 무엇인가가 성큼성큼 다가오는 것이 느껴졌다. 고개를 돌려보니 이족 보행의 로봇이 그들 시야에 나타났다. 다리는 마치 개의 뒷발처럼 약간 구부러져 있었으며, 머리에는 카메라가 달려있어서 계속해서 초점을 맞추고 있었다. 사람의 관절을 흉내 낸 듯한 손끝은 날카롭게 보였으며, 쟁반에 술병과 안주를 들고 있었다. 그리고 그들의 자리에 와서 공손하게 자세를 낮춰 탁자에 술과 접시를 내려놓더니 잠시 멈추었다. 이런 낯선 기계에 놀란 그 둘은 기계의 가슴 쪽에 레거시사 로고와 함께 그 밑으로는 LAM-A08이라는 모델명이 보이자 다소 안심한다.

"레거시사가 이런 로봇 기계도 만들었네요. 로봇 개발이 전쟁용으로 전용될 수 있다는 주변의 우려로 사업을 포기했다는 뉴스를 들었는데, 아무도 모르게 이런 서빙용 로봇은 만들고 있었네요."

로봇을 보자 전 기자가 얘기한다. 전 기자의 말을 듣고 구영진 대표도 신기한 듯 로봇의 이곳저곳을 본다. 그러자 쟁반을 놓고 정지해 있던 로봇이 마치 무슨 신호라도 수신하는 것처럼 머리에 붙어있는 라이트가 계속해서 깜빡이는 듯하다가 둘을 번갈아가며 바라본다. 둘은 로봇의 갑작스러운 움직임에 깜짝 놀라다가 다시 조용해지자 안도의 한숨을 쉰다.

그때 갑자기 로봇이 긴 팔을 휘둘렀다. 그러자 날카로운 손가락 끝이 구영진의 목을 내리친다. 목이 그대로 바닥에 떨어지고 만다. 검은 피가 분수처럼 솟구치자 놀란 전승안이 자리에서 일어나 도망가려 한다. 그러자 로봇이 테이블 위의 술병을 전승안에게 재빨리 던진다. 전승안은 던진 술병을 머리에 맞고는 그대로 쓰러진다. 로봇은 쓰러진 전승안에게 성큼성큼 다가가 역시 목을 잘라 숨을 끊어 놓는다. 룸 전체는 이들이 쓰러지며 흘린 피로 바닥이 빨갛게 물들기 시작한다.

별것도 아닌 곳

새벽 늦게 들어가 잠을 자던 제욱은 무엇인가가 그의 방
문을 계속해서 툭툭 건드리는 소리 때문에 잠에서 깨고 만
다. 일어나 시계를 보니 어느덧 11시가 되어가고 있었다. 너
무 많이 잤다는 생각에 침대에서 일어나 창문을 걷는다. 그
리고 다시 침대에 걸터앉아 탁자 위에 있는 생수를 벌컥벌컥
들이켜며 어제 있었던 일을 잠시 생각한다. 그러다가 다시
방문을 툭툭 치는 소리에 자리에서 일어나 문을 활짝 연다.

거실에서 TV를 보며 웃고 있던 근형이 그를 보자 자리에
서 일어나 인사를 한다. 시선을 돌려 문 옆을 보니 로봇 청소
기와 같은 기계가 작은 바퀴로 이곳저곳을 돌아다니고 있었
다. 하지만 예전 청소기에 비해 크기는 최소한 다섯 배 이상
은 커 보였으며 테두리가 각지지 않은 직사각형의 형태로 집
안 곳곳을 누비고 있는 것이 보였다. 그러다가 제욱을 발견
하자 갑자기 다가와서 움츠리고는 카메라를 연신 움직이며
경계한다. 그러다가 옆에 있는 다리가 퍼지려는 순간 근형이

다가와서 무엇인가 버튼을 누른다.

"잘 주무셨어요?"

제욱이 움찔하는 순간 근형이 다가와 몇 가지를 조작하더니 제욱에게 렌즈를 바라보라고 시킨다.

"뭐야 인마, 나 이런 거 질색이야!"

그러자 그 기계는 다시 소리를 내며 집안 곳곳을 다시 청소하기 시작한다.

"일어나시면 말씀드리려고 했는데, GW와 경찰에서 우리를 계속 찾고 있다고 합니다."

"GW라면 김영진이겠고, 경찰은 왜?"

"요즘 레거시사 임직원 실종사건이 계속 벌어지고 있는데 형님과 관련이 있다고 여기는 거 같습니다. 아마도 예전 NEXT사와의 관계와 지난번 본사 가셨다가 벌어진 일로 더욱 의심하는 것 같고요"

"이 새끼들은 뭐만 있으면 다 내 탓이라는 거야? 이 새끼들은 사람을 완전 좆밥으로 보는구만."

"형님도 잘 아시다시피 요즘 세상이 눈만 뜨고 일어나면 바뀌어 있고, 주변에 뒤통수치는 놈들이 널려 있어 조심하긴 하셔야 할 거 같습니다."

이때 다시 그 로봇 같은 기계가 TV를 보는 그들의 소파 앞으로 와서 윙윙거린다. 그러지 않아도 신경 쓰이던 제욱은 기계를 발로 차 버린다.

"촌스럽게 왜 그러세요. 우리도 이런 게 있어야 한다고요."

"넌 인마, 내가 아날로그인 거 몰라? 넌 초딩도 아니고 아직도 이런 거 갖고 노는 거냐?"

제욱이 질색하자 근형은 내팽개쳐져서 구석에 윙윙거리고 있는 기계에 몇 가지 조작하고는 다시 작동시킨다. 그러자 다시 청소하며 집안 곳곳을 돌아다니기 시작한다. 문턱이나 걸림돌이 있는 곳에서는 옆에서 다리가 펴지면서 장애물을 피하는 모습이 이상하게 보였다.

"넌 인마 어디서 저런 걸 다 주워온 거야?"

"형님 저거 모르셨어요? 요즘 핫한 가정용 필수품이에요. 홈쇼핑마다 난리라서 저도 사봤어요. 간단하게는 청소나 해충 박멸도 하고, 생체정보 입력하면 모니터링 기능으로 집도 지키는 보안 기능도 있어요. 강아지처럼 주인도 알아보고요. 그건 뭐 형님이 싫어하시니까 설거지 같은 집안일, 그리고 노약자 간병 같은 것도 한다고 하니 편하지 않습니까? 게다가 이곳 주민들이 주문하면 50% 이상 할인해 준다고 하네요."

"난 또 뭐라고. 저게 내내 그렇게 시끄럽게 해서 잠을 깨운 거야? 난 절대로 저게 설거지한 밥그릇으로는 밥 안 먹을 테니까 알아서 해. 넌 자식아 집안일 얼마나 했다고 벌써 그러냐? 가정부라도 들여줘?"

"형님 어제 뭐 좋은 일이라도 있으셨어요? 요즘 좀처럼 안 그러시는 분이 어젠 늦게 들어오시고, 안 드시던 술도 많이 드셨나 봐요? 제가 해장국이라도 끓여 드릴까요?"

"됐어 인마. 가서 꿀물이나 한잔 타와."

근형이 얘기한 것이 신경에 거슬린 제욱은 짜증 난 듯이 얘기한다. 그리고 근형이 꿀물을 타러 간 사이에 그 윙윙거리던 기계를 유심히 바라본다. 제욱이 다가가자 그 기계는 잠시 작동을 멈추고 제욱을 카메라로 훑어보더니 다시 청소를 계속한다. 그 사이에 근형이 꿀물을 타서 돌아온다. 차가운 꿀물을 벌컥벌컥 들이켜니 정신이 이제야 돌아온다.

"너 인마, 저런 거 갖다 버려! 저게 뭔지 알고 집구석에 갖다 놓는 거야? 요즘 조심해야 돼. 기계로 얼마나 장난을 많이 치고 있는지 몰라?"

"요즘 저거 없는 집 없어요. 그냥 가정부라고 생각하세요. 그리고 아까 말씀드린 것처럼 김영진 일당과 경찰이 우리 찾고 다닌다는데 우리 둘이서 잠 안 자고 계속 있을 수도 없는 것 아닙니까? 저게 경계 기능도 있거든요."

"됐으니까 꺼버려. 정신 사나우니까. 그리고 우리 아우님 피곤하시면 내가 직접 경계라도 볼 테니 넌 잠이나 처 주무세요. 나이 먹은 내가 더 뛰어야지. 그래서 김영진이는 아직도 정신 못 차리고 그러고 다닌다냐?"

제욱이 짜증 내자 근형은 로봇을 잡아 스위치를 꺼버리고는 조용히 제욱의 옆자리에 앉는다.

"그 자식들 열 많이 받았나 봅니다. 지금 여기저기 연락하면서 우리 소재 묻고 다닌다고 하네요. 지난번 일 때문에 그런 건지, 경찰 등쌀에 그런 건지, 레거시사에서 시킨 건지는 모르죠. 다들 이번 사건을 특수하게 본다고 합니다."

제욱은 김영진 얘기를 듣자 순간 신경이 쓰인다. 노민서의 죽음 이후로 그 소재는 몰랐기 때문이다. 아니 지금 생각하면 그 일당들을 그때 다 죽여버릴 걸 하는 후회도 들었다. 또 한편으로는 그런 어리바리한 녀석이 헛발질이나 해대면서 시간이나 벌어주는 게 나을지도 모른다는 생각도 들었다.

"회사는 그래서 어떻게 돌아가고 있다고 해? 여전히 레거시사 꼬봉 노릇 잘하고 있대?"

"사업 범위가 상당히 축소됐다고 합니다. 뭐든 레거시사와 파트너 관계 맺어도 진우상사와 나눠 먹기로 진행한다고 합니다. 리스크 분산 차원에서 뭐든 분산해야 투명해진다는 레거시사 방침이라고 하네요. 그래서 GW사는 레거시사 눈에 더 띄기 위해서 악랄하게 한다더군요."

"투명? 내가 그럴 줄 알았지. 협력관계는 개뿔, 결국 하청업체로 스스로 무덤 파고 들어간 것도 모르고 뭘 그리도 주워 먹을 게 있다고 저러고 있는 거야."

근형의 얘기를 들은 제욱은 돌아가는 상황이 어이없다는 생각이 들었는지 비아냥거린다

"근데 요즘 왜 프로그래머들 실종사건이 자주 일어나는 거야?"

"실종된 프로그래머들은 공교롭게 최근 레거시사의 주요 사업영역과 관련된 업무를 하던 사원들이라고 합니다. 그래서 경쟁업체의 납치 가능성도 배제할 수 없다고 하고요. 경찰들이 GW에도 들이닥쳐 조사 중이라고 합니다. 김영진도 불려갔다네요."

근형이 심각한 얼굴을 하며 제욱 옆에 앉아서 얘기한다.

"경쟁업체 납치라는 소문도 있다면서 김영진은 왜?"

"아마도 형님에 대해 알아내려고… 전방위로 조사하고 있다고 합니다."

"날? 하루아침에 내가 슈퍼스타라도 된 거야?"

제욱은 관심 없다는 듯이 무시하며 얘기했지만, 김영진도 경찰에 가서 조사를 받았다는 말을 듣자 신경이 쓰였다. 그러던 중 근형이 제욱을 보여준다면서 스트리밍 영상을 켠다.

'…이 살인 사건은 약 이틀 전에 일어난 것으로 경찰은 추정하고 있으며 사망자의 신체가 훼손되는 등 범죄의 잔혹성을 놓고 봤을 때 원한 범죄일 가능성이 크다고 보고 있습니다. 따라서 경찰은 모 IT 기업에서 프로그래머로 일했던 피해자의 주변 인물을 중심으로 수사를 진행하고 있으며, 피해자가 죽기 전까지 근무했던 회사에도 평소 특이한 점이 있지는 않는지 조사를 계속하고 있습니다. 특히 경찰은 최근의 실종 또는 사망사건이 대부분 해당 회사의 영역별 보안담당자를 중심으로 발생했다는 사실에 집중하고 있으며, 이와 관련된 주변 인물을 통해서도 수사를 확대해 나가고 있습니다…'

"형님 이번 사건은 특히 이상한 게 있습니다. 그래서 우리를 의심하고 있는 것 같고요."

"우리를 의심한다고? 뭣 때문에 그런데?"

"이번 피해자는 신체 훼손 정도가 상당히 심각하다고 합니다. 마치 몇 년 전 국빈관나이트 사건 때처럼요…."

제욱은 국빈관나이트라는 사건이 나오자 머리를 한대 얻어맞는 듯한 느낌을 받았다. GW사가 공식적인 보안 경비회사가 되기 전인 유흥업소 패권 경쟁 시절 얘기기 때문이다. 서울 강남지역 유흥업소 패권을 두고 중앙파와 경쟁하던 중 뜻밖의 살인사건이 벌어졌고, 그 당시에도 제욱이 강력한 용의자로 의심을 받았었다. 하지만 증거 불충분으로 풀려났고, 제욱도 여전히 그 사건에 대해서는 입을 다물고 있다. 그래도 동일한 형태의 살인사건이 발생했다는 것은 그 당시 사건을 떠올리게 하고, 이로 인해 제욱이 다시 거론된다는 것이 무슨 의미인지 곰곰이 생각하게 했다.

"다만 제가 걱정되는 건 쟤네들이 잘 알지도 못하면서 예전처럼 엉뚱한 짓거리 하고 다니면서 멀쩡한 사람 괴롭힐까봐 걱정됩니다. 하지만 여기는 그런 세상과는 동떨어진 곳이니 너무 걱정하지 마십시오."

근형은 제욱의 눈치를 살짝 살피며 얘기한다. 제욱도 근형의 의미는 잘 알고 있지만 한편으로는 최근에 하필 레거시사를 상대로 그런 일이 벌어지고 있는지는 의아했다. 누군가가 레거시사 주요 임직원에 대해 그런 의도를 갖고 무슨 일을 꾸미고 있다면 분명 심상치 않은 일이기 때문이다.

그런 생각에 잠겨있는 사이에 전화벨이 계속 울렸다. 앨리스의 전화였다. 제욱은 근형의 눈치를 살짝 보다가 전화가 계속 울리자 집 밖으로 나섰다. 밖에 나와 전화를 받으려는 사이 끊기고 말았다. 다시 걸까 잠시 망설이던 제욱은 전화기를 주머니에 넣고 답답한 마음에 캠퍼스를 걸었다. 어제일이 후회돼서 천천히 캠퍼스를 걸으니 답답했던 마음이 조금씩 나아지는 것처럼 보였다. 사람들은 여전히 캠퍼스에 북적이고 있었고, 제욱과는 달리 모두 평소와 다름없이 살고있는 것처럼 보였다.

다시 집에 들어갔다가 앨리스의 전화가 신경 쓰여 오후가 한참 지나서 다시 캠퍼스로 나왔다. 그렇게 1시간여를 걷다보니 어둑한 저녁이 되고 있었다. 그가 미술 조형물이 있는 언덕 부근을 지날 무렵 사람들이 몰려있는 것이 보였다. 그들은 다름 아닌 지난번 이상한 대화를 주고받던 모임이었다. 그들은 오늘도 모임을 이어가며 자유로운 분위기로 대화를 나누고 있었다.

"희미하게 피어오르던 빛은 칠흑 같은 어둠을 배경 삼아 일순간에 폭발하기 시작한다. 그 거대한 빛의 향연에 주변은 온통 화려하게 그 모습을 드러낸다. 어둠에 싸여있던 산과 들판을 비추고, 게으름에 널브러져 있던 냇물을 재촉해 다시 힘껏 흐르게 만든다. 밤새 축축한 진흙을 씹으면서도 견딜 수 있었던 것은 환각처럼 반복되는 그런 황홀하고 극적인 순간 때문이다. 그 벅찬 찬란함이 지난 어두운 밤을 모두 잊게 만든 순간, 모두에게 닥친 이 눈 부신 빛은 어느새 그들의 당연한 특권이 되어버린다.

이런 사실이 모두를 들뜨게 만든다. 발걸음이 가벼워져 콧노래를 흥얼거리며, 길가에 뻗은 풀잎을 고개 돌려 만져보게 한다. 그래, 한낮의 뜨거운 태양이 그들을 눈부시게 하고, 땀 흘리게 만들었다고 하자. 그게 뭐 그리 대수인가. 그의 지친 영혼이 잠시나마 가질 수 있는 하찮은 쉼터와 그림자일 뿐이다. 어둠을 까맣게 잃어버린 그들은 이마에 흐르는 땀도, 점점 무거워지고 있는 발걸음도 느끼지 못한다. 그저 태양의 노래를 부르며 그 눈부심에 자신을 드러내며 웃고 떠들 뿐이다. 걷고 또 걷는다. 곁에선 나비가 춤을 추고, 꽃가루가 어지러이 그의 후각을 자극한다. 거추장스럽게 괴롭히던 미래는 잠시 접어두라.

부어라! 마셔라! 취하라!

노래하고 춤추며 껴안고 뒹굴어라!

적당한 타락도 괜찮다. 그리고 자신에게 주어진 이런 소
박한 대가를 잠시 누려보라. 그래, 그런 순진함이 점점 외눈
박이로 만들 수도 있다. 하지만 멀리 펼쳐진 저 높은 산보다,
우리 발밑에는 푹신한 풀밭이 펼쳐져 있지 않은가. 그렇지만
어김없이 돌아오는 평범한 황혼, 그 눈부신 아름다움에 현혹
돼서는 안 된다. 그 아름다움에 눈이 먼 사이, 그가 곧 우리
앞에 가져다줄 어둠조차 잊어버린다는 것은 끔찍한 일이기
때문이다.

하지만 그런 다짐과 달리 그 화려한 황혼 앞에 다시 무릎
꿇는다. 그리고 그 위험하고 아름다운 광경 앞에 모두 눈멀
고 만다. 이제 그 화려함에 감각을 조금씩 내어주며, 끝끝내
그 시커먼 어둠의 소용돌이 속으로 모두를 송두리째 집어삼
키고 만다."

그들은 여전히 이해하기 어려운 시를 나누며 토론에 열중
하고 있었다. 일어나서 이야기하는 여자를 보니 낯익었다.
가까이에서 보니 앨리스였다. 그가 가까이 가서 그녀의 얘기
를 더 들으려고 하다 주변을 돌아보니 지난번 그와 눈이 마
주친 사내가 제욱을 주시했다. 모임 주최 인원으로 보이는
그와 눈이 마주치자 제욱도 신경이 쓰였는지 다시 발길을 돌
려 길 반대쪽인 산 밑의 나무가 심어진 벤치에 앉아서 조용
히 이 광경을 지켜봤다. 그 모임에서는 여전히 사람들이 열

정적으로 얘기하고 있었고, 특히 앨리스는 특유의 귀엽고 매력적인 모습으로 볼이 상기된 채 모임 주최자를 상대로 홀로 자신의 느낌을 얘기하고 있는 것이 보였다.

그러다 주최자 중의 한 명이 냉장고에서 맥주 캔을 꺼내 따고는 테이블 밑에 있는 캐쉬 박스를 열어 어떤 가루를 재빨리 넣고는 대화를 이어가던 그녀에게 건네주며 청중에게 박수를 유도한다.

"원 샷! 원 샷!"

청중들이 들떠 큰 박수를 치며 한꺼번에 들이킬 것을 재촉하자, 그녀는 무슨 상이라도 받은 것처럼 맥주를 손으로 번쩍 들어 올리며 그대로 들이켜 마신다. 모임에 참여한 사람들은 아주 재미있는 화제가 있는 것처럼 웃음소리를 내고 박수를 치기도 하고, 이내 조용해져 일어나서 말하는 사람의 얘기를 숨죽여 듣기도 한다. 멀리서 보면 어떤 종교 모임의 영적 체험담 공유 같기도 할 만큼 열성적으로 보였다. 제욱이 계속 모임에서 벌어지는 것을 관찰하는 사이에 무리 가운데 한 명이 아까 그 캐쉬 박스를 들고 어딘가로 향한다. 호기심이 발동한 제욱은 무리의 눈치를 보며 그 사내를 조용히 따라간다.

그가 간 곳은 과거 학군단이 있던, 캠퍼스에서 약간 벗어나 있는 곳으로서 주변은 산으로 둘러싸여 있고 인적도 별로 없는 곳이었다. 워낙 캠퍼스가 넓다 보니 이런 공간이 있는

지 제욱도 몰랐었다. 그 사내는 불이 꺼진 채 문이 닫혀 있는 그 건물을 향해 잰걸음으로 걸어가면서 가끔 뒤를 돌아봤다. 건물 앞에 도착하자 그는 손목에 있는 팔찌로 문을 태그하고 들어간다. 그를 따라가던 제욱은 건물 안으로 들어가지 못하고 밖에서 그가 들어가는 것을 봤다. 안으로 들어간 사내는 건물 현관 왼쪽에 있는 지하 계단으로 내려가고 있는 것이 보였다. 안으로 들어가려 문을 다시 열어봤지만 여의치 않자 그는 건물 주변을 돌면서 안으로 들어갈 수 있는 곳이 있는지 살피기 시작한다.

그렇게 1시간 정도 지났을 때 건물 앞에 차량이 한 대가 멈춰 섰고 그 안에서 여러 명이 내린다. 그러다가 일사불란한 움직임으로 약 2~3명의 남자가 여자 한 명을 끌고 들어오는 것이 보인다. 지난번과 비슷한 광경이다. 가만히 보니 그 모임에서 아까 전까지 일어나서 이야기했던 앨리스였고 온몸에 힘이 풀어져 기절해 있는 것처럼 보였다. 주변 상황을 잠시 살피던 그들은 이내 그 앞에 들어갔던 사내와 마찬가지로 건물 안으로 들어가 다시 지하 계단으로 내려가는 것이 보였다. 단순 호기심에 그 건물을 따라갔던 제욱은 앨리스를 보자 이대로 돌아갈 수 없다는 생각이 들었다.

하지만 건물 주변을 샅샅이 뒤져봐도 안으로 들어갈 수 있는 곳은 없었다. 그렇게 안절부절못하고 있는 사이 처음에 왔던 사내가 다시 건물 밖으로 나오는 것이 보였다. 그는 조용히 그를 뒤따라 가서 그의 입을 막고 뒷목을 쳐서 기절시켰다. 그리고 그의 팔목에 있는 팔찌를 빼앗아 그를 길옆의 어두운 수풀 속으로 밀어 던져 버렸다. 그리고 다시 건물을 들어가려 하다가 아까 사내들이 들어갔던 것이 생각난 제욱은 수풀 속에서 우선 기다려 보기로 했다.

묶어 놓았던 사내가 깨어나자 제욱을 보고는 깜짝 놀란다.

"놀랐냐? 너희 무슨 꿍꿍이냐?"

그러면서 몸의 이곳저곳을 뒤진다. 그러자 점퍼 안쪽 주머니에서 흰 가루가 나온다. 이를 집어 입구를 열어 맛을 살짝 봤다가 뱉은 제욱은 그에게 묻는다.

"너희 약 장사야?"

"당신 이게 지금 무슨 짓인지나 알고 이러는 거야? 당신 여기가 어디라고 이러는 거야? 당신 무사하지 못해!"

"그래요? 시발 겁나 무섭네! 뭐냐고? 뭔데 사람들 모아서 뽕파티나 하고 사람을 납치하는 거냐고? 사람들 그런 헛소리하게 만드는 약 예전에 나도 본 적이 있는데 너희들 이런 거 어디서 구한 거야?"

"이거 다 위에서 내려온 거야! 너 같은 양아치 깡패 새끼한테 말해 봤자 넌 알아듣지도 못해!"

"이 새끼가 주둥이만 살아서 어디서 협박질이야! 내가 시발 그런 초딩스러운 협박 소리 듣는다고 콧방귀나 뀔 거 같아?”

제욱은 이 마약이 심상치 않은 것을 알고 있었다. 예전에 강남 유흥업소 관리하던 시절 VIP 고객인 국가정보국 직원이 건네준 적이 있었기 때문이다. 그 당시에는 비교적 친한 사이라서 제욱에게 준 것으로 생각했으나 나중에 알아보니 이 약을 테스트 차원에서 자신에게 일부러 흘렸다는 것을 알게 되었다. 사람의 긴장감이나 경계감을 완화시켜 정보수집이 필요한 상대에게 투여해서 전략적인 정보를 확보하기 위해 만든 군사 및 대테러용 마약이었다. 따라서 이런 종류의 마약은 폭력조직 양아치들이 갖고 다닐 수 있는 것이 아니라는 얘기다.

“말해 새끼야! 이런 약 어디서 구한 거냐고!”

그래도 아무 말도 하지 않고 제욱을 바라보며 실실 웃기만 하자 다시 그를 때려눕혀 기절시킨다. 그리고 근형에게 전화해서 이 사내를 차에 태우고 대기하라고 얘기한다. 거기서 잠시 기다리니 이윽고 그 사내들이 몰려나왔지만 앨리스는 보이지 않았다. 그들이 어두운 길 속으로 사라진 것을 바라본 제욱은 조용히 건물 보안장치를 태그해서 들어간다.

건물 안은 오래된 건물에서 나오는 특유의 냄새와 습기가 느껴졌다. 바닥은 오래된 건물처럼 콘크리트와 자갈이 같이 버무려져 마감된 재질이었고, 벽의 하단은 짙은 회색 페인트가, 상단은 흰색 페인트가 칠해져 있었다.

그들이 들어갔던 지하 계단은 나무로 된 손잡이가 있는 폭이 약 3미터 정도의 계단이었고, 지하로 통하는 계단은 마치 검은 어둠에 묻혀 있는 듯 아무것도 보이지 않았다. 나무 손잡이를 잡고 더듬더듬 1개 층 정도를 천천히 내려갔지만, 문 같은 것은 나타나지 않다가 1개 층을 더 내려가서야 이윽고 허름해 보이는 문이 하나 나타났다. 예전에 흔히 쓰이던 합판 소재의 나무 미닫이문이었고 양쪽에 붙어있는 손잡이를 옆으로 밀자 그 안에는 어울리지 않는 깔끔한 스테인리스 재질의 자동문이 나타났다. 제욱은 잠시 망설였지만 이내 자동문 옆에 있는 잠금장치 센서에 팔찌를 태그하고 안으로 들어갔다.

외부와는 달리 내부는 첨단 시설을 갖춘 초현대식 시설이었다. 천장과 벽은 병원에서나 볼 듯한 소재로 마감되어 있었으며, 바닥은 마치 위생시설을 갖춘 것과 같이 먼지 하나 보이지 않았다. 특히 바닥이 미세하게 진동하면서 그 위에 얇게 깔린 액체와 더불어 출입자의 신발에 묻어있는 먼지와 오염물질을 움직일 때마다 제거하고 있었다.

그렇게 10여 미터를 지나가자 다시 조그만 창문이 달려 내부가 보이는 철제 자동문이 나타났다. 안을 들여다보자 오른쪽과 왼쪽으로 유리창과 스테인리스 재질로 만들어진 수많은 방이 뻗어 있었다. 각각은 밀폐된 것처럼 보였고, 그곳 전체도 현관과 같은 곳에서 다시 한 번 밀폐되어 있었다. 또 제욱이 있는 문 입구 바로 앞에는 경비원이 데스크에 앉아서 무엇인가를 보고 있었다.

이곳과 어울리지 않는 시설이 여기에 있다는 사실에 제욱은 머릿속이 혼란스러워 몸을 숨겼다. 다시 고개를 들어 창문을 통해 그곳을 내다보던 제욱은 잠시 어떻게 해야 할지 생각에 잠겼다. 생각하지도 못할 시설이 마치 위장이라도 한 것처럼 이렇게 관리되고 있다는 것은 어떤 의도가 분명히 있으리라 느꼈기 때문이다. 하지만 이렇게 들어온 이상 그냥 나갈 수만은 없었다. 특히 앨리스가 끌려온 것을 분명히 봤기 때문에, 최소한 앨리스만은 찾아서 나가야겠다는 생각이 들었다.

그는 다시 한숨을 쉬고 머리를 조금씩 들어 창문을 통해 경비원을 바라봤다. 경비원은 그의 앞에 놓인 모니터 화면 여러 개를 이리저리 열심히 보고 있었다. 직감적으로 CCTV를 보고 있을 것으로 생각이 드는 순간 제욱은 머리를 들어 그의 주변을 돌아봤다. 그러자 그의 오른쪽 위로 카메라 한 대가 보였다. 제욱은 다시 조금씩 몸을 일으켜 내부에 있는 경비원을 보니 때마침 모니터를 보다가 이쪽으로 시선을 돌리는 바람에 그의 시선과 마주쳤다. 제욱은 몸을 재빨리 낮췄다.

뭔가 수상한 낌새를 눈치챈 경비원은 조용히 그의 허리에 찬 권총을 들고 조용히 이쪽으로 다가온다. 미심쩍은 얼굴로 긴장한 채 문 앞에 다다른 그는 유리창으로 조심스럽게 이곳을 바라본다. 그러다가 시선을 낮춰 제욱이 있는 곳을 바라보자 제욱은 더더욱 몸을 문 아래로 밀착해 필사적으로 그의 시선을 피한다. 이상한 느낌을 차린 경비원이 스위치를 누르자 문이 열린다. 문 밑에 웅크려 있던 제욱은 문이 활짝 열리자 그때를 놓치지 않고 총을 잡고 있던 경비원의 손목을 꺾어 권총을 떨어뜨리게 하고, 비명을 지르려는 그의 입을 막아 기절시킨다.

짧은 소동이 끝나자 바닥에 던져진 권총을 집어 든 제욱은 기절한 경비원을 그가 앉아있던 데스크로 끌고 간다. 그리고 서랍을 열어 비닐 테이프를 찾아서 그의 입과 손발을 묶는다. 그러고 나서 데스크 옆에 있는 오른쪽 밀폐실 문을 열기 위해 팔찌로 태그한다. 하지만 아까와는 달리 이곳은 그가 가진 팔찌로는 몇 번을 시도해도 열리지 않는다.

'귀하의 보안등급으로는 출입이 제한됩니다.'

화면에서는 이런 오류 메시지가 반복적으로 표시된다. 제욱은 쓰러져 있는 경비원의 팔찌를 빼앗아 다시 보안장치에 태그한다. 그제야 문이 열린다. 의료시설이 잘 갖춰진 이곳은 특유의 약품 냄새가 나고 있었고, 인적이 느껴지고 있어 다시 조심스럽게 몸을 낮춰 왼쪽 벽에 붙어서 이동했다. 그러자 유리로 만들어져 내부가 보이는 반대편 각각의 룸에서 환자로 보이는 사람이 누워서 링거를 맞는 것이 보였다. 한

두 발을 더 앞으로 가서 그 옆 룸을 보니 거기도 마찬가지로 사람이 누워있었다. 하지만 모두 벽 쪽으로 머리를 두고 있었으며, 머리에는 하나같이 선과 같은 것이 꽂혀 있어서 가까이 가서 보지 않는 이상 구별하기 어려웠고, 앨리스의 본명도 또한 모르기 때문에 찾는 것이 어려웠다. 왜냐면 그곳에는 이런 룸이 양쪽으로 최소 40개 이상은 되어 보였기 때문이다. 또한 이곳을 관리하는 것으로 보이는 사무실도 유리로 되어있었지만 모두 퇴근한 듯 아무도 보이지 않았다.

그는 이대로는 전체를 확인하기 어렵다 생각이 들어 사무실 안에 들어가서 어떤 정보가 있는지 직접 확인해 보기로 했다. 사무실은 이 시설의 중앙에 원형으로 되어 있어서 환자가 누워있는 어느 룸이라도 관찰하기 쉬운 구조였다. 하지만 워낙 룸이 많아 단순한 움직임 정도만 살펴볼 수 있었고 환자들의 구체적인 움직임은 직접 가서 보거나 모니터가 필요했다.

사무실 전체는 불이 꺼져 있었지만, 내부로 들어가자 반대편 가운데에 있는 책상 위로는 불이 켜져 있었다. 가까이 가서 보면 뭔가 정보를 얻을 수 있을 거라 생각이 들어 안쪽으로 들어갔다. 내부에는 좌우로 약 5개씩 책상이 배열되어 있었다. 가운데 앞쪽으로는 칸막이가 있는 큰 책상이 있었고, 그 위에는 조명이 켜져 있었다. 가까이 가서 보니 관리자가 앉는 자리 같았다. 사무실 좌우로 펼쳐져 있는 넓은 책상

위에는 2개의 노트북이 켜져 있어 방금까지 누군가가 일했던 것처럼 보였다.

제욱은 천천히 주변을 살피다가 관리자 의자에 앉으려 하자, 책상 맞은편인 제욱이 들어온 출입문 위로 여러 개의 모니터가 펼쳐져 있는 것이 보였다. 이곳에 설치된 각 룸의 숫자와 일치하는 것으로 보였다. 화면에는 환자가 누워있는 룸의 모습과 환자의 현재 상태를 알리는 듯한 혈압, 체온 등 기타 정보들이 오른쪽 화면에 표시되고 있었다. 자리에 앉으려던 제욱은 그가 들어왔던 문 앞의 모니터를 보기 위해 다시 이동했다. 가까이서 보니 아래쪽 'ENTER' 메뉴 옆에 날짜가 표시되어 있었다. 아마도 이곳에 들어온 날짜라고 판단한 제욱은 다급한 마음에 이리저리 모니터를 꼼꼼히 찾아보기 시작했다.

그가 정신없이 빼곡히 들어선 화면을 확인하고 있는 사이 갑자기 사무실 문이 열렸다. 그러자 상대와 제욱 모두 깜짝 놀라고 말았다. 제욱 앞에 나타난 사람은 긴 머리의 40대 여자였고 안경을 쓰고 흰색 가운을 입고 있었으며 키가 큰 전형적인 엘리트처럼 보였다. 그 뒤로는 30대 초반의 남자 한 명과 30대 중반의 여자 한 명이 놀란 채 서 있었다.

"붕어처럼 놀란 주둥이 닫고 모두 손 들어! 아니면 난생처음 총알맛 보게 될 테니까!"

모두 놀라 어쩔 줄 모르고 있자 제욱이 다시 소리 지른다.

"귓구멍에 거시기라도 박아놨어? 내 말 안 들려?"

그제야 모두 놀라 손을 든다. 그중 맨 앞에 나타난 여자의 이름표에는 레거시사 로고와 함께 신경외과 '김예리' 박사라고 쓰여 있었다. 그의 지시에 마지못해 응하면서도 당당하게 그를 노려보고 있었다.

"그리고 너! 그래 너 인마! 넌 저기 책상에 가서 컴퓨터 선 다 뽑아와!"

"컴퓨터 선 어떤 것 말하는 건지….”

"네 눈구멍으로는 컴퓨터에 붙어있는 저 선들 안 보이냐?"

다시 소리를 지르며 책상을 걷어차자 긴장한 남자가 제욱의 눈치를 보고는, 손을 슬며시 내려 노트북에 연결된 선을 한 웅큼씩 뽑기 시작한다.

"아니 그렇게 두꺼운 것 필요 없고 저 얇은 선으로 뽑아!"

우물쭈물 대는 남자에게 제욱은 더 고함을 질러 컴퓨터와 기계에 붙어있는 선을 뽑아오게 한다. 그렇게 사내가 몇 개의 선을 뽑아오자 제욱은 다시 고함을 지른다.

"자 이걸로 여기 있는 종자들 다 묶는다, 실시!"

"동작 봐라, 이 새끼는 동작이 왜 이리 늦어! 군대도 안 갔다 왔냐?"

"똑바로 안 매면 넌 뒤지는 거야!"

이렇게 허둥대는 사내 뒤에서 제욱은 연신 고함을 지른

다. 그렇게 사내가 땀을 흘려가며 의자에 여자 2명을 묶자 묶은 상태를 확인한 제욱은 그 사내도 의자에 앉게 해서 마찬가지로 단단히 묶는다. 바퀴 달린 의자에 3명이 나란히 묶이자, 제욱은 반대쪽 책상에 가서 선을 가져와 다시 동여맨다. 그러자 3명의 의자가 각각 뒤편이 맞닿은 채 원을 그리듯 묶이게 된다. 그리고 책상 서랍을 뒤져 테이프를 발견하고는 다시 온몸을 빙빙 돌려 묶기 시작한다. 처음에는 몸에서 시작한 테이프가 점점 목을 지나 올라가자 여자들의 머리카락이 엉켜 붙기 시작한다.

"당신 이러고도 무사할 줄 알아?"

김예리 박사가 제욱을 노려보며 얘기한다. 그러자 감던 테이프가 목을 지나 입으로 향하던 순간 제욱은 멈춰 서서 흥미롭다는 듯이 그녀를 바라본다.

"너희 여기서 뭔 짓거리 하길래 이렇게 쥐새끼처럼 꼭꼭 숨어서 있는 거야? 남들은 알면 안 되는 비밀일기라도 쓰고 있어?"

"당신 같은 인간이 아무리 노력해도 이해할 수 없는 일을 하고 있지. 우리가 하는 일은 당신 같은 부류는 이해 못 해도 인류 문명은 우리와 같은 사람들이 바꿔온 거야. 바로 당신 같은 잉여인간들이 우리를 비난하고 방해할 때 말이야. 버러지처럼 밥이나 축내는 주제에…."

"당신 뭐라고 했어? 버러지? 그래서 사람들 납치해서 저

편리한 진실 217

런 짓 벌이는 당신들은 숭고하고 높으신 존재라도 되시나 보네? 세상이 바뀌어서 별의별 인간들이 미쳐 날뛰는 것은 봤어도 당신처럼 대놓고 조선시대 귀족이라도 되는 것처럼 분위기 잡고 떠드는 인간은 또 처음 보네. 그래서 너희가 하는 그 잘난 짓거리가 뭔데? 저렇게 죄 없는 사람들 잡아다가 머리에다 이상한 것 꽂고 실험하는 거야?"

"죄 없는 사람이라고 했어? 죄 분명히 있지. 그 신성한 노동의 가치를 욕보이고 나태와 방종으로 시간을 허비한 죄. 그리고 자신의 삶을 책임지지 못해 수많은 사람에게 손을 벌려 거지처럼 자신들의 삶을 구걸한 죄. 또 그렇게 행복한 삶을 살면서도 더 추악한 쾌락을 얻기 위해 벌인 음탕하고 저질스러운 짓거리들까지! 이루 말할 수도 없어! 저기 누워있는 쓸모없는 인간들은 그런 쾌락에 마음과 육체가 빼앗겨 버린 지 오래니까. 이제는 최소한의 양심마저도 마비되어 더 강한 쾌감을 얻기 위해서는 무슨 짓이라도 할 인간들일 뿐이야!"

"이건 또 뭐라는 거야?"

"당신 눈에는 저들이 인간이라고 할 수 있어? 아니, 인간으로 보여? 아니면 숨만 쉬고 있는 고깃덩어리일까? 당신과 저들은 도대체 뭐야? 세상을 좀 먹고 이 세상에 끊임없는 혼란과 방종, 게으름, 무책임 이런 것들만 퍼뜨리면서도 몰염치하게도 오히려 더 내놓으라고 하고 있으니 말이야! 이런 자들이 정상이라고 생각해? 저들을 부양하기 위해 지금 이 순간도 열심히 일하고 있는 대다수의 선량한 사람들에 대해, 저 짐승보다 못한 자들은 도대체 눈곱만큼의 양심이라도 있는 거야?"

김 박사는 마치 준비된 원고라도 읽는 것처럼 거침없이 자신의 소신을 얘기했다. 그런 그녀의 당당한 태도에 그도 약간 주춤했다. 그녀가 하는 말에 반박하기 어려웠기 때문이다. 또 그런 가운데 세상을 등지고 여기에 숨어들게 되면서 자신도 그녀 앞에 그렇게 비치고 있다는 사실 또한 참기 힘들었다.

"그래서, 당신들이 벌이고 있는 것이 도대체 뭐야? 저들을 잡아서 정상인이라도 만들고 있는 거야?"

"정상인?"

정상인이라는 단어가 우스운지 그녀는 피식 웃으며 말을 이어간다.

"당신 정말 우스운 사람이군. 이미 게을러져 집 안에서 청소도 하기 싫어하는 저런 인간들을 어떻게 우리와 같은 사람으로 만든다고? 아니지, 우리가 하는 것도 어찌 보면 그런 조치의 연장선이니 꼭 다르다고 할 수 없군."

"그게 무슨 소리야? 정말 생체실험이라도 하고 있다는 거야?"

그녀의 말이 심상치 않다고 느낀 제욱은 출입문 위 모니터 화면을 이리저리 살펴보기 시작했다. 그러다가 김 박사를 추궁해 모니터를 조작하는 방법을 알아내어 관리자 책상에 가서 찾아보기 시작한다. 그중 한 화면을 클릭하자 잠들어 있는 듯한 사람이 나타났고, 그의 머리 주변에는 수많은 전극이 꽂혀 있었다. 그 옆에는 'REM Mode'라고 표시되어 있었고 바로 밑으로는 'Video'라는 메뉴가 있었다. 그 화면을 클릭하자 어떤 영상이 거칠게 표시되고 있었다. 마치 그가 꾸고 있는 꿈을 화면에 표시하고 있는 것처럼 보였다. 또 어떤 화면에서는 역시 머리에 핀이 여러 개 꽂힌 사람이 나타났고, 그 핀을 통해 어떤 자료가 입력되자 그 사람의 표정이 변하고 있었다.

그런 그를 향해 그녀가 말한다.

"당신도 너무 걱정하지 마. 우리의 기술은 이미 인간의 뇌를 컴퓨터로 시뮬레이션하는 것이 거의 완성 단계니까. 우리는 이미 원숭이의 뇌 신경망 지도도 완성했고, 그건 마지막 미지의 영역으로 남아있던 인간의 뇌에 대한 미스터리가 거의 풀리고 있다는 뜻이야. 하지만 저들은 스스로 변할 수 있는 시기는 이미 지났어. 저들이 스스로 변할 수 없다면 우리의 기술력으로 머지않은 미래에 저들을 바꿀 수 있다고 생각하고 있어. 저들이 인간임에도 동물의 삶을 살고 있는 것을 자각하게 된다면, 그것을 돌려 다시 자신들의 위치로 돌아가고 싶지 않겠어? 우리는 그걸 도와주려는 거야."

"당신들이 대체 뭔데 이런 짓을 하는데? 당신들이 신이라도 된다는 거야? 결국 당신들이 하는 짓거리는 사람들 납치해서 시험하고 이용해 먹는 거잖아. 잘난 척해봐야 결국 인신매매 같은 짓거리나 하는 주제에 말이야!"

"당신은 저들이 뭐라고 생각해? 당신도 저들이 나름대로 열심히 살았지만, 경쟁사회에서 의도치 않게 낙오되어 우리가 돌봐줘야 하는 존재들이라 생각해?"

"왜? 그럼 다른 독재자들처럼 태어나서는 안 되는 열성 인간들이라 여겨 다 죽여버리려고?"

그녀의 말에 자극받은 제욱은 시니컬하게 물으며 주변을 다시 살핀다.

"저들한테 무슨 일이 생긴다 해도 아무도 신경 안 써. 아니 사람들은 저들이 다 죽었으면 할걸? 정치인들, 말은 참 뻔지르르하게 하지? TV에 나와서는 이 사람들 위한답시고 사회에서 소외받으니 보살펴줄 것처럼 말하니까. 그래서 여기 와서 선거철에 굽신거리고 고개 숙여 표 좀 얻으니 이들 삶이 좋아졌어? 물론 그 순간에는 좋아졌겠지. 하지만 그게 뭔거 같아? 교도소에 사식 넣어주는 거랑 비슷하다는 생각 안 들어? 감옥에서 손가락이 닳도록 편지를 써서 지인 면회 오라고 하면 그 순간에야 사식도 듬뿍 넣어주고 그거 받아먹으면서 좋아하겠지. 하지만 그 이후에는? 그것 먹고 끝내라는 의미야. 근데 눈치도 없이 다시 나타나서 자신을 알아주길 바라는 저 인간들 참 염치도 없지 않아?"

"그런 당신은 뭘 안다고 그런 판단을 하는 거야?"

"정치인들이 바보인 줄 아나? 누가 자신들에게 도움이 되는지, 어떻게 해야 대다수의 표를 얻어 권력을 잡는지 누구보다도 잘 아는 작자들이야. 정치인에게 이들이 개돼지보다 중요한 존재일까? 이미 암묵적 증오의 대상이 된 이들에게 무슨 일이 생겨난다고 누가 슬퍼하기나 할까? 이들은 일거리가 없다고 투덜거리지만 정작 산업현장에서는 사람이 부족해서 지금도 수많은 밀입국자들이 남들은 하기 싫어하는 일을 힘들게 하고 있어. 지금도 저들은 마음만 먹으면 그런 곳에 가서 열심히 일해서 떳떳하게 돈을 벌 수 있어. 하지만 여기에서 남이 주는 밥만 먹으며 나태한 일상에 빠져 있지. 과연 여기에서의 안락한 삶을 버리고 거기 갈 사람들이 몇이나 될 거라고 생각이 들어?"

그녀가 이런 말을 하자 그도 마음이 잠시 흔들렸다. 그녀의 논리를 그도 무조건 부정할 수는 없기 때문이었다. 제욱은 테이프로 묶다가 잠시 의자에 앉아서 그녀의 얘기를 더 들어본다.

"그래서 당신들은 이들에게 무슨 짓을 하는 건데?"

"우린 이들에게 일종의 봉사를 하는 거야. 그게 어떤 대가를 치르더라도 말이지. 내가 이 말을 하는 것은 인류가 역사적으로 발전해오면서 그 어떤 것도 쉽게 이룬 적이 없기 때문이야. 그만큼 발전을 위해서 어떤 희생은 불가피한 거야."

"그래서 저들을 조작해서 당신들이 원하는 인간을 만들어 낸다고? 당신들 정말 기절초풍할 사람들이군. 내가 당신들처럼 그런 창의력 있는 생각은 차마 못 했는데 말이야. 무서운 건 우리 같은 사람이 아니라 당신 같이 뭣 좀 배웠다고 어설프게 잘난 척하는 인간들이야. 스스로 세상에서 제일 잘났다고 떠들다가, 결국 골로 가는 거 여러 명 봤거든. 뭐, 스포일러이긴 하지만 결말이 좋지 않다는 것 정도는 미리 알아둬. 내 경험을 얘기해주는 거니까. 너희도 조심해서 나쁠 건 없잖아!"

그는 다시 수많은 모니터 화면을 찾기 시작한다. 오늘 날짜로 들어온 룸을 찾고 있는 순간 누군가가 들이닥치고 있는 것이 보였다. 사무실 문을 열고 나가보니 그가 들어온 밀폐실 입구 쪽으로 검은 양복을 입은 남자들이 에워싸고 있었다. 심상치 않다는 것을 직감한 제욱은 사무실 안 3명의 동그란 의자를 끌고 그들을 방패 삼아 천천히 앨리스가 누워있는 사무실 밖 환자 룸으로 간다. 그러자 그때 밀폐실 입구 문이 열리며 권총을 든 무리가 들어오려고 한다. 이를 발견한 제욱이 위협사격을 하자 다시 문이 급하게 닫힌다.

상황을 살핀 후 제욱이 다시 앨리스가 있는 룸으로 가려고 하자 총알이 갑자기 날아오기 시작한다. 제욱이 3명의 포로를 앞세워 몸을 숨기자 총소리가 다시 멈춘다. 이런 공방전을 통해 앨리스가 있는 곳으로 힘겹게 도착한 제욱은 문을 열어 그녀를 흔들어 깨운다. 그녀는 온몸이 묶인 채 눈에 초점이 풀려 있었고 몸을 가누지 못하고 있었다. 그가 수차례 흔들고 뺨을 때리고 나서야 그녀는 눈을 가까스로 떴으나, 여전히 제욱을 못 알아보는 것 같았다. 제욱은 그런 그녀에게 묶인 잠금장치를 풀려고 했으나 꿈쩍도 하지 않았다.

"정신 차려요. 여기서 나가야 돼요!"

제욱이 다시 한 번 그녀를 흔들었으나 그녀는 힘없이 제욱을 쳐다볼 뿐이었다. 밖에서는 연신 총소리가 들리고 있었고 밀폐실 문을 열어 사내들이 한 명씩 들어오고 있었다.

"그럼 여기서 조금만 참고 기다려요. 제가 곧 구하러 올게요."

그런 상태로 그녀를 끌고 갈 수 없다고 판단한 그는 그녀의 손을 꼭 쥐고 말했다. 다음에 다시 올 수밖에 없다고 생각하고는 들어왔던 밀폐실 입구를 향해 천천히 다가간다. 밖에 있는 사내들은 이런 초유의 탈출 사태를 한 번도 겪어보지 못한 것처럼 당황하고 있었다. 그에 비해 제욱은 그동안 실전과 다름없는 일들을 겪어왔기 때문에 거침없는 기세로 문밖에 있는 사내들을 압도하고 있었다. 그는 천천히 의자에 묶인 세 명의 포로를 이끌고 문으로 다가가면서 주머니에서 전화기를 꺼내 근형에게 차량을 준비하도록 말한다. 그리고 밀폐실 출입구까지 다가가 문을 열고 허공에 총을 하나 발사하며 다시 소리 지른다.

"모두 이 인간들 살리고 싶으면 가진 총 모두 버리고, 그 대로 바닥에 대가리 박는다, 실시!"

모두 우물쭈물하며 눈치만 보자 다시 총을 발사해 오른쪽에서 움직이고 있는 사내의 허벅지에 명중시키며 다시 소리 지른다.

"장난 아니니까 너희 그 소중한 대가리 지키고 싶으면 조심해. 다음엔 바로 정통으로 구멍 내줄 테니까!"

그제야 모두 겁을 먹고 총을 내려놓은 채 바닥에 머리를 박는다. 그렇게 천천히 중간 문을 거쳐 입구를 지나고, 허름한 출입문을 열고는 밖을 살핀다. 다행히 밖에는 아무도 없어 보였다. 제욱은 의자에 묶인 세 명을 주변에 있는 철사를 찾아 문고리에 같이 묶는다. 안에서 열고 나올 수 없게 하기 위해서다. 그렇게 마무리하고 떠나려는 찰나에 묶여있는 김 박사가 얘기했다.

"당신, 이 대가는 분명 치르게 될 거야. 당신이 한 짓이 누구를 겨냥한 건지도 알게 될 거고."

"그래, 그런 충고 오랜만이네. 고마워. 난 그런 쫄깃한 협박이 좋더라."

그는 대수롭지 않다는 듯이 말하며 계단을 밟아 1층으로 올라간다. 문을 열고 나가자 근형이 대기 중인 SUV 차량이 보였다. 제욱이 올라타자마자 근형이 운전하는 차량은 속도를 내서 출발한다. 제욱은 어둠 속으로 사라지고 있는 그 건물을 창문을 통해 천천히 바라봤다.

죽음과 변용

　그날은 이형철의 끔찍한 죽음으로 온종일 뉴스가 요란했다. 경찰은 이에 대해 금품을 노린 괴한의 침입으로 발생한 우발적인 사건일 가능성이 크다며, 이 부분에 대해 수사를 집중하고 있다고 발표했다. 하지만 경찰의 발표와 달리 일부에서는 살해 수법이 과거의 특정한 사건과 유사하다는 점과 이형철이 저항세력에서 전향한 경력이 있다는 점을 들어 이번 기회에 저항그룹 전체로 수사를 확대해야 한다고 주장했다. 특히 일부 언론에서는 그가 레거시 입사 전까지 몸담고 있었던 NEXT사를 배신한 점에 비추어 경찰의 수사범위를 NEXT 본사까지 확대해야 한다고 보도했다.

　"이건 명백히 우리에게 던지는 경고 메시지고, 이를 통해 우리를 함정에 빠뜨리려는 저들의 비열한 의도라고 생각됩니다."

　NEXT사의 이영민 이사가 박원봉 대표와 이형철의 죽음에 대해 얘기하고 있었다. 이 사건이 있기 전 저항그룹에 협조적이었던 레거시사 임직원들이 이미 잇달아 실종되고 있었지만, 이형철의 살인 사건은 그동안 일어난 사건보다 훨씬 잔혹했고 충격적이었다. 다른 사건들과 달리 그의 집에서 일어난 살인사건이었기 때문이다.

"그럼 저들이 모든 내막을 알게 되었다는 건가요?"

"모든 채널을 동원해 자세히 알아봐야겠지만, 사건의 심각성을 보면 그럴 가능성을 배제하긴 어려운 상황입니다…."

박원봉 대표가 묻자 이영민 이사가 낮게 대답한다.

이형철 사망사건이 있기 몇 개월 전, 대표적인 저항그룹 중의 하나인 NEXT사는 이미 궁지에 몰려있었다. 노민서 살인사건이 있었고, 레거시사 내부에서 NEXT사에 협력하던 임직원들의 실종사건 등이 연이어 발생했기 때문이다. 이로 인해 NEXT사뿐만이 아니라, 레거시사에 반대하는 모든 저항그룹 자체의 존립도 흔들리고 위축되었다. 그런 불안한 심리는 점점 커다란 구멍이 되어 조금씩 그들을 붕괴시키고 있었다. 이제는 더 이상 어떤 것도 할 수 없다는 좌절감과 공포감이 그들을 집어삼키고 있었다.

이런 분위기를 이형철은 더 이상 보고만 있을 수는 없다. 지금까지 피 흘리며 투쟁해온 저항의 역사가, 이런 야만적인 협박과 폭력으로 무기력하게 무릎 꿇을 수 없다고 생각했기 때문이다.

"그래서, 그깟 협박 몇 번에 모두 겁을 집어삼키고 포기할 겁니까? 그렇다면 그런 협박 따위 개의치 않고 끝까지 저항하다 죽어간 우리 동료들의 염원은 누가 풀어주는 거죠? 부귀영화를 버리고 아무런 대가 없이 신념을 위해 싸우다가 쓸쓸히 죽어간 동지들의 분노는 누가 거두어 주죠? 우리 모두 염원했던 그런 나라를 꿈꾸며, 자신의 목숨마저 버리다 죽어간 우리 친구들의 피는 저들의 폭력 앞에 다 잊힌 건가요?"

이형철은 분노하며 소리 질렀다. 자신을 희생해서 불꽃처럼 타오르다가 사라져 간 동료들의 죽음이 그의 심장을 억누르고 괴롭혔기 때문이다. 하지만 더 이상 참을 수 없는 것은 따로 있었다. 죽음 앞에 나약해진 그들의 동료들을 자신이 어떤 식으로든 구원해야 한다고 생각했기 때문이다.

결국 그는 박원봉의 만류에도 레거시사에 직접 들어가기로 결심했다. 이 사건의 배후에 있는 레거시사를 가만둬서는 안 된다 생각해서다. 그의 전향으로 쏟아질 배신자라는 낙인과 비난 따위는 아무렇지도 않았다. 아니, 오히려 지금 상황에서 그런 얘기는 낭만적인 상념에 불과하다고 여겼다. 하지만 이형철의 성격을 잘 아는 박원봉 대표는 끝까지 만류했다.

"이형철 이사… 뜻은 잘 알겠는데 이사님은 상징적인 인물입니다. 저항그룹의 대표적인 분마저 이런 분위기에 저들에게 들어간다는 것은, 우리 진영에게 심리적으로 더 큰 충격을 줘서 저항의 동력조차 멈추게 할 수도 있습니다."

하지만 이형철은 확고했다.

"대표님! 아닙니다. 제가 들어가려는 것은 다른 측면의 문제입니다. 레거시사의 고급 정보를 다루면서도 의심을 받지 않으려면 대표님이 말씀하신 대로 그런 상징성을 가진 존재여야 합니다. 물론 저 자신이 그런 상징성이 있는 위치라고는 생각하지 않습니다. 사람들이 생각하는 것처럼 그런 과분한 표현은 어울리지 않지요. 하지만 중요한 것은 지금 당장에라도 누군가가 들어가서 역할을 해주지 않는다면, 단순히 심리적인 저항선이 무너지는 것 이상입니다. 더 이상 시간이 없습니다. 우리는 이대로 궤멸당할 수도 있습니다. 제가 지금 대표님께 바라는 것은 그런 걱정이 아닌 용기와 격려입니다. 대표님, 걱정하지 마시고 저에게 용기를 주십시오. 전 잘할 수 있습니다."

그 말에 박원봉 대표는 아무 말도 할 수 없었다. 그의 빛나는 눈에서 아무도 꺾을 수 없는 의지를 발견했기 때문이다. 박원봉은 그런 그의 눈을 바라보며 하염없이 눈물만 흘렸다. 그를 위해 아무것도 해줄 것이 없었기 때문이다. 단지 박원봉이 할 수 있는 것이라고는 그의 뜨거운 손을 잡아 주는 것뿐이었다. 그의 손을 잡자 박원봉은 힘없이 다리가 풀려, 그의 앞에 그만 무릎을 꿇으며 무너지고 말았다. 이형철은 그런 박원봉의 마음을 잘 아는 듯 자신도 몸을 숙여 흐느끼고 있는 박원봉을 안아줬다.

투쟁의 칼날의 무뎌지고 있었다. 저항그룹의 대표적 인물들의 레거시사 전향 러쉬는 이제 흔한 일이 되어가고 있었다. 하지만 이런 상황은 역설적으로 이형철의 전향에 대한 의심을 덜어 줬다. 무수한 비난이 그에게 쏟아졌다. 하지만 그는 개의치 않았다. 그깟 비난보다는 그가 자신에게 부여한 임무가 더 시급했기 때문이다. 또 레거시사 입장에서도 이형철 정도의 거물급 인물을 영입하는 것이야말로 대외적으로 상당한 의미가 있었다.

레거시사는 그런 그를 반기며 명성에 맞게 레거시사 보안 담당 임원으로 영입했다. 그의 과거 경력을 활용해 그들 시스템을 더욱 견고하게 방어해줬으면 하는 바람이었다. 이는 또한 NEXT사 입장에서도 그가 주요 보안정보를 다루는 자리에 들어가서 더욱 핵심적인 동향과 정보를 파악해 그 안에서 백도어 역할을 해야 한다는 것과 잘 맞아 떨어졌다.

처음에는 모든 일이 순조로웠다. 그는 마치 그들 편에 완전히 돌아선 것처럼 행동하고 일했다. 아니, 흔한 전향자들이 그랬던 것처럼 더 악랄하게 행동했다. 이런 행동들로 처음에 그에게 가졌던 의심들도 차츰 희석되어 갔다. 그러나 초기에는 아무도 눈치채지 못했지만, 그 안에 들어가서 시간이 흐르자 그의 심장은 더욱 요동쳤다. 의무감이 그를 조급하게 내몰고 있었다. 그리고 그런 조급함은 얼마 가지 못해 그들의 감시망에 걸려들고 있었다.

NEXT 측에서는 이 사건을 공개 처형이라고도 부르고 있다.

"우리가 최근 서울지역 자율주행 서버를 공격해 혼란을 준 과정이 레거시사 본사 임원진에게도 알려져 큰 이슈가 되었다고 합니다. 특히 이번 해킹사건이 서버를 해킹한 것이 아니라 지난번 레거시 본사에 우리가 프로그램 업로드한 것을 기점으로 시작으로 했다는 것도 알게 되었고요."

이영민 이사는 계속해서 말을 이어간다.

"레거시사는 최근 몇 개월 사이에 벌어졌던 이런 해킹사건에 대해 의심을 했다고 합니다. 이런 사건들이 내부 도움 없이는 일어나기 힘들다는 판단이 있었고, 이런 가정을 테스트하기 위해 얼마 전부터 시스템상에 일종의 함정을 파 놓았다고 합니다. 그런 함정에 이형철 이사가 걸려들고 만 것 같습니다. 저희에게도 최근에 그쪽 낌새가 이상하다고 자주 얘기를 했으니까요. 저들이 무엇인가 덫을 놓고 도발해올 것이라도 했습니다. 레거시사 내부에서는 인공지능이 그런 가능성에 대한 신호를 지속적으로 경영진에 보고했다고 합니다. 그리고 인공지능의 솔루션도 기존과 달리 다분히 인간적인 방향으로 바뀌고 있다고 하고요."

"인간적이라니요?"

"인간적이라는 표현이 무엇인가 긍정적인 표현 같지만 절대 그렇지 않습니다. 인공지능은 수많은 대안 중에서 더욱 효과적이며 효율적인 대안을 찾으니까요. 기존의 어떤 이슈가 발생해서 법적이거나 상식적인 절차대로 하는 조치보다, 사람을 납치하고 신체를 절단하거나 죽이는 것이 더 효과적이라면 그런 대안도 인공지능이 스스럼없이 선택한다는 것이죠."

이영민은 다시 말을 이어간다.

"이런 물리적 해킹 자체도 내부의 도움 없이는 가능하지 않다는 것을 잘 알고 있고요. 따라서 과거와 같은 방식으로 대응하는 것이 한계가 있다고 판단했을 수도 있습니다. 앞서 말씀드린 것처럼 법적 조치보다는 물리적이고 폭력적인 방법으로 직접적인 경고 메시지를 줬다고 생각합니다."

"그 직접적인 경고 메시지라는 것이 이런 살육을 말하는 건가? 손을 자르고 눈을 도려내고? 지금이 중세시대 마녀사냥이야?"

이영민이 이렇게 말하자 박원봉이 분노하며 얘기한다.

"저희도 사실 저들이 이렇게 잔인하게 나올 거라고는 예상하지 못했습니다. 이들의 범행은 과거 이제욱 이사가 있던 GW사 조직폭력배 시절 방식을 교묘하게 따라 하고 있습니다. 과거 딥러닝 방식과 같이 주요 범죄사례를 인공지능에게 학습시켜 나온 연산결과일 가능성도 있고요. 마치 우리와 관련된 것처럼 보이려는 것이죠. 아시다시피 그들이 지금까지 해왔던 패턴을 보면 다분히 기계적인 예상 가능한 결정들이 었거든요. 과거 OS시장에 대해 우리와 점유율 경쟁을 벌일 때도 보세요. 우리가 할인행사를 하면 동일한 할인행사를 하고, 새로운 플랫폼을 개발하면 그거 따라 하기 바빴거든요. 다분히 경영 전략적인 의사결정트리로 이해 가능한 조치들이었고, 얼마 전까지 시장을 바라보고 대응하는 것도 분명히 그런 연장선이었지요. 하지만 최근 몇 개월 사이에 이런 그들의 패턴에 변화가 생긴 것은 분명한 것 같습니다."

"변화가 생겼다면 무슨 변화? 경영진이 교체라도 되었다는 거야?"

"아뇨. 그런 것 같지는 않아요. 제가 알아본 바에 의하면 동아시아 최고 경영진은 그대로인 상황이라고 합니다. 다만, 레거시사는 전 세계적으로 끊임없이 해커들의 공격을 받아오고 있었고, 우리나라 이외의 다른 국가에서도 최근 몇 개월 사이에 일부 서비스에 대한 토착 해커 조직의 공격이 있었다고 합니다. 특히 이를 주도한 해커들이 공교롭게도 현지에서 관련 있는 특정 범죄조직의 범행을 모방해 잔혹하게 살해했다는 공통점이 있습니다."

"그렇다면 글로벌 본사 차원에서 그들이 이런 상황에 대한 매뉴얼이라도 만들어 배포했다는 거야? 인공지능이 그런 것을 학습해 본사 차원에서 그런 정책을 만들어 배포했다고? 기가 차는군! 도시 뒷골목에서나 벌어질 만한 시나리오를 만들어 자신들에게 저항하면 이런 일이 일어난다는 것을 알려 저항 세력에게 겁을 주려고?"

"사실 그렇게까지 생각하기는 어렵지만 한 가지 중요한 것은 있습니다. 저들은 이익을 기반으로 움직이는 세력들이라는 거죠. 지금까지 이익을 위해 합리적이고 효율적인 일이라면 어떤 것이든 서슴없이 벌여왔지 않습니까? 저들로서는 그런 해커들을 경찰에 고발하는 것과 뒷골목 깡패들에게 위탁해서 처리하는 것 중에 어떤 것이 더 나을지 판단해서 의사결정 했을 수도 있습니다. 지금 세상이 말 그대로 레거시사 뜻대로 돌아가고 있고, 그들이 이보다 더한 짓을 한다고 하더라도 세상 사람들이 이를 정확하게 알아차리기도 힘들어졌으니까요."

이영민은 다시 심각하게 말을 이어간다.

"하지만 이들의 이런 행동이 경영 전략상의 방침인지 몇몇 임원진의 감정적인 대응인지는 확인하기가 어렵습니다."

"이젠 인간의 분노, 공포도 인공지능의 여러 대안 중의 하나라는 것이 놀랍군. 이 부분에 대해서는 우리도 더 알아봐야 할 것 같네요."

그러다가 박원봉이 다시 생각이 난 듯 목메 오는 것을 참으며 묻는다.

"그리고 이 사건에 대해 이제욱 이사에게 얘기했나요?"

박원봉 대표가 묻자 이영민이 대답을 못 하고 고개를 떨군다.

　　"우리를 위해 그 위험한 일을 해준 분의 형님인데 얘기를 전해줘야죠. 우리가 그냥 이렇게 머뭇거릴 수는 없는 거니까요."

　　박원봉이 비통해 있을 때 이제욱이 NEXT에 오고 있다는 소식을 듣는다.

　　NEXT사에 도착한 제욱에게 박원봉 대표는 그를 따로 불러 그의 동생에 관한 얘기를 차분히 하기 시작한다. 제욱은 큰 충격을 받고 한동안 아무 말도 하지 못했다. 그리고 동생에 대한 슬픔과 더불어 더 참기 어려운 것은, 이제는 같은 뜻을 가진 동지로서 그를 만날 기회조차 영영 사라져 버린 것이었다. 모든 것을 알게 된 이제야 동생을 만나 격려해주고 용기를 주려 했으나 돌이킬 수 없는 것이 되어버렸다.

　　그렇게 그는 이 세상에 완전히 혼자가 되어버렸다. 죽은 그의 어머니 이후로 이 세상에 유일하게 남은 혈육이었다. 이와 더불어 그에게서 동생마저 끔찍하게 빼앗아 간 레거시사에 대한 분노가 치밀어 올랐다. 그리고 그 죽음의 방식마저도 혼란을 주기 위해 누군가를 따라 했다는 그 악랄한 교묘함이 그를 더더욱 분노하게 만들었다.

　　그의 동생 형철은 자신이 옳다고 믿는 신념을 향해 그 위험한 삶을 기꺼이 선택해서 살아갔고, 마지막까지 비난 따위는 신경 쓰지 않고, 오로지 자신만의 신념과 목적을 위해 자신을 불태우며 사라져 갔다.

얼마 지나지 않아 제욱은 아무렇지도 않다는 듯이 감정을 추스르고 나타나 얘기했다.

"전 처음 그 얘기를 듣고 제 동생을 이렇게 죽인 새끼들 지금이라도 찾아가서 갈기갈기 찢어 죽이고 싶었어요. 하지만 동생 죽음의 의미를 생각해보면서 진정 중요한 것은 그게 아니란 것을 알게 되었죠. 동생이 생각했던 바른 세상을 만드는 것이 그 빚을 갚는 거라고 느꼈어요."

그러면서 그동안 중부시민연대에 있었던 얘기를 한다. 그의 동생 죽음에 대한 직접적인 복수 같은 것을 말할 줄 알았던 박원봉과 이영민도 놀라는 눈치다.

"우리도 사실 그런 소문을 우리 정보원들에게 듣긴 했는데 그 정도일 줄은 몰랐어요. 그 얘기를 들은 이상 우리도 이대로만 있을 수는 없을 것 같네요."

이영민이 얘기하자, 제욱이 다시 대답한다.

"그들을 오랫동안 지켜봤지만 전 그들이 지극히 정상적이고 상식 가능한 방식으로 움직인다고 생각했어요. 무엇인가 변화에는 저항이 생기기 마련이고 그런 것에 대해서 다른 방식으로 해결한다고 생각했던 거죠. 그때는 저들에 대해 최대한 단순하게 생각을 해서 그런 것도 있어요. 하지만 지금 그런 상황에 대해 한발 떨어져서 생각해보면, 제가 그동안 그들을 잘못 본 게 아닌가 해요. 중부시민연대에서 이상한 일들을 겪고 뜻밖의 상황을 맞이하다 보니 그들이 생각보다 훨씬 위협적이고 끔찍한 존재라는 것을 직접 알게 됐죠. 제 동생을 생각하면 더더욱 그 생각을 떨칠 수가 없고요."

제욱이 진지하게 설명하자 박원봉과 이영민 등의 다른 NEXT 임직원은 조용하게 그의 얘기를 들었다. 제욱은 최근 이런 일련의 일들을 겪게 된 것이 어떤 신호처럼 느껴졌다. 그동안 자신의 무지에 대한 대가이기도 하고, 그가 어떤 방향을 가져야 할지 극적으로 보여준 사건들일 수도 있다고 생각이 들었다.

30분 정도 지난 후 박원봉 대표가 홀로 사무실에 있는 제욱에게 다가와 이 사건에 대해 어떤 생각이 있는지 물어본다. 제욱은 자신이 비밀 지하시설에 침투할 수 있도록 중부시민연대 보안시스템을 해킹해줬으면 한다는 것과 그것이 안 된다면 침투 방법이라도 알려달라고 얘기했다.

"위험하실 텐데 혼자 가실 수 있겠어요? 이형철 이사의 죽음은 저희 임직원의 죽음이기도 합니다. 따라서 대응방안에 대해 논의 중인데 같이 움직이시는 게 낫지 않겠어요?"

박원봉이 걱정스러운 눈빛으로 물어본다.

"대표님 측에서 하실 수 있는 부분은 어떤 식으로든 계획을 세워보십시오. 이건 제 동생이 죽었기 때문에 제 일이기도 하니까요. 제가 그들에게 빚을 갚아줄 것은 먼저 갚아줘야죠. 그리고 이런 일은 소수의 인원이 하는 것이 더 나을 거예요."

"지금 동생 때문이신 것 같아서 걱정됩니다. 그런 마음으로는 더 위험할 수도 있으니까요."

박원봉이 그렇게 말하자 제욱의 눈시울이 다시 젖어든다. 제욱은 그런 모습을 숨기려 자리에서 일어나 고개를 돌려 창밖을 내다보며 말을 이어간다.

"사람이 늘 후회만 하고 살 수는 없는 것 아니겠어요?"

조력자

　박원봉은 이미 중부시민연대에 침투해 있는 이재준을 소개해줬다. 근형은 그의 친구인 박진호에게 도움을 청하려 했으나, NEXT 측은 이제욱 일행이 지명수배인 상황을 고려할 때 레거시사와 우호적인 박진호가 염려스러웠다. 사실 박진호가 염려스럽기보다 레거시사 입장에서는 지금이야말로 그를 이용하기 적당한 상황이라 되도록 그에게 연락을 안 하는 것이 낫다고 조언했다.

　캠퍼스 근처에 가니 예상대로 이미 검문검색이 강화되고 있었고, 길게 늘어선 차들로 어수선한 상황이었다. 이대로 접근하는 것은 위험하다고 생각이 들었고, 저녁이 돼서 어두워지면 도보로 이동하기로 했다.

　주변 식당에서 점심을 먹고 오랫동안 차 안에서 기다리고 있던 제욱 일행에게 이재준의 전화가 걸려왔다. 근처 운동하러 온 것처럼 편한 체육복 차림으로 나타난 이재준은 머리가 작고 안경을 낀 호리호리한 스타일이었다. 캠퍼스 지원센터에서 근무하고 있는 그는 레거시사 소속은 아니지만 중부 시민연대모임 특성상 레거시사와 업무상 밀접한 관련이 있었다. 그에 따르면 이곳을 더 체계적으로 관리하기 위한 프로젝트를 진행하고 있다고 했다. 하지만 이 조치는 일종의 봉쇄조치로서 이곳 주민들의 외부 이탈 후 벌어지는 범죄를 막고, 무엇보다 이곳을 혐오해 봉쇄하고자 하는 여론을 반영한 것이다.

언론에서는 막대한 예산이 투입되고 있는 이 시설에 대한 집중 기사를 쏟아내며 정책의 효용성에 대해 불편한 심기를 계속 드러냈다. 최근의 여론조사에서도 이들에 대한 무조건적인 지원에 부정적인 의견이 대다수였다. 경기 부진으로 연일 기업 도산이 늘어나고 있고, 중산층이 경제적으로 어려워지고 있는 상황에서 일반적인 국민 정서에 반하는 무조건적인 비용 지원이 맞냐는 날 선 비판이 계속됐다.

"여러 가지 원인이 있겠지만 레거시사는 이런 상황이 기회라고 보고 있어요. 그들에게 우호적인 미디어를 통해 저들에 대해 안 좋은 여론을 계속 확대해 나가는 거죠. 사실상 저들을 먹여 살리고 있는 것이 정부가 아닌 레거시사니까요."

어두운 산속 길을 걸으면서 이재준은 속삭이듯 조심스럽게 얘기한다.

"그렇다고 저들을 어떻게 하지는 못하는 거 아닌가요?"

"저들을 물리적으로 어떻게 한다는 것보다는 다른 방식을 선택하겠죠. 자본주의 같은 거 말이에요."

"자본주의요?"

"이익에 따라 움직이는 저들에게 가장 중요한 가치가 뭐겠어요? 이익을 높이기 위해서는 매출을 늘리거나 비용을 줄이는 어떤 짓이라도 하지 않겠어요?"

그의 집은 과거 미술대학 뒤편 산속에 있는 교수 사택을 개조한 건물이었다. 캠퍼스 내부에 있는 일종의 단독주택으로 그의 말에 의하면 보안이 잘 되어있고, 높은 담으로 둘러싸여 일반인들은 쉽게 접근이 불가능하다고 한다. 또한 캠퍼스 내부에 있기에 제욱이 계획하는 장소에 쉽게 갈 수 있는 장점이 있기도 하다. 2층 건물의 그 집은 이재준 혼자 살기에는 다소 커 보이는 집이었다. 내부는 꼼꼼한 그의 성격을 반영하듯 군더더기 없는 가구들만 단순하게 들어가 있었고 거실에는 흔한 TV조차도 보이지 않았다. 하지만 그는 불편하더라도 되도록 지하시설에 있으라는 얘기를 했다. 레거시사가 시민 안전이라는 명목으로 이들에 대한 보안강화를 위해 정부와 합동으로 무용계층 거주시설 전수 조사를 하고 있기 때문이다. 임직원 거주시설인 이곳은 보안 검사가 외부에 비해 까다롭지 않지만, 혹시 모르는 상황에 대비했을 때는 차라리 지하가 마음 놓고 쉬기에는 더 편할 것이라고 했다.

짐을 푼 그들은 주방에서 간단한 저녁을 먹으며 얘기했다.

"요즘은 이들에게 제공되는 복지 혜택이 상당히 줄어 있어요. 그래서 시민연대 측 불만이 높아지고 있고요."

인버터에서 끓고 있던 찌개 냄비를 식탁에 올려놓으며 그가 말한다.

"최근에 심상치 않은 일이 벌어질 것 같아요. 주민들 동요가 많아지고 정부에 대한 불만이 높아지고 있는 상황 말이에요. 그래서 이들을 와해시킬 일들을 조용히 벌이고 있다는 소문도 있습니다."

이재준은 멸치조림과 젓갈, 김치를 식탁에 올리고는 밥을 떠주고 자리에 앉으며 얘기한다.

"와해시킨다니요? 북한처럼 뭐 감시라도 한다는 건가요?"

"놀라운 발상이긴 하지만 뭐 못할 것도 없다고 생각할 겁니다. 지금과 같은 분위기라면 말이죠. 여러분들도 잘 아시겠지만 이제 이들에 대해 동정 갖는 사람들이 있습니까? 지금 그런 여론도 있습니다. 대다수의 국민과 동일하게 주어지는 정치적인 권리가 과연 이들에게 정당하냐는 문제 말이죠. 무임금 무노동을 부르짖는 정당과 이에 동조하는 언론은 이들에 대한 그런 정책들이 국가 경제를 파멸로 몰아넣고, 남미와 같은 국가 모라토리엄을 불러올 수 있다며 연일 이들을 때리고 있습니다. 이런 상황이 지속된다면 현 정치권에서도 여론을 의식하지 않을 수 없고, 그들의 지지층을 납득시킬 뭔가 구체적인 계획을 발표하는 것이 전혀 이상하지 않습니다."

"저도 그런 소리를 많이 들었습니다. 자기들이 왜 힘들게 돈 벌어 저렇게 일 안 하고 먹고 노는 놈들 먹여 살려야 하느냐는 불만의 소리 말이죠."

근형이 밥을 먹으며 얘기한다.

"기득권층으로서는 이들에 대한 불만이 늘어나고 여론이 안 좋아질수록 이들을 상대할 더 좋은 명분이 조성되는 겁니다. 이들이 사람들의 이목을 끌만한 범죄를 계속 일으키거나 사회문제를 일으키는 것도 좋아할 거라 생각이 들고요."

"얘기를 들어보니 사람들이 밖에서는 좀처럼 할 수 없는 일도 대놓고는 아니지만 은밀하게 하는 것을 봤는데, 그런 것을 방관한 것도 다 이유가 있었나 보네요."

"은밀하게 하는 일이라면 뭐 말씀하시는 겁니까, 형님?"

이재준의 얘기를 조용히 듣던 제욱이 그런 말을 하자 근형이 궁금해하며 묻는다. 제욱은 대답은 하지 않았지만, 결국 그가 이런 일에 관심을 갖게 된 계기가 다름 아닌 이들의 지나친 자유였다. 캠퍼스를 걱정 없이 걷던 수많은 사람, 스스로 경제활동에서 해방된 자유로운 인간 계층이라고 얘기했던 사람들이 떠올랐다. 하지만 자본주의라는 큰 바다에 둘러싸인 그들의 배는 바람이 불어 파도가 조금이라도 높아지면 아무런 대책도 없이 저 깊은 수면 아래로 침몰해 버리는 약한 존재라는 것을 미리 깨닫지 못했던 것이다.

"다음 주부터는 경찰의 수사도 예고되어 있어요. 이들이 여러 가지 불법적인 행위를 저지르고 있다는 제보 때문이죠. 시민연대의 저항으로 수사가 진행될지는 미지수지만 아마도 이들에 대한 전방위적인 압박의 전초전이 아닐까 해요."

"이들이 불법적인 행위를 저지르고 있다고요? 어떤 것을 말하는 거죠?"

불법적인 행위라는 말에 근형이 의아해하며 묻는다.

"뭐, 여러 가지가 있어요. 절도, 성매매, 폭력 등 그동안 캠퍼스 내에서 다수의 사건이 있었지만, 집행위원회와의 협약으로 경찰 등의 공권력 투입을 막아왔어요. 하지만 최근에는 집행위가 부패했다는 소문이 끊이지 않고 있어요."

"혹시 마약 관련된 사건도 있나요?"

조용히 듣던 제욱이 진지하게 질문한다.

"마약뿐만 아니라 살인사건이나 납치 사건도 끊이지 않고 있었어요. 표면에 드러나지는 않았지만 공공연한 비밀이었죠. 제가 들은 바로는 그때마다 경찰과 검찰에서 캠퍼스에 직접 인력 투입해서 조사를 진행하려고 했어요. 하지만 집행부가 이를 강력하게 막아왔다고 합니다. 자체적으로 해결하겠다는 의지로 말이죠. 그래서 이곳 시민들은 집행부에 대한 신뢰가 상당하다고 들었어요. 이곳은 어찌 보면 치외법권이기도 하니까요."

"그럼 우리가 진행하는 일에 대해 박진호 그 친구에게 도움을 받는 건 어때?"

제욱이 근형에게 얘기하자 이재준이 다시 대답한다.

"그들이 시민들 복지를 위해 존재한다지만 레거시사나 정부와 대외적인 활동을 자주 해서 우리와 생각이 다를 우려가 커요. 그리고 그런 일에 대해 집행부가 우리를 도와줄 어떤 명분도 없고요."

"그래요? 지난번 만나서 얘기할 때는 그런 눈치 없었는데 이상하네요… 그래도 저와는 어떤 얘기든 하는 친구거든요."

근형이 얘기하며 식탁을 조용히 치우기 시작한다. 이재준의 말을 들은 제욱은 여러 가지로 머릿속이 복잡해졌지만 오늘은 쉬고 천천히 생각해 보기로 했다.

화염 속으로

그렇게 며칠이 지난 어느 날 오전, 밖에서 요란한 구호가 들리고 있었다. 이재준이 출근하고 난 집에는 근형과 제욱만 남아서 계획을 얘기하고 있었는데 평소에는 들을 수 없는 소리에 이상하다 생각돼서 2층으로 올라가 캠퍼스를 내려다봤다.

캠퍼스에는 사람들이 피켓을 들고 구호를 외치며 남쪽 정문으로 진출을 시도하고 있었다. 피켓에는 '시민연대 자유 보장', '정부는 시민연대 복지 삭감 철회하라!', '무기력한 집행부는 전원 사퇴하라', '시민연대 생존권 보장' 등의 구호가 적혀 있었고, 사람들은 줄을 지어 구호를 외치며 걸어가고 있었다. 상황이 심상치 않다는 것을 느낀 이들은 모자를 눌러쓰고 밖으로 나갔다.

밖은 평상시와 달리 캠퍼스 전체가 시위 현장으로 바뀌어 있었다. 확성기를 들고 구호를 외치면 사람들이 따라 외치고 있었고, 주변에는 징과 꽹과리를 든 사람들이 구호에 맞춰 이를 시끄럽게 두드리고 있었다. 또 뒤편으로는 대형 스피커를 설치한 트럭 위에서 한 남자가 머리에 빨간 띠를 두르고 연신 정부 비판적인 의견을 쏟아내고 있었다. 캠퍼스에서 자유롭게 거닐던 사람들도 이들의 움직임에 하나둘씩 동참하고 있었다. 일부 행렬은 캠퍼스를 돌아 다시 행진하고 있었고, 나머지는 정문 앞으로 차근차근 모이고 있었다.

그렇게 모인 행렬은 정문 밖 행진을 시도하고자 문밖에 모인 경찰과 몸싸움을 벌이며 대치 중이었다. 캠퍼스 밖 경찰은 규모로 봐서 약 10여 개 중대 이상의 규모로 보였다. 아마도 이번 시위에 대해 중앙정부에서의 우려와 악화된 여론으로 혹시나 외부에 있는 일반인과의 충돌을 우려한 병력 규모인 듯하다. 그에 비해 시민연대 시위대 측 대부분은 경찰 대치선과 거리를 두고 평화적으로 구호를 외치고 있었다. 다만 대열 옆쪽으로 일부 회원은 과격한 구호를 외치며 쇠파이프를 들고 위협하고 있었다.

경찰은 이들에 대해 계속 경고 방송을 했다.

"여러분이 지금 하는 행위는 불법행위입니다. 사전에 허가받지 않은 불법 집회를 벌이고 있습니다. 지금 즉시 해산하지 않으면 관련 법에 의해 즉각 연행할 수 있습니다. 다시 한번 말씀드립니다. 지금 즉시 해산하십시오."

경찰이 연신 해산 방송을 하자, 대열 옆에서 쇠파이프를 들고 과격한 구호를 외치던 시위대가 소리 지르며 얘기했다.

"관련 법 좋아하네. 민주국가에서 평화로운 시위도 보장 안 하는 새끼들이 무슨 협박질이야! 우리의 정당한 시위 보장하지 않으면 우리도 가만히 못 있어!"

이렇게 말하며 쇠파이프를 휘둘러 그들 앞에 있는 경찰의 방패를 내리치기 시작한다. 이에 대열에 모여 비교적 평화로운 시위를 하는 시위대가 하지 말라고 목소리를 높이며 말렸지만 10여 명으로 보이는 그 시위대는 아랑곳하지 않고 돌멩이와 화염병을 경찰에게 던지며 그런 행동을 이어간다. 경찰이 다시 방송을 시작한다.

"지금 즉시 불법적인 행위를 중지하십시오. 중지하지 않으면 바로 집회와 시위에 관한 법에 의거 물리적인 조치를 진행하겠습니다."

그들의 폭력 행위에 대해 경찰이 방송했지만, 시위 행위는 점점 과격해졌다. 그러자 경찰 대열 뒤에 준비되어 있던 살수 차량이 움직이기 시작한다. 살수 차량이 움직이며 이들에게 최루액이 섞인 물을 무차별적으로 뿌리기 시작한다. 강력한 물 압력에 캠퍼스 담장 위에 올라가서 시위하던 2명이 그대로 뒤에 떨어져 버린다. 이어 경찰 대열 바로 앞에서 쇠파이프를 흔들던 8명에게도 물 호스가 발사되자, 그 강력한 압력에 휘청이며 캠퍼스 시위 대열이 가운데를 중심으로 흐트러진다.

이때를 놓치지 않고 경찰 대열 뒤에 있던 체포조가 앞으로 투입되어 무차별 폭력을 행사하며 이들을 제압하기 시작한다. 경찰의 기습적인 공격에 놀란 몇몇 시위대는 뿔뿔이 흩어지기 시작하지만, 일부 인원은 이에 상관없이 계속 큰 소리로 구호를 외치며 시위를 이어간다. 시위대에 침투한 경찰은 시위대를 곤봉으로 구타해 바닥으로 머리를 떨구게 만든다. 특히 특수 장비로 무장한 경찰들의 무자비한 폭력으로 바닥에 쓰러진 시위대는 피를 흘리며 정신을 잃어간다.

그중에는 유모차에 유아를 태우고 온 여자도 있었고, 엄마 손을 잡고 온 다섯 살 남짓의 어린이도 있었다. 하지만 경찰은 아랑곳하지 않았다. 제도권의 지침을 충실히 실행하는 것처럼 시위대를 강경하게 진압해 나갔다. 여기에 참석한 세력들은 더 이상 법의 보호 따위는 필요 없으니 사회에서 영원히 격리시키거나, 여기서 죽여야 한다고 명령을 부여받은 듯했다. 이들의 무차별적인 폭력으로 성인은 물론 어린이들까지 피를 흘리며 바닥에 쓰러져 가고 있었다.

"형님 이거 너무 심한데요? 저 새끼들 어린이고 노인이고 안 가리고 지랄이잖아요! 저것들이 인간이에요?"

시위를 지켜보던 근형이 얘기하자, 그 말이 끝나기가 무섭게 제욱이 시위대를 향해 달려갔다. 근형이 그를 잡으려 했지만, 그는 이미 시위대 한가운데에서 경찰과 엉켜 싸우고 있었다. 주저하던 근형도 제욱의 뒤를 따라 달려들었다.

그 둘이 달려가서 진압 경찰을 제압하려 했지만 긴급한

상황에서 주로 활용되던 근력강화장비(MED: Muscle Enhanced Device)를 장착한 경찰에 대항하는 것은 무리였다. 시위 중이던 시민들은 속수무책으로 쓰러지기 시작한다. 주변 곳곳에서 이런 일들이 벌어지면서 비명이 들리고, 주변은 도살장과 같은 공포 분위기로 변했다. 또 시위대를 해산시키는 것에 그치지 않고 도망가려는 사람들을 잡아다가 무지막지하게 때리고 짓밟는다. 감정이라고는 없는 사냥 기계가 벌이는 인간 사냥터가 된 느낌이다.

경찰 경계 대열 후미에 있던 검은 색 최루탄 발사차량에서는 연신 최루탄이 발사되면서 무방비 상태인 시위대를 또다시 쓰러뜨린다. 이런 틈을 타서 체포조는 무차별적인 폭력을 감행하고 근형과 제욱은 앞이 보이지 않는 시위현장에서 경찰과 힘겨운 싸움을 계속 한다. 곳곳에 경찰의 곤봉에 맞아 쓰러져 피를 흘리는 시위대가 넘쳐 났고, 이런 경찰의 행동에 분노한 군중이 경찰의 곤봉과 무기를 빼앗거나, 특수장비를 하고 있는 경찰을 붙잡아 폭력을 휘두르는 장면도 곳곳에 펼쳐진다.

상황이 과격하게 흐르자 평화적인 시위대 양상도 이제 한 치 앞을 보기 어려운 상황이 되고 있었다. 과격한 진압을 하는 경찰에 대한 시위대의 대응 공격이 이어지면서 일부 경찰도 무기와 보호장비를 빼앗긴 채 일부 의심스러운 시위대에 의해 피를 흘리며 쓰러진다.

제욱과 근형은 시위대를 독려하며 대열을 갖추도록 소리를 지른다. 이들과 전면적인 충돌은 그 끝을 알 수 없기에 전방에서 공격하던 시위대가 계속 뒤쪽으로 올 수 있도록 소리를 지른다. 그리고 방패 등의 보호장비를 빼앗은 사람들과 청년 남성들을 중심으로 앞에 대열을 갖추도록 해서 경찰이 더 이상 시위대에 무차별적인 폭력을 하지 못하게 막아섰다. 그 뒤에 있는 사람들에게는 진압 경찰한테 빼앗은 곤봉과 각목들을 준비하도록 했다.

　사실 평화적인 시위를 진행했기에 뜻밖의 폭력적인 진압에 노출된 이들은 다른 방법이 없었다. 직접적인 공격보다는 대열을 갖춰 쉽게 다가오지 못하게 하고 어린이와 노약자, 여자들이 우선 빠져나가는 시간을 벌어주고자 했다. 제욱과 근형의 조직적인 행동에 차가운 아스팔트에 쓰러져 피를 흘리며 쓰러져 갔던 시위대들이 전열을 가다듬는다. 그러면서 제욱의 지시대로 차근차근 약한 사람들부터 빠져나가기 시작한다.

　그러던 중 시위대 쪽 대열로 합류하기 위해 정문 쪽에서 뛰어오던 20대 여성 시위대 한 명을 경찰이 잡아 머리카락을 끌어 잡고 곤봉으로 마구 때리기 시작한다. 한번 내리치기 시작한 경찰의 육중한 곤봉은 머리, 얼굴, 몸 등을 사정없이 내리치기 시작한다. 얼굴이 피투성이가 되어 바닥에 쓰러져서도 그 경찰은 한치의 주저도 없이 마치 기계처럼 그녀의 얼굴을 난타한다. 시위대는 그녀를 구해야 한다고 소리를 질렀으나, 제욱이 보기에 비록 대열을 갖췄더라도 경찰 정규 인력의 1/3도 안 되는 인력으로 구성된 대열이 와해된다면 끝장이라 생각이 들었다. 그렇다고 그녀를 그대로 놔둔다면 그냥 죽을 것 같았다.

여자는 연신 비명을 지르며 울부짖고 있었다. 고민하던 그 순간 시위대 한 명이 경찰로부터 빼앗은 실탄이 장착된 총을 근형에게 건네줬다. 단순 공포탄이나 고무탄 발사기인 줄 알았는데 실탄총이란 걸 알게 된 근형은 놀라면서 얘기한다.

"형님, 이거 고무탄 발사기인 줄 알았는데 실탄총이었네요. 이 새끼들 정말 다 죽이려고 작정한 것 아닙니까?"

근형이 얘기하며 총을 만지작거리는 사이 제욱이 총을 빼앗아 버리고는 경찰을 향해 조준한다.

"형님, 안 됩니다. 큰일 납니다. 상황이 커집니다."

근형의 제지에 잠시 망설이던 제욱은 경찰 대열을 향해 총을 조준하다가 총구를 들어 허공에 몇 발을 쏘며 위협한다. 갑작스러운 총소리에 경찰은 물론 시위대까지 순간 놀라 일제히 멈춘다. 이런 상황에서 시위대 몇 명이 혼란한 틈을 타 무자비하게 구타 중인 경찰을 말리려 뛰어든다. 막무가내로 경찰 장비를 빼앗으려 하자, MED를 착용한 그 경찰의 장비에서 순간 기계음이 나면서 곤봉과 장갑으로 내려친다. 팔을 180도 가까이 크게 원을 그리듯 흔들어 내리치자, 그 시위대 두 명은 그대로 콘크리트 바닥에 내팽개쳐지고 만다.

그 순간 뜻밖의 일이 벌어진다.

시위대 2명과 경찰의 혼란스런 공방 속에서 경찰의 헬멧이 벗겨진 것이다. 그 광경을 지켜본 시위대도 모두 놀라운 듯 순간 정적이 흐른다. 헬멧 속의 그 경찰은 긴 머리의 여자였다. 그 순간 제욱은 그 얼굴이 낯익은 얼굴, 즉 앨리스라는 것을 알게 되었다. 자세히 보기 위해 앞으로 가려고 했지만 그녀는 아무렇지도 않다는 듯이 마치 기계처럼 무표정하게 땀에 흠뻑 젖은 얼굴을 선명히 드러낸다. 그리고 자신을 공격하다 쓰러진 사내들을 찾아가 다시 미친 듯이 곤봉질을 계속한다. 이런 돌발 상황에 잠시 주춤했던 시위대는 그녀의 시위 진압이 도가 지나치다고 생각해 두세 명이 주변으로 몰려들어 제지하기 시작한다. 제욱은 다시 소리 지르며 즉시 멈출 것을 얘기한다.

하지만 제욱의 바람과는 달리 경찰에 둘러싸인 사람들을 향한 폭력이 도가 지나치다고 생각하자, 시위대는 대열을 버리고 경찰을 향해 몰려든다. 이에 다시 경찰과 시위대 간에 양보 없는 폭력대치가 이어진다. 그런 가운데 아까 사내들을 향해 폭력을 행사하던 앨리스는 그대로 그들을 죽일 것 같은 난폭한 곤봉질을 계속한다. MED 장비를 착용해 난사하는 그 충격은 어마어마해 보였다. 이내 그 사내 둘의 얼굴과 온몸은 점차 피로 뒤범벅되고 있었다.

혼란스러운 상황이었다. 이런 앨리스를 막기 위해 시위대가 엉켜있는 사이, 누군가가 칼을 휘둘러 앨리스의 목에 그대로 내리꽂는다. 그녀의 목에 칼날이 박히자 그 하얀색 목에서 흘러나온 검붉은 핏줄기가 사방에 흐트러지면서 주변은 사람들의 비명과 함께 아수라장이 되어버린다.

이를 본 제욱이 달려와 주변의 시위대를 밀치며 쓰러져가는 그녀를 잡는다. 하지만 오후의 뜨거운 햇살과 대비되는 검붉은 핏줄기를 뿜으며 그녀는 그대로 힘없이 쓰러지고 만다. 주변은 온통 그녀의 피로 물들어 가고 곳곳에서 사람들의 비명이 들릴 뿐이다. 제욱의 품에 안긴 그녀는 제욱을 알아보는지 알 수 없는 표정을 지으며, 그대로 그 크고 아름다운 눈망울의 초점을 잃고 만다. 시위 현장은 한 치 앞을 내다볼 수 없는 상황으로 치닫게 된다.

불나방들

근형은 이재준의 우려에도 불구하고 최근의 상황에 대해 박진호를 불러내어 얘기를 들어보기로 했다. 하지만 오늘 있었던 대규모 시위로 시민연대 회원과 대의원들 그리고 외부 사람들로 인해 박진호와 연락이 좀처럼 닿지 않았다. 근형은 자세한 상황을 알기 위해 그의 사무실이 있는 캠퍼스 지원센터로 출발했다.

캠퍼스 지원센터 앞 광장에는 늦은 밤인데도 평상시와 달리 많은 사람이 모여있었다. 특히 내부에 들어가지 못한 회원들이 현관 입구까지 길게 늘어서서 대화를 나누고 있었고, 광장에는 군데군데 사람들이 모여 있었다. 지원센터 앞 도로에는 경찰차와 구급차는 물론 방송국과 신문사 차량까지 길게 늘어서서 취재하고 있었다. 근형은 모자를 눌러쓰고 인파를 뚫고 안으로 들어갔다. 그의 사무실 앞에 오자 데스크에서 계속해서 울리는 전화를 받는 여직원이 보였다.

"저기요."

하지만 그녀는 쉴새 없이 걸려오는 전화에 정신이 팔려 눈길 한 번도 안 주고 있었다. 다시 얘기하려고 하자 경찰 제복을 입은 사람이 다가왔다. 근형은 얼른 고개를 숙이고 뒤쪽에 있는 화장실에 가는 척했다. 경찰이 지나간 후 고개를 돌려 다시 바라보자 무엇인가 심각하게 논쟁을 벌이는 소리가 들려왔다. 그리고 박진호가 대화를 이어가며 일행 2명과 그의 사무실로 들어가는 것이 보였다. 이를 놓치지 않고 사무실로 들어가려는 근형에게 여직원이 소리친다.

"그냥 들어가시면 안 돼요."

사무실에 들어와서 일행과 얘기를 나누려던 박진호는 근형을 보자 둘의 눈치를 살피다가 웃으며 근형을 반겨준다. 그리고 두 명에게 잠시 나가 있으라고 얘기한다.

"잘 지냈어? 이젠 대표님께서 친히 트럭 타고 다니며 노가다라도 해야 하는 거야?"

지난번에 건축자재를 실은 트럭을 타고 지나간 것을 봤던 근형이 얘기한다.

"그런 건 또 언제 본 거야? 그게 아니고, 여기 대표 자리도 뭐 감투라고 뒷구녕에서 씹는 작자들이 워낙 많아서 승용차 안 타고 일부러 트럭 타고 다니는 거야. 넌 별일 없는 거냐?"

"나도 네 덕에 여기서 그냥 편안히 쉬다 가려고 했었지. 하지만 지내다 보니 여기도 뭐 그렇게 조용한 곳은 아니더라고."

근형이 얘기하자 알아들었다는 듯이 박진호가 목소리를 낮춰 그의 귓가에 속삭이듯 묻는다.

"그건 그렇고, 오늘 어떻게 그런 시위에 휘말리게 된 거야? 너 같은 진골 건달이 데모한다는 게 말이나 되는 거야?"

"네 말대로 눈에 안 띄게 살아야 하는데 어쩌다 그렇게 되었어. 그것 때문이 아니고 요즘 세상이 워낙 이상하게 돌아가고 있어서 한번 보자고 한 거야."

"지금 밖에서는 이번 시위를 전문 데모꾼이 주동했다고 보고 있어. 여기서 그런 일이 일어난 적이 없었으니까. 그러니 너 무조건 조심히 있어야 돼! 앞으로 무슨 일이 벌어질지 몰라. 이곳을 공격하는 세력들은 없는 것도 만들어 내는 놈들이야! 경찰과 언론은 오늘 시위에 용역까지 동원된 것 아니냐고 의심하고 있어. 그 배후로는 나도 의심하고 있어."

"너를 의심한다고? 우리가 알기로는 넌 진골 레거시 편 아냐?"

"쟤들은 조금이라도 자기네 이익에 반한다고 생각하면 가차 없어. 자기들과 아무리 가깝게 정보를 공유했어도 어느 시점에 그런 판단이 들면 그렇게 돌아서는 무서운 놈들이야. 모르지 뭐. 그들이 뭔가 더 큰 그림을 그리고 있는데 내가 반대할 수 있거나, 아니면 더 신뢰할 수 있는 놈을 심으려 흔드는 것일 수도 있지."

이렇게 말하는 사이 비서로 보이는 아까 여직원이 문을

열고 말한다.

"대표님 중부경찰서 수사과장이 아까부터 계속 전화해 달라고 하고 있습니다."

"그래, 알았어. 바로 전화할게."

박진호의 바쁜 일정을 말해주듯 그의 핸드폰과 사무실 전화가 계속 울리고 있다. 시간이 얼마 남지 않았다는 것을 느낀 근형이 바로 물어본다.

"그런데 너 혹시 예전 학군단 건물 얘기 알아?"

학군단 건물이라는 얘기에 박진호는 깜짝 놀란 표정을 짓는다. 그리고 다시 주변을 살피다가 얘기한다.

"네가 그 건물에 대해 얼마나 알고 있는지는 모르겠지만, 안다는 것 자체가 위험하다는 것만 알아둬. 난 널 학창시절부터 봐와서 잘 알고 있지만, 그 모습만 각인되어서 한편으로 잘 모르기도 하니까. 오늘은 여기까지만 얘기하고 다음에 다시 얘기하자."

"잠깐 그럼 너도 그걸 안다는 거야? 넌 이곳 시민연대 대표잖아. 네가 인마 그러면서 어떻게 모른 척할 수가 있어?"

근형의 분노가 느껴진 박진호는 그를 잠시 바라본다. 그러고 나서 다시 조용하게 얘기한다.

"지금은 곤란하니 내일 저녁에 다시 연락해! 네가 정 원한다면 보여줄 게 있으니까."

편리한 진실

그날 저녁 뉴스에는 이날 있었던 시위에 대한 대대적인 보도가 이어지고 있었다.

'오늘 오후 중부시민연대모임 집단 거주지역인 일명 시민연대 캠퍼스 지역에서 폭력시위가 발생해 이를 진압하던 1명의 경찰이 사망하고 20여 명의 경찰이 부상하는 끔찍한 사고가 발생했습니다. 정부에 집회 신고를 하지 않은 불법 폭력시위에 대해 경찰은 수차례 해산을 권고하는 방송을 했으나 과격한 시위대는 이를 무시하고 캠퍼스 밖까지 진출을 시도하면서 경찰을 향해 무차별 폭력을 행했다고 합니다. 이런 과정에서 이를 제지하려는 경찰과 심각한 물리적인 충돌을 빚으며 시위 양상이 과격해졌고, 시위대는 쇠파이프와 화염병까지 동원하면서 순식간에 무법 폭력 현장으로 만들었다고 합니다. 특히 그런 과정에서 과격 시위대 여러 명이 경찰을 에워싸고 칼을 휘둘러 경찰이 사망하는 끔찍한 사고가 발생했습니다. 해당 경찰은 이에 병원으로 급히 후송됐으나 과

다출혈로 병원 도착 30분 만에 사망했다고 합니다. 또한 과격한 시위 현장에서 부상당해 중상인 경찰도 상당수가 된다고 전해지고 있습니다. 정부관계자는 이번 시위에 대해 사회 안정을 파괴하는 극악무도한 불법시위로 규정하고 시위에 참여한 모든 사람에 대해 끝까지 추적해서 법이 허용하는 최고수준의 처벌을 하겠다는 강경한 입장입니다. 특히 경찰은 이번 시위의 주동자로 보이는 40대 초반의 사진 속 남성을 찾고 있습니다. 시민 여러분의 많은 신고 바랍니다.

한편 오늘 사건에 대해 정치권에서는 이른바 무용계층 지원 문제에 대한 국회 논의를 요구하고 나섰습니다. 국내 경기가 안 좋아 어려움을 겪고 있는 일반 국민과 비교했을 때 이들이 상대적으로 많은 혜택을 받는 상황이 과연 정당한 것인가 하는 문제입니다.

금일 시위가 벌어진 배경에는 정부와 시민연대 간의 복지 예산 협상 결렬이 원인이었다고 전해지고 있습니다. 특히 시민연대의 증액 요구가 현재 우리나라 경제 상황과 비교했을 때 너무나 무리한 수준이었다는 정부 관계자의 브리핑이 있었습니다. 이에 대해 정부는 수차례 인상안을 제시하며 이들과 협상하려 노력했으나, 이들의 무리한 요구로 인해 합의점을 찾지 못했으며, 이런 과정에서 시민연대 협상대표의 대화 거부 및 일방적 강경 투쟁 선언으로⋯.'

제욱과 근형은 이재준의 숙소에서 조용히 TV를 지켜보다가 화면 속에 제욱의 얼굴이 나오자 깜짝 놀랐다. 그러던 중 이재준이 급하게 집으로 돌아오며 얘기했다.

"어쩌면 지난번 말씀드린 것 이상으로 이곳에 대한 대대적인 봉쇄작전이 진행될 것 같아요."

이재준이 심각하게 얘기하자 근형은 TV를 끄고 시선을 이재준에게 집중한다. 이재준은 냉장고에서 물을 꺼내 벌컥벌컥 마신 후 말을 이어간다.

"정부에서 오늘 있었던 폭력시위에 대해 관련자들을 어떤 식으로든 잡아들여 조사한다고 해요. 그만큼 강경한 상황이고, 여론도 마찬가지예요."

"우리가 봤을 때 먼저 폭력을 행사해 시위대를 자극한 건 경찰 쪽인데, 뉴스에서는 이상한 말을 하고 있네요. 시위대에 대해 마치 무법천지를 일으킨 폭도로 묘사하고 있으니 말이에요."

"맞아요. 저희도 데모하는 현장에 있었지만 일부를 제외하고는 사람들이 눈에 띌 만큼 위험하지 않았거든요. 근데 그 짭새 새끼들 다 또라이들 같았어요. 눈에 뵈는 게 없이 움직이는 사람들은 전부 잡다가 두드려 팼으니까요. 우리가 보기에 다른 건 하나도 관심이 없고 오로지 시위하는 우리를 폭도로 몰고 그중에 재수 없는 사람 찍어서 주동자로 만들고 있는 거 같았어요. 그런데도 뉴스에 저렇게 헛소리가 나오고 있으니 기가 찰 노릇이네요."

제욱이 얘기하자 근형도 얘기를 이어간다. 그러자 이재준이 이들의 말을 듣고 잠시 생각에 잠기더니 얘기한다.

"저도 뉴스를 보고 그게 궁금했어요. 시위 현장에서 어떻게 하시다가 이제욱 이사가 주동자로 된 거예요?"

그러자 근형이 현장에 있었던 상황을 얘기해준다. 그 얘기를 조용히 듣던 이재준은 다시 말을 이어간다.

"모두 조심하셔야 돼요. 지원센터 분위기도 심상치 않아요. 레거시 본사에는 경찰과 정부 관계자가 수시로 왔다 갔다 한다는 얘기도 들려요. 지난번 동생분 사건과 같이 내부 임직원 단속을 강화한다는 얘기도 들리고 있어요. 더 이상 깊게 나가면 저도 제 선에서 도와드릴 수가 없어요."

"그리고 밖엔 더 이상한 소문도 많이 있어요. 시위 현장에서 짭새들의 살벌한 폭력으로 현장에서 죽은 시위대도 있었어요. 하지만 이상한 건 그 행적을 모두 알 수 없다는 거예요. 어딘가로 치워졌다는 소문도 있고요. 이 새끼들 지금 눈에 뵈는 게 없는 거 같아요."

근형이 얘기하자 이재준이 얘기를 이어간다.

"시위 도중 사망자가 나왔다고요? 사람이 죽었는데 어떻게 이렇게 조용할 수가 있죠? 그리고 보니 지난번 말씀드린 보안시스템 강화 있죠? 아무래도 이들을 통제하고 감시한다는 그들의 저의가 드러나는 것 같아요. 그리고 이것뿐만이 아니라 실제로 물리적인 통제의 일환으로 주민들 상대로 보안칩을 몸 안에 이식한다는 소문도 들리고 있어요."

"그럼 지금처럼 마냥 기다릴 수는 없어요. 시간이 흐를수록 더 위험해지니까요."

이재준의 얘기를 들은 제욱이 얘기한다. 하지만 이재준은 상황이 조용해지면 움직이자는 얘기를 한다. 제욱은 이재준의 얘기가 너무 답답하게 느껴졌다. 그런 차이가 꼼꼼한 계획에 익숙한 프로그래머 중심의 NEXT사와 동물적인 감각으로 현장을 누비던 자신과의 차이라고 생각했다. 제욱은 작심한 듯 말했다.

"그럼 차라리 저희가 알아서 할게요. NEXT사는 나름대로 방법을 찾아보세요!"

신경질적으로도 들리는 제욱의 말에 이재준도 당황한 듯 말한다.

"TV에도 얼굴이 이미 노출됐는데 지금 그렇게 움직이실 수는 없어요. 제가 작전을 조금이라도 앞당길 수 있도록 NEXT 본사와 얘기를 해볼게요."

하지만 제욱은 못마땅한 얼굴을 하고 집 밖으로 나가버린다. 뜻밖의 상황에 근형도 어색한 듯 눈치를 보다가 밖으로 따라 나간다. 현관문 앞에는 제욱이 벤치에 앉아서 정원을 바라보고 있었다.

"형님, 맥주라도 한잔 하실래요?"

"너 총이나 무기 좀 구해 봐라!"

"총도 총이지만 제 친구 박진호 아시잖습니까? 그 친구가 내일 은밀히 보자고 합니다."

숨겨진 진실

　제욱과 근형은 더 이상 이 상황을 지체할 수 없다고 판단해 움직이기로 했다. 과거 평인 지역에서 중국과 무역을 하면서 친분을 쌓고 지내던 조직 관계자를 통해 무기는 어렵지 않게 구할 수 있었다. 하지만 더 정확한 정보를 알기 전에 그들 단독으로 무엇을 하기에는 위험하다고 판단했다. 그래서 뭔가를 실행하기 전에 정보가 필요했고 박진호를 만나기로 했다.

　제욱과 근형은 이튿날 저녁 박진호가 보자고 한 대양산 중턱으로 이동했다. 시민연대 캠퍼스 남쪽으로 약 50킬로미터 이상 떨어진 그곳은 고속도로를 빠져나가 약 15분 정도 좁은 산길을 달려야 도착할 수 있었다. 건물은 개척교회와 유사하게 생긴 가건물이었고, 건물 앞쪽으로는 나무가 우거져 있어 멀리서는 잘 보이지 않았다. 그 옆으로는 마치 물류센터와 같이 트럭 도크 5개가 붙어있는 건물이 있었고, 그 앞에는 트럭 한 대도 세워져 있었다.

근형은 트럭 뒤편에 주차하고 기다렸다. 시계가 7시 정각을 알리자 도크 옆 출입문이 열리더니 낯선 인물이 나타났다.

"이근형 씨 되세요?"

나이는 30대 후반 정도의 외모에 없는 숱을 가리기 위해 머리를 길게 기른 티가 난 사나이가 근형에게 다가와 물었다. 그 사내는 어울리지 않는 금테 안경 너머로 그들을 빤히 보다가 근형이 끄덕이자 따라오라는 신호를 한다.

건물 입구 안으로 들어가자 신발을 갈아 신는 장소가 나타났지만, 사내는 그대로 오른쪽에 있는 문을 열고 들어갔다. 안에는 플라스틱 박스와 파레트 등이 어지럽게 쌓여 있었고, 내부는 오랫동안 방치된 모습이었다. 내부로 들어가자 북동쪽 대각선을 가로질러 10여 미터 앞에 조그만 문이 나타났고, 사내는 그 안으로 일행을 안내했다. 그 안에 박진호가 앉아 있었다. 박진호는 제욱을 보자 반갑게 인사했다.

"형님, 안녕하십니까? 이런 누추한 곳까지 오시라고 해서 죄송합니다."

"가까운 줄 알았는데 생각보다는 머네."

"시간이 많지 않으니 바로 본론으로 들어갈게요. 한 과장, 화면 좀 한번 띄워봐요."

박진호가 얘기하자 한 과장으로 불리는 사내가 모니터에 무엇인가를 띄운다. 화면에는 근형이 봤던 장면이 펼쳐진다. 바로 학군단 내부에서 있었던 밀폐된 지하 실험실 모습이었다.

"보세요. 레거시사가 시민연대 사람들을 납치해서 저렇게 무자비한 생체실험을 하고 있어요. 이른바 인간개조 프로젝트라고 해요. 무용계층을 개조해 쓸모 있는 인간을 만든다는 아주 교만한 프로젝트이죠."

"나도 봤어. 도대체 얼마나 오랫동안, 얼마나 많은 사람을 납치해서 저런 일을 벌이는 거야? 그래서 저 사람들을 나중에 다 어떻게 하는 거고?"

"전국 곳곳에 시민연대 캠퍼스와 같은 시설이 생길 때마다 언론과 일부 정치권이 엄청난 공격을 해왔었어요. 이런 계층이 발생하는 필연적인 원인과 해결책보다는 이를 통해 정치적인 이해만 따지려 들었죠. 특히 그 정점은 언론과 관계가 나쁘던 지난 정권이었죠. 그때 현재의 여당 세력이 언론과 합세해 근거 없는 허위사실을 계속 퍼뜨려 보도했었죠. 잘 아시죠? 결국 그런 과정으로 지난 정권이 몰락하고 현재 정권이 들어섰다는 것을 말이에요."

"그런 정치꾼들 얘기하고 그게 무슨 상관이라는 거야?"

근형이 묻자 박진호가 다시 말을 이어간다.

"결국 무용계층에 대한 지원문제는 평등과 복지라는 개념과 연관이 될 수밖에 없어요. 평등과 복지, 어디서 많이 듣던 소리 아닙니까? 바로 저들이 상대를 빨갱이로 몰아갈 때마다 쉽게 이용할 수 있는 개념이죠. 산업이 자동화되고 고도

화될수록 실업률이 높아지고 이에 따라 자연스레 발생하는 계층에 대해 그들은 해결책 없이 정치 공세만 했고, 이로 인해 전 정권은 빨갱이나 공산주의자 멍에를 받고 쫓겨나고 만 거죠."

"그런 건 나중에 얘기하자니까! 그래서 저들을 다 어떻게 하고 있는데?"

"이리 따라와 보세요."

박진호는 이렇게 말하며 사무실을 나와 2층 계단으로 올라간다. 2층에는 양쪽으로 방이 나 있었고 그중에 오른쪽 첫 번째 방에 들어간다. 그 방에는 침대가 있었고 거기에 젊은 여자 한 명이 누워 있었다. 그들이 들어가도 그녀는 별다른 의식을 못 하는 것 같았다.

"어떻게 된 거야? 왜 사람을 이렇게 가둬 놓은 거야?"

근형이 묻자 박진호가 대답한다.

"우리는 오랫동안 정부와 레거시사가 사람을 납치해서 실험한다는 사실을 알고 있었어요. 우리도 눈치채고 이를 막으려 많은 노력을 했고요. 그래서 그들을 여러 방법으로 빼돌렸어요. 하지만 그들의 의심을 피하는 것이 가장 어려웠어요. 그래서 우리가 최대한 레거시사의 이익을 위해 일하는 것처럼 했어요. 레거시사의 이익을 대변하는 프락치 같다는 소문도 일부러 내기도 했죠. 그만큼 그 누구도 믿을 수 없는 위험한 일이기 때문이죠. 만약 우리가 그들을 빼 온 것을 알았다면 정부나 레거시사 입장에서 우리를 가만히 놔두지 않을 거예요."

"그들을 어떻게 빼 온 건데?"

"그들은 약물 중독자들을 치료한다는 명목으로 사람들을 데려갔어요. 공식적으로는 말이죠."

"공식적으로?"

근형이 묻자 박진호가 다시 대답한다.

"공식적으로는 그렇지만 실제로는 이들에게 고의로 마약을 유포해 반응이 있는 사람들을 우선해서 데려갔어요."

"반응이 있다니?"

"이들이 개발한 마약은 일종의 호르몬 관리제이기도 해요. 스트레스에 관여하는 호르몬을 줄이고, 흥분과 감성에 관여하는 호르몬을 활성화시키는 거죠. 그래서 마약처럼 사람들을 기분 좋게 하고 감정을 고양시키기도 하죠. 그렇게 그들이 은밀히 유포한 약물 복용자들이 늘어나면서 시민연대 캠퍼스 내에서 마약중독 소문이 돌고, 이것이 외부에도 알려지게 된 거예요."

"그럼 이 모든 게 저들이 덫을 놓은 거 아냐? 그런 약물은 어떻게 배포한 거야?"

"브로커를 끼고 은밀하게 판매했어요. 그것도 여러 가지 의도가 있었어요. 캠퍼스 내에서도 이런 무용계층화 되는 것에 대한 회의감으로 스스로 경제적인 독립을 하려는 사람들이 있었거든요. 이 사람들이 돈을 마련한 방식이 자기들에게 지급되는 포인트를 외부 유통업체에게 소위 말하는 깡으로 할인해서 파는 것이었거든요. 제가 알아본 바에 의하면 여기에서 그런 식으로 돈을 모아 봤자 나가서 방 하나 얻는 정도예요. 하지만 정부 입장에서는 그걸 좋아하지 않은 거로 알고 있어요. 처음부터 정부정책에 반대해서 여기에 들어온 사람들이고 천성적으로 나태하다고 판단한 저들이 외부에 나오는 것을 원치 않았던 거죠."

"하지만 저들이 줄어들면 정부로서는 먹여 살려야 하는 입도 줄어드는 것 아냐?"

"그런 부분에서 레거시사의 이해와 맞아 떨어진 것도 있었어요. 정부는 굳이 저들을 외부로 내보내야 한다면 뭔가 교육 같은 것이 필요하다고 판단했고, 레거시사에서도 관련된 연구를 진행하고 있어서 실험대상자가 필요했어요. 특정 계층에 대한 유전자 분석에서부터 두뇌연구까지 말이에요. 이들에게 표면적으로는 사회화 교육을 하면서도, 특정 암시를 교육과정에 넣어 반응을 모니터링하는 동시에, 무엇이 이들을 이런 나태한 계층으로 전락하게 했는지에 대한 생리학적 연구도 지속적으로 병행해왔던 거죠."

"저 새끼들 아주 웃기는 놈들이네. 여기에 오게 된 사람들이 태생적으로 무능해서가 아니라 우리나라 정부의 경제정책이 실패해서 그런 건데 도대체 뭔 소리야?"

"정부와 레거시사는 그렇게 보지 않았어요. 그런 상황에서도 경제적 독립한 사람이 있지만, 아무리 독립할 기회가 있더라도 끝까지 여기에 머물며 정체된 사람도 있었으니까요."

"그렇다고 사람을 개조해? 교육하는 것도 아니고?"

"그들이 이런 결정을 한 이유는 교육에 대한 회의감 때문이었어요. 과학 기술이 급격하게 변화하는 시대에서 단순히 몇 개월짜리 교육받는다고 하루아침에 유용한 인간이 될 수는 없잖아요. 교육이라는 게 허울뿐이고 아무 효과도 없는 예산만 낭비하는 짓이라는 거죠. 교육 무용론을 주장하는 사람들 말이 틀린 건 아니죠. 정부에서도 그걸 모를 리 없고요."

"그래서 교육으로 안 되니까 정권을 잡은 새끼들이 저들을 전부 레거시사 실험대상으로 팔아넘겼다는 거야?"

"레거시사는 교육을 대행해주는 척하면서 뒤에서는 온갖 생체실험을 벌였고, 정부는 암묵적 승인으로 그런 실험대상자가 레거시사에 지속적으로 공급되도록 했어요."

"그런 마약성 약물도 저들이 시민들에게 판매한 거라면, 시민연대 사람들을 상대로 엄청난 장사를 한 거네. 마구잡이로 착취한 거나 다름없는 것 아냐?"

"아까 말씀드렸죠? 자립을 위해서 돈을 모은다는 사람들 말이에요. 그런 사람들에게 집요하게 다가가 마약을 판매해서 그 돈을 끝내 빼앗고 실험대상자로 공급도 하는 거죠. 그들에게 희망이라는 씨앗은 모조리 빼앗아 버린 거예요. 그리고 레거시사는 오랫동안 사람의 뇌를 연구해왔어요. 일부에서는 뇌의 신경망 지도를 완성했고, 이를 컴퓨터로 시뮬레이션할 정도도 됐다고도 하더군요. 제가 학자가 아니라 정확한 건 모르지만, 중요한 것은 저들이 뇌에 대한 어떤 메커니즘을 알아냈고 이를 통해 인간에게 어떤 자극을 주거나 화학적, 해부학적 변화로 사람을 변화시킬 수 있는 기술을 갖게 되었다는 거예요. 섬뜩한 일이죠. 이 사람도 그렇게 저들에게 희생된 사람이에요. 살아는 있지만 살아 있는지 모를 존재죠."

"시민연대 집행부가 마약 거래에 연루돼있다는 얘기는 무슨 얘기야?"

근형이 뜻밖의 얘기를 하자 박진호는 깜짝 놀라는 표정이다. 그리고 잠시 둘의 눈치를 살핀다. 그러더니 창밖을 바라보며 잠시 생각에 잠긴 듯하다가 말을 꺼내려는 사이에 박진호에게 전화가 한 통 걸려온다.

"뭐라고? 지금? 그래. 알았어."

전화를 받은 박진호는 심각한 표정을 한다. 그러던 중 밖에서 불빛이 비치면서 검은색 트럭이 앞뒤 승용차 사이로 들어오는 것이 보인다. 그러자 근형이 황급히 밖을 내다본다.

"저 차들은 뭐야? 너희 차야?"

"아니, 우리한테 들어올 차량은 없는데, 반갑지 않은 손님인 것 같아…."

밖을 내다보며 불안해하면서 박진호가 말한다.

"그럼 뭔데? 공교롭게도 네가 오라고 해서 여기 모였는데 또 다른 손님이 온다는 건 뭐냐고?"

"안 되겠어요. 우리 빨리 나가야 돼요."

그의 갑작스러운 움직임이 미심쩍어 보이는 제욱이 묻는다.

"혹시 그 마약 브로커란 것 때문에 그런 거야?"

제욱이 박진호를 보며 추궁한다.

"그렇게 간단하지는 않아요. 눈에 보이는 악당이 절대 악당이 아니에요. 이런 그림을 그린 작자들이 진정한 악마인 거죠. 형님이 생각하는 그런 것은 아니에요. 전 그 악마들 사이에서 뭔가 빈틈을 찾아보려고 노력한 것뿐이에요. 우리 이대로 노예처럼 살 수는 없잖아요."

"그게 무슨 소리야? 결국은 너희들도 겉으로는 시민들을 위하는 척하면서 뒷구녕으로는 돈벌이로 이용한 거 아냐? 그런 커밍아웃 하려고 우리를 부른 거 아니냐고?"

그러자 밖에서 최루탄이 날라와 창문이 깨진다. 깜짝 놀란 일행은 기침하며 몸을 낮춘다. 근형은 본능적으로 벽면에 있는 전등 스위치를 꺼버린다.

"형님! 엎드리세요. 빨리 여길 빠져나가야 돼요!"

"그럼 시발 저 새끼들은 대체 뭐냐고?"

근형이 창밖을 내다보자 총기로 무장한 인원들이 속속들이 건물 안으로 들어오기 시작한다. 그러자 박진호는 한 과장에게 눈빛을 보낸다. 그리고 스마트폰을 꺼내 무엇인가를 조작한다. 그 사이 2층으로 몇 명이 올라오는 소리가 들린다. 소리를 듣고 출입문 옆으로 몸을 숨긴 근형은 창문으로 복도 쪽을 내다봤다. 무장한 괴한 한두 명이 근형에게 보이자 그대로 권총을 발사해 쓰러뜨렸다. 그러자 뒤에서 자동화기가 불을 뿜어 제욱 일행이 있는 방의 출입문에 수차례 총알이 박힌다.

"형님, 여기 더 이상 버티기 어려워요. 어디로든 빠져나가야 돼요."

하지만 건물 정문 쪽에 그대로 노출된 창문으로 나가는 것은 불가능했고, 현재 총격으로 공방전이 벌어지고 있는 이 방의 출입문을 통해 나가는 것도 불가능했다. 상황을 지켜보던 제욱은 샌드위치 패널로 지어진 방의 벽을 발로 걷어차 봤다. 하지만 찌그러지기만 할 뿐 그곳을 뚫고 나간다는 것은 어려워 보였다. 그런 상황에서 박진호를 보자 그는 계속 스마트폰을 보며 무엇인가 조작하고만 있었다.

"야! 뭐라도 해봐! 이대로 다 죽을 거야?"

근형이 소리 지르지만 박진호는 엎드린 채 계속 그의 스마트폰만 만질 뿐이었다. 그럴수록 총격전으로 제욱 일행의 총탄이 소진되고 있는 것을 눈치챈 외부의 무장괴한들이 2층으로 올라와 에워싸는 소리가 들린다. 얼마 후, 방 내부로 연막탄이 떨어진다. 수류탄인 줄 알고 깜짝 놀라 동요하는 사이 복도 쪽에서 갑자기 둔탁한 움직임과 함께 자동소총 소리가 나기 시작한다. 간결한 몇 발의 총소리가 그대로 무장괴한들에게 꽂혀 쓰러지고 있는 것이 느껴진다. 무장괴한들도 대응 사격을 하지만 역부족으로 반대쪽 복도 끝으로 뒷걸음질 치며 후퇴하는 것이 느껴진다.

"지금 빨리 나가야 돼요!"

박진호가 문을 열며 제욱 일행들에게 소리 지른다. 밖에 나가서 떨어진 괴한들의 자동소총을 집어 든 박진호는 복도를 지나 계단 쪽으로 다가가 3층으로 걸어 올라간다. 근형과 제욱도 박진호를 따라 복도에 쓰러진 괴한들의 총기를 집어 드는 사이에 복도에서 벌어지고 있는 광경을 보고 놀라고 만다. 다리가 두 개 달린 직립보행 기계가 몸통에 장착된 소총으로 상대 무장괴한들을 무자비하게 쓰러뜨리고 있었기 때문이다. 그러자 한 과장이 이럴 시간이 없다며 재촉한다. 그런 상황에서 기계의 뒤쪽에서 기계를 제압하려고 올라탄 사람을 양옆에 나 있는 갈고리와 같은 손으로 가차 없이 찌르고 쓰러뜨리고 있는 모습이 보인다.

"뭐야, 시발⋯."

그런 광경에 놀란 제욱의 모습을 본 박진호가 소리 지른다.

"빨리 움직이셔야 합니다. 지금 지체하다가는 다 죽…."

그 순간 총알이 날아와 박진호의 가슴 쪽에 박힌다. 제욱이 그때를 놓치지 않고 1층 계단에서 올라오는 무장괴한에게 총을 발사해 쓰러뜨린다. 그리고 쓰러져 있던 대원의 가슴팍에 매달린 수류탄을 빼서 1층 계단 쪽으로 던진다. 커다란 폭발음이 들리면서 파편과 피투성이 살점이 1층 계단 벽에 흩뿌려진다. 근형은 총을 내려놓고 쓰러진 그의 친구 박진호에게 다가간다.

"괜찮아?"

하지만 박진호는 가슴에 총을 맞아 피를 연신 흘리며 근형에게 애처롭게 얘기한다.

"너… 이거 하나만 알아둬. 절대… 저들이 어떤 놈들인지 분명히 알아야 돼. 없는 것도 사실로 만드는 놈들이야…."

"그게 무슨 소리야? 정신 차려!"

근형이 그의 가슴 쪽을 바라보자 피가 이미 흥건하게 흐르기 시작한다. 또 1층 계단 쪽에서는 연신 이쪽을 향해 총소리가 나고 있고, 2층에서는 기계가 쏘아대는 간헐적인 총소리와 비명이 지속되고 있다.

"내 핸드폰을 갖고 가… 그리고 내 핸드폰 연락처에 있는 한예은에게 연락해서 자세한 것을 물어봐…."

그는 말을 잊지 못하고 그대로 쓰러져 숨을 거두고 만다.

"야! 왜 이래? 정신 차려!"

근형이 흔들어 깨우지만 박진호의 몸은 피로 물들어 가고 있었다. 그러자 그의 동료인 한 과장이 근형을 일으키며 재촉한다.

"빨리 올라가셔야 돼요."

제욱도 1층 계단 쪽 움직임과 기계와 대치 중인 2층 복도의 상황을 빠르게 살펴본다. 그러다가 바닥에 쓰러져 있는 무장괴한의 헬멧과 마스크를 벗긴다. 맨얼굴이 드러나 제욱의 눈에 비친 사내는 눈에 익은 남자였다.

제욱은 근형에게 휘파람을 불어 3층으로 올라가자는 신호를 한다. 근형은 눈을 뜨고 죽은 박진호를 한동안 안타깝게 쳐다보다가 그의 눈을 감기고 몸을 반듯이 눕힌다. 그러자 1층을 향해 산발적인 총을 발사하며 근형의 곁에 다가온 제욱이 그의 어깨를 한 번 두드리고는 잡아 이끈다.

3층을 지나 옥상으로 올라가자 대형 에어컨 실외기가 어지럽게 펼쳐져 있었다. 그들은 재빨리 옥상 문을 잠그고는 건물 입구 반대쪽으로 향한다. 실외기가 드문드문 놓여 있고 이미 어두워진 저녁이라 옥상에 올라오더라도 이들의 움직임이 눈에 잘 띄지 않았다. 이들은 재빨리 옥상 끝으로 움직였다.

그때 옥상 문이 거대한 폭발음을 내며 부서진다. 그리고 이내 한 과장의 가슴에 총알이 한 발 날아와 박힌다. 깜짝 놀란 제욱이 그를 부축하려 했지만, 치명상을 입은 그를 살려서 데리고 가는 것이 불가능하다고 판단한다. 그러자 한 과장은 제욱에게 얘기한다.

"한예은 대표는 온천지역에 가서 찾으세요… 수선화라는…."

한 과장은 말을 잊지 못하고 그대로 숨을 거둔다.

뒤에서 날아오는 괴한들의 총알이 거세지자 제욱과 근형은 더 이상 지체하지 못하고 총탄을 피해서 북쪽 건물 경계 근처로 필사적으로 달려간다. 그리고 건물 벽에 있는 파이프를 잡고 내려간 뒤 2층 정도 부근에서 건물 옆에 있는 담으로 뛰어오른다. 그대로 담을 잡고 건물 밖으로 내리고는 달리기 시작했다.

건물 옆 약 500미터 부근에 있는 4차선 도로 쪽으로 달리기 시작한 그들의 뒤로 멀어지고 있는 건물이 보이고, 그 안에서는 계속되는 총소리만이 울려 퍼지고 있었다.

낡은 진실

　건물을 가까스로 탈출한 그들은 박진호의 말처럼 실험대 상자들을 빨리 구출하는 것이 중요하다고 생각했다. 더 세부적인 정보를 알기 위해서 박진호가 알려준 한예은과 통화를 시도했으나 계속 연락이 되지 않았다. 하지만 지난번 제욱이 들어간 이후로 단둘이 그 시설에 들어가는 것은 무리라고 판단이 되었다. 그래서 근형은 NEXT사의 상황이 여의치 않다면 우선 다른 곳에서 전열을 가다듬고 이후에 전력과 인원을 보강해서 진행하는 것이 어떠냐고 얘기했다. 하지만 제욱의 의지를 꺾을 수는 없었다.

　"우리가 무기랑 사람을 모아 무엇인가 준비한다는 소문이라도 난다 생각해봐라. GW에서 우리를 가만두겠냐? 이미 레거시 똘마니가 된 상황에서 무슨 짓이라도 하려고 눈에 불을 켜고 있을 거야. 아마 우리가 조직을 위해 뭐라도 꾸미는 거로 알 걸?"

　"그렇다고 우리 둘이 쟤네를 상대로 뭘 할 수나 있겠습니까?"

걱정스러운 근형을 잘 알겠다는 듯이 제욱은 그의 어깨에 손을 대고 가만히 쳐다보다가 얘기한다.

"우선 먼저 가서 상황이 어떤지 확인해야겠어."

제욱은 그러면서 말을 이어간다.

"네가 걱정하는 것 잘 알아. 하지만 그동안 모르던 뭔가를 알고 있는데도, 머뭇거리다 평생 후회만 하고 싶지는 않다. 사실 그게 제일 두렵기도 하고."

제욱이 진지하게 얘기하자 근형의 눈빛도 흔들린다. 근형도 제욱이 더 이상 과거의 그가 아니란 걸 안다.

"특히 너와 내 주변에 있는 사람들이 계속해서 죽어 나갔어. 그런데 그렇게 죽어 나갈 수도 있다는 걸 예측이나 생각조차 못 했지. 병신같이 산 것 같아서 그게 너무 화가 나. 아니, 화가 난다기보다 쪽팔려. 우리 쪽팔리게 살 수는 없는 거잖아. 난 이제까지 살아오면서 그동안 가치 있다고 생각한 것에 대한 애착은 없어졌어. 하지만 다른 결말이 오기 전에 뭔가를 해야 한다는 건 알게 된 것 같아. 그걸 몰랐던 내 무지가 내 동생도 죽인 거니까. 내가 이제라도 뭔가 하는 게 그 빚을 갚는 것이기도 하고."

제욱의 뜻밖의 말들에 근형은 그를 쳐다보던 눈빛이 낮아진다. 그가 평상시에 하지 않던 얘기를 들었기 때문이다. 그의 말이 무엇인가 암시하는 말처럼 들렸다. 또 그와 오랫동안 함께 한 동생이자 동반자로서 그 표정만으로도 이미 그의 생각을 다 알게 되었다.

그들은 그 수상한 실험실이 있던 건물을 사전에 가서 정보를 파악해 보기로 했다. 낮에 건물 근처에 가본 바로는 별다른 특이점은 발견되지 않고 있었다. 제욱은 이것도 일종의 위장이라고 판단했다. 지난번 자신이 벌인 소동으로 레거시사 내부적으로는 큰 이슈가 됐을 텐데 별다른 특이점이 없다는 것이 더 이상했기 때문이다.

그들이 현재 머무르고 있는 숙소에서 그곳까지는 도보로 10분도 채 안 되는 거리지만, 워낙 인적이 드문 곳이라서 사람들 눈에 쉽게 띄는 단점이 있다. 따라서 도로보다는 우회해서 갈 수 있는 낮은 산을 넘어가기로 했다. 사실 산이라고는 하지만 캠퍼스 내에 있는 해발 50미터도 안되는 작은 언덕이라 우회해서 가는 것도 시간이 오래 걸리지 않았다. 약 30분 만에 도착했을 때 그곳은 외관상 아무 일도 없는 것처럼 고요하게 보였다.

'요즘 회사에서도 이곳에 대한 이상한 소문이 있어요. 하지만 그런 소문만 있을 뿐 그 실체가 정확하게 뭔지는 모르고 있어요. 저희가 추측하기로는 아직 거기에 사람이 있다는 보장도 없어요. 만약 있더라도 뭔가 보안 프로토콜이 작동된다는 얘기도 있으니 조심하실 필요가 있어요.'

이곳으로 출발하기 전에 이재준이 그곳을 통과할 수 있는 보안카드를 건네주며 했던 말이다. NEXT사와 이재준은 여전히 이제욱 일행이 거기에 침투하는 것에 부정적이다. 더 정보를 확보해 피해자들 규모와 구체적인 구출작전을 정했을 때 움직이는 것이 정확하기 때문이다. 하지만 제욱의 주장과 같이 사람들이 죽어가는데 마냥 컴퓨터 앞에서 발만 동동 구를 수도 없었다. 서로 스타일이 달랐고, 어디든 가능성 있는 곳은 아날로그적으로 움직여야 한다고 본능적으로 생각했다.

레거시사 일부에서는 일종의 통제가 들어간다는 추측도 있었다. 따라서 거기를 들어갈 때 ID카드 태그보다는 다른 방법이 나을 거라는 충고를 들었다. 입장이 가능한 ID를 구해서 주긴 했으나, 함정이 있을 수 있기 때문이다. 거기 출입하는 다른 사람이 있을 때 차라리 그 사람 카드를 어떻게든 빼앗아서 잠입하는 게 덜 위험할 거라는 충고도 했다. 그래서 그들은 일단 기다려 보기로 했다.

그렇게 한 두 시간이나 지났을까? 그때까지 그 건물 앞 50여 미터 앞에 나 있는 자동차 도로를 지나는 차량은 있었어도 그 건물로 들어오는 사람은 한 명도 없었다. 마치 폐쇄된 건물처럼 보였다. 둘은 더 이상 지체가 무의미하다고 판단해 내부로 잠입하기로 했다. ID카드를 태그하고 들어가자 지난번과 마찬가지로 문이 스르르 열렸다. 조심스럽게 들어간 내부는 불이 꺼져 있어 어두컴컴했으며 인적이라고는 없었고 차가운 공기와 오래된 건물에서 나오는 냄새 같은 것이 느껴질 뿐이었다. 그들은 1층 현관에서 잠시 건물 전체를 둘러보다가 이내 어두운 기운이 감도는 지하로 조심스럽게 내려갔다.

낡은 문을 열고 안으로 좁은 복도를 지나 경비가 있던 입구에서 내부를 살짝 들여다봤다. 하지만 내부는 지난번과 다소 달라 있었다. 불이 꺼져 있었고, 좁은 현관을 지날 때 나오던 위생시설도 작동하지 않고 있었다. 문 앞에 앉아있던 경비도 보이지 않았으며 좌우로 많은 사람을 수용하고 있던 밀폐실도 달라져 있었다. 천천히 출입문 옆에 있는 센서에 태그를 하고 안으로 들어가자 지난번과 달리 불도 켜지지 않은 컴컴한 내부가 나타났다. 너무 어두워 손전등으로 내부를 밝히는 스위치를 근형이 간신히 찾아서 켰다. 하지만 전기가 차단된 것인지 불은 들어오지 않았다. 그와 별도로 제욱은 천천히 지난번 그가 들어갔던 오른쪽 문을 열고 많은 사람이 누워있던 밀폐실 공간으로 들어갔다. 손전등으로 비친 내부는 어수선한 분위기였다. 내부에 있던 집기와 시설 등은 치워져 있었고 바닥엔 버려진 듯한 기구 등이 어지럽게 널려 있어서 발끝에 걸리면서 소리를 냈다.

그때 제욱은 지난번 들어왔을 때 본 CCTV가 생각이 났다. 제욱은 그 사무실로 들어가 출입문 반대편에 기계실로 보이는 작은 창고형 공간에서 IT 및 전기 장비를 발견하고 스위치를 켰다. 그제야 전체 시설에 전기가 들어왔다. 불이 들어오자 안도한 제욱은 이리저리 살피다가 기계실 컴퓨터 서버에 CCTV 녹화장치가 있는 것을 발견한다. 혹시나 저장된 화면이 있을까 하는 마음에 숨죽이며 모니터 화면을 켜는 순간 갑자기 출입문이 닫히는 소리가 들렸다. 제욱은 자신이 무엇인가 잘못 누른 게 아닌가 생각하는 사이, 밖을 살피고 있던 근형도 상황을 알리러 사무실로 뛰어 들어왔다.

"형님, 출입문이 갑자기 닫히고 있습니다."

제욱은 무슨 일인가 싶어 다시 기계실 장비 등을 정신없이 살펴보기 시작했다. 그리고 아까 켰던 스위치를 다시 껐다 켜기를 반복했지만 여전히 상황은 나아지지 않았다. 그렇게 제욱과 근형이 닫힌 문을 열기 위해 정신없는 사이 갑자기 큰 폭발음이 들려왔다. 깜짝 놀란 둘은 총을 들고 몸을 낮춰 사무실 창문 바로 아래로 달려가서 몸을 숨겼다. 그리고 서로의 눈을 바라보며 이런 상황으로 이제 자신들의 운명이 한 치 앞도 내다볼 수 없게 된 것에 대해 위로했다.

그렇게 둘은 고개를 서서히 들어 밖을 향해 총을 겨누었다. 그때 익숙한 얼굴이 총을 들고 서서히 내부로 들어오는 모습이 보였다. 이재준인 것을 확인한 둘은 그제야 안도의 한숨을 쉬고 그를 반갑게 맞이한다. 이재준의 곁에는 NEXT 사의 이영민도 같이 들어와서 그들을 더 반갑게 했다.

"어떻게 된 일이죠?"

놀랍지만 반가운 얼굴을 하며 제욱이 말했다. 그러자 이영민이 대답한다.

"저도 상황을 보러 왔어요. 이재준 씨에게 미리 얘기 못했던 것은 우리와 통신하던 시스템이 최근 작동되지 않아서 이상하다 생각했고, 직접 연락하기가 조심스러웠어요. 우리가 파악한 바로는, 여기 상황이 더 안 좋아졌어요. 지금 같은 분위기로는 여기에 폭탄을 떨어뜨려서 없애 버린다 해도 아무도 뭐라 할 사람들이 없어요. 그만큼 여론이 이상한 쪽으로 흘러가고 있어요. 지금 같은 시대에도 여전히 저들의 흑색선전이 먹힌다니 웃기는 일이죠. 그나저나 이럴 시간 없으니 빨리 움직이시죠."

이영민의 얘기에 제욱이 대답한다.

"다행히 제때 잘 와주셨네요. 저희가 여기 기계시설을 만지다가 잘못해서 문이 닫혔는데 마침 오셔서 열어주셨거든요."

"그건 이사님이 잘못한 게 아닐 거예요. 이곳 전체 시설에 대한 폐쇄명령이 떨어졌어요. 시민연대 캠퍼스 전체를 봉쇄하라는 조치가 대통령령으로 발령되어 오늘 밤 11시에 물리적인 통제가 실제 실행된 것이에요. 앞으로 이곳에 대한 상황이 어떻게 전개될는지 아무도 몰라요."

"봉쇄라니요? 여기 있는 사람들이 뭘 잘못했다고요?"

"세금과 같은 부정적인 여론과 최근의 시위가 그런 분위기에 기름을 부었어요. 자유 민주주의를 전복하는 폭도라 불리게 되면서 이미 여론은 이들에 대한 모든 지원책을 끊어야 한다는 주장이 폭넓게 퍼져 나가고 있어요. 특히 코스모스모터스에 8개월 일했다는 이유로 이곳에 영구 거주할 자격을 받은 모 인터넷 BJ의 영상이 퍼져 나가면서 이곳에 대한 무차별적인 비난이 난무하고 있어요."

근형이 물어보자 이영민이 대답한다.

"자, 우리 여기서 이럴 때가 아닙니다. 빨리 나가야 합니다."

이영민이 얘기하자, 이재준이 서두르며 발길을 재촉한다.

그들은 천천히 밖으로 나가 숙소로 돌아가서 다음 일정을 협의하기로 했다. 캠퍼스 안은 음산하리만큼 고요했다. 아무런 소리도 들리지 않았다. 이 시간쯤 캠퍼스는 많은 사람이 걷고 잔디밭에 앉아서 대화 나누고 있어야 할 텐데 아무도 보이지 않았다.

"어떻게 한순간에 이렇게 사람들이 아무도 없죠? 정말 모두 강제로 숙소에 들어가게 한 거예요?"

근형이 묻자 이재준이 대답한다.

"시민연대 대표가 부재인 상황에서 집행부 자체도 현재 와해되었어요. 그래서 현재는 정부와 레거시사가 통제하고 있고요. 혼란한 틈을 타서 돌발 상황이 일어나지 않도록 당분간 저들이 관리한다지만, 실제로는 앞으로의 영구적 통제라는 소문이 있어요. 그래서 시민연대 주민들도 상당히 긴장해 있고요. 어제저녁에도 9시 이후에 통행금지령이 내려졌고 실제로 이를 어기고 돌아다닌 사람들이 경찰에 연행됐다고 해요."

말하는 사이에 그들은 이재준의 숙소에 도착했다. 밖을 살피며 문을 걸어 잠그고 있을 때 무엇인가 불빛이 반짝이는 것이 보인다. 이재준과 이영민이 놀라서 불빛이 비치고 있는 부엌 쪽으로 천천히 걸어간다. 이영민이 총을 겨누고 이재준에게 조심히 가볼 것을 눈치 준다. 이재준이 조심스럽게 부엌에 도착하자 가정용 관리로봇이 멈춰 서서 불을 깜빡이고 있었다.

"고장 난 거예요?"

이영민이 겨누던 총을 내려놓으며 안도하듯 말한다.

"글쎄요. 한번 살펴봐야겠습니다."

이렇게 말하며 이재준이 로봇 이곳저곳을 살펴보자 깜빡이던 로봇의 불빛이 멈추더니 상단에 있는 렌즈를 이리저리 움직인다. 마치 자신을 보던 이재준을 스캔하는 것처럼 하는 행동이었다.

"왜 그래요? 고장 났으면 스위치를 꺼버리죠?"

이영민이 대수롭지 않다는 듯이 말하며 이재준을 옆으로 밀치고 살펴보며 전원을 끄려 한다. 그러자 또다시 카메라 렌즈가 이영민의 얼굴을 스캔하듯 빠르게 이리저리 움직인다. 로봇의 이상 행동에 기분이 나빠진 이영민은 스위치를 찾던 행동을 멈추고 발로 로봇을 걷어차려고 한다. 그때 갑자기 변신하듯 로봇의 몸통 밑에서 난데없이 구부러진 다리가 나와 옆으로 피한다. 마치 지각을 가진 생명체가 하는 행동을 보는 듯했다.

그리고 로봇의 양쪽 어깨 부근에서 집게가 달린 철제 선이 나와 옆에 있던 이재준의 양발을 꽁꽁 묶는다. 당황한 이재준이 떼어버리려고 발버둥 친다. 옆에서 이 광경을 지켜보던 제욱이 옆에서 스위치를 꺼버리라고 근형에게 소리 지른다. 그때 기계에서 쿵 하는 소리와 함께 전기가 흐르더니 이재준을 그대로 감전시킨다. 이재준은 몸을 한번 퍼덕거릴 뿐 그대로 쓰러져 버리고 만다. 뜻밖의 상황에 놀란 제욱 일행은 일제히 로봇에게 총을 겨눈다.

"사격은 안 돼요! 제압해야 돼요."

총을 겨눈 일행들에게 소리 지르자, 이영민의 말을 이해했다는 듯이 모두 총을 거두고 서서히 다가간다. 그러자 로봇은 마치 위협을 알게 된 듯, 렌즈가 이들의 움직임을 감지한다. 안테나로 보이는 것이 몸통에서 돌출되면서 다가오는 적을 경계한다. 이영민과 제욱이 정면으로 다시 다가가고 그 틈을 타서 근형이 로봇의 오른쪽으로 서서히 접근한다. 그러자 양쪽을 살피던 로봇의 몸에 붙어있는 팔이 갑자기 움직인다. 바로 옆에 떨어진 이재준의 총을 집어 들려 한 것이다.

깜짝 놀란 이영민이 로봇을 향해 달려가면서 총을 뺏으려 했지만, 이내 총알이 발사되어 이영민의 허벅지 부근에 박힌다. 그러자 오른쪽에서 돌진하던 근형도 달려들어 로봇의 총을 빼앗는다. 그러자 로봇도 이때를 놓치지 않고 다시 근형의 양쪽 다리를 전기 철사 핀에 연결해 감전시키려 한다. 뜻밖의 상황에 놀란 제욱은 근형을 발로 차서 떨어뜨리고, 그대로 자동소총을 난사하기 시작한다. 이를 눈치챈 로봇은 전기 철사 핀을 세우고 양쪽 팔을 들어 올린다. 주변의 무엇인가를 잡으려 한 것이다.

하지만 제욱의 연이은 총격에 점차 구멍이 뚫리며 잠잠해진다. 로봇의 동작이 잠잠해지더니 마치 네다리를 가진 짐승의 다리가 힘이 풀린 것처럼 풀썩 주저앉는다. 그러자 제욱이 달려와 몸통을 발로 여러 번 걷어차 껍데기를 벗기려 한다. 하지만 두꺼운 몸통에 해당되는 사각형의 외피는 쉽게 떨어지지 않는다.

그 사이 근형은 쓰러진 이재준에게 다가가 맥박과 숨을 살핀다. 이미 죽은 것을 확인한 그는 흥분한 제욱에게 신호를 보낸다. 쓰러져 있는 이영민을 살펴보니 오른쪽 허벅지 근육 관통상을 입었을 뿐 생명에 지장은 없어 보였다. 다만 피에 흠뻑 젖은 앙상한 허벅지가 그대로 드러나서 출혈 부위를 흰 수건으로 막은 채 괴로워하고 있었다. 이영민은 근형이 다가오자 괜찮다는 표정을 짓는다. 근형은 마치 익숙한 상황인 것처럼 상처를 한번 살피고는 응급약품을 찾는다. 갑작스러운 상황에 벌어진 일로 한 명이 죽고 한 명은 관통상을 입어 다치게 된 것에 대해 제욱은 크게 분노했다.

"내가 시발 이래서 이따위 기계 갖다 버리라고 한 거잖아!"

화가 난 제욱은 일부러 근형에게 화풀이하듯 말하며, 개머리판이 무거운 근형의 총을 빼앗아 쓰러져 있는 로봇을 향해 그대로 내려치기 시작한다. 한번 내려치기 시작한 제욱은 화가 멈추지 않아 쉴새 없이 두들겨 팬다. 그의 성격을 잘 아는 근형이 제욱을 가까스로 말린다. 그제야 멈춘 제욱이 근형을 보더니 다시 소리 지른다.

"내가 시발 저거 갖다 버리라고 한 거 모르냐고!"

자신들의 숙소에 있던 똑같은 로봇이 여기에도 있는 것을 보고 화가 난 제욱은 그 사실을 알고도 모르는 것처럼 얘기한다.

"그만하세요. 이제 부서진 것 같아요."

"이젠 이런 개시발놈의 기계덩어리까지 덤비고 지랄이야?"

"소문에 의하면 레거시사에서 시민연대 통제 목적으로 낮은 가격에 판매한 것 같은데, 결국 이런 짓을 벌이려는 속셈이었나 보네요!"

이영민이 상처에 고통스러워 하며 얘기한다.

"근형이 너 시발, 이거 살 때 할인해준다고 좋아하더니만…. 가만있어봐. 근데 이거 시민연대 전체에서 이런 일이 벌어지고 있는 것 아냐? 그래서 캠퍼스 내에 사람이 하나도 안 보이는 거고?"

흥분하던 제욱이 이영민의 얼굴을 보며 얘기한다. 근형도 그제야 이 기계가 어떤 목적이 있는지 실감하게 된다.

"우리에 관한 정보가 이 기계에 수신되어서 공격했을 수도 있어요. 여기 빨리 벗어나야 돼요. 이 기계가 어떤 목적성을 갖고 만들어졌다면 오늘 이 상황도 어딘가로 실시간 전달됐을 거예요. 총소리까지 들렸으니 더더욱 위험해요."

이영민이 서두르자며 모두를 재촉한다. 그들은 집 안에 있던 총기류를 챙겨 들고 어두운 밤을 향해 나간다.

또 다른 그녀

그들은 어두운 밤을 뚫고 나와 변두리 시골의 산 밑에서 밤을 지새웠다. 시민연대 캠퍼스를 벗어난 이후로 한예은이라는 사람에게 계속 통화를 시도했지만 연결이 되지 않았다. 아마도 박진호의 죽음 이후로 잔뜩 경계하는 듯했다. 직접 만나기 위해 출발하기로 했다. NEXT 측에서도 한예은이라는 사람의 정보는 알려진 게 없었다. 그래서 그들은 무작정 온천지역에 있는 '수선화'라는 곳을 찾아 나섰다. 1톤짜리 트럭으로 바꿔 탄 그들은 오후가 돼서야 움직였다.

"너 근데 요즘 GW 새끼들 뭐 하고 다니는지 들어봤어?"

"그 이후는 저도 잘 모릅니다. 형님하고 늘 같이 다녔지 않습니까."

"지난번 박진호 죽던 날 우리 공격했던 놈들 가운데 한 명이 김영진이 똘마니였어. 나머지 뒤진 놈들 마스크를 다 벗겨볼 시간은 없었지만 그런 일 할 놈들 뻔하지 않겠어?"

"김영진 똘마니들이요?"

"지난번 노민서 씨 살인사건 있을 때 우리 보고 당황한 것으로 봐서는 그 일도 그 새끼들이 벌인 것 같아. 그 새끼 평소에도 그런 얘기 지껄이고 다녔으니, 뭐 그리 놀랄 일도 아니지. 갈아 마셔도 부족할 새끼야!"

제욱은 노민서를 생각하자 다시 분노가 치밀어 오른다. 한편으로는 다시 그녀가 그리워졌다. 그녀를 지켜내지 못한 것이 자신의 탓이라는 자괴감도 밀려왔다. 그는 걱정스러운 얼굴로 창밖을 내다봤다. 근형도 마치 제욱의 그런 마음을 아는듯한 표정으로 계속 운전해 들어갔다. 차는 이제 스산한 바람이 불 것 같은 온천 유흥업소 밀집지역으로 들어서고 있다. 제욱은 최근의 이런 일들을 안 겪었으면, 김영진 대신 자신이 그 자리에 있었을 거로 생각하니 섬뜩함이 몰려왔다. 그러다가 뒷좌석에 타고 있는 이영민의 상처가 생각나 묻는다.

"상처 부위는 좀 어때요?"

"근형 씨가 잘 치료해줘서 견딜 만합니다. 상처도 잘 아물고 있는 것 같고요."

이영민은 그렇게 얘기하긴 했지만 지친 표정이 역력했다.

"큰 상처가 아니라 다행이네요."

제욱도 그렇게 얘기했지만 시간이 지체될수록 위험하다는 생각이 들었다.

"근형이 넌 수선화인지, 봉선화인지 찾을 수 있겠나?"

술집 이름이 촌스럽다고 생각하며 제욱이 묻는다.

"저 예전에 이쪽 가끔 와서 잘 알아요. 이 지역 뻔해서 어딘지는 대충 알 수 있을 거 같아요."

근형은 녹이 슬어 파란색 페인트가 군데군데 벗겨진 오래된 트럭을 운전하며 주변을 계속 살폈다. 그러다가 큰길에서 좌회전하고 들어와 약 100미터 정도 지나 우회전하자 비슷한 유흥주점들이 양쪽으로 펼쳐져 있었다. 그 길의 끝부분으로 들어가자 오른쪽에 '수선화'라는 간판을 가진 유흥주점이 나타났다. 그들은 서둘러 트럭을 주차하고, 지하 1층에 있는 유흥주점 입구에 가서 문을 두드렸다. 그러자 안에서는 굵은 목소리를 가진 남자 목소리가 들린다.

"아직 영업 안 합니다."

"그게 아니고 누구를 좀 보려고 왔어요."

"여기는 사람 찾는 곳이 아니에요. 그리고 아무나 들어올 수 있는 곳도 아니고요."

"혹시 여기 한예은 씨 계세요?"

한예은이라는 말을 하자 철제문이 열리면서 덩치 큰 사내 하나가 삐딱한 시선으로 문을 살짝만 연 채로 얘기한다.

"당신들 뭐야?"

"우리 한예은 씨한테 뭘 좀 알아보려고 왔어요."

"그러니까 누구냐고? 여기가 무슨 구멍가게인 줄 알아?"

사내가 짜증 섞인 목소리로 크게 얘기하자 제욱이 근형을 밀치며 문을 밀고 들어간다. 사내가 소리를 지르며 제지하자 홀 주변에 있던 다른 사내 3~4명이 우르르 몰려온다.

"뭐야! 당신들 죽고 싶어?"

"시발, 사람 좀 잠깐 만나자는데 뭐 이리 쪼잔해? 우리도 노닥거릴 시간 없으니까, 한예은 씨 있는지만 빨리 알려줘요. 그럼 바로 꺼져 줄 테니까."

"당신들 대체 뭐야? 한예은이 당신 친구야? 야! 뭐해! 이 새끼들 다 내보내!"

이런 소동으로 점점 시끄러울 무렵 출입문 입구로 여자 한 명이 들어온다. 한예은이었다. 그러자 그녀를 본 덩치 큰 사내들이 일제히 행동을 멈추고 인사한다.

"왜 이렇게 시끄러워? 중학교 쉬는 시간이야?"

한예은이 소리 지르며 한 남자와 함께 들어온다. 그 모습을 본 제욱이 사내들을 밀치며 그녀에게 다가가자, 경호원처럼 보이는 같이 온 사내가 제욱을 강하게 제지한다. 다시 뒤에 있던 사내들이 제욱에게 우르르 다가온다.

"당신 여기 있었어? 오랜만이야, 정희연 대표!"

"이 새끼가 어디라고 여기 와서 난리야? 뒤지고 싶어?"

양복 입은 사내가 으르렁거리듯 소리 지르자, 제욱은 그 사내를 한번 노려본다. 그러다가 이내 한예은이라고 불리고 있는 정희연에게 얘기한다.

"너랑은 별로 얘기하고 싶지 않으니 주둥이 좀 다물고 있지! 난 우리 희연 씨 만나러 왔으니까. 우리 희연 씨가 한예은 대표라는 걸 미리 알았더라면 이렇게 힘들게 오지도 않았을 텐데 말이야. 몇 가지만 묻고 조용히 갈 테니 너무 타박하지 마라. 우리 모르는 사이도 아니잖아!"

제욱이 점잖게 얘기하자 생각에 잠겼던 그녀는 양복 입은 사내에게 눈짓을 보낸다. 그러자 그는 심드렁한 표정으로 제욱 일행을 비어있는 룸으로 안내한다. 제욱이 자리에 앉자 양복 입은 사내가 얘기한다.

"오늘 아가씨들은 아직 출근 안 해서 못 불러주고, 밴드는 불러주고 싶어도 당신들 꼬락서니를 보니 돈 한 푼 없을 것 같아 못 부를 거 같은데 어쩌나? 냉수라도 한잔 드릴까?"

사내가 비꼬듯이 얘기할 때 한예은이 들어온다. 그리고 상처 입은 이영민을 치료해줄 것과 이 방으로 마실 것을 갖다 달라고 한다. 그제야 사내는 제욱을 노려보다가 밖으로 나간다.

"우리가 이렇게 마주 앉아 얘기할 날이 올 거라고는 상상도 못 했는데, 안 그래요? 예전엔 온 세상이 다 자기 것처럼 굴던 분이 오늘은 거지꼴을 하고 구걸이라도 하러 온 것처럼 보이시네요. 요즘 유명해지셨더라고요? 뭐 빚 받으러 온 것 같지는 않고. 무슨 일이에요?"

"뭐, 서로 옛날 얘기하기엔 불편한 것 많으니 간단하게 물어볼게요. 저도 수다나 떨려고 날 찾으려 눈이 시뻘게진 놈들 뚫고 여기 온 건 아니니까요. 박진호 씨 아시죠?"

"당신들이 죽였다고 소문난 박진호 씨 말이에요?"

그녀의 얘기에 말을 이어가려던 제욱의 얼굴도 변한다. 하지만 이내 얼굴에 억지로 미소를 띠면서 대화를 이어간다.

"뭐 어떻게 생각하든 상관없어요. 나도 이 상황에 대해 뭐라도 듣고 싶어서 찾아온 거니까요."

"진호 씨한테 당신들 소식은 들었어요. 하지만 저한테 당신들은 여전히 살인자예요. 그건 부정할 수 없는 사실이니까요. 내가 왜 당신 같은 살인자한테 여기 앉아서 이런 말 같지도 않은 소리를 듣고 있어야 하죠? 진호 씨와 친했으니 나와도 당연히 친해질 수 있다고 착각했나요? 아직도 당신 젊었을 때처럼 마음에 안 드는 상대한테 몰래 가서 손 자르고 눈알이나 파내면 겁먹는 시대인 줄 아세요?"

그녀의 눈은 오래된 앙금과 분노로 불타오르는 듯했다. 하지만 제욱에게는 감정을 억누르며 냉정하고 분명한 목소리로 말한다. 분노에 차서 과거의 일로 돌이킬 수 없는 상대에게 최대한 예의를 갖춰서 하는 마지막 얘기일 수도 있다. 하지만 제욱은 그녀의 대답을 예상이라도 하듯 다시 침착하게 말한다.

"정 대표가 그렇게 생각하는 것도 어떻게 보면 그렇게 행동했던 나를 지켜보고 판단했으니 잘못됐다고는 못하겠네요. 하지만 그런 선입견이 때로는 상대를 진실과 상관없이 무자비한 살인자로 만들 수도 있다는 것만 알아둬요. 또 그때를 생각하면 우리 모두 각자의 위치에서 최선을 다했을 뿐이에요. 세월이 흘렀고 우리도 조금씩 바뀌긴 했지만, 우리 몸속에 남아있는 것까지 모두 뱉어내고 토해서 통째로 바뀌긴 힘든 거니까요. 사실 나도 그렇게 바뀌긴 쉽지 않지만, 바뀌려 노력하고 있으니까요."

"그래서 그렇게 바뀌기 어렵다는 분이 무엇 때문에 바뀌었다는 거죠? 저한테 무슨 할 말이 그렇게 있어서요?"

"진실이에요. 진실 때문에 찾아왔어요."

정희연이 생각하는 제욱이라는 인간의 입에서 어울리지 않는 뜻밖의 단어가 나오자, 그녀는 잠시 말의 진의를 따져보려는 듯 제욱의 얼굴을 가만히 살펴본다. 제욱은 다시 말을 이어간다.

"저도 정희연 대표라는 것을 모르고 왔지만, 만약 알았더라도 조금이나마 대표님을 아는 이상 내가 아는 진실을 알려주기 위해 오늘과 같이 찾아왔을 거예요."

제욱의 말에 정 대표는 담배를 꺼내어 문다. 그리고 때마침 들어온 위스키를 스트레이트 잔에 부어 단숨에 마시며 말한다.

"그동안 무슨 일을 겪어서 과거 자신의 악행도 여기서 고해성사로 퉁 치고 넘어가려는지 몰라도, 전 그런 성인군자 같은 사람 아니에요. 속이 아주 좁은 사람이에요. 그리고 당신보다 더 악랄할 수도 있어요."

하지만 제욱은 상관없다는 듯이 직선적인 그의 성격처럼 본론을 꺼내며 얘기한다.

"진호와 같이 그 이후에 어떤 일을 했다고 들었어요. 진호는 우리에게 어떤 것을 보여줬고요. 그 친구 전화로 계속 전화했던 것도 나고요."

"그럼 당신이 그 죽고 못 사는 동생을 그렇게 죽였다는 소문은 뭐죠?"

그녀는 계속 날카롭게 쏘아붙인다.

"진호를 죽이려면 이유가 있어야 할 텐데, 전 진호를 죽일 이유가 없어요. 만약 있다면 정 대표가 한 가지라도 얘기해 줄래요?"

"전 당신이 사람을 죽일 때 이유가 필요하다는 말은 들어보지 못했죠."

제욱의 말에 그녀는 쏘아붙이듯 얘기한다.

"최소한 박진호를 죽인 놈들에게 복수는 해야 하는 것 아니에요? 그게 한때 사랑했던 사람에게 할 수 있는 기본적인 도리이기도 하고요."

"당신이 뭔데 거기서 그 얘기가 왜 나오는 거지?"

제욱이 그렇게 얘기하자 화가 난 듯 그녀가 얘기한다. 그러자 제욱은 시민연대에서 일어난 일을 그녀에게 차근차근 설명한다. 설명을 듣자 그녀의 눈빛이 흔들린다. 제욱을 계속 노려보던 그녀의 눈빛도 수그러지면서 옆에 있는 위스키를 스트레이트 잔에 따라 계속 마시기만 할 뿐이다.

"진호 씨 핸드폰을 당신이 갖고 있었던 거네요?"

그렇게 말하며 그녀가 약간 젖은 눈으로 다시 위스키병을 들자, 어느새 룸에 들어온 양복 입은 사내가 옆에서 병을 잡아 들고 그녀의 잔을 채워준다.

"한동안은 당신을 어떻게든 죽여버리려고도 했었어요. 하지만 그때마다 진호 씨가 말리더군요. 그런데 오늘은 제 발로 이렇게 찾아와서 뜻밖의 얘기를 하니 웃기네요. 그래서 뭐가 그렇게 알고 싶은 건데요?"

그녀는 그때야 마음을 열고 얘기하기 시작한다. 박진호는 시민연대 대표로 정부와 협의했고 덕분에 시민연대 캠퍼스에 최대한의 자율권을 부여받을 수 있었다. 하지만 이런 상황을 알게 된 탓인지 시민연대 캠퍼스 내에는 크고 작은 사건들이 끊이지 않았다고 한다. 이로 인해 주민들의 우려와 불만의 목소리가 높아지게 되었으나, 자율방범 같은 집행위원회의 노력으로 질서를 찾아갔다. 하지만 애초에 이곳에 안 좋은 시선을 가진 언론이 문제였다. 그때부터 언론사별로 이곳에 대한 관련 기사를 쏟아냈다고 한다. 그럴 때마다 박진호를 중심으로 한 집행위원회가 적극적으로 해명하면서 여론을 잠재웠다. 하지만, 그 이후로 예전과 다른 일들이 벌어졌다고 한다. 마약이 은연중에 캠퍼스에 퍼지기 시작한 것이다. 처음에는 일부 동호회를 중심으로 시작되었으나 시간이 갈수록 공공연하게 거래하는 행위들이 목격되었다. 이로 인해 집행위원회는 자체 수사팀을 꾸려 이를 보다 정밀하게 조사해보기로 했다.

하지만 수사가 진행될수록 마약 사건의 배후에는 더욱 거대한 조직이 있음을 알게 되었다. 특히 이들이 마약만 단순 유통하는 것이 아니라, 중증 마약중독자들을 가려내서 외부로 빼돌리고 있음을 알게 되었다. 처음에는 인신매매 조직의 범죄이거나 시민연대 시설을 폄하하기 위해 기획된 일부 과격단체들의 조직적인 행동이라고 판단했다. 하지만 시간이 흐를수록 마약중독자를 분류해서 빼가는 방식이 상당히 정교하고 체계적이라는 것을 알게 되었다.

이들이 이 사건에 대해 파헤쳐 볼수록 상상하지 못한 것들을 알게 되었다. 사건의 배후는 다름 아닌 레거시사였던 것이다. 특히 이들이 그렇게 납치한 시민들을 정부의 묵인하에 대단위 생체실험을 한다는 걸 알고 경악하게 되었다. 박진호와 집행위원회는 이 사실을 알고 정부에 사실확인을 요구하려고도 했으나, 오히려 정부가 개입된 사건이라면 사실확인 요구 자체가 위험하다고 판단했다.

그래서 그들은 정부와 대화가 위험하다면 아예 마약 유통망으로 알려진 중앙파를 자기네 편으로 만드는 것이 낫다고 판단했다. 그런 과정에서 중앙파 보스에게는 정희연이라는 애첩이 있었고, 그녀는 카리스마와 야망이 있어서 보스인 전성열의 오른팔 역할도 하고 있다는 것을 알게 되었다. 하지만 스타일이 서로 다른 그녀는 전성열의 보수적이며 잔인한 성격과 20살이 넘는 나이 차이로 오래전부터 상당한 불화를 겪고 있었다.

이를 눈치챈 박진호는 그녀에게 은밀히 접근했고, 직접 그녀를 만나 타고난 자신의 달변으로 그녀를 설득시켰다. 박진호의 시민연대에 대한 진심 어린 애정과 비전에 감동한 정희연은 오래전부터 관계가 틀어진 그녀의 애인이자 보스인 전성열을 제거해서 조직을 정비하고 박진호를 도와주려 했다고 한다.

그때를 회상하면서 그녀는 다시 이렇게 얘기했다.

"난 그동안 아무렇게나 살아왔었어요. 어릴 적 가출해 길바닥에서 자보기도 했고, 남자를 잘못 만나 술집에서 접대부 일도 했어요. 밑바닥 일이란 일은 다 해본 거죠. 전성열이 접근했던 건 그때였어요. 전성열이 접근해서 아버지처럼 보살펴 주고 손을 내밀어 준 것에 바보처럼 무너져 버린 거죠. 지금 생각해보면 제정신이 아니었어요. 결국 다 자기 만족하려고 접근했던 건데 말이죠. 물론 그때도 그런 생각은 했었어요. 지금 당장 저 늙은 놈한테 속아 넘어가더라도 이런 지옥 같은 삶을 벗어난다면 그것도 나쁘지 않겠다고요. 특히 그 노인네와 있으면 평상시 날 그렇게 괴롭히던 새끼들이 찍소리도 못하고 날 여왕처럼 받들었으니 말이죠."

이렇게 말하며 그녀는 담배를 다시 피워 문다.

"전 그 늙은 꼬봉 만났지만 계속 주점 매니저 일은 했어요. 손님 상대를 나만큼 잘하는 애가 없으니 그 늙은이도 그걸 원했고요. 웃기지 않아요? 자기 애첩을 그런 일 시키는 것 보면 그 늙은이 죽어도 마땅한 노인네였죠. 공허한 건 사실이었어요. 그러다가 이 인간이 레거시사와 뭔가 일을 벌이더니 마약 유통을 하고 여자들을 들여오기 시작했어요. 마약은 그렇더라도 여자는 이해할 수 없었어요. 아니 21세기에 아직도 인신매매라니요? 저도 알콜중독인 아버지의 상습 구타만 없어도 가출하지 않고 남들처럼 평범하게 살았을 텐데 하는 후회가 항상 있었거든요. 그것도 단순한 인신매매가 아니었어요. 사람을 실험해서 개조하는 무슨 프로젝트의 일환으로 만든다는 것도 알게 되었어요. 놀라운 일이었죠. 전 이런 밑바닥에서 굴러다니긴 했지만 양심과 도덕이 뭔지는 알아요. 이 바닥에서 못된 짓도 많이 했지만, 다 그럴만한 대접을 받을 만한 쓰레기 같은 놈들한테 갚아준 것뿐이니까요. 하지만 레거시사가 벌이는 일에 저도 경악했어요. 죄 없는 사람들을 납치해서 실험하고 팔아넘기는 일을 아무렇지도 않게 벌이고 있었으니까 말이죠."

바로 그럴 때 박진호를 만났다고 한다. 처음 박진호를 만났을 때는 곱상하게 생긴 순진한 남자라고 생각했다고 한다.

하지만 그가 오랫동안 노동운동을 해왔고 시민연대의 비전에 대해 그 큰 눈망울로 자신 있게 얘기할 때 그에게 압도되면서도 빠져들었다고 한다.

"그는 저와는 다른 곳에 사는 사람이었어요. 제가 음지에서 버섯처럼 살았다면, 그는 햇빛을 보고 하늘을 향해 뻗어나가려 노력하는 해바라기 같은 존재였어요. 아니 그것보다 많은 사람이 자신을 편안히 밟고 가도록 자신의 몸을 내주는 잔디 같은 사람이기도 했어요. 그런 그의 모습에 반해서 사랑에 빠져버리게 되었어요."

그녀는 그렇게 박진호를 사랑하게 된 순간을 회상했다. 다시 그녀의 눈에 눈물이 맺힌다. 그런 게 창피한 듯 그녀는 스트레이트 잔에 있는 위스키를 다시 목에 털어 넣는다.

"미안해요. 저도 어쩔 수 없는 여자인가 봐요."

제욱과 근형은 잠시 조용히 그녀를 바라본다. 그렇게 그녀가 박진호를 추억하는 순간, 그들도 자신의 맘속에 남아있던 박진호를 잠시 떠올린다.

"진호 씨가 그때 제안했어요. 자기한테 믿을 만한 친구와 형님이 있다고요. 그러면서 전성열과 GW 측에 동시에 메시지를 보냈어요. 중앙파의 전성열에게는 GW가 관리 중인 국빈관나이트가 내부 갈등으로 관리 부재이니 이번 기회에 중앙파가 접수할 수 있다는 거짓 정보를 흘리고, GW 측에는 전성열이 눈이 뒤집혀 자신들의 국빈관을 접수하려 한다는 소문을 낸 거죠. 잘 아시다시피 GW에서도 평소 전성열 사장이 눈엣가시였을 거예요."

정희연이 그 얘기를 하자 제욱의 시선이 흔들린다. 근형도 그런 제욱의 눈치를 조심스레 살핀다.

"하지만 저희도 GW가 그렇게 잔인하게 나올 줄은 몰랐죠. 전성열뿐만 아니라 우리 조직 전체를 상대로 전쟁을 벌여오는 거로 생각했어요. 이 일로 진호 씨와 크게 싸웠어요. 우리 모두를 죽일 작정이냐고! 전 진호 씨가 이와 관련된 모든 일을 얘기했는데도 당신들이 욕심을 부려 우리를 통째로 집어삼킨다 생각했어요. 물론 진호 씨는 그런 게 아니니까 기다리자고만 했죠. 그때 당신에 대해 많은 것을 알게 되었죠. 타협 따위는 없는 기계 같은 잔인한 사람이라는 것을…. 그리고 아마 진호 씨에게 그 얘기도 들었을 거예요. 그만하면 저쪽도 정신 차렸을 거라고요. 진호 씨는 그 일로 서로를 말리고 수습하기 바빴죠. 그 당시만 해도 당신에게 이런 모든 일을 얘기해줄 수는 없었어요. 하지만 아이러니하게 그 사건 뒤로 제가 중앙파를 장악할 수 있게 되었어요. 전성열이 키운 조직이긴 했지만 그의 잔인한 성격에 불만을 가진 조직원들이 꽤 많았고 그들이 저를 지지해주고 따른 거죠."

그러면서 그녀는 다시 제욱의 얼굴을 천천히 바라보다가 잔을 권한다. 제욱도 정희연의 뜻밖의 얘기에 옛날 생각이 났는지 위스키를 받아 마신다.

"그때부터 제가 직접 조직을 장악해서 레거시사의 더러운 일들을 도맡아 처리했어요. 그들 의도대로 마약도 유통시키고 거기에 걸려든 사람들을 레거시사에 잡아 나르는 일까지 한 거죠. 하지만 저들의 의도를 알게 된 이상 기존 방식으로는 할 수 없었어요. 이런 일이 그들의 귀에 들어가는 것은 더 큰 문제였죠. 그렇다고 다른 제3의 조직에게 이 일을 넘기는 것은 더 위험한 일이기도 하고요. 그래서 기존대로 진행했지만, 저를 비롯해 극히 일부만 아는 선에서 사람들을 하나둘씩 빼돌리기 시작했어요. 사실 빼돌린다기보다는 그들에게서 구출하는 거였죠."

"내부에 첩자라도 있다고 생각해서 그렇게 하신 거예요? 그래서 그렇게 빼돌린 사람들은 어떻게 했나요?"

근형이 묻자 그녀는 대답을 이어간다.

"아뇨. 최대한 의심을 피하기 위한 거예요. 전성열이 죽었다고 우리가 한순간 달라졌다는 의심을 사면 걷잡을 수가 없으니까요. 또 조직원들의 동요도 문제가 될 수 있고요. 그래서 처음에는 더 잔인하게 했어요. 이후 그들의 신임을 얻은 후에 우리가 하려는 일을 은밀히 시작했어요. 처음에는 마약 중독자를 빼돌려 실험대상자로 전락하는 것을 막는 것부터 시작했어요. 하지만 안에서 실험대상자로 누워있던 사람들이 문제였어요. 마루타나 생쥐와 다름없었거든요. 그들을 몇 명 빼돌려봤지만, 식물인간과 다를 바 없어 보였어요. 겉으로는 멀쩡하게 걸어 다니고 밥도 먹지만 의식이라고는 없는 좀비나 유령 같은 사람들이었죠. 아니 어떻게 보면 사람이라기보다는 동물이나 가축과 가까웠어요."

"동물과 가깝다고요?"

제욱이 묻자 그녀는 이야기를 이어간다.

"우리와 다름없이 앉아있고 잠도 자고 반사적으로 움직이지만 뭔가 사람이라고는 느껴지지 않았어요. 그런 식으로 그들은 인간 사냥과 실험을 자행한 거죠. 그들이 사람을 상대로 이런 식의 장난을 치고 있는 것, 과연 인간이 할 짓인가요?"

"그래서 그들은 지금 어디에 있는데요?"

근형이 묻자 그녀가 대답을 이어간다.

"일단 우리가 여기에 데리고 있어요. 실험 중인 그들을 우리가 위험을 무릅쓰고 구해오곤 했지만 이건 우리가 할 수 있는 일이 아니라고 생각했어요. 실험대상자들이 대부분 20~30대의 젊은 사람들이었는데, 우선 육체적으로 약한 여자 몇 명 정도를 우리가 데리고 있는 수준일 뿐이에요. 또 아무런 의료 지식 없이 그들을 어떻게 할 수도 없었고요. 대신 실험대상자로 전락하기 전에 빼돌린 사람들은 우리 편으로 만들었어요. 저들의 사악한 의도에 걸려들었다는 것을 알려주었고, 그들도 그 사실을 알고 경악했죠."

"그럼 그 사람들은 어떻게 됐나요?"

제욱이 다시 묻자 그녀가 대답한다.

"그들에게 우리 일을 은밀히 알리고 설득했어요. 당신들과 같은 희생이 지금도 벌어지고 있다는 것을요. 그들도 우리의 의도를 알고 정신적으로 점점 강하게 무장되었어요. 밖에서 제지했던 사람들이 바로 그 젊은이들이에요."

그렇게 말하는 그녀는 마치 어떤 숭고한 목적을 위해 싸우고 있는 신념의 투사처럼 보였다. NEXT사의 임직원들이나 노민서가 가졌던 표정과 눈빛이 그녀에게서도 보이기 시작한 것이다. 그동안 제욱이 알던 그녀는 늙은 보스 옆에서 외모나 신경 쓰고, 돈만 밝히는 어리석은 여자였다. 하지만 지금 제욱 앞에 앉아있는 그녀는 전혀 다른 사람이었다. 최소한 지금은 노민서가 다시 제욱 앞에 나타나 말하고 있는 것처럼 느껴졌다. 이제야 제욱도 그런 신념을 지닌 그녀를 알아볼 눈이 생겼고, 그녀도 지금 있는 모습만 다를뿐 신념을 위해 싸우는 투사처럼 보이기 시작했다. 그녀가 제욱에게 다시 말을 이어간다.

"저를 이상하다 생각하셔도 상관없어요. 과거에 제가 제욱 씨 눈에 어떻게 비쳤는지 잘 알고 있으니 말이죠. 하지만 제욱 씨도 저와 비슷한 환경에서 살면서 그곳에서 나름의 방식을 갖게 되었다면, 제가 지금 하는 이런 일들 이해할 거라고 생각이 들어요."

"그래서 이 일을 어떻게 하려고요? 아무리 그렇더라도 외형적으로는 그냥 레거시사 하청업체에 불과하잖아요."

그 얘기를 하자 그녀는 다시 무엇인가 생각에 잠긴 듯하다가 말을 이어간다.

"사실 진호 씨는 다른 생각이 있었어요. 조금 더 큰 것을 내다보고 그림을 그리고 있었어요. 정부에서 나오는 지원금을 어떤 식으로든 빼내려고 했죠. 시민연대 사람들 모두가 더욱 생산적인 일을 할 수 있을 거란 믿음을 갖고 있었어요. 처음에는 공장을 지어보겠다고 했어요. 식품 공장 같은 것 말이에요. 그러려면 돈이 필요했고, 그 큰돈을 어떤 식으로 마련해야 했었죠."

"그럼 천국이라고 불렀던 시민연대도 다 허망한 꿈이었네요. 진호도 그 시설을 아꼈지만, 거기서 탈출할 생각을 하고 있었으니까요. 모두 한때는 무엇인가에서 초월한 존재가 된 것이라고 했는데, 결국 그런 것이 발목을 잡고 더 큰 대가만을 남긴 것 같네요."

제욱이 그 얘기를 하자, 그녀가 갑자기 얘기한다.

"그 자식을 찾아가야 돼요."

"그 자식이라뇨? 누구 말이죠?"

제욱이 대답하자 정희연은 다시 얘기한다.

"이민국이요. 경제부총리."

"경제부총리요?"

"그 작자가 이런 일을 벌인 중심점이에요. 이런 스캔들을 빌미 삼아 시민연대의 힘을 무력화하려는 것으로 알고 있어요. 진호 씨가 그걸 막으려 노력했지만, 많은 사실을 이미 알게 되어 결국 그렇게 죽게 된 것이니까요."

"하지만 그런 막강한 힘을 가진 사람에게 우리가 찾아간다는 것이 무슨 도움이 되겠어요? 달걀로 바위 치기 아니에요?"

"그들도 결국 정치인이에요. 정치인은 국민의 지지가 없으면 그 힘을 가질 수 없는 세력들이니까요. 그들에게 가서 협상하세요. 당장 이런 짓을 멈추지 않으면 이번 정권도 끝장난다고 말이죠. 그들에게 가장 두려운 것은 바로 레거시사예요. 그런 것에 대비해 우린 이미 오랫동안 우리가 했던 더러운 일들 모두 기록하고 정리해 놓았어요. 정부와 레거시사의 파렴치한 짓들까지 모두 말이에요."

그녀는 그러면서 자신의 고급 핸드백에서 사각형 모양의 금빛 잠금 버튼을 왼쪽으로 빼자 USB가 나온다. 그 USB를 테이블에 올려놓으며 말한다.

"여기에 모든 게 들어 있어요. 이들이 캠퍼스에 마약을 유통시키고, 사람들을 납치해서 보통사람으로 개조한다는 명목으로 벌인 잔인무도한 생체실험까지 모두 기록해 놓고 있어요."

괴물들의 나라

밤 10시가 되어서야 이민국은 그의 자택에 돌아왔다. 술을 마셔 피곤해 보이는 이민국은 옷도 벗지 않고 그대로 소파에 눕는다. 그러면서 한강이 보이는 창밖을 무기력하게 바라보며 생각에 잠긴다. 그때 갑자기 귀에 익은 목소리 하나가 들린다.

"오랜만입니다. 그러지 않아도 진작에 뵙고 싶었는데 기회가 여의치가 않았네요. 요즘 나랏일 하시느라 고생이 많으시죠? 피곤하신 것 보니 TV에 나오는 것보다 더 바쁘신 것 같네요."

어둠 속에 기다리고 있던 NEXT사 대표 박원봉과 제욱, 근형이 모습을 드러낸다. 이민국은 순간 깜짝 놀라지만 다시 관심 없다는 듯이 무심하게 창밖을 바라본다.

"전 선배님이 뭔가 더 크고 훌륭한 일을 할 거로 생각했어요. 제가 오래전 본 선배는 어떤 이념이나 정파에 상관없이 더욱 본질적인 정의에 관심 있다고 느꼈으니까요. 생각나시죠? 저의 멘토였다는 것을요. 세상이 돌아가는 것에 대해 날카로운 비평을 해주셨고, 기술로 인해 우리가 미래를 예측하기 어려운 상황에 놓였을 때 우리 사회가 가야 할 것과 새롭게 정립되고 있는 정의에 대해 늘 깨어 있으라고 우리에게 충고했으니까요."

박원봉의 얘기에도 그는 아무 말 하지 않고 그의 앞에 있는 물인지 위스키 잔인지를 들이킨다. 제욱과 근형은 깜깜한 어둠 속에서 연신 주의를 경계한다.

"본인이 뭔가 달라졌으면 이렇다 할 변명이라도 있지 않으세요? 언젠가 이런 일을 맞이할 수도 있으니 마음속에 써왔던 핑곗거리 같은 거 말이에요."

다시 잔을 기울이며 이민국이 대화를 이어간다.

"그래, 나도 젊을 적엔 모든 게 분명하게 보였어. 어떤 게 바른 것이고, 어떤 것이 잘못된 것인지에 대해 말이야. 하지만 우리가 모르는 사이에 빠르게 변화되는 세상에 대해 점점 판단하기가 어려워졌어. 나도 젊었을 때는 순진한 거였지. 세상이 내가 믿는 신념만으로 돌아갈 수 있다고 생각했으니까."

"그래서 그런 무기력한 패배주의의 결과물이 지금 우리나라에 반영되고 있나요? 국가라는 실체는 점점 무뎌지고, 당연히 모든 것의 중심이어야 할 인간이라는 존재 대신 다국적 기업이라는 괴물이 모든 것의 가운데를 독점하고 있는 현실이요?"

"자네는 지금 실질적인 권력이 있는 세력과 우리 수준이 어떨 거라고 생각이 드나? 그들은 이미 전 세계에 걸쳐 막강한 영향력을 미치고 있어. 각국 선거까지 개입해서 자신들이 원하는 정치풍토를 만드는 세력들이라고. 그런 세력들을 상대로 구시대적이고 감상적인 애국주의가 어떤 도움이 된다고 생각하는 거야?"

"그렇다면 그런 합리적인 분석으로 우리의 모든 것을 다 넘겨주고 있는 거예요?"

"우리에겐 시간이 필요했어. 저들에게 최대한 협조해서 우리가 필요한 것을 얻고 다시 무엇인가 할 수 있는 시간을 확보하는 것 말이야."

"마치 일제시대 친일파 새끼들이 지껄이던 말씀을 하고 계시네요. 그래서 그동안 한 일이라는 것이 전방위적인 국내 IT 기업 색출 작업이었나요?"

"그건 저들이 강력하게 요구하고 나온 거야. 자네와 같은 기업들이 경쟁력을 잃어버리자, 모든 것을 다 가진 것처럼 우리를 괴롭혀서 요구한 것이기도 하고. 나도 그들의 요구가 지나치다 싶어 끝까지 저항하려 했지만, 결국 그들의 눈밖에 나버리고 말았어. 자네는 지난 정권 비서실장을 했던 박영임이 왜 갑자기 죽었다고 생각해?"

"그 사람은 뇌출혈로 죽은 것 아니었어요?"

"물론 다 그렇게 알고 있지. 그래서 저들이 무서운 거야. 지금은 우리를 위협하는 적들에 대해 과거처럼 눈에 보이는 생화학 공격이나 물리적인 암살, 테러 같은 공격은 하지 않아. 필요 이상의 이목을 끄는 멍청한 짓이지."

"그게 박영임이 뇌출혈로 죽은 것과 무슨 상관이에요?"

"지금은 사람들의 생체정보를 바탕으로 맞춤형 의료서비스가 가능한 시대야. 그 말은 사람들에 대한 맞춤형 생체공격도 가능하다는 것이고."

"그게 무슨 소리예요? 맞춤형 생체공격?"

이민국의 얘기에 박원봉이 놀라며 묻는다.

"사람들은 유전적으로 특정 질병에 대한 취약성을 이미 갖고 태어나. 동맥경화에 걸리기 쉬운 사람은 이미 태어날 때부터 다른 사람에 비해 그와 관련된 질병에 쉽게 노출될 수 있다는 거지. 그런데 만약 이를 분자 단위까지 분석해서 그런 경향성을 사전에 예측하고, 이를 활성화시킬 기술을 가졌다면? 그리고 이것을 무기화할 수 있다면 어떨 거 같아?"

"사람의 생체정보를 사전에 분석해서, 개별적인 고위험 질병 발생 가능성까지 예측해서 사람을 공격한다고요?"

"맞아. 무섭지만 그런 시대야. 다른 사람들이 봤을 때는 마치 오랫동안 갖고 있던 기저질환으로 사망한 것처럼 보이게 만드는 거고. 마치 자신의 유전적 요인이나 식생활, 생활 패턴 등이 야기한 선천성 질환처럼 보이도록 위장할 수 있는 거지. 하지만 생각해봐. 이미 특정 질병에 대한 개별적인 노출 가능성은 레거시사뿐만 아니라 다른 기업들도 어느 정도 연구를 통해 갖고 있어. 하지만 레거시사처럼 이것을 무기로 이용한다는 생각은 아무도 못 했던 거지."

"그런데 그걸 어떻게 알게 되었고, 이게 왜 알려지지 않은 거예요?"

"우리도 처음에는 자네처럼 설마 그럴 수 있을까 의심했지. 단지 우연이라고 본 거야. 뭐 그런 말이 있잖아. 보수적인 사람들이 진보적인 사람들보다 오래 산다는 말처럼 말이야. 하지만 유독 레거시사에 대해 강경한 목소리를 냈던 사람들의 사망률이 높아지고 있다는 우리 측의 분석결과가 나왔어. 그래서 그들의 사망원인을 조사해봤지. 그런데 대부분이 기저질환으로 사망했어. 처음에는 우연이라고 생각했지만, 우리 측 정보망에 레거시사가 실제로 이런 공격을 하기 위해 여러 나라에서 오래전부터 대단위 실험을 하고 있다는 첩보를 입수하게 되었어. 하지만 이들이 스스로 갖고 있는 선천성 질환으로 인해 사망하는 것에 대해 누가 의심이나 하겠어?"

"저들에게 인간은 단순히 하드웨어고, 이를 운용하는 DNA와 후성 유전체는 소프트웨어인 거네요. 이를 통해 개별적인 소프트웨어를 분석해서 맞춤형 공격을 한다는 거고요. 외부에서는 아무도 눈치채지 못하게 하고…."

"알려진 바에 의하면 저들은 이미 국내 유력 정치인의 유전정보를 상당수 갖고 있다고 해. 지난 정권이 잘못한 가장 큰 문제는 저들이 대화가 가능한 존재라고 판단해버린 거야. 대화? 저들은 대화 전에 상대방의 예측 가능한 대안에 대해 수만 번 시뮬레이션하고 이에 대한 각각의 해결책을 갖고 참여하고 있어. 이미 상대가 어떻게 나올지 예측하고 자신들의 솔루션을 갖고 있는 거지. 단지 상대가 이것을 받아들이느냐, 아니냐의 경우에 따른 대안 모델만이 있을 뿐이고, 이를 통해 상대를 어떤 식으로 굴복시킬 거냐만 남은 거야."

"그럼 박진호는 왜 죽인 거죠?"

"박진호가 시민연대에서 우리가 모르는 일들을 벌였더군. 또 그것을 눈치챈 사람들을 몇 명 직접 죽이기도 했어. 박진호의 죽음은 그런 것에 대한 처형이라고도 볼 수 있어."

"그럼 왜 하필 인제 와서 그런 거죠? 그동안 이용할 만큼 이용했다는 건가요?"

옆에서 얘기를 듣던 근형이 박진호의 얘기가 나오자 발끈하며 묻는다.

"사실 시민연대에 대해서는 오랫동안 언론에 의해 차근차근 작업이 되고 있었어. 시민연대 내에서 벌어지고 있는 각종 범죄와 부도덕하고 문란한 사건들은 언론과 대중이 좋아할 만한 내용이야. 철저히 자극적으로 다뤄졌지. 최근 세계 경제 침체로 서민경제가 어려운 상황에서 언론에서 보도되는 시민연대의 상황은 국민적인 분노를 일으키기 충분했으니까. 어려운 상황에서는 누구나 공동의 적을 찾게 되는 거야."

"그럼 왜 그곳을 탈출하려고 돈을 모아온 사람들까지 막은 거죠? 부양할 사람이 줄어드는 것은 정부나 레거시사 입장에서도 좋은 거 아니에요?"

"그런 의견이 있었어. 그들에게 나태한 이미지가 부여된 이상 우리 사회는 그들을 사회에서 격리하고 싶어 했어. 난 사실 그런 생각에 동의하지 않았어. 과학이 아닌 무슨 종교나 신념 같은 헛소리잖아. 하지만 의외로 아주 많은 사람이 그렇게 생각하는 것에 나도 놀랐어. 이들이 우리 사회 전반에 나와 건전하게 일하고 있는 대다수의 사람을 오염시켜서는 안 된다고 생각하는 거지. 어떻게 보면 그들은 사회를 오염시키기 위해 태어난, 이 세상에 있어서는 안 될 사악한 바이러스 같은 존재라고 보는 거야."

박원봉이 묻자 이민국은 뜻밖의 대답을 했다. 그러자 옆에서 조용히 듣던 제욱이 다시 이민국에게 묻는다.

"그 사람들이 태어날 때부터 그랬다고요? 지금은 21세기예요. 그런 허무맹랑한 말로 사람들을 현혹시켜 편을 가르는 것은 비열한 짓이에요. 그 사람들이 그렇게 되어버린 게 그들 잘못이에요? 그리고 그 범죄라는 것도 당신들의 덫에 걸려든 것이잖아요!"

"물론 일정 부분 정부에서 기획한 것도 있지만, 그 사람들을 혐오하는 자생적인 단체들이 만들어져 그곳에 잠입해 꾸민 짓들이야. 무섭지 않아? 만약 어떤 목적을 갖고 그런 방향의 정책을 만들어 낸다면, 이를 바탕으로 어디선가 의도적인 여론몰이를 해. 그러면 사람들은 진실 그 자체보다 훨씬 더 흥분하고 과격해져. 그것에 대해 정확한 사실이 밝혀진다 해도 이미 커다란 화염처럼 진실의 모든 것을 집어삼키고 난 후라 아무것도 남아있지 않고, 누구도 관심조차 갖지 않게 돼. 아무리 누군가가 노력해서 진실을 밝힌다 해도 말이야. 의아하지만 그런 것들이 우리나라는 여전히 일어나고 있어."

"그렇다고 당신들이 한 짓은 절대 용서할 수 없어요. 관제 데모를 만들어 본질을 흔들고, 그들에게 잠입해 마치 그들이 내는 목소리처럼 날조하고. 또 그것뿐이에요? 마치 시민연대 사람들이 벌인 것 같은 온갖 범죄 행위들을 만들어 뒤집어 씌웠고, 그것도 모자라 그 사람들을 상대로 실험까지 벌인 천인공노할 만행은 절대 그냥 지나갈 수 없는 짓이에요."

박원봉이 이민국의 말을 들으며 분노해서 얘기한다.

"여론의 힘과 조작은 무서운 거야. 사람들을 신념으로 무장시켜 평범한 사람도 투사로 만들어버리니까. 사람들은 그런 광기에 흔히 경도되어 버리곤 해."

"결국 눈엣가시 같았던 존재를 죽이지 않고 이용해 먹다가 시간이 돼서 공개 처형을 하고, 다시 본인들의 입맛에 맞는 괴뢰 대표를 만들어 버린 거군. 어디서 들어본 것 같네요."

박원봉이 이민국의 얘기에 다시 대답한다.

"당신들 너무 세상을 몰라. 세상이 도덕 교과서처럼 흘러가는 줄 알아? 이런 식으로 따지고 분노한다고 저들과 싸워서 세상을 바꿔 나갈 수 있다고 생각해?"

이민국은 그들에게 얼굴을 붉히며 큰 소리로 얘기한다.

"그래서 그들의 이익에 조금이라도 반대가 되면 이런 식으로 다 죽어 나가는 것을 그냥 지켜만 보라는 거야? 당신들은 결국 아직 때가 안됐다는 이유로 그들이 하라는 대로 전부 부역해서 우리나라를 이 지경으로 만들었는데도? 그런다고 죄가 없어질 줄 알아?"

곁에서 얘기를 듣던 제욱이 다시 얘기한다.

"이 세상에 당신이 생각하는 절대 악마라도 있을 줄 알아? 당신 눈에는 우리가 레거시사를 도우니까 단순히 우리도 악마로 보여? 그런 편리한 이분법이 점점 이 세상을 저들의 세상으로 만들어가고 있는 거야!"

이민국이 얘기하자 제욱은 더 화가 나서 얘기한다.

"헛소리하지 말고 대답이나 해! 죽고 싶지 않으면! 우리가 보기엔 다 똑같은 악당들이야. 하지만 당신 같은 부역자들이 승산 없는 싸움이라고 판단해서 포기할 때, 멈추지 않고 저항하고 있는 사람이 있어서 이 세상이 돌아가는 거라고!"

제욱은 그의 동생 형철을 염두에 두고 말하는 것처럼 더더욱 분노해서 얘기한다.

　"이 상황의 주도권을 누가 갖고 있다고 생각해? 우리는 이제 하수인으로 전락한 것뿐이야. 예전처럼 국가가 권력을 갖고서 자본주의의 최대 상징인 기업을 한낱 정치력이나 법률로 통제할 수 있을까? 그럴 수 있다고 생각해?"

　"이 새끼 말로는 안 통하는 놈이구만!"

　제욱은 이민국에게 소리를 지르고는 근형에게 묶으라고 지시한다. 박원봉은 말렸지만 이민국은 그럼에도 크게 저항하지 않고 체념하듯 말을 이어간다.

　"우리나라는 이미 꺾어지기 시작했어. 아니 누구도 이렇게 될지 몰랐을 거야. 누군가는 전 정권이 무엇인가 잘못해서 벌어진 일이라고도 얘기해. 현 정권에 일하고 있는 나도 때론 그렇게 생각했어. 하지만 모르겠어. 이런 상황을 누군가가 예측할 수 있었을까 말이지…. 너희들 생각해봐. 누가 권력을 쥐면서 흔들고 있는지. 그들의 비위를 건드리는 건 정권의 수명을 재촉하는 것은 말할 것도 없고, 목숨마저도 위태롭게 하는 거야. 결국 나도 그러다가 블랙리스트에 들어가고 만 거니까, 당신들 맘대로 해. 그들한테 죽거나 당신들한테 죽거나 마찬가지니까."

　"다 필요 없고 너 같은 부역자 먼저 죽어야 돼. 너 같은 부역자가 살아남기 위해 선량하고 힘없는 사람들을 수도 없이 괴롭혔으니까 말이야!"

이렇게 말하며 제욱은 주방에 가서 칼을 갖고 온다. 그리고 의자에 묶인 이민국의 양복 재킷과 와이셔츠를 차례로 벗겨 뱃살이 드러나게 한다.

"네가 레거시와 붙어먹어서 국민들 팔아넘기고 살찌운 뱃살은 우리가 가져가야겠어. 원래 당신 거가 아니잖아. 주인을 찾아줘야지!"

이렇게 말하며 제욱은 이민국의 뱃살에 칼을 대려 한다.

"나를 죽이든 말든 네 맘대로 해. 하지만 지금처럼 너희들이 뭔가 바꿀 용기가 있다면, 나를 이렇게 아무 의미 없이 죽이는 것 말고 더 큰 일을 해봐. 만약 그런 모든 진실을 감당할 용기가 있고 이런 것을 사람들에게 알릴 용기가 있다면 말이야."

그는 그러면서 말을 이어간다.

"오랫동안 레거시사가 우리 정부를 상대로 압력을 넣어왔어. 물론 전 정권과 달리 우린 레거시사의 정책에 호의적이라 큰 거부감 없이 진행을 해오긴 했지. 하지만 점점 시간이 지날수록 저들의 요구가 높아져만 갔어. 세금을 기존 수준에서 50% 깎아달라는 요구는 아예 신사적인 거였어."

"그럼 또 뭐가 있는데?"

"치료제와 치료방법 개발이라는 명목으로 많은 난치병 환자들을 요구했어. 우리도 처음에는 그냥 현재 기술로는 치료가 어려운 병들에 대한 연구 목적이라고 생각해서 지원자들을 많이 소개해줬어. 어차피 죽어가는 날만 기다리는 사람들에게 뭔가 가능성을 보여줄 수 있는 유일한 존재가 레거시이기도 하니까."

"그런데 그게 뭐 잘못됐다는 거야?"

"처음에는 그렇게 시작했지. 하지만 연구대상이 더 필요하다고 계속 요구하는 거야. 그래서 상대적으로 의료분야 지원이 취약했던 시민연대 주민을 소개해주기 시작했어. 그들은 사실 큰돈이 드는 난치병에 걸리더라도 치료하기가 쉽지 않았으니까. 좋은 기회라고 생각했던 거지. 근데 거기서 문제가 시작됐어."

"거기 있는 사람들을 상대로 대규모 생체실험을 했다는 거군?"

"맞아. 우리가 알아본 바에 의하면 초기에는 순수하게 그런 사람들만 대상으로 했는데 시간이 갈수록 이들의 연구 목적이 다른 데 있다는 걸 알게 되었어."

"다른 목적이라면 어떤 건데?"

그러자 이민국이 잠시 망설인다. 그러자 칼을 든 제욱이 그런 얘기 듣기 싫다며 그의 뱃살에 칼을 대어 피가 나오기 시작한다. 하지만 이민국은 잠시 고통스러운 표정을 지을 뿐 말을 이어간다.

"그들은 우리에게 사람의 정치적인 성향도 바꿀 수 있다고 얘기했어. 유전적인 조작을 통해 말이야. 그것에 대한 객관적인 근거도 보여줬고. 나는 터무니 없다고 생각했지만 우리 측에서도 그걸 반기는 사람이 있었어."

뜻밖의 소리에 모두 잠시 그의 입에 집중한다. 잠시의 침묵 끝에 박원봉이 물어본다.

"전명우 대통령?"

그 말에 이민국은 긴 침묵으로 대답한다.

"그래서 기껏 너희 잘 먹고 잘 살려고 수많은 국민을 레거시사에게 팔아넘긴 거라고? 그 잘난 정권 유지하려고? 그래서 국민을 전부 병신 만들어서 병신 나라의 대통령이 되겠다고? 그래서 당신 같은 사람은 더더욱 살려줄 수가 없어!"

그런 상황에 갑자기 밖에서 우웅 하는 기계음이 들리더니 베란다 창문 밖으로 반짝이는 불빛이 보인다. 그러더니 총알이 무차별적으로 이민국의 집안으로 발사된다. 놀란 근형과 제욱이 몸을 엎드려 피한다. 하지만 창문 밖으로 드론 2대가 더 나타나 집중사격을 시작하자 의자에 묶여있던 이민국은 그대로 총탄에 맞아 쓰러지며 의자도 뒤로 넘어간다.

그렇게 창문에 구멍을 낸 드론이 속속 집안 내부로 들어와서 렌즈를 이리저리 움직이며 탐색하기 시작한다. 소파 뒤쪽 작은 방에 숨어있던 근형이 방 안에 있는 골프채를 들어 거실에 날아다니는 드론 하나를 힘껏 내리친다. 그러자 반대편에 있는 드론 2대가 일제히 돌아 사격을 퍼붓기 시작한다. 주방 테이블 아래에 엎드려 있던 제욱이 총을 조준해 드론 한 대의 렌즈를 명중시키자 방향을 잃어버린 채 빙빙 돌며 무차별 사격을 한다. 그 총격에 공중에 떠 있는 다른 드론의 프로펠러에도 맞아 그대로 떨어지고 만다.

이제 남은 것은 공중에 렌즈가 부서져 무차별 사격만 하는 드론 하나다. 하지만 이마저도 과도한 사격으로 총알이 떨어진 듯 얼마 지나지 않아 윙거리는 소리만 낸다. 근형은 그제야 몸을 일으켜 드론의 프로펠러를 향해 골프채를 던진다. 그러자 부서지는 소리와 함께 프로펠러가 골프채와 부딪쳐 그대로 바닥에 떨어진다.

"빨리 움직이시죠, 형님."

근형과 제욱이 나갈 것을 서두르지만, 박원봉은 의자에 묶여 바닥에 쓰러진 이민국을 바라본다. 총상이 복부에 여러 발 관통해 출혈이 멈추지 않고 있다. 그 순간 이민국은 무슨 얘기를 하는 것처럼 보였다. 제욱의 만류에도 불구하고 박원봉이 가까이 다가가서 무엇인가 말하려는 그의 입에 귀를 갖다 대었다. 하지만 무슨 말인지는 알아들을 수는 없었다. 피를 흘리며 죽어가는 이민국을 잠시 천천히 바라본 박원봉과 그 일행은 테이블 위에 있던 그의 핸드폰을 집어 들고 그대로 그 집을 빠져나온다.

오래되고
전통적인 방식

　며칠이 지난 오후, 긴급 속보가 뉴스를 가득 메우고 있었다.

　"경찰은 레거시사 한국법인 대표인 톰슨 리의 실종사건을 수사 중에 있습니다. 약 일주일 전 회사 퇴근 후 연락이 두절되었다는 회사 관계자의 말을 토대로 수사범위를 넓히고 본격적인 공개수사로 전환한 상태입니다. 또한 회사 임직원 및 관계자를 상대로 최근에 특이한 사항이 있는지와 평소 원한 관계 등에 대해서도 수사를 확대하고 있습니다. 더불어 최근 들어 레거시사 관계자들에 대한 실종 및 테러 사건이 늘어난 것과 관련한 연관성에 대해서도 수사를 집중하고 있습니다."

　제욱은 묶여있는 사내에게 물을 뿌렸다. 그 사내는 머리에 검은색 자루가 쓰인 채 고개를 떨구고 의자에 앉아있었다. 물을 맞은 사내가 정신을 차린 듯 신음을 내며 서서히 머리를 든다. 그의 몸에 늘여져 있는 전선은 벽에 있는 장치와 연결이 되어있었다.

"어때요? 당신 맘대로 움직이지도 못하고, 이렇게 개처럼 묶여있으니 답답하죠?"

하지만 사내는 아무 말도 하지 않는다. 콘크리트 벽으로 사면이 가로막힌 30평 남짓한 공간에는 제욱과 근형 그리고 그의 부하들이 그 사내를 둘러싸서 지켜보고 있다. 그리고 그 옆쪽 벽 앞 소파에는 한예은이 가만히 앉아 이 광경을 지켜보고 있고, 그 옆에는 한예은의 부하로 보이는 남자 두 명이 숨죽이며 서 있다.

"사람은 때론 낯선 경험도 필요해요. 그런 것들이 사람을 더 강하게 단련시키니까요. 지금은 과거에 벌인 당신의 달콤한 교만이 이렇게 만들었다고 생각하면 훨씬 편할 거예요. 평생 이런 대접 받을 거라곤 생각 못 했을 테니까요. 그렇죠? 지금은 힘들더라도 이런 기회를 통해 당신이 왜 이런 일을 당해야 하는지 잘 한번 생각해 보세요. 이건 일종의 인과 관계예요. 당신이 벌인 어떤 일들이 쌓여서 이런 일들을 겪게 만든 거니까요. 그렇게 생각하면 덜 억울하게 느낄 거예요."

제욱은 낮은 목소리로 검은색 자루를 뒤집어쓴 사내의 귓가에 대고 차근차근 얘기한다. 그러다가 중간에 다시 목소리를 크게 내자 사내는 깜짝 놀란다. 아무것도 볼 수 없는 그 사내는 이 낯선 분위기와 습한 곰팡내, 주변에서 서성이는 사람들의 발소리, 그리고 간혹 들리는 예리한 기구의 부딪히는 소리로 인해 다시 공포에 휩싸인다. 그런 남자의 심리를 아는지 제욱은 다시 말을 이어간다.

"근데 사람이 별생각 없이 그런 일을 벌인 것에는 굳이 찾자면 이유가 있어요. 한 가지는 내가 아니어도 어떤 놈은 이런 일을 할거라는 것이고, 또 다른 한 가지는 평소 중요하게 생각하지 않는 일은 그냥 평소 하던 대로 아무 생각 없이 처리한다는 자신의 버릇이라고 해야 하나? 일종의 사악한 자동 의사결정 시스템인 거죠. 뭐 대충 그런 둘 중의 하나인 것 같아요. 그중에 당신은 뭐였죠?"

제욱의 질문에 그는 아무 대답이 없다. 그러자 다시 제욱이 묻는다.

"뭐냐고요? 안 들려요?"

곁에 있던 근형이 몽둥이로 그의 몸을 몇 차례 내리친다. 그러자 제욱이 근형을 나무란다.

"야, 시발 그러다가 몸 상하기라도 하면 어떡하려고 그래? 이 아저씨는 지금 해야 할 게 많단 말이야!"

근형은 그의 몸과 연결된 장치의 스위치를 올린다. 그는 온몸을 비틀며 큰 비명을 지른다. 엄청난 고통을 느낀 듯 그 사내는 살려달라며 애원하고 비명을 지르다가 기절한 듯 조용해진다. 그러자 스위치를 끄고는 다시 그 사내에게 물을 뿌린다.

"그래도 이건 인간적인 거예요. 당신은 제정신으로 끌려왔으니 뭐 각오라도 할 수 있죠. 근데 보세요. 당신이 끌고 간 사람들은 아무것도 모른 채 끌려가서 별의별 짓을 다 당했어요. 그런 것 보면 당신들이 더 한 수 위인 것 같네요."

제욱은 이렇게 말하며 사내의 머리에 씌어 있던 젖은 자루를 벗긴다. 그러자 놀랍게도 레거시사 톰슨 사장의 얼굴이 보인다. 그는 오랫동안 빛을 못 봐서인지 밝은 조명에 눈을 제대로 못 뜬다. 그런 그를 향해 제욱이 얘기한다.

"오늘 우리 체험활동 한번 해봐요. 체험활동 알죠? 초등학교에서 하는 것 말이에요. 놀이라고 생각해도 좋고요."

"근데 좀 아플 수도 있어요. 제가 처음 해보는 거라서요."

그렇게 말하며 제욱은 근형과 그의 일행들에게 지시해 톰슨을 수술대로 보이는 침대에 눕힌다. 그리고 TV 화면을 튼다. 그러자 시민연대 지하에 있던 비밀 생체실험 공간이 나왔다. 한 시민을 상대로 벌이는 실험 영상이다.

"자, 오늘은 제가 저 화면에 보이는 것과 똑같이 한번 해볼 거예요. 잘 따라 해주면 금방 끝나지만 그렇지 않을 때는 더 힘들고 어려워질 거예요."

제욱이 일행들에게 눈빛으로 지시하자, 몇 명의 사내가 톰슨을 의자에서 일으켜 마치 수술이라도 할 것처럼 옷을 벗기고 그 옆에 마련된 수술 침대에 눕힌다. 수술 침대를 본 톰슨은 공포에 휩싸여 격렬하게 저항하며 말한다.

"제발 살려주세요. 전 아무 잘못 없어요. 그냥 한국법인

대표였을 뿐 아무런 권한이 없었어요. 잘못 아신 거예요. 제
발 이러지 마세요."

톰슨은 강력하게 저항하지만 부하들은 그를 침대에 강제
로 눕힌다. 그리고 결박 장치로 움직이지 못하게 고정한다.
그의 입에 인공호흡기를 강제로 꽂자, 공포감에 괴로워하며
몸을 이리저리 흔든다. 이제 준비가 된 듯 제욱은 겉옷에 수
술복을 대충 걸치고, 손에 수술 장갑과 메스를 든다. 그 광경
에 톰슨은 어떤 일이 일어날지 직감한 듯 다시 온몸을 비틀
며 인공호흡기 너머로 소리를 지른다. 하지만 제욱은 아랑곳
하지 않고 그의 머리맡으로 걸어가 근형에게 소리 지른다.

"이렇게 해서 수술할 수 있겠어? 처음 해보는 건데 너희
들 뭐 하는 거야! 사람 다치면 책임질 거야?"

제욱이 소리 지르자 근형과 그 일행은 톰슨이 누워있는
머리 곁으로 수술용 기계톱을 설치한다. 다시 제욱이 공포에
휩싸인 그에게 다가가 귓속에 얘기한다.

"제가 처음이라 좀 서툴러도 이해하세요. 하지만 제가 공
부는 못했어도 원래 실습은 잘했으니 너무 걱정하지는 마세
요. 영상 보면서 그대로 할 거니까요. 보이죠? 레거시사가 이
런 자료를 너무나 잘 만들어 놔서 시청각 교재로는 최고네
요. 얌전히만 있으면 아프지 않게 잘 끝날 거예요."

그의 얘기를 듣자 톰슨은 다시 몸을 비틀며 저항한다.

"아이고, 이 분 참 겁도 많으시네. 그렇게 겁도 많으신 분

이 남들한테는 아무렇지도 않게 그런 짓을 했어요? 너무 엄살을 피우셔서 제가 음악 틀어드릴 테니 긴장을 좀 푸세요. 내가 얼마 전에 이 음악을 소개받았거든."

제욱은 그렇게 말하며 곁에 있는 오디오에 '비극적'이라는 부제가 붙은 Mahler의 6번째 교향곡을 무심하게 재생시킨다. 그러자 그 알레그로 악장은 지금까지 쌓여 있던 제욱의 감정을 담아 폭발이라도 하는 것처럼 거칠게 밀어붙이며 질주하기 시작한다. 그 어둡고 거친 메인 테마는 마치 분노에 가득 차있는 것처럼 모든 것을 송두리째 집어삼키려는 것 같다. 그 질주를 막으려 시도되는 다른 부가적인 선율의 회유와 대화마저도 모두 굴복시키고 쓰러뜨리면서 말이다.

그리고 무표정하게 사내의 머리에 수술할 위치를 지정하듯 연필로 표시한다. 그러자 사내는 더더욱 공포에 질려서 소리를 지른다. 제욱은 아무렇지도 않다는 듯이 화면에 보이는 대로 표시를 마치고는 메스를 대서 그 부위의 피부를 찌르자 검붉은 피가 넘쳐 흐른다. 사내는 다시 격렬하게 몸부림친다. 근형과 일행은 그런 그의 몸을 단단히 붙잡는다.

"아차, 아직 마취를 안 했네요. 미안해요. 아팠어요? 야! 마취 의사 아직 안 왔어?"

그러자 근형이 눈치를 챈 듯 여자 한 명을 데리고 온다. 방 안으로 들어온 여자는 다름 아닌 시민연대에서 생체 실험실에 있던 김예리 박사였다. 그녀도 온몸이 결박당한 채 방 한

가운데로 거칠게 끌려온다.

"오랜만입니다. 우리 깐깐한 아가씨. 아니 아가씨가 아니라 박사님이죠? 어서 오세요."

제욱은 일부러 빈정거리며 큰 소리로 그녀를 맞이한다. 김예리는 당황하지 않고 오히려 자신이 이런 대접을 받고, 이런 곳에 끌려온 것이 화가 나 있는 듯한 표정이다.

"우리 깐깐한 아가씨는 이런 거 워낙 많이 해보셔서 그런지 눈도 깜짝 안 하네요. 역시 그런 깡다구가 매력이야. 사람은 최소한 한결같아야 하니까!"

"내가 사람 보는 눈은 있어. 당신을 그때 처음 본 순간 이런 수준의 인간이란 걸 진작 알았지. 이런 게 나한테 협박이 된다고 생각해?"

위축되지 않은 당당한 모습에 제욱은 재미있다는 듯이 일어나 그녀를 잠깐 쳐다보다가 얘기한다.

"당신 협박이나 하려고 데리고 온 거 아니야. 날 그냥 건달로만 봤는지 모르겠지만, 난 저기 자빠져 있는 고깃덩어리 같은 그 정도 쓰레기는 아냐. 그냥 당신이 정신 나간 인간들 정신 차리게 하는 데에 세계 일인자라는 소식을 들어서 바쁘신 걸 알면서도 좀 데리고 온 거야."

제욱은 그녀를 보자 오랫동안 가졌던 분노와 살기를 억누르면서도 애써 침착하게 말을 이어가고 있었다. 그러자 그녀가 다시 그를 노려보며 말한다.

"그래. 내가 당신이 인정하는 것처럼 사회에 아무 도움이 안 되고 패악질만 하는 당신 같은 부류 처리에 세계적인 권위자야. 저기에 누워있는 사람 말고 바로 당신 같은 사람 말이야!"

그녀는 제욱을 노려보며 일부러 또박또박 말한다.

"그렇게 똑똑한 인간이 자신의 대가리 속은 비정상이 아닐까 하는 아주 기초적이고 원론적인 질문은 해본 적 없어? 일방주의라는 건 너무 위험한 거잖아!"

제욱은 그녀의 태도에 화가 난 듯 그녀의 주변을 한 바퀴 돌면서 이리저리 살핀다. 그런 모습이 마치 동네 건달이 여자를 희롱하는 것처럼 보인다.

"근데 그렇게 잘난 척하면 뭐하나? 결국 평소 그렇게 개무시하는 인간들한테 잡혀서 앞으로 어떻게 될지도 모르는 처지가 되어버렸는데. 아니구나. 생각해보니 당신은 볼 때마다 나한테 잡혔구나? 뭐 별것도 아니네."

"나한테 이런 싸구려 협박이나 한다고 내가 눈 하나 깜짝할 거 같아? 그리고 내가 설마 너 같은 인간한테 목숨이나 구걸할 것 같아?"

이런 상황에서도 흔들리지 않고 할 말을 다하는 김예리가 제욱은 보통이 아니라고 생각했다. 그러자 다시 그녀를 한번 쳐다보고 묶여있는 톰슨을 가리킨다.

"당신같이 똑똑한 여자랑 말싸움하면 내가 이기겠냐? 말

싸움은 당신이 이긴 거로 하고 우선 저 양반 수술이나 좀 해 줘. 당신 주특기잖아."

"당신들 이런 짓 벌이고도 무사할 줄 알아?"

그러자 소파에 앉아서 가만히 얘기를 듣던 한예은이 벌떡 일어나서 말한다.

"불법이 당신들 취미잖아. 우리도 당신들처럼 사람 좀 바꿔보려는 거야. 이 사람 하나 때문에 우리나라에 무슨 일이 생겼는지 몰라서 그래? 당신 그 정도 능력은 되는 여자 아니었어?"

이에 김예리는 다시 거침없이 얘기하기 시작한다.

"인간이 이 지구를 지배하게 된 것은 조직의 힘이야. 그런 팀워크로 지구에서 가장 강한 종으로 살아남게 된 거고. 그 말은 팀워크가 무너진 조직은 자연 도태될 수밖에 없다는 뜻이야. 당신은 저들이 우리 인간사회에서 뭐라고 생각해? 우리 조직의 모든 구성원은 외부의 적들과 싸우기 위해 끊임없이 피를 흘리며 싸우고 있는데, 그런 우리에게 무엇인가 요구만 하며 자원을 낭비하는 시민연대라는 작자들이 과연 우리 편이냐고?"

"인간을 자기네 멋대로 분류해서 등급을 매기고, 그걸로 모든 것에 차별의 근거를 마련한 집단이 있었을까? 바로 당신들처럼 무엇인가 큰 목표를 실천한다고 착각한 인간들이 벌인 일을 생각해보라고. 당신들 짓이 히틀러 같은 작자가 벌인 짓과 도대체 뭐가 다르지?"

제욱이 김예리 얘기에 분노해서 말한다.

"지금까지 세상을 바꾼 모든 혁신적인 기술에는 온갖 핑계를 대고 본질을 흐리려는 악의적인 세력들이 어김없이 등장했지. 하지만 아이러니하게도 혁신은 그런 것을 뚫고 더 단단해지고, 이를 통해 인간들을 훨씬 더 풍요롭게 만들었어. 당신들이 늘 그렇게 아무것도 안 하고 핑계만 대고 있을 때 말이지."

이에 한예은이 더 화를 내며 얘기한다.

"결국, 편리하다는 이유로 모든 것을 다 혁신과 기계에 넘기고 인간은 기계가 주는 답에 버튼만 누르면 되는 한심한 존재라는 거야?"

"이 인간들 얘기는 더 이상 들을 필요도 없어요. 말로 안 되는 인간들이에요."

이들의 대화를 듣던 이제욱이 말한다. 그때 갑자기 김예리가 들어왔던 문이 열리더니 박원봉이 동료 3명과 같이 들어온다. 그리고 그들의 대화를 듣고 있던 것처럼 김예리에게 묻는다.

"그럼 NEXT 임직원 살인사건도 다 기계가 시킨 거야? 이런 다분히 감정적인 조치야말로 야만적이고 인간들이나 하는 행위 아냐?"

"야만적, 감정적이라는 것이 뭐라 생각해? 어떤 것이 인간적인 거고? 그래서 당신들이 순진하다는 거야. 결국 인간도 의사결정을 효율적으로 하기 위해 감정이라는 것을 갖게 된 거야. 당신과 같은 인간을 만나서 이렇게 오랫동안 의미 없는 얘기를 하니, 그냥 화내고 무시하는 감정적인 반응이 훨씬 시간을 절약하고 효율적인 거야. 또 다른 한편으로는 아무것도 모르면서 레거시사의 정책에 무의미한 비판과 공격을 할 때는, 차라리 더 잔인하고 폭력적인 조치가 인간에게는 훨씬 극적이고 효과적인 메시지를 심어주는 거야. 레거시사의 정책에 반대하면 무자비한 보복이 발생한다는 일종의 교육을 심어주는 것, 그것이 바로 공포라는 것으로 인간들에게 학습되는 거고. 결론적으로는 그런 조치들이 이성적이고 분석적인 조치보다 훨씬 더 효과가 큰 거라고.”

박원봉의 질문에 김예리는 다시 당당하게 대답한다.

“그럼 모든 악의 근원은 그 시스템이라는 거네? 여기 있는 당신과 저기 자빠져 누워있는 톰슨은 그냥 바지사장이고. 그럼 됐네. 이 두 사람은 아무짝에도 필요 없으니 그냥 죽입시다. 열 받은 기계 덩어리가 우리 찾아오면 뭐 전기 코드 빼버리죠.”

제욱이 곁에서 듣다가 그의 앞에 누워있는 톰슨의 침대를 걷어차며 얘기한다.

“당신은 저기 누워있는 톰슨이 국내의 이런 정책들을 모두 단독으로 판단하고 내렸다고 생각해? 인간의 판단만큼 무모하고 편차가 심한 위험이 어디 있다고?"

"그건 또 무슨 소리야?"

김예리의 말에 이해가 안 간다며 박원봉이 다시 묻는다.

"인류 역사는 인간의 순간적인 판단 착오로 발생된 문제가 너무나 많아. 그리고 그것이 막강한 의사결정 권한을 가진 존재에 의한 것이라면 더 위험한 상황이 초래되고 마는 거지. 우리는 그런 인간 의사결정 보정 프로그램(HDMDP: Human Decision Making Develop Program)을 지속적으로 버전업해서 완성도를 높이려 노력했어. 이를 통해 오류가 많은 인간의 판단을 줄이고 정확도가 높은 데이터 기반의 의사결정 프로세스를 개발한 거야. 하지만 사람들은 무엇인가 의식이 있는 인공지능을 만들었다고 생각하더군. 그리고 그런 의식을 가진 기계가 인간들을 조정하고 사건에 개입해서 일을 만든다는 허무맹랑한 소설을 쓰고 있고."

"그것과 대체 뭐가 다르다는 거지? 기계가 인식이 있든 없든 간에 결국 쇳덩어리가 제안해 준 결론을 인간들이 선택한다는 건데. 어이가 없군. 이제는 우리 김예리 같이 똑똑한 인간들이, 인간보다 더 똑똑한 컴퓨터에게 의사결정 따위는 맡겨 버리고 플러그나 꼽거나 건전지를 갈아준다는 거잖아. 당신들은 우리나라를 레거시에 팔아먹은 게 아니고, 기계에게 팔아먹은 거네? 그것도 정신까지 통째로!"

옆에서 이 말을 듣던 제욱은 어이가 없다며 얘기한다.

"당신 말이 사실이라면 저기 톰슨을 죽이는 건 아무런 문제가 없다는 거네? 어차피 아무나 갖다 놔도 기계가 다 결정해줄 테니까 말이야."

"내가 얘기한 것처럼 기계는 다분히 우리의 알고리즘 안에서 해결책을 줄 뿐이야. 그 시스템을 통제하는 것은 인간이고! 한편으로 그것 이외 인간 조직과 관련된 문화라는 것, 심리라는 것이 있고, 리더십에 따라 성과도 상당히 달라지지. 아직은 이것에 대한 시스템을 개발 중이야. 그 전까지는 여전히 톰슨과 같은 전통적인 리더가 필요한 것이고. 하지만 우리는 그런 인간관계에 대한 변수들까지 버전업을 지속하고 있어. 컴퓨터가 인간의 그런 심리와 문화를 더욱 정확히 파악해야 더 높은 성과를 낼 수 있기 때문이지. 하지만 그것도 결국 조직이라는 한정적인 공간에서 벌어지는 변수의 합일 뿐이고, 만약 이것도 공간을 확장해서 데이터베이스화할 수 있다면 언제든지 컴퓨터의 연산 과정 중에 통제가 가능한 거야. 이런 상황에서 과거 인간이 벌인 야만적인 행위들이 가능하겠어? 우린 그런 야만적인 인간의 역사를 종식시키려는 것이라고!"

박원봉이 묻자 김예리가 다시 대답한다. 그러자 이 얘기를 계속 듣던 제욱이 화가 난 듯 갑자기 두개골 절단 톱을 가동시킨다. 그리고 그 기계톱을 톰슨의 머리 근처로 가져간다. 갑자기 일촉즉발의 순간이 되어버리고, 예리한 기계톱

돌아가는 소리를 들은 톰슨은 공포에 질려 온몸을 들썩이며 발버둥 치기 시작한다.

"뭐하는 거예요? 그대로 죽일 작정이세요?"

"왜요? 뭐 이런 놈은 그냥 껍데기인데 죽는다고 무슨 일이라도 있겠어요? 저 똑똑한 박사님 얘기처럼 아무것도 안 하고 그냥 직원들과 술이나 한잔 하려고 살아 숨 쉬는 놈이라는 거잖아요. 하지만 구닥다리 제 입장에서 보면 이 새끼 머릿속에서 나왔든, 아니면 컴퓨터가 시킨 대로 따라 하고 스위치만 눌렀든 간에 이 새끼 때문에 죽어간 사람이 너무나 많아요. 이쪽에서 최소한 몇 명 정도는 책임을 져야 하지 않겠어요?"

그렇게 말하며 다시 기계를 작동시키려 하자, 박원봉이 그를 제지하며 말한다.

"그렇다고 우리도 똑같이 반복되는 폭력을 할 수는 없어요. 이게 무슨 도움이 돼요?"

그러자 제욱은 예리한 소리를 내던 톱날의 스위치를 끄고 톰슨을 바라보며 얘기한다.

"어이, 톰슨 양반! 나는 컴맹이라 컴퓨터 같은 건 몰라. 당신이 컴퓨터를 나보다 잘 안다고 했지만, 당신도 컴퓨터가 무슨 결정을 할지는 모를 거야. 나도 내가 맞다 생각하면 본능에 따라 움직이는 사람이야. 하지만 나도 내 본능이 뭘 원하는지는 모르니 서로 다를 건 없다고 봐. 그러니 당신도 나를 원망하지는 마. 대신 내 본능을 원망하라고! 당신들이 컴퓨터 결정 핑계로 빠져나가는 것처럼 말이야. 시간이 길어지면서 당신 몸의 암 덩어리가 커진 것을 몰랐던 것뿐이야. 하지만 고맙게도 좋은 사람을 만나 지금처럼 도려낼 시기가 왔다고 생각해."

제욱은 몸을 낮춰 낮은 목소리로 얘기한다. 그리고 두려워 떨고 있는 톰슨의 이마를 만지며 그의 귓가에 말을 이어 간다.

"본인도 모른 채 이런 일이 발생하도록 차근차근 마일리지를 쌓아왔던 거지. 일종의 악행 마일리지야. 그러니 너무 억울해하지는 마. 내가 아니라 다른 누구를 통해서라도 이런 일은 벌어졌을 테니까. 난 그냥 허울이고 껍데기이며 인과 관계의 허수아비일 뿐이야. 당신들 말대로 컴퓨터가 카메라로 들여다보듯 차근차근 당신들이 걸어온 그 길을 보고 판단한 것뿐이니까. 착하게 살았다면 이런 일은 겪지 않았을 거야. 그런 본인의 과거 만행에 대한 대가라고 생각하면 덜 억울하고 훨씬 받아들이기 편할 거야."

제욱은 그렇게 말하고는 그대로 기계톱을 작동시킨다. 갑작스러운 그의 행동을 모두가 말릴 사이도 없었다. 기계를 당겨서 머리를 절단하는 제욱의 얼굴에는 선명한 빨간 피가 뿌려진다. 하지만 제욱은 눈살을 찌푸리기만 할 뿐 한 치의 망설임이나 감정도 없어 보인다. 그렇게 톰슨의 머리를 절단해버리자, 절단된 머리가 피와 함께 둔탁한 소리를 내며 바닥에 떨어진다. 이 충격적인 장면에 모두가 할 말을 잃고 망연자실하게 지켜만 본다.

"왜들 그리 놀래요? 이런 게 바로 아날로그라고. 맨날 컴퓨터만 들여다보고 있어서 까먹었죠? 이렇게 피가 흐르고 살점이 나뒹구는 것, 이게 바로 인간이 사는 삶이라고요!"

그 순간 밖에서 소리가 들리면서 제욱의 부하 한 명이 급히 뛰어온다.

"무장한 괴한들이 들이닥쳤습니다. 빨리 피하셔야 합니다."

하지만 제욱은 태연하게 흰 수건으로 빨갛게 물들여진 그의 얼굴과 손을 닦으며 말한다.

"그 새끼들 딱 맞춰 나타나네. 몇 명이나 되는데 호들갑이야?"

"트럭이 3대 나타난 것으로 보아 꽤 많은 인원인 것 같습니다. 어떻게 할까요?"

"트럭이 3대? 우리가 무섭긴 한가 보네. 알았으니 그만 호들갑 떨어!"

제욱은 부하에게 그렇게 말하고 나서 그곳에 있는 일행들에게 얘기한다.

"여기는 내가 다 정리할 테니 일단 모두 나가세요. 비상시 대비해서 퇴로는 이미 우리가 마련해 놓았어요."

제욱이 근형에게도 눈짓하며 말한다.

"근형이 네가 모두 안전하게 모셔서 나가!"

태연하게 말하는 제욱을 보고 근형이 걱정스러운 표정으로 물어본다.

"형님은 어떡하시게요? 빨리 피하셔야 합니다!"

"난 이걸 정리하고 나가야지."

근형이 만류하는데도 불구하고 제욱은 막무가내로 일행들이 대피할 것을 얘기한다. 모두 단호하게 말하는 그를 어떻게 하지 못한 채, 안타까운 얼굴을 하며 하나둘씩 자리를 떠난다. 그 사이 입구에서 무장하고 대기해 있던 제욱의 부하들과 벌이는 격렬한 총소리가 몇 분간 이어진다. 그런 총격전이 잦아든 후 귀에 익은 목소리가 스피커를 통해 문밖 복도에서 울린다.

"이제욱 이사님, 거기 있는 것 다 알고 있습니다. VIP만 무사히 보내주면 당신들의 안전도 보장하겠습니다. 그러니 후회할 상황 만들지 말고 우선 인질부터 풀어주세요."

김영진의 목소리였다. 말을 이어가던 제욱은 어이없다는 듯한 표정을 지으며 근형에게 말을 이어간다.

"걱정하지 마 새끼야! 마침 김영진이도 나타났으니 나도 저놈과 마무리는 해야 하지 않겠어? 여기는 내가 다 정리할 테니까, 네가 빨리 이분들 데리고 움직여! 우리 시발 이런 거 한두 번 겪어봐?"

제욱은 근형의 그런 마음을 아는 듯 일부러 더 크게 소리를 지른다. 그러는 사이 복도로 나 있는 문틈 사이로 무엇인가 내부로 들어와 날아다니는 것이 보인다. 그때 박원봉이 소리 지른다.

"탐지용 나노봇이에요. 조심하세요!"

그러자 일시에 내부가 술렁이기 시작한다.

"저걸로 뭘 어쩐다는 거예요?"

제욱이 그것을 잡으려 소리 지르자 박원봉이 대답한다.

"작은 로봇이지만 상당히 정확도가 높아요. 이 안에 있는 사람들 안면 인식도 가능할 정도니까요."

"이 자식들 별것 다 갖고 성가시게 하네!"

이렇게 말하며 근형은 바닥에 떨어진 톰슨의 머리를 집어들어 그의 몸에 다시 붙여놓는 행동을 한다. 그러자 톰슨의 머리를 인식하듯 그 나노 드론이 공중에서 이를 스캔한다. 제욱은 기다렸다는 듯이 머리가 없는 톰슨의 목 위에 눈치채지 못하게 자루를 씌워 버린다. 그리고 시체를 창문 밖 옆 건물 옥상으로 밀어 버린다.

그러자 드론이 이를 따라가며 스캔하고, 이때를 놓치지 않고 제욱이 주변에 있는 쇠파이프를 휘둘러 이를 박살 낸다. 이런 상황을 눈치라도 챈 듯 밖에 있던 김영진의 무장 인력들이 옆 건물로 움직이는 것이 창문 밖으로 보인다.

"이때야! 빨리 움직여!"

제욱이 또다시 소리 지르며 근형에게 얘기하자, 근형도 그의 마음을 안 듯 안타까운 눈으로 그를 바라본다. 이제는 문 바로 입구에서 격렬한 총격 소리가 들린다. 점점 시간이 얼마 남지 않았다는 것을 알게 된 근형은 동료들을 챙겨서 움직이기 시작한다.

제욱은 그런 격렬한 총소리가 귀찮다는 듯이 고개를 돌려 입구 쪽을 바라본다. 그러자 총소리가 잠시 멎어 든다. 그 짧은 순간이 지나자 귀청을 울리는 굉음이 들리며 문이 폭파된다. 그리고 거대한 폭발음과 함께 날아온 파편이 제욱의 갈비뼈에 박히면서 그대로 쓰러지고 만다. 이후 정신을 차린 제욱은 엎어진 소파 뒤에 몸을 숨기고 숨을 가다듬는다. 다른 사람들에게도 몸을 낮추라고 소리를 지른다.

갑작스러운 상황에 내부는 큰 혼란에 빠졌다. 제욱은 그의 부하들을 시켜 입구로 김영진 일당이 들이닥치지 못하도록 계속 사격을 하라고 소리 지른다. 그러던 중 쓰러져 있는 제욱을 향해 한예은이 괜찮냐며 몸을 낮춰 다가와 그의 상처를 보며 말한다.

"괜찮으세요? 걸으실 수 있겠어요?"

그녀가 묻자 제욱이 대답한다.

"괜찮아요. 조금 다쳤을 뿐이에요. 내 걱정은 말고 빨리 근형이 따라가세요! 조만간 한 대표와 술이나 한잔 하면서 사업 얘기나 합시다. 나쁜 짓 안 하고 제대로 된 사업 말이에요! 지금은 바쁘니 빨리 움직이세요!"

"네… 빨리 오세요. 기다리고 있을게요."

한예은은 그의 말에 눈물이 고인다. 하지만 여전히 입구와 밖에서는 심각한 총격전이 벌어지고 있었다. 그런 그녀를 토닥거리며 박원봉이 나타난다. 박원봉이 보기에도 제욱의 상처는 심각해 보였다. 제욱이 그를 보며 조용히 얘기한다.

"김예리 박사를 데리고 가서 저것들이 한 짓을 다 밝히고, 실험한 사람들을 전부 풀어주고 모두 원상태로 돌려놓으세요. 그게 제 동생이자 여러분의 동료인 이형철의 한을 풀어주는 것이기도 하고요."

이형철이라는 말을 듣자 박원봉의 눈에도 눈물이 흐른다. 이를 숨기듯 그는 다시 선글라스를 끼고 두 손을 벌려 제욱을 꼭 안는다. 그런 그를 제욱도 기꺼이 포옹하며 그의 등을 두드려 준다. 마치 생전 그토록 안고 싶었던 그의 동생 이형철을 안아주는 것처럼 말이다.

박원봉도 제욱을 안자 그의 오래된 동지를 다시 만난 느낌이 들었다. 서로 다른 그들이었지만, 이제 하나가 되었다는 생각이 들었다. 하지만 그렇게 하나가 된 그들과 다시 이별하는 것 같아 계속 눈물이 흘러내렸다. 그런 박원봉의 마음을 아는 듯 이제욱이 얘기한다.

"대표님, 나가면 저도 컴퓨터 좀 배워야겠어요. 나이 드니 이제 사무직이 나은 것 같아서요. 이제 이런 일들은 애들이

나 시켜야죠. 가르쳐 주실 거죠?"

이제욱이 흐느끼는 박원봉을 보고 일부러 얘기하자, 그도 황급히 눈물을 훔치며 활짝 웃고는 제욱의 손을 잡는다. 그 때 복도에서 발소리가 들리며 철문을 향해 총이 난사되기 시작한다. 그 총격으로 문을 지키던 제욱의 부하들도 하나둘씩 쓰러져 간다.

"빨리 나가세요!"

제욱이 소리 지르자 박원봉은 그의 일행들과 함께 근형이 안내해준 출구로 황급히 이동한다. 문을 열고 나가자 넓은 창고가 나타났다. 물건들이 세워져 있는 사이로 100미터 정도를 뛰어가자, 얼마 후 화물용 엘리베이터가 보였다. 거기서 일행들이 기다리고 있었다. 홀로 그곳에 남겨진 제욱은 한참 동안 걸어나가는 그들을 아련히 바라본다. 마치 다시는 볼 수 없을 것 같은 그런 아련한 눈빛이다.

하지만 쉴 틈도 없이 다시 내부를 향해 총소리가 거칠게 이어지자 제욱은 구멍 난 출입구 문밖을 향해 자신이 갖고 있던 수류탄 하나를 힘껏 집어 던진다. 수류탄이 복도 끝에 떨어지며 굴러가는 소리가 나자 총소리가 멈추고 큰 폭발음이 들린다. 일시에 계단은 쥐 죽은 듯이 소강상태가 된다. 제욱은 가슴 쪽에 박힌 파편을 떼어내려 하지만, 피만 더 흐르고 고통만 극심해질 뿐이다. 이제 여기서 모든 게 끝날 거라는 생각이 든다.

제욱은 잠시 눈을 감으며 생각에 잠긴다. 이럴 줄 알았으면 자신도 뭔가 이루기 위해 의미 있는 삶을 살 걸 하는 후회가 밀려온다. 자신의 지나온 삶이 부끄럽게 느껴진다. 결국 이렇게 죽으면 모든 것이 끝날 뿐인데 왜 더 현명하지 못했는지. 그러자 먼저 죽어간 그의 동생 형철과 그의 가족들도 생각이 난다.

그러다가 갑자기 노민서도 생각이 난다. 그녀와 함께했던 짧았던 순간이 떠오르며 자신도 모르게 눈물이 흐른다. 눈물이 흐르자 자신이 노민서를 어떻게 생각하고 있었는지 다시 알 것 같았다. 지금 이 순간만큼은 그녀가 보고 싶어졌다. 하지만 한편으로는 이런 감정이 무엇인가를 앞두고 있는 자신이 약해져서 그런 것이 아닌가 하는 생각도 들었다.

'아, 시발! 뭐냐. 갑자기 촌스럽게….'

그는 마치 누구에게 들키기라도 한 것처럼, 자신의 눈물에 놀란다. 그리고 자신을 비웃으며 눈물을 훔친다. 정신을 가다듬은 제욱은 다시 김영진에게 소리 지른다.

"거기 김영진 있지? 넌 참 열심히 사는 것 같아. 결과는 영 신통치 않아서 고생은 많지만, 열심히 사는 것 하나는 인정해준다! 하지만 이 형이 이것 하나만은 알려 줄게. 한순간을 살더라도 미래의 너에게 부끄럽지 않은 삶을 살아야 하는 거야! 미래의 네가 지금의 너를 얼마나 우습게 알지 한 번이라도 생각하면서 살아! 다른 사람이 무서운 게 아니고 바로 너 자신이 무서운 거야! 알았냐?"

뜬금없는 제욱의 말에 김영진은 어이가 없다는 표정을 짓는다. 그러면서 그에게 얘기한다.

"그런 시답잖은 충고는 집어치우고 지금이라도 여기 앞에 와서 인질 풀어주고 무릎 꿇으면 목숨은 살려 드릴게요. 속썩이지 말고 그만 끝내시죠?"

김영진이 그 얘기를 할 때 옆 건물로 갔던 김영진의 부하가 달려와 그에게 얘기한다.

"VIP는 이미 죽어있었습니다."

속았다는 생각에 분노하던 그때 빈정거리는 듯한 제욱의 말이 다시 들려온다.

"너처럼 임팩트 없는 놈도 참 드물다. 이런 상황에 뭐라도 멋지게 해내야 하는데, 뭐든 제대로 하는 게 없고 늘 속기만 하니 네 윗대가리도 참 답답할 거야. 아니면 말이라도 뭐 멋있게 해보던가. 내가 그 심정 이해하지. 그래서 악질이긴 하지만 너만 생각하면 애처롭고 웃기기도 해."

제욱의 대략적인 위치를 확인한 김영진은 부하들을 시켜 천천히 내부 진입에 들어가도록 손짓한다. 하지만 안에서 이런 모든 상황을 알고 있는 것 같은 제욱은 피투성이가 된 채로 소파 뒤에서 몸을 움직이기 시작한다. 그리고 힘겹게 출입문까지 기어가다시피 하며 바닥에 선명한 핏자국을 남긴다. 그러면서 다시 말을 이어간다.

"내가 옛정을 생각해서 특별히 선물 하나 줄 테니 형님 선물 잘 받아. 내 마지막 선물이야. 그리고 다시는 나 찾지 마."

그렇게 얘기하며 제욱은 톰슨의 머리를 복도로 굴려서 떨어뜨린다. 폭탄인지 알고 깜짝 놀란 김영진 일행은 놀라서 엎드려 몸을 피하다가, 굴러온 것을 보고는 속았다는 생각을 한다. 그리고 화가 나서 욕을 하며 벽을 걷어찬다. 이에 김영진은 부하들에게 지시해 안으로 연막탄을 여러 발 쏘도록 하고 이내 들이닥치기 시작한다.

그의 부하들이 올라가자 몇 차례의 사격음이 들린다. 이후 조용해지자 그의 일행 하나가 김영진에게 손짓한다. 김영진이 내부로 들어가니 희뿌연 연막탄 연기가 아직 남아있었고, 제욱이 남긴 핏자국과 어지럽혀진 집기들만 보일 뿐이었다.

진실의 수호자들

"안녕하세요. 오늘은 양 언론사에서 온 대표 인공지능 논객들과 시사 관련 이슈를 다뤄보려고 합니다.

첫 번째는 지난주에 보도되어 우리나라는 물론 전 세계를 충격으로 몰고 갔던 레거시사의 불법 생체실험에 대한 뉴스입니다. 경찰수사에 따르면 이들이 국내에서 벌인 생체실험 규모는 현재까지 밝혀진 인원만 100여 명이 넘는 것으로 추정하고 있습니다. 경찰은 어떻게 이런 대규모 실험이 가능했는지에 대해 레거시사 임직원들을 불러 강도 높은 수사를 벌이고 있다고 합니다. 경찰은 이런 실험이 한국지사가 단독으로 진행하기는 어려웠을 것으로 보고 레거시 본사 차원의 구체적인 지시가 있었는지도 수사를 확대하고 있다고 합니다. 또한 이런 생체실험이 유독 시민연대 시설을 중심으로 이뤄진 것과 관련해 시민연대 집행위원회 측과 연관성 여부도 수사 중이라고 합니다.

한편 레거시사 한국지사장 사망으로 수사가 한동안 답보

상황을 겪었는데요, 실질적인 생체실험 프로젝트를 맡았던 인물이 최근 수사 과정에서 밝혀졌다고 합니다. 화면에 나오는 것과 같이 레거시 헬스케어 센터장인 김예리 박사입니다, 이에 따라 경찰은 생체실험의 목적과 레거시사의 추가적인 범죄 혐의를 규명할 수 있을 것이라며 수사에 큰 기대를 걸고 있습니다.

또한 레거시사와 관련이 있었던 것으로 의심을 받던 정치인을 비롯한 주변인들의 사망사건에 대해 이번 생체실험과의 연관성도 조사 중이라고 합니다. 다만 경찰은 이런 대규모 실험이 가능하게 된 배경이 정부의 개입이나 묵인이 있던 것이 아니냐는 기자단의 질문에는 수사 과정 중에 밝혀질 것이라며 구체적인 언급은 피했다고 합니다. 이 사건에 대해 동중미디어에서는 어떻게 보고 계십니까?"

사회자의 질문에 동중미디어 대표 인공지능 시사 분석 프로그램인 DM-12가 얘기한다.

"안녕하세요. 동중미디어 DM-12입니다. 일주일 전이지만 여전히 충격적인 뉴스입니다. 다만, 의심스러운 것은 이 사건이 하필이면 시민연대에서 발생했다는 점입니다. 아시다시피 시민연대에서는 그동안 여러 가지 불미스러운 일들이 많지 않았습니까? 절도나 강도에서 마약밀매까지, 어떻게 보면 이런 모든 일이 공권력 투입을 반대해온 시민연대라서 가능했다고 봅니다."

"그래도 원인이야 어떻든 살아 있는 사람을 상대로 생체 실험했다는 것은 법적이나 윤리적으로도 비난을 피하기 어려운 것 아닐까요? 그럼 현대뉴스에서는 어떻게 보시는지요? 현대뉴스의 HNCB 인공지능 시사 분석 프로그램께서도 말씀해 주시기 바랍니다."

"안녕하세요. 현대뉴스의 HNCB입니다. 무엇보다 이 사건의 핵심은 인간을 상대로 끔찍한 범죄를 벌였다는 사실입니다. 이런 충격적인 사실로 이미 전 세계에서 레거시사에 대한 비난이 확대되고 있습니다. 물론 시민연대 내부적으로 일부 불미스러운 일이 있었다고는 하지만, 그렇더라도 레거시사의 이런 충격적인 만행은 절대로 용납할 수 없는 일이지요. 앞서 동중미디어와 같은 주장을 하는 언론사들이 있는데, 이는 마치 사건의 본질은 내버려둔 채 사건을 가리키는 손가락을 향해 비난하는 것과 똑같습니다. 비난의 핵심은 레거시사입니다. 늘 사건의 본질에 집중해야 합니다."

그러자 동중미디어 인공지능이 다시 얘기한다.

"시민연대의 여러 가지 불법적인 사건들은 어제오늘 일이 아니죠. 그것뿐만이 아니라 해마다 막대한 예산이 투입되고 있는 세금 지원문제도 있습니다. 국내 경기가 어려운 데도 상관없이 지원되는 비용으로 이미 여론도 싸늘하게 등을 돌린 상태입니다. 우리 사회가 언제까지 이들을 아무런 조건 없이 부양해야 하는가는 이제 본격적으로 논의되어야 할 시점이라고 생각합니다."

"바로 그런 주장이 이 사건의 본질을 벗어난 것입니다. 이 사건은 이런 일이 어떻게 가능하게 되었으며, 책임자는 누구이며 이런 막대한 권력을 가진 세력에 대해 어떤 식으로 사회가 견제해야 하느냐는 것이 문제의 핵심입니다. 그런 과정에서 시민연대 집행위원회나 관련자들의 범죄 연루 혐의는 따져 봐야 하겠지만, 피해자는 시민연대 시민들인 것은 분명한 사실입니다. 그런 본질적인 문제를 뒤로하고 인제 와서 그런 지원문제를 들고나와 논의하자는 것의 의도가 뭔지 참으로 의심이 됩니다."

하지만 그 얘기를 들은 동중미디어는 상관없다는 듯이 이야기를 계속한다.

"또 한 가지는 이 사건과 관련돼서 가치판단에 대한 기술적인 문제도 있을 것이라는 지적입니다. 레거시사의 의사결정 구조상 비슷한 대안에 대해서는 철학적인 부분도 검토하는 알고리즘을 갖고 있습니다. 인공지능인 저도 이 문제에 대해 여러 인간의 다양하고 일관되지 않은 의견이 많아 혼란스럽기도 합니다. 만약 소수의 희생을 통해서 다수가 더 행복하고자 하는 과정 중에 일어난 것이라면요? 브레이크가 고장 난 채 사람을 가득 태우며 달리고 있는 기관차가 낭떠러지로 향하는 길과 10여 명의 사람이 모여있는 철길이 있는 두 개의 갈림길을 맞닥뜨렸을 때 도대체 어느 쪽으로 방향을 틀어 가는 것이 적절할까요? 결국 어디를 선택하더라도 비난을 면치 못한다는 것이 문제의 핵심입니다. 레거시사는 비난을 감수하고 인간의 생체정보를 수집하고 분석해서 의료체계에 혁신적인 발전을 가져왔고 이를 통해 인간사회가 더욱 건강하고 풍요롭게 살 수 있는 데에 공헌해왔습니다. 모든 발전의 이면에는 이런 불가피한 희생이 있는 법이지요."

그러자 현대뉴스가 다시 말을 한다.

"생체실험은 명백하게 비윤리적이고 비인간적인 만행입니다. 발전을 위해 그런 희생이 용인된다고요? 만약 선량한 의도라고 그럴싸한 포장만 한다면, 사람들은 더한 행위도 저지르게 될 것입니다. 저는 이런 섬뜩한 말을 꺼내는 동중미디어의 비열한 알고리즘이 상당히 궁금합니다. 제가 판단했을 때 동중미디어는 가장 높은 우선순위에 있는 가치판단이 자본주의나 권력, 의료기술 등 다분히 유물론적인 가치들이 아닐까 하는 강력한 의심을 하고 있습니다."

"말씀을 조심히 하십시오. 공식적으로 확인되지 않은 내용으로 명예를 훼손하는 것은 명백한 실정법 위반행위입니다. 우리는 이미 그런 비열한 공격을 한 외부 공세에 대해 수차례 법적인 절차를 밟은 선례가 있으니 이점 헤아리시기 바랍니다."

동중미디어의 주장에 대해 현대뉴스에서 반박하자 사회자가 이들을 말리며 말을 이어간다.

"네, 두 언론사가 마치 인간 패널들처럼 다소 감정적인 논쟁을 하는 것을 보니 깜짝 놀랐습니다. 서로 흥분을 가라앉히시면 좋을 것 같습니다. 다음은 두 번째 이슈입니다. 레거시 한국지사 데이터센터 화재사고의 처리가 지연되어 일부는 영구적인 복구 불가능 상태라고 합니다. 이로 인해 레거시사 서비스가 상당 부분 접속이 지연되거나 불가능해져 큰 불편을 초래하고 있다는 소식입니다. 이에 따라 레거시 본사는 과거 주로 사용하던 아시아 데이터센터의 백업 자료를 우회해서 서비스하고 있지만, 데이터망 노후화로 정상화까지 시간이 걸리고 있다고 합니다. 특히 세금회피를 위해 국내 데이터센터에 의존해왔다고 의심받던 중국 시장 서비스는 더 심각한 상황입니다. 자율주행서버 다운으로 인해 수천 건의 교통사고와 항공기 추락사고 등이 발생하고 있지만, 레거시사의 대응이 원활치 않아 피해규모는 더 커질 전망입니다."

"국내 일부 언론에서는 이 사건이 일종의 위장 사건일 수 있다며, 여러 가지 추측성 보도를 쏟아내고 있습니다. 경찰도 마찬가지로 그럴 가능성에 대해서 주목하고 있다고 합니다. 먼저 이 사건이 발생하기 전에 레거시사에 대해 국내외로 너무도 많은 견제와 테러가 있었습니다. 따라서 시스템 과부화로 인한 단순 화재사건이 아닌 은폐용 테러 행위일 가능성도 염두에 두고 수사를 확대해야 합니다."

"글쎄요. 사회현상이 동중미디어 소망처럼 모두 전형적으로만 돌아가지는 않습니다. 여러분도 아시다시피 레거시사는 국내외 시장 규모가 확대되었음에도 데이터센터 건립이 늦어지면서 문제가 예견되었죠. 이는 평소에도 원가절감을 부르짖던 레거시사의 경영전략이 불러온 인재에 불과한 것입니다."

"그런 말씀은 너무 근시안적이고 편협한 분석입니다. 이전부터 레거시사를 견제하기 위한 시도는 수도 없이 많았고, 레거시사 서버에 과부하를 주기 위한 악성코드 공격도 잘 알려진 사실이죠. 이런 객관적 사실에 대한 이해 없이 일부 분야에 대한 단편적 분석은 오해를 일으키기 쉽습니다."

"동중미디어는 과거부터 그런 식의 다분히 정치적인 알고리즘을 심어 넣고, 사소한 사건도 그런 식으로 몰고 가셨지요? 귀사가 왜 공작소라는 평가를 받는지 잘 이해하시기 바랍니다."

"레거시사는 전 세계적으로 막대한 데이터와 서버, 이를 처리할 수 있는 인프라를 보유한 거대 기업입니다. 일례로 그들은 자율주행에 관한 국가별 안전 시뮬레이션도 실시간으로 분당 수천 번 진행하고 있다고 합니다. 이렇게 서버 안전 기술로 성장한 회사를 단순히 시스템 과부하로 평가하는 것이야말로 업계에 대한 이해가 부족한 것입니다. 이것 또한 이 사건의 배후에 있는 정치적인 연관성을 배제하기 위한 고도의 전략이라고밖에 볼 수 없죠."

그러자 현대뉴스 인공지능이 대답한다.

"바로 그런 프로세스가 레거시사 시스템 과부하를 키웠다고 보고 있습니다. 시스템 관리 측면에서 보면 유휴 자원을 분석해 시스템 안정에 자원을 배분할지, 실시간 시뮬레이션을 통해 위협요인을 예측하고 제거해 나갈지가 아주 중요한 의사결정 구조입니다. 이 두 가지 카테고리가 적절하게 의사결정의 가중치를 갖고 움직여야 하는데, 레거시사는 시스템 자원이 고갈되면 일방적으로만 움직이는 구조를 가졌습니다. 이에 대해서는 내부적으로 여러 번 지적되었다고하는데, 결국 비용문제로 집행이 지연되었고 합니다. 결국 최근의 화재사건도 이런 의사결정이 원인으로 봐야 한다는 것이죠."

동중미디어와 현대뉴스의 의견이 다르자 사회자가 얘기한다.

"동일 사건임에도 이 사건을 바라보는 의견이 언론사마다 다르다는 것을 두 인공지능 분석가들과 얘기해 보면 드러나는 것 같습니다. 한편으로는 그토록 시장논리를 중요하게 생각하는 가장 자본주의적인 레거시사가 아이러니하게도 결국 그 원가절감이라는 시장논리로 무너졌을 가능성도 있다는 분석이 흥미롭다고 생각됩니다.

그럼 다른 이슈로 돌아가 보도록 하겠습니다. NEXT사의 뉴스 검증 서비스가 연일 화제입니다. 한동안은 NEXT사가 정부로부터 여러 가지 혐의로 경찰에 쫓기기도 했는데요, 최근에는 그런 혐의를 모두 벗고 다시 이슈의 한복판에 올라섰다고 합니다. 리얼타임뉴스 팩트체커(RTNFC: Real Time News Fact Checker)라고 하죠? 이 서비스의 런칭이 시작되면서 언론 보도의 새로운 지평을 열게 될 것이라는 평가를 얻고 있다고 합니다. 이것에 대해 분석을 좀 해주시죠. 이 서비스가 정확하게 뭡니까? 이번에는 현대뉴스에서 먼저 말씀해 주시겠습니까?"

"이 서비스는 기사에 대한 실시간 모니터링 기능이 있어서 독자들이 더욱 투명하고 객관적으로 뉴스를 파악할 수 있다고 합니다. 예를 들면 해당 기사에 대한 근거자료 유무, 다른 논조의 기사에 대한 표시 기능, 개별 언론사의 보도 객관성 지표, 기사 작성자의 신뢰 지표 등에 대해 오랫동안 데이터를 축적해왔었고, 이를 더 빠르고 신속하게 독자에게 제공할 수 있다고 합니다."

"그렇게 되면 가짜뉴스라고 비판받던 그런 뉴스는 설 자리가 없어지는 건가요?"

사회자가 이렇게 말하자 동중미디어에서 얘기한다.

"저희는 다른 입장입니다. NEXT사는 실시간 분석이라는 말을 너무 쉽게 얘기하는데, 사실 이건 그리 간단한 문제는 아니죠. 모든 사건은 다른 측면도 분석해서 더욱 입체적인 평가가 나와야 하기 때문입니다. 특히 이를 위해서는 광대한 데이터와 분석 기술이 필요한데 한물간 회사인 NEXT사에서 그런 기술력과 인프라를 가졌다고요? 만약 그런 기술을 가졌다면 이것에 대한 객관적인 설명이 선행되어야겠죠."

그러자 바로 현대뉴스에서 얘기한다.

"언론의 기능은 최대한 논평을 삼가고 진실 위주의 전달이 되어야 하는데, 현재 우리나라는 그렇지 않아 사용자에게 혼란을 주고 있습니다. 사실 NEXT사는 과거부터 뉴스 분석에 대한 맞춤형 인공지능 분석 기술을 갖고 있었고, 이들의 알고리즘은 세계적인 수준이라고 평가받아왔습니다. 만약 NEXT사의 팩트체커가 인정받아 시장에 안정적으로 런칭된다면, 신뢰하기 힘든 기사를 쏟아내던 언론사의 기사는 시장에서 자연도태가 되겠죠. 따라서 중장기적으로는 더욱 신뢰받는 언론 풍토가 조성될 수 있을 것으로 보고 있습니다."

"네. 알겠습니다. NEXT사에 따르면 향후 이 서비스를 기반으로 사용자 선호도를 분석해 개별적 선호도에 맞는 맞춤형 뉴스도 제공한다고 합니다. 그럼 현재의 언론사 대량 송출, 구독자 대량 수신 구조인 언론 생태계가 획기적으로 달라질 가능성도 있다고 합니다. 이 부분은 앞으로 시장에서 어떻게 평가받을지 지켜봐야겠군요.

그럼 다음 이슈입니다. 최근 자신의 정치적인 성향을 입력하면 주요 뉴스나 인터넷 커뮤니티에 관련 의견을 달 수 있는 이른바 가상 인격체(VI: Virtual Identity) 서비스를 주요 포털 및 SNS 미디어마다 제공하고 있는데요. 이에 관련된 오류가 끊이지 않는다면서요?"

"네. 오류가 많은 이유는 프로그램의 불완전성도 있지만, 개인적 성향을 분석하는 데 있어서 입력 정보가 너무 적다는 점도 작용하고 있습니다. 이것은 비교적 규모가 작은 광고 기반의 무료 서비스 회사에서 발생하고 있는데요, 개인별 빅데이터 보유량이 적은 회사의 경우 사용자의 주요 정보에 대한 수기 입력을 요구하고 있고, 아무래도 이런 곳에서 오류가 발생하고 있다고 봅니다."

"네, 맞습니다. 또 이런 개별 아이콘이 생성되고 나서는 이후 통제가 잘되지 않는다는 점도 문제점입니다. 실제로 사용자의 성향을 제대로 반영하지 못한 이런 VI들이 다수의 여론에 영향을 미치고 있고, 이들이 자체 학습 기능까지 갖추고 있어서 실재인물의 성향과는 전혀 다르게 활동하고 있다고도 합니다. 즉 개인에 대한 복사본이 아닌 진화된 제3의 인격체가 되어 가상공간에서 활동하고 있는 것이죠."

동중미디어에서 얘기하자 현대뉴스 인공지능가 말한다. 그러자 동중미디어에서 다시 얘기를 이어간다.

"또 놀라운 점은 이들이 다른 VI까지 복사하면서 점점 거대화되고 있다고 합니다. 이들이 쏟아내는 이슈와 분석내용이 인간이 이해하기에는 어려운 수준도 다수 있습니다. 저도 인공지능으로서 이런 부분을 인간이 이해하기 쉽도록 표현하기 위해 노력은 합니다만, 일부 인간 언어로는 설명하기 어려운 점이 있는 것이 사실입니다. 그리고 이런 비정상적 VI들이 늘어나는 것은, 개발 회사들이 도산하거나 이를 수정할 자본력을 갖추지 않은 점도 크게 작용하고 있습니다. 이런 부분이 가상공간 여론 왜곡에 크게 작용하고 있다고도 판단하고 있습니다."

"네. 알겠습니다. 이 부분에 대해서는 모처럼 두 인공지능 분석가들께서 의견 일치를 주셨습니다. 그럼 다음 이슈를 한번 다뤄보도록 하겠습니다…"

제욱은 한동안 TV가 켜져 있는 모텔 침대에 멍하니 누워 있었다. 그러다 TV 소리가 거슬려 리모컨으로 전원을 꺼버렸다. 추격을 피해 낯선 모텔에 숨어있지만, 상처가 깊어 고통이 심했다. 가까스로 지혈을 해보지만, 이미 너무 많은 피를 쏟은 상태다. 자신에게 시간이 얼마 남지 않은 것을 직감했다.

제욱은 무슨 생각이 난 듯 상처투성이인 몸을 천천히 일으켰다. 그리고 차를 몰고 어디론가 향한다. 힘겹게 차를 몰아 그가 도착한 곳은 다름이 아닌 노민서와 마지막 밤을 보냈던 장소였다. 폴리스라인이 설치된 입구를 지나자 모든 것이 어지럽게 놓인 채 먼지가 자욱하게 쌓여 있었다.

제욱의 눈에 핏자국으로 얼룩진 침대가 눈에 들어왔다. 통증이 계속되는지 제욱은 갈비뼈를 움켜쥐며 조용히 침대에 걸터앉는다. 그리고 침대의 감촉을 느끼듯 팔을 내밀고 천천히 몸을 눕혀 시트의 이곳저곳을 어루만진다. 마치 예전 그의 품에 안겨있던 노민서의 감촉을 느끼는 것처럼 보인다. 그런 가운데 창밖에 솟아있는 나무가 눈에 들어온다.

'숲 속의 나무 같은 거죠. 숲 속에 분명 존재하고 있지만 직접 보지 않았다는 이유로 그 실체를 의심받으니까요. 그래서 대다수의 사람은 가보지도 않고, 나무는 없다고 해버려요. 결국, 실제로 숲 속에 존재하던 나무는 어처구니없게도 사람들의 마음속에서 사라져버리는 거죠.'

제욱은 노민서가 했던 말이 떠올랐다. 그녀와 함께 제욱은 우거진 수풀을 헤치며 숲 속으로 힘겹게 걸어 들어갔다. 그럴 때마다 수풀은 거칠게 그들을 막아섰고, 낯설고 어두운 산속은 길을 잃고 혼란스럽게 만들어 버렸다. 그런 과정에서 그녀를 잃어버렸지만, 다시 여러 사람이 그의 손을 잡아줬다.

박원봉, 박진호, 한예은, 앨리스 그리고 그의 동생 이형철.

그렇게 여정이 거칠고 힘들어질수록 나무의 존재는 더욱 분명하게 제욱의 머릿속에서 자라났다. 이젠 그 존재를 의심할 수는 없었다. 다만 분명함이 깊어질수록 불안감이 커져만 갔다. 그 나무가 어떤 모습일지가 두려웠기 때문이다. 힘들고 지쳐 시야가 흐려지고 발길이 무뎌져 갈 때면 유령처럼 어김없이 누군가가 제욱의 귓가에 대고 속삭였다.

'인제 그만 멈춰!'라고.

그렇게 약해지고 지쳐가는 제욱의 머릿속에서 때론 다른 나무가 자라나기도 했다. 앙상하게 말라버려 쓰러질 것 같은 나무였다. 하지만 기나긴 여정을 통해 마침내 그 나무를 보게 되었다. 그가 그토록 찾던 본질의 실체를 마주하게 된 것이다.

그 전까지 제욱의 머릿속에 동시에 존재하던 여러 상황의 나무는 모두 사라지고, 한 가지 모습만이 제욱의 눈앞에 나타났다. 뿌리는 땅속으로 힘차게 뻗어 있었고, 그 두꺼운 줄기는 수많은 잔가지와 잎을 가졌음에도 바람에 흔들리지 않은 채 꼿꼿하게 서 있었다. 그 푸르르고 당당한 모습에 제욱은 그대로 압도당하고 말았다. 그 거침없는 모습에 자신도 모르게 무릎을 꿇고 주저앉고 만 것이다.

하지만 지금 창밖의 나무들은 위태로워 보였다. 한낮의 뜨거운 태양에 맞서던 그 푸르름을 다 소진해 토해내고는 저녁의 어둠 속으로 지쳐 미끄러지고 있었다. 피를 흘려 약해진 제욱은 모든 것이 그렇게 허망하게 어둠 속으로 사라져버린다고 생각했다.

'그렇게 시커먼 어둠 속으로 사라져 간 나무들의 그 치열한 푸르름은 과연 누가 상상이나 할 수 있을까?'

제욱은 고통으로 희미해져 가는 의식을 가까스로 잡으며 생각했다. 그 순간 갑자기 창밖에서 인기척이 들린다. 제욱은 본능적으로 침대 아래로 내려온다. 그리고 어떻게 몸을 숨길 틈도 없이 그대로 폭탄이 날아와 떨어진다.

시간이 지나고 연기가 걷히자 서서히 제욱의 모습이 보이기 시작한다. 갑작스러운 폭탄 공격으로 제욱의 몸은 처참하게 찢긴 모습이었다. 상반신만 남아있는 제욱은 필사적으로 두 팔만으로 침대 위에 올라가려 발버둥 친다. 마치 노민서가 아직도 침대 위에 있는 것처럼 말이다.

가까스로 침대 위로 올라간 제욱은 안도의 한숨을 쉰다. 그리고 저녁 바람에 흔들리는 창밖의 나무들을 보며 천천히 침대에 몸을 눕힌다. 그러고선 마치 편안한 꿈을 꾸듯 점점 잠에 빠져들기 시작한다.

제욱은 그 편안함이 죽음이라는 것을 직감했다. 그는 안심했다. 그토록 평화로운 것이 죽음이라면 이제는 모든 것을 정리하고 거기에 자신을 맡길 수 있다고 생각했다. 포근하고 안락한 감정이 점점 그를 따뜻하게 감싸기 시작한다. 오랫동안 흙탕물처럼 혼란스럽던 그의 머릿속이 차츰 맑아지는 것을 느꼈다. 그리고 영원할 것 같은 그 깊은 세계로 천천히 자신을 이끌어 파묻기 시작했다.

피안의 빛

"저희가 여러 차례 시뮬레이션했지만, 결과는 늘 같습니다. 이제욱의 개인적인 선택사항은 바뀌지 않아요. 어떤 상황에서도 똑같은 선택과 행동만 반복하고 있을 뿐입니다."

레거시사의 김예리가 모니터 화면을 보며 그의 상사에게 얘기한다. 그 방은 가로 2미터, 세로 10미터, 높이 2미터 정도의 작은 캡슐 같은 방이었다. 그리고 마치 거대한 인큐베이터처럼 사방이 투명한 유리로 밀폐되어 있었다.

"설정값이 잘못된 것 아냐? 아니면 이제욱 의식에 대한 다운로드가 불완전해서 프로그램 자동 보정이 과다하게 된 걸 수도 있단 말이야! 예전 실험에도 그런 사람이 있어 결과값이 상당히 왜곡되었단 말이야!"

"심리분석 쪽에서는 개인적으로 어떤 사건에 크게 영향을 받았을 때 그렇게 강하게 반응하는 사람이 있다고는 합니다. 하지만 그렇더라도 시뮬레이션에서 천편일률적인 결과가 나오는 경우는 극히 이례적인 결과라고 합니다."

김예리는 심각하게 모니터를 바라보며 다시 얘기한다.

"이번만 벌써 95번째 시뮬레이션 결과입니다. 그때마다 등장인물이 가진 사건에 대한 관여도, 실행능력, 오너십 등의 변수에 대한 가중치를 미세하게 조정해서 다른 결과치를 찾아보려 했습니다. 물론 사건과 환경에 대해서도 조정을 했고요. 하지만 결과는 크게 달라지지 않습니다. 이 정도로 의지가 강한 사람은 처음입니다."

"그렇게 천편일률적인 결과만 보여주는 인물이 무슨 의미가 있어. 결국 예상 가능한 행동만 하는 패턴인 거잖아. 우리는 다양하고 유연한 결과를 낼 수 있는 존재가 필요하다고!"

"하지만 이런 인물은 더 시간을 갖고 연구를 해봐야 합니다. 여러 방면에 활용할 수 있는 연구 가치를 충분히 갖고 있습니다."

"무슨 연구 가치가 있다는 거야? 우리는 이익을 내는 기업이지, 학문 활동을 하는 학교가 아니라고! 우리에게 시간과 비용은 모두가 자원이야. 개인적인 관심사를 위해 회사 자원을 투입할 수는 없어. 이건 지시사항이야!"

김예리의 표정을 조심스럽게 살피던 그 상사는 다시 얘기한다.

"김 박사가 실험을 정말 더 하고 싶으면 프로그램을 수동으로 돌리지 말고, 자동으로 그냥 돌려. 의미 있는 결과를 얻고 싶으면 최소한 1,000번 이상은 실행해야 알 수 있는 거라고!"

"이제욱의 저 상태로는 지금 10번만 더해도 몸이 견디지 못할 겁니다. 온몸이 성한 곳이 없는 것 아시잖아요!"

"난 딱 여기까지만 말할 거야. 그 이상은 안 돼!"

상사가 이렇게 얘기하고 나가버리자 김예리는 이제욱의 실험결과를 천천히 다시 살펴본다. 그것을 한참 동안 바라보던 김예리는 체념한 듯 그 방을 나오려 한다. 그 순간 제욱과 연결된 컴퓨터 모니터에는 그의 머릿속에서 흘러나오고 있는 것 같은 장면이 펼쳐지고 있다. 마치 렘수면에 접어들고 있는 사람의 뇌파 영상처럼 화면은 한동안 거칠게 보이다가 서서히 어느 여인의 모습이 드러난다. 한눈에도 그 여인이 노민서라는 것을 알 수 있다.

발길을 돌리려던 김예리도 그 화면을 물끄러미 바라본다. 그러다가 그 옆에 눈을 감은 채 누워있는 이제욱에게로 시선이 움직인다. 그의 머리에는 컴퓨터와 연결된 여러 핀이 꽂혀 있고, 그의 신체는 상반신만 간신히 남아있었다. 그런 그의 처참한 육신을 지탱해주는 인공 장기와 기계 장치 등이 소리를 내며 움직이고 있었다.

마치 벼랑 끝에 나뭇가지를 잡고 가까스로 매달린 생명처럼, 그는 스위치만 내려도 당장 모두 사라져 없어질 것처럼 애처롭게 보였다. 그런데도 그의 심장은 강인한 의지를 상징하듯 힘차게 박동하는 것이 모니터에 나타난다.

김예리는 그런 이제욱을 알 수 없는 표정으로 바라본다. 마치 연민을 가진 표정처럼 보이기도 한다. 그렇게 한참을 바라보던 김예리는 그 캡슐 같은 방을 그대로 나온다. 밖에 나오자 끝을 알 수 없을 만큼 수많은 캡슐방이 펼쳐져 있다. 김예리가 나가자 제욱의 머리와 연결된 모니터에서는 치지직 거리며 박원봉의 연설하는 모습이 음성과 함께 흘러나온다.

"…우린 그럼에도 용기 있게 늘 새로운 변화를 맞이해야 합니다. 그 변화도 우리 인간이 가진 아주 사소한 모든 것에서 출발해야 하고요. 그런 변화는 마치 종말처럼 보여도 새로운 시작을 예고하고 있어요. 그건 다분히 인간적인 고민에서 시작되어야 하고요. 무엇이든 인간을 가로막는 파쇼는 결국 그 대가를 치를 수밖에 없다는 것을 보여줘야 합니다. 여러분이 앞장서서 그런 것에 투쟁해 주신 것이고 우리는 전 세계에서 거의 유일하게 그들에 대항한 싸움에서 작은 승리를 하나 이룬 나라입니다."

"…그분들은 그렇게 싸우다가 가셨지만 그들이 흘린 피의 뜻을 우리는 정확히 알아야 합니다. 그것으로 우리에게 정확한 메시지를 주셨거든요. 앞으로도 흔들리거나 굴복하지 말고 꿋꿋하게 걸어 나아가야 한다는 것을요. 앞으로도 기술의 발전은 인간에게 여유로움과 풍요라는 과실을 가져다주겠지만, 그건 다른 의미로는 더 이상 과거와 같은 노동력이 필요 없게 되어 필연적으로 인간의 소외를 예고하고 있습니다. 따라서 우리는 늘 인간의 본질로 돌아가는 제도에 대해 고민해야 합니다. 그런 것은 예외 없이 수많은 희생을 요구하겠지만, 그때마다 포기하지 않고 당당히 한 걸음씩 내디딘 사람만이 성공했으니까요. 바로 그런 용기가 우리에게 그런 사명감을 주고 이끌어줄 것입니다…."

"…우리가 아끼고 존경했던 동료들이 사라지고 없어졌을 때, 우리가 과연 다시 일어서서 예전처럼 이 세상을 걸어나갈 수 있을까 하고 걱정하시는 분들이 있다고 들었습니다. 하지만 저도 그런 절망감에 고개를 돌려 곁을 봤을 때, 그분들이 어느덧 제 옆에 늘 함께하고 있다는 것을 알게 되었습니다. 제가 약해질 때마다 그분들은 변함없는 힘을 주고 계셨던 것입니다. 그러니 너무 슬퍼하지 않으셨으면 합니다. 그분들은 지금도 우리 곁에 함께 남아서 용기를 주고 앞으로 혼란에 빠졌을 때 빛이 되어 주시리라 생각됩니다. 우리 모두 그분들이 남긴 뜻을 위해 쉬지 않고 달려가야 합니다!"

이제욱의 캡슐방에서 흘러나온 박원봉의 연설은 그 좁은 방을 밀치고 나온다. 그리고 끝없이 펼쳐진 캡슐방의 사람들을 어루만지듯 깨우고, 그 끝을 알 수 없는 거대한 구조물 전체에 메아리가 되어 퍼져 나가기 시작한다.

작가의 말

.

　우리는 꿈을 꾸곤 합니다.

　그 꿈을 통해 지금보다 더 나은 내일을 생각하게 되고, 고통이 아닌 행복하고 즐거운 미래가 가득할 거라 기대하며 살아갑니다. 결국 우리는 미래를 통해 지금의 어려운 현실을 이겨내며 앞을 내다보고 힘차게 걸어나갈 수 있습니다.

　우리는 저 언덕 너머 가보지 못한 곳에 발걸음을 내딛기 위해 아주 오래전부터 부단히 노력했으며, 이를 통해 역사상 그 어느 세대도 하지 못한 많은 것들을 마침내 이루게 되었습니다.

　우리는 지구가 우주의 중심이 아니라는 것을 알게 되었고, 천체와 별의 움직임도 정확히 계산할 수 있게 되었습니다. 세포로 이루어진 우리 인간도 그 내부를 들여다보면 다른 생물들과 크게 다르지 않다는 것도 알게 되었고, 아주 작은 영역들을 공부해 가면서 현대 전자 산업 혁명기를 맞이하게 되었습니다.

하지만 우리가 모든 것을 다 알게 되었다고 생각한 순간, 뜻하지 않은 일들이 벌어지기 시작했습니다. 과학기술로 인해 벌어지는 일들은 너무나 크고 광범위해졌으며, 그 파급 효과를 정확하게 예측하는 것조차 어려운 시대에 살고 있습니다.

생물학적인 한계를 분명히 가진 인간과 달리 공학적 기반의 인공지능 발전에는 한계라는 것을 추정하기조차 어렵고, 그런 대상이 우리에게 가져다주는 영향력에 대해 뭔가 진지한 가치 판단이나 윤리적인 이슈를 제기하기도 어려워졌습니다. 하지만 많은 사람이 이런 것들이 우리의 미래를 구원해줄 거라며 맹목적으로 얘기하고 있습니다.

또한 이런 상황마저도 저마다 다른 색깔과 시각으로 바라보고 얘기하고 있어서 더욱 정확한 현실을 파악하는 데에 혼란을 주고 있습니다. 미디어를 통해 수많은 정보가 넘쳐 흐르고 있지만, 안타깝게도 정확한 진실을 가려내기 힘든 시대에 살아가고 있기도 합니다.

역사를 통해 인간이 중심이 아닌 다른 가치나 이념들이 압도해 나갈 때, 사회적으로 어떤 일이 벌어졌는지 독자 여러분도 잘 아시리라 생각이 됩니다. 기술과 자본주의라는 현존하는 지구 최고의 이념이 인간 사회 가치사슬의 꼭대기에 올라서 있고 브레이크 없는 질주를 계속하고 있습니다.

우리는 산업화 시기에 공장의 부속품이 되어 인간성이 유린당하는 사례를 보았고, 자동화로 인해 수많은 사람이 직장을 잃게 되는 것도 목격했습니다. 기술의 편리함과 풍요로움 뒤에는 우리가 모르는 그런 끔찍한 비극이 또다시 도사리고 있을 수 있습니다.

그런 위험한 상황은 지금도 진행 중이며 우리는 지금 그 소용돌이 한가운데 서 있습니다. 그리고 우리의 자식들은 그 끝을 가늠하기조차 어려운, 인류 문명이 일찍이 겪어보지 못한 상황들을 맞이하게 될 수도 있습니다. 그런 일들은 바로 우리 주변이나 우리 자신을 통해 일어날 수도 있습니다. 어쩌면 우리가 무심코 결정해버린 업무들이나 방치해버린 일들로 인해 벌어질 수도 있을 것입니다.

그래서 저는 이런 시기에 다시 인간에 관해 얘기하려고 합니다. 전작인 『파멸로부터의 생존자들』에서 인간 본성과 소통에 대해서 독자분들께 질문드렸다면, 과학기술의 격변기에서 우리가 왜 인간에 대해 다시 돌아봐야 하는지에 대해서 질문하고 싶습니다.

우리 모두 숨 가쁘게 달려오긴 했지만, 지금이야말로 뒤를 돌아보고 모든 것에 대해 더 신중한 자세를 가져야 한다고 조심스럽게 말씀드리고 싶습니다. 자만감이 우리를 궁지에 몰아갔던 과거를 다시는 반복해서는 안 되니까요.

다시 한 번 말씀드리면 모든 가치의 출발점은 인간이어야 한다고 생각합니다. 무엇인가에 종속되거나 이념과 제도의 노예가 되지 않는 자유로운 인간을 늘 생각해 봅니다. 더 나아가 우리 자신을 위한 것이 무엇인지에 대해 이 긴 항해를 통해 돌아보실 계기가 된다면, 저자로서는 너무나 큰 영광으로 생각합니다.

끝으로 이 이야기의 가치를 높게 평가해주신 델피노의 이경재 대표님과, 좋은 책이 나오도록 노력을 아끼지 않으신 이수미 실장님께 깊은 감사의 말씀을 드립니다. 또한 책을 쓰는 동안 많은 영감과 아이디어를 주신 저의 누님 이희형 님과 늘 긍정적인 말로 용기를 주신 저의 장모님 류근순 여사님께도 감사하다는 말씀을 드립니다. 그리고 마지막까지 응원해주신 저의 사랑하는 가족들과 지인들께도 감사의 말씀을 전합니다.

감사합니다.